LEONIE LASTELLA

Das Glück so leise

LEONIE LASTELLA

Das Glück so leise

ROMAN

DIANA

FSC
www.fsc.org
MIX
Papier aus verantwortungsvollen Quellen
FSC® C014496

Verlagsgruppe Random House FSC® N001967

Originalausgabe 9/2020

Neumarkter Straße 28, 81673 München
Redaktion: Heike Hauf
Umschlaggestaltung: Favoritbüro GbR, München
Umschlagmotiv: © PurpleBird/Shutterstock.com
Herstellung: Helga Schörnig
Satz: Leingärtner, Nabburg
Druck und Bindung: GGP Media GmbH, Pößneck

Printed in Germany
ISBN 978-3-453-36073-0

www.diana-verlag.de
Dieses Buch ist auch als E-Book lieferbar.

Für Jana. Immer.

SAM

Zwei Uhr am Nachmittag, und mein komplettes Leben steckte im Kofferraum meines Land Rover Defender. Ich trat gegen den Hinterreifen und schloss für einen Moment die Augen. Mit fünfunddreißig Jahren sollte man mehr füllen als einen Geländewagen. Eine Lagerhalle vielleicht. Einen Vierzig-Fuß-Überseecontainer, wie sie im Hamburger Hafen gestapelt lagen. Oder das Herz einer Frau.

Das wäre auf jeden Fall hilfreich, um nicht allein in der Klemme zu stecken. Denn das tat ich. Ich steckte bis zum Hals in der Scheiße. Und da Lea nicht gekommen war, tat ich das ganz offensichtlich allein. Es hätte mich nicht überraschen sollen. Wir waren keines dieser Paare, die sich kitschige Kosenamen gaben und irgendwann im Partnerlook herumliefen. Lea mochte es unverbindlich, und ich mochte Lea genug, um das zu akzeptieren.

Die Sonne knallte auf die Straßen der Hamburger Innenstadt, als wollte sie den kompletten verregneten Frühling an nur einem Tag wieder wettmachen. Ich hatte das Gefühl, in allernächster Zeit mit dem Asphalt zu verschmelzen. Mit einem letzten Blick auf das Apartment, in dem ich die letzten zwei Jahre gewohnt und in dem ich meine Zukunft mit Lea hatte verbringen wollen, öffnete ich die Tür des Defender und schob mich hinter das Lenkrad. Egal, ob meine Großmutter mir den so dringend benötigten Kredit für mein Start-up geben würde, die Miete für die Altbauwohnung konnte ich mir in meiner jetzigen Situation nicht leisten, weswegen ich sie meinem Ex-Arbeitskollegen Karl untervermietet hatte. Nach meiner Rückkehr aus Kiel würde ich bei meinem Bruder Tom auf dessen Couch pennen. Keine Dauerlösung, aber bis ich wieder schwarze Zahlen schrieb, würde es gehen. Den Defender zu verkaufen stand auf jeden Fall nicht zur Debatte – er war mein Ein und Alles.

Zum dritten Mal in der letzten Stunde zückte ich mein Handy und wählte Leas Nummer. Während das Freizeichen in mein Ohr dröhnte, startete ich den Motor. Lea ging wie schon die Male zuvor nicht ran.

Ich wusste, was das bedeutete. Ich war ein beendetes Kapitel und wir damit Geschichte. Wenn es überhaupt jemals wirklich eine gemeinsame Geschichte gegeben hatte.

Das Navigationsgerät zeigte bereits den Weg mitten ins Nirgendwo an. Irgendwo zwischen Kiel und Hamburg, wo nur Wald, seichte Hügel, jede Menge Seen und das Gestüt meiner Großmutter, Henriette, lagen. Ich sollte dringend losfahren, aber alles in mir sträubte sich dagegen, nach meinem Job und der Wohnung, auch noch Lea kampflos aufzugeben. Ich ignorierte die blecherne Stimme des Navis und lenkte den Wagen von der Sternschanze weg, ignorierte die Autobahnzufahrt und fuhr in Richtung Hafencity. Der Defender zog röhrend an. Lea hatte den Wagen immer gehasst und gemeint, er wäre martialisch. Irgendwie etwas für Hinterwäldler.

Mir gefiel genau das an dem Auto. Ich fand, der Defender hatte wesentlich mehr Seele als all die Hochglanz-Karren, die Lea gefielen.

Ich staute mich durch die Innenstadt, und ein Blick auf die Uhr verriet, dass ich durch diese hirnrissige Aktion hoffnungslos zu spät in Bissee eintreffen würde. Keine Ahnung, wie Henriette darauf reagieren würde, wenn ich unseren Termin verpasste. Ich erinnerte mich an unbeschwerte Sommer auf Gut Auweide, an

Gräser, die meinen Rücken kitzelten, Bäume, die beim Hinaufklettern die Haut aufschürften, und an den See direkt hinter dem alten Gutshaus, wo mein Bruder und ich uns von einem Schwingseil aus ins Wasser hatten fallen lassen. An Henriette erinnerte ich mich hingegen nur noch schemenhaft. Vielleicht, weil sie in meinen Augen schon damals steinalt war und mein Bruder Tom und ich viel zu sehr damit beschäftigt waren, die Zeit außerhalb der Großstadt auszukosten und die Ferien in vollen Zügen zu genießen, als uns mit ihr zu befassen.

Seit meiner frühen Jugend war ich nie wieder auf Gut Auweide gewesen, und dieses Mal würde der Besuch weder unbeschwert werden, noch hatte ich vor, auf Wiesen herumzulungern, Bäume zu erklimmen oder mich von einem Seil aus in den See fallen zu lassen. Ich war nicht mehr zwölf, und der Sommer, der vor mir lag, versprach weder verheißungsvoll noch aufregend zu werden. Bis jetzt war er einfach nur scheiße. Ich fuhr nicht nach Bissee, um Urlaub zu machen, sondern um meinen Hals aus der Schlinge zu ziehen und zwar so schnell wie möglich. Henriette und ihr Vermögen, das es ihr ermöglichte, mir einen Kredit zu geben, waren meine Chance, das zu schaffen. Sie und Lea. Ich brauchte Lea, um das hinzukriegen. Immerhin hatten wir die letzten drei Jahre alles zusammen hinbekommen. Ein Leben voll von harter Arbeit, Partys und Luxus, der mit dem Erfolg dieser Arbeit bezahlt wurde. Wir hatten jede Sekunde gemeinsam genossen, und genau dahin wollte ich zurück. Mit ihr.

Ich parkte den Defender neben ihrem SLK auf dem Kopfsteinpflaster und sprang aus dem Wagen. Das Büro der Werbeagentur, in der wir bis vor drei Wochen beide gearbeitet hatten, lag im zweiten Stock eines restaurierten Industriekomplexes. Der Loftcharakter vermittelte einem das Gefühl, als wären alle Teil einer großen Familie und würden zusammen am Esstisch Großes vollbringen. Dabei hatte der Chef dieser Familie mich geopfert, um seinen eigenen Hintern zu retten. Wenn so Familie aussah, konnte ich mich gleich erschießen. Denn dann würde mir Henriette vermutlich genau wie Boris, mein Vorgesetzter, das Messer in den Rücken rammen, anstatt mir Geld für eine eigene Firma vorzuschießen. Sie war meine letzte Chance, denn Boris hatte nicht nur dafür gesorgt, dass seine Fehler auf mich zurückfielen, sondern auch dafür, dass dies, nachdem ich ihn zur Rede gestellt hatte und der Streit zwischen uns eskaliert war, in der gesamten Branche bekannt wurde. Kein einziges Konkurrenzunternehmen wollte mich einstellen. So schnell wurde man vom zukünftigen Juniorpartner in einer der angesagtesten Werbeagenturen Hamburgs zum arbeitslosen Projektmanager. Und Banken gaben Menschen, deren gesamter Besitz in ein Auto passte, keinen Kredit, wie ich leidvoll hatte feststellen müssen. Vermutlich hätte ich in den letzten Jahren nicht so ausschweifend leben und lieber sparen sollen. Dann hätte ich jetzt zumindest ein Startkapital, würde mit Glück einen Investor finden, um das Business aufzuziehen, und müsste nicht meine Großmutter anpumpen. Aber ich hatte nicht gespart. Lea und ich hatten das Geld verpulvert, und bei Gott, wir hatten die Zeit unseres Lebens gehabt.

Ich rief sie noch mal an und sprach ihr dieses Mal auf die Mailbox, sie sollte runterkommen. Ich wäre auf dem Parkplatz. Ins Büro brachten mich keine zehn Pferde.

Es dauerte nervenraubende zehn Minuten, bis Lea aus dem Gebäude kam. Ihre Haare waren zu einem strengen Zopf zurückgebunden. Das Make-up betonte perfekt minimalistisch nur ihre Augen. Dazu trug sie einen schwarzen Hosenanzug, der sie unglaublich sexy aussehen ließ, gerade weil er so zurückgenommen war.

»Sam?«, fragte sie und blieb mit ausreichend Sicherheitsabstand vor mir stehen. Ihr Blick glitt über mein Hemd, dessen Ärmel ich hochgekrempelt hatte und das lose über die Jeans hing, die ich dazu trug. Lea mochte Männer im Anzug, aber ich hatte es für keine gute Idee gehalten in einem überteuerten Boss-Anzug auf Henriettes Gestüt aufzuschlagen.

»Lea«, sagte ich und lehnte mich lässig gegen den Ersatzreifen des Defender.

»Was willst du?« Sie blickte auf ihre im Nude-Ton lackierten Fingernägel, als gäbe es dort die Antwort zu lesen.

Ja, was wollte ich hier? Lea war nicht der Typ Frau, der für einen Mann alles stehen und liegen ließ. Vor allem dann nicht, wenn dieser Typ gerade dabei war, episch zu scheitern. Lea war intelligent, stark, erfolgreich und wusste, was sie wollte. Und diese Eigenschaften suchte sie auch bei dem Mann, der mit ihr das Leben teilte. Nichts, was ich derzeit erfüllen konnte. »Mich verabschieden«, sagte ich deswegen und setzte meinen Gesichtsausdruck auf neutral. Keine Ahnung, ob es gelang. Einige Möwen zogen über unseren Köpfen Kreise, bevor sie sich mit dem Wind zu den Hafenkränen über den Hamburger Docks treiben ließen.

»Wir haben uns bereits verabschiedet.« Sie zeigte hinter sich. »Und ich muss arbeiten. Wichtiger Deal. Du weißt schon.«

Es gab immer irgendeinen wichtigen Deal. »Ich dachte nur …« Ich brach ab und machte einen Schritt auf sie zu. »Okay. Ich wollte dich nur fragen, ob du nachkommen willst? Vielleicht am Wochenende. Nur für ein paar Tage.« Ich grinste schief. Eigentlich hätte ich sie fragen wollen, ob sie mir mit Henriette half. Ob sie nur einmal eine Ausnahme ihrer Ich-verschenke-mein-Herz-nicht-Regel machen könnte, um für mich da zu sein. Weil ich das verdammt noch mal gerade brauchte, aber ich ließ es.

»Sammy-Boy?« Sie kam mir so nah, dass sie die Knöpfe meines Button-down-Hemdes berührte und zupfte an dem Stoff. »Wir waren uns doch einig, dass wir es genießen, so lange es eben dauert. Wir hatten jede Menge Spaß, oder nicht?«

»Wer sagt, dass es damit vorbei sein muss«, erwiderte ich und grinste immer noch. Scheiße, war das anstrengend.

Sie fuhr meine Wange entlang, berührte den Rand meiner Lippen und näherte sich dann ihrem Finger, der noch immer dort verharrte. Mein Herz schlug ein wenig schneller. Ich wollte den Kuss, der bereits zwischen uns schwebte. Als könnte ein einziger Kuss das Ruder noch herumreißen.

Aber anstatt ihre Lippen auf meine zu legen, drehte Lea ihren Kopf zur Seite und flüsterte in mein Ohr. »Du, Sam, als du beschlossen hast, dich mit Boris anzulegen, und als du entschieden hast, in dieses Kaff zu gehen. Also, lass uns jetzt keinen längst toten Patienten wiederbeleben. Das geht schief. Wir wollten es unverbindlich. Das ist unser Ding.« Sie entfernte sich von mir, und ich hielt sie nicht zurück. »Ich liebe die Stadt, die Menschen hier, meinen Job. Das würde ich für keinen Mann der Welt aufgeben, und das weißt du. Nicht mal für so einen großartigen wie dich, Sammy-Boy.«

»Es geht um ein paar gottverdammte Tage, nicht um dein restliches Leben.«

Lea schüttelte den Kopf. »Ich will hier nicht weg. Nicht einmal für ein paar Tage. Und du willst auch nicht, dass ich dort bin. Stell dir mal vor: Ich auf einem Bauernhof. Das wäre eine Katastrophe, ehrlich.«

»Gestüt.«

»Was?«

Ich atmete tief durch. »Es ist ein Gestüt. Kein Bauernhof. Hochehrwürdig, erlesen.« Ich lächelte schwach. »Du würdest dich sehr gut dort machen und könntest mich ganz unverbindlich ein bisschen ablenken, während ich alles regle.«

Aber Lea schüttelte nur den Kopf. »Fang jetzt nicht an zu klammern.« Sie sah aus, als hätte sie ernstlich Sorge, ich könnte ihr eine Szene machen. »Lass die letzten Jahre bitte einfach so stehen, und mach es nicht kaputt.«

»Wie kommst du darauf, ich würde klammern?«, fragte ich mit so viel Unverständnis in der Stimme, dass ich mir fast selbst glaubte. Vielleicht weil ich sie heute gefühlte zehntausendmal angerufen hatte und jetzt wie ein verdammter Stalker vor ihrem Büro stand und einfach nicht verschwand, obwohl sie mir unmissverständlich klargemacht hatte, dass die Sam-Lea-Ära vorbei war. »Ich bin die Unverbindlichkeit in Person. Alles, was ich will, ist ein wenig Spaß, so lange ich in dem Kaff ausharren muss.« Wie konnten drei Jahre, die man zusammen verbracht hatte, unverbindlich sein? Ich machte einen Schritt rückwärts und stieß erneut gegen den verdammten Ersatzreifen. »Aber ich verstehe, dass du hier gebraucht wirst.« Gar nichts verstand ich, und ich war eifersüchtig. Auf die Männer, die Lea daten würde, während ich in der Pampa festhing, und auf den Job, den sie im Gegensatz zu mir noch immer hatte. »Also alles easy«, sagte ich trotzdem im Brustton der Überzeugung.

Sie sagte nichts, sah mich nur an. Doch ich ging nicht. Wieso verschwand ich nicht endlich? Es war, als wären meine Füße auf dem glühend heißen Asphalt festgetackert.

»Okay«, sagte Lea schließlich leise, und ein fast schon schüchternes Lächeln überflog ihre Lippen. »Man sieht sich.«

»Man sieht sich«, sagte ich so leichthin, wie ich konnte, und endlich reagierten die Synapsen in meinem Körper wieder. Ich drehte mich um, stieg in den Geländewagen und ließ den Motor aufheulen. Dann fuhr ich so hart an, dass ich um ein Haar einen Poller des ehemaligen Hafengeländes gerammt hätte.

Lillan

Sonne flutete mein Bett, obwohl es noch früh am Morgen war. Ich kroch unter der Decke hervor und lief, die Augen noch halb offen, in die Küche. Eilig schob ich meinen Becher unter die Maschine und wählte im Programm des Vollautomaten einen Cappuccino aus. Vibrierend begann der Apparat die ganzen Bohnen zu mahlen, und wenig später verbreitete sich der Geruch nach rettendem Koffein in der Küche. Der riesige Automat passte eigentlich gar nicht in unsere Hobbit-Küche, wie meine Tochter Ida den gemütlichen Raum nannte. Aber ich liebte das chromglänzende Teil. Henriette, meine Chefin auf dem Gestüt Auweide, hatte ihn mir zum letzten Weihnachtsfest geschenkt, ungeachtet der Tatsache, dass ich das Geschenk erst nicht annehmen wollte. Keine Ahnung, was so ein Ding kostete.

Henriette hatte meine Einwände jedoch mit einem »Papperlapapp« beiseitegeschoben. Es war beschlossene Sache: Sir Henry, wie Ida das Ungetüm getauft hatte, zog bei uns ein. Und der Kaffee war wirklich himmlisch. Insbesondere, wenn ich ihn auf dem kleinen Holzsteg trank, der von unserer Terrasse in den See hinterm Haus ragte. Ich setzte mich an den Rand. Das Holz war bereits warm von den ersten Sonnenstrahlen des Tages. Meine nackten Füße berührten das Wasser und malten konzentrische Kreise auf die Oberfläche. Über den angrenzenden Wiesen des Guts schwebten die Reste von Frühnebel und ließen die Wildblumen und Spinnennetze zwischen den Gräsern mystisch wirken. In der

Ferne war eines der Pferde zu sehen, die zum Bestand des Gestüts und damit in meine Obhut gehörten.

Mein Zuhause. Ein friedvoller Ort mit Menschen, die ich liebte, und so idyllisch, dass Pia, meine beste Freundin aus Kiel, stets behauptete, sie könnte davon nur geringe Dosen vertragen, sonst würde sie durchdrehen.

Ich hingegen liebte das Land und dessen Besitzerin. Henriette war mehr als eine Chefin. Sie war meine Vertraute, meine Freundin, obwohl uns eine ganze Generation voneinander trennte. Sie war herrlich verschroben, für jeden Spaß zu haben und eine wundervolle Ersatz-Oma für Ida. Alles würde ich für sie tun und sie vor Anfeindungen beschützen. Vor allem aber vor ihrem treulosen Enkel, der sich für heute angekündigt hatte.

Nicht ein Mal in fast zwei Jahrzehnten hatte er es geschafft, seine Großmutter zu besuchen. Und jetzt, wo er es endlich tat, war er nur wegen ihres Geldes hier. Daraus hatte er am Telefon keinen Hehl gemacht.

Dabei hätte Henriette den Beistand ihrer Familie in den letzten Jahren durchaus nötig gehabt. Damals, als ihr Mann Paul starb, war sie wochenlang nicht aus dem Bett gekommen und fast an ihrer Trauer zerbrochen. Lediglich die gemeinsam gegründete Hilfsorganisation, die nur von ihr, durch sie und mit ihr leben konnte, hatte sie schließlich dazu bewogen, sich aufzurappeln.

Von der werten Familie hatte sich keiner dafür interessiert, wie es Henriette ging. Nur Geld hatte Samuels Vater gewollt, als klar war, dass Pauls Erbe beträchtlich war. Und wie es aussah, fiel der Apfel nicht weit vom Stamm.

Trotzdem lief Henriette, seitdem Samuel angekündigt hatte, gegen Mittag auf Gut Auweide einzutreffen, mit einem Strahlen auf dem Gesicht durch die Gegend, als wären Ostern, ihr Geburtstag und Weihnachten auf einen Tag gefallen. Auch wenn sie den Bruch mit ihrer Familie akzeptiert hatte, wünschte sie sich

Henriette tief in ihrem Herzen zurück. Darüber machte ich mir Sorgen. Denn es war klar, dass Samuel nicht wegen Henriette, sondern nur wegen des Geldes von Hamburg hierhergefahren kam. Er würde sie nur ausnutzen.

Und da war noch etwas, das ich ganz tief in den hintersten Teil meines Herzens drängte. Angst. Henriette, Ida und ich hatten so lange eine exklusive Einheit gebildet, dass ich Angst hatte, diese Verbindung könnte gestört werden, wenn plötzlich jemand hinzukäme. Jemand, der, Henriettes Erzählungen nach zu urteilen, viel zu sehr wie Hannes war. Ich leerte den Becher und dehnte die angespannten Muskeln meines Nackens. Es half, die Erinnerungen an Idas Vater und eine verdammt dunkle Zeit in meinem Leben zu verscheuchen. Wenn es doch nur so einfach wäre, diesen Samuel ebenfalls zu vertreiben. Ich wollte, dass er zurück nach Hamburg verschwand und uns in Ruhe ließ, bevor er Henriette so wehtun konnte, wie Hannes damals mich verletzt hatte.

Ich schloss die Augen und konzentrierte mich auf die Sonne, die meine Nasenspitze kitzelte, als sich plötzlich zwei Arme von hinten um meine Mitte schlangen. Ich legte meine Hände über die von Ida und wiegte uns ein wenig hin und her. Dann drehte ich mich zu meiner Tochter um und gab ihr einen Kuss auf die Stirn, die Nase und den Mund. Sie wischte sie mit voller Inbrunst weg. Um ihren Kopf schmiegte sich eine gehäkelte Mütze in sanften Pastelltönen.

Sie sah mich erwartungsvoll an. »Mama, darf Maggie gleich kommen?«

Maggie war Idas beste Freundin, und mich beschlich manchmal das Gefühl, die beiden wären zusammengewachsen. »Sie ist doch längst auf dem Weg hierher, habe ich recht?« Es waren Sommerferien. Die ersten seit Idas und Maggies Einschulung, und die beiden holten die im Klassenzimmer verlorene Freiheit in diesen sechs Sommerwochen nach.

Ida nickte. »Wir wollten dir im Stall helfen und dann vielleicht ausreiten?« Sie setzte ihr Lächeln auf, das selbst Polkappen zum Schmelzen bringen würde.

»Wenn ihr mir beim Füttern helft, könnt ihr danach mit den Ponys losziehen«, stimmte ich lächelnd zu. »Aber nicht zu weit und …« Ich stoppte Ida, bevor sie davonsausen konnte, um Maggie, die gerade am Gartenzaun auftauchte, die frohe Botschaft zu überbringen. »Und nicht zu wild. Maggies Mutter dreht mir den Hals um, wenn sie sich was bricht, weil ihr wie die Amazonen reitet.« Ich gab ihr noch einen Kuss, hinderte sie daran, ihn sich sofort wegzuwischen, und gab sie dann lachend frei.

Ich sah ihr nach, wie sie zu Maggie rannte und ging ins Haus, um mich fertig zu machen. Ich würde mit Sicherheit länger brauchen als Ida, die mit der Aussicht auf einen Ausritt eine Rekordzeit hinlegte.

SAM

Bissee war im Grunde nicht einmal ein Ort. Es gab Schilder, die dies behaupteten, aber dreieinhalb verstreut liegende Häuser verdienten die Bezeichnung wohl kaum. Dafür gab es hier jede Menge Wald, Wiesen, Seen und Hügel. Das Navigationsgerät setzte immer wieder aus und behauptete dann beharrlich, ich sollte umdrehen. Ich vermutete, es lag an den dichten Waldgebieten, die das GPS-Signal schluckten. Trotzdem hatte das Ganze etwas Unheimliches. Als wäre es eine Prophezeiung.

Ich wäre liebend gern umgekehrt, aber ich hatte weder Zeit noch das finanzielle Polster, um mich in meinem Selbstmitleid zu suhlen. Stattdessen bog ich nach einer ermüdenden dreistündigen Fahrt auf die schmale Kopfsteinpflasterstraße ein, die erst eines der drei Gebäude von Bissee passierte, einen Gasthof, der schon ewig existierte und bei dem ich mich fragte, wie er sich halten konnte. Kein Mensch schien in diesem Kaff zu wohnen, geschweige denn auszugehen.

Ich war zuletzt mit fünfzehn in Bissee gewesen und hätte den Weg durch die Pampa hierher niemals gefunden, doch nun, wo ich das winzige Örtchen erreicht hatte, schaltete ich das Navigationsgerät aus. Ab hier kannte ich den Weg. Ich folgte der Straße über eine Kuppe. Sie zog sich durch sanft abfallende Wiesen bis zu einem beeindruckend großen Gehöft im Zentrum des Tals. Pferde weideten links und rechts davon auf ausladenden Wiesen. Im Hintergrund sah ich den See und dahinter den Fluss, in dem Tom und ich früher Frösche gefangen hatten und der sich bis an den nahen Waldrand erstreckte. Langsam ließ ich den Defender den Hügel hinunterrollen und lehnte mich über das Lenkrad, um alles in mich aufzunehmen. Schwalben jagten über den Himmel, zogen ihre Kreise und rasten zurück zu den Nestern, die in den Giebeln der beiden Stallgebäude klebten. Sie flankierten das strahlend weiße Gutshaus.

Ich parkte meinen Wagen auf dem Kiesrondell davor und stieg aus. Meine Beine fühlten sich steif an, genau wie mein Verstand. Seufzend stieß ich mich trotzdem von der Wagentür ab und schlenderte zum Haupthaus hinüber. Mit seiner überdachten Veranda und der breiten Eingangstür hatte es ein wenig Südstaaten-Flair. Und das mitten in Schleswig-Holstein. Neben der Tür stand ein kunstvoll arrangierter Strauß getrockneter Blumen in einer auf alt getrimmten Vase. *Shabby chic* hieß der Kram. Leas Sucht nach Einrichtungsshows hatte wohl doch einen Eindruck bei mir hinterlassen. Ich stupste gegen das Gebilde und schüttelte den Kopf. Ich musste Lea aus dem Kopf kriegen, wenn das hier nicht im Desaster enden sollte.

Entschlossen drückte ich den Klingelknopf und ordnete mein Hemd, das durch die lange Fahrt zerknittert war. Henriette hatte immer Hunde gehabt. Jetzt war hinter der Flügeltür jedoch kein Laut zu vernehmen. Könnte natürlich sein, dass die Hunde im Alter taub geworden waren oder bereits nicht mehr unter uns weilten, aber ich glaubte es kaum. Und da auch Henriette nicht auftauchte, kam ich zu dem Schluss, dass sie es wohl leid gewesen war, auf mich zu warten. Immerhin hatte ich mich um mehrere Stunden verspätet. Ich hatte ihr zwar eine Nachricht auf dem Anrufbeantworter des Festnetzanschlusses hinterlassen, aber da sie nicht zurückgerufen hatte, ging ich davon aus, dass sie die Nachricht noch nicht abgehört hatte. Also musste sie mich für unpünktlich und unzuverlässig halten. Toller Einstand und eine hervorragende Verhandlungsposition, um die angekündigte Sache mit dem Kredit zu besprechen.

Ich atmete tief durch und beschloss, Henriette suchen zu gehen und auf Gnade zu hoffen. Das Gebäude rechts von mir war völlig leer, die Pferde vermutlich alle den Sommer über auf der Weide. Nur Staub tanzte im schräg hereinfallenden Sonnenlicht.

Auch der Reitplatz lag verlassen da, und ich kam mir bescheuert vor, weil ich wie ein Dieb über den ausgestorbenen Hof schlich. Das linke Stallgebäude war deutlich größer und aus massivem Backstein erbaut. Ich wollte gerade die Tür öffnen, als diese aufgestoßen wurde und eine Frau mich um ein Haar über den Haufen rannte. Ich wusste nicht, ob das daran lag, dass ein mannshohes Pferd wie wild am Strick in ihrer Hand zerrte und vermutlich eher sie spazieren führte als umgekehrt, oder daran, dass sie offenbar stinkwütend war. Warum, wusste ich nicht, aber da sie mich zornig anfunkelte, beschlich mich das Gefühl, es läge an mir. Dabei war das absurd. Immerhin kannte ich sie nicht. »Guten Tag«, sagte ich, aber sie brummte anstatt einer Begrüßung nur: »Vorsicht!«

Mein Blick blieb eine Spur zu lange an ihrer entschlossenen Miene und den roten Locken hängen, die wild um ihr Gesicht tanzten. Wie einem Tornado, dem gebannt man zusieht, wie er eine Schneise in die Landschaft schlägt.

»Hallo«, versuchte ich es noch einmal, aber sie sah noch nicht einmal auf. Stattdessen kümmerte sie sich hingebungsvoll um das Pferd und führte es auf den Reitplatz, wo sie den Strick losmachte. Augenblicklich sprang der Braune los, bockte, stieg und galoppierte schnaubend über den Platz. Ein warmes Lachen entschlüpfte der Frau. Vielleicht hatte ich sie auf dem falschen Fuß erwischt. Wenn an meiner Hand fünfhundert Kilo herumgezappelt hätten, hätte ich wohl auch keine Lust auf Small Talk mit einem Fremden gehabt, der im Weg stand. Das Pferd lief noch immer mit schwungvollen Schritten auf und ab, legte Kickstarts hin und bremste ab, nur um sich im selben Moment über die Hinterhand zu werfen und erneut durchzustarten. Ich lehnte mich an die Umzäunung und wagte einen neuen Versuch. Streng darauf bedacht, nicht in die Nähe von Zähnen oder Hufen des Pferdes zu kommen. »Ich bin Samuel. Henriettes Enkel.« Ich hielt ihr meine Hand hin, aber sie ergriff sie nicht, und so ließ ich sie wieder sinken. Meine Laune war definitiv nicht stabil genug für so viel Ablehnung. Wenn Henriette nur einen Deut so war wie diese Rote Zora, dann versprach meine Mission ja ein wahres Kinderspiel zu werden. »Wissen Sie, wo ich Henriette finden kann?« Ich hob die Hand und bewegte sie vor dem Gesicht der Frau hin und her, weil ich mir mittlerweile nicht mehr sicher war, ob etwas mit ihr nicht stimmte. Immerhin hatte sie überhaupt nicht reagiert. Mein wildes Gefuchtel brachte sie dann aber doch dazu, mich entnervt anzusehen. »Henriette?«, fragte ich, und als sie nicht antwortete, sagte ich noch etwas lauter. »Ich muss meine Großmutter finden. Dringend.«

»Tut mir leid, aber ich habe zu tun«, war alles, was ich als Antwort erhielt, bevor sich mein Gegenüber umdrehte. Sie verschwand im Stallgebäude, und nichts an ihrer Körperhaltung lud mich ein, ihr zu folgen. Am allerwenigsten die hinter ihr zuknallende Stalltür. Ich warf noch einen Blick auf das Pferd, wie es seine Runden drehte, und stieß mich dann vom Zaun ab.

Ich stand nicht besonders auf Pferde, seitdem ich in einem der letzten Sommer auf Henriettes Gestüt von einem der vielen Ponys gefallen war und mir den Arm gebrochen hatte. Aber ich erinnerte mich daran, wie Tom und ich die Wochen zuvor stundenlang über die Wiesen des Hofs gewandert waren, nur um dann auf den Rücken friedlich grasender Ponys zu klettern und uns mit einem Grashalm im Mundwinkel zu unterhalten.

Genug Tom-Sawyer-Erinnerungen. Ich musste Henriette finden

und mir ihre Bedingungen für den Kredit anhören. Eine davon war gewesen, dass ich sie hier besuchen kam und so lange blieb, bis wir uns über etwaige Konditionen einig wurden.

Lillan

Dieser Idiot. Ich lehnte an der kühlen Backsteinwand des Stalls der jungen Hengste und versuchte meine Atmung unter Kontrolle zu bringen. Sonst würde ich gleich da rausgehen und diesem bescheuerten Samuel meine Meinung über Typen wie ihn um die Ohren hauen.

Ich drehte mich um und sah aus den Stallfenstern zu ihm rüber. Das gewölbte Glas verzerrte seine Silhouette etwas, verbarg aber nicht, dass er groß war und verdammt gut aussehend. Zumindest wenn man vergaß, dass er ein eindimensionaler Yuppie mit Geldproblemen war. Seine dunklen Haare standen wirr von seinem Kopf ab, als hätte er sie auf der Fahrt hierher ständig zerfurcht. Normalerweise trug er vermutlich eine aalglatte Schnöselfrisur. Das passte zu dem, was Henriette mir von ihrem Enkel erzählt hatte. Fünfunddreißig, nicht verheiratet, keine Kinder, lebte für seinen Beruf und für die Partys nach Feierabend. Er war Werbefuzzi in einer von Hamburgs angesagtesten Werbeagenturen gewesen, bis er sich mit seinem Chef angelegt und den Job folgerichtig verloren hatte. Natürlich war das kein Grund für diesen unsäglichen Kerl, sich auf den Hosenboden zu setzen und selbst für seinen Neuanfang zu kämpfen, wie es sich gehörte. Da war es viel leichter, nach zwanzig Jahren Funkstille seine Oma anzupumpen, nur um sich dann erneut für mindestens zwei Dekaden zu verkrümeln. Tauchte hier auf und erwartete, dass Henriette parat stand. Seine Arroganz und die Ungeduld in seiner Körpersprache machten mich unsäglich wütend. Ich stieß die Luft aus und schnappte mir eine Mistgabel. Die Boxen auszumisten war eine sehr effektive Aufgabe, um Ärger abzubauen und Dinge wieder ins rechte Licht zu rücken. Ich mochte es, mich körperlich zu verausgaben und einfach an nichts zu denken, aber heute ließ sich mein Kopf nicht überlisten. Immer wieder wanderten meine Gedanken zu Henriettes Enkel und zu dem Grund, aus dem er hier war. Es ging mich nichts an. Der Typ hatte nicht mich, sondern Henriette angepumpt, und sie war in meinen Augen eine der stärksten Menschen auf der Welt. Ich musste einfach darauf vertrauen, dass sie Samuels sturmgrauen Augen nicht erliegen würde. Selbst dann nicht, wenn er an ihre Schwachstelle, ihren ausgeprägten Familiensinn, appellierte.

SAM

Ich fand Henriette am See. Sie saß auf einem Liegestuhl. Ein überdimensional großer und verdammt hässlicher Hut thronte auf ihrem Kopf und vergrub die alte Dame fast unter sich. Sie schlürfte genüsslich einen Cocktail durch einen Flamingo-Strohhalm. Ihren rosigen Wangen nach zu urteilen war er hochprozentig und nicht der erste seiner Art.

»Hallo, Großmutter«, sagte ich und kam langsam näher. Ich hatte erwartet, sie würde mich ähnlich abweisend empfangen wie die Rote Zora. Auf jeden Fall hätte ich nicht damit gerechnet, dass sie verzückt meinen Namen quietschen, sich erstaunlich flink für ihre achtzig Jahre aufrappeln und mich fest in die Arme schließen würde.

»Samuel«, rief sie aus und kniff mir zärtlich in die Wange. Das hatte sie früher schon immer getan. Und es war mir unangenehm.

Ich suchte etwas Abstand, indem ich sie von mir schob und sie anlächelte. »Wie geht es dir?«, fragte ich.

»Wie soll es mir schon gehen?«, winkte sie ab. »Ich sitze Cocktails schlürfend unter meinem Lieblingsbaum und sehe auf den See hinaus. Wie kann es mir da schlecht gehen? Ida behauptet übrigens, dass Flamingos der letzte Schrei seien.« Sie machte einen waghalsig aussehenden Tanzschritt und ein Gesicht, als würde sie ein Selfie für Instagram schießen, was mich irgendwie zum Lachen brachte. Dabei hatte ich mich bis eben noch hundsmiserabel gefühlt.

»Möglich«, sagte ich. Diese Vögel waren der letzte Schrei, auch wenn sich mir nicht erschloss, wieso. Wir hatten gerade erst eine große Werbekampagne für einen Softdrink-Hersteller mit dem Vieh gemacht, und sie war eingeschlagen wie eine Bombe. »Aber wer ist Ida?«, fragte ich. Vielleicht die wütende Rothaarige?

»Du wirst Ida noch kennenlernen.« Sie strich mir schon wieder über die Wange. »Sie ist wundervoll.«

Wundervoll war nicht gerade das Adjektiv, das ich mit der Roten Zora verband. Henriette hingegen bekam regelrechte Herzchen in den Augen, als sie über diese Frau sprach. Ich hatte erwartet, meine Großmutter wäre vereinsamt und würde sich danach verzehren, dass ich ihr Gesellschaft leistete. Vielleicht, weil es mir die Sache vereinfacht hätte. Henriette hingegen wirkte alles andere als verbittert oder einsam. Sie hatte diese Ida und schien glücklich und seltsam zufrieden. Sie war auch nicht kaltherzig oder der Drachen, als den Pa sie all die Jahre dargestellt hatte, seitdem sie sich vor knapp zwanzig Jahren entfremdet und schließlich vor einigen Jahren wegen Pauls Erbe ganz überworfen hatten. Im Gegenteil, sie hatte etwas vertraut Warmes an sich, und die einzige Beschreibung, die ich über die letzten Jahre aus dem Mund meiner Eltern über sie gehört hatte und die tatsächlich zutraf, war: exzentrisch.

Lea behauptete immer, ich wäre zu gefühlsduselig, und ich musste ihr recht geben. Ich war wegen des Geschäfts hier und nicht, um nach all den Jahren meine Beziehung zu meiner Großmutter aufzuwärmen.

»Henriette«, begann ich. »Meinst du, wir könnten uns darüber unterhalten, warum ich gekommen bin?«

»Na, weil ich dich eingeladen habe.« Sie lachte und tätschelte meinen Arm.

Das war nicht der Grund gewesen, und ich machte mir langsam Sorgen, ob sie vielleicht vergessen hatte, um was es bei meinem Besuch ging. Henriette war in einem Alter, wo Demenz auf jeden Fall ein Thema sein könnte. Und das würde alles verkomplizieren, verlangsamen. Unmöglich machen?

»Jetzt setz dich erst mal.« Sie strich mir über den Kopf, wie sie es früher ab und an getan hatte. Nur musste sie sich jetzt dafür auf Zehenspitzen stellen.

»Was ist? Trinkst du einen Flamingohito mit mir?«

Keine Ahnung, was das genau war, aber Alkohol, in welcher Form auch immer, war die beste Idee, die irgendwer an diesem Tag ausgesprochen hatte. Also nickte ich.

»Perfekt«, sagte sie zufrieden und goss mir ein Glas ein, versenkte dann einen Flamingo-Strohhalm darin und deutete auf den Platz neben sich. »Setz dich.«

Ich nahm ihr das Glas ab und ließ mich auf die Teakholzliege sinken. Nach einem vorsichtigen Schluck, der bestätigte, dass das Zeug tatsächlich hochprozentig, aber extrem lecker war, leerte ich das Glas in wenigen Zügen.

»Um noch mal auf …«

»Einen Flamingohito muss man in Ruhe genießen«, unterbrach mich Henriette. »Morgen ist auch noch ein Tag. Dann können wir übers Geschäftliche sprechen.« Sie sah mich freundlich an. »Was hast du in den letzten Jahren getrieben?« Sie meinte wohl, in den Jahren, in denen ich nie hier war. Augenblicklich regte sich mein schlechtes Gewissen. Ich hätte nicht erst jetzt kommen sollen, wo mir das Wasser bis zum Hals stand. Fakt war aber, dass der Streit zwischen ihr und meinem Vater dazu geführt hatte, dass ein Besuch bei ihr immer den Beigeschmack hatte, Pa zu hintergehen. Irgendwann war es einfacher gewesen, meine Großmutter als exzentrisch abzutun und sie mit ihrem Gestüt zu vergessen. Bis heute, wo ich einen Kredit von ihr benötigte. Ich mochte nicht, zu was für einem Menschen mich das machte.

»Sam?«, erinnerte mich Henriette daran, dass ich ihre Frage nach meinem Werdegang noch immer nicht beantwortet hatte.

Ich zuckte mit den Schultern. »Nichts Besonderes. Ich habe mein Abitur gemacht, in München studiert und eine Weile in Köln gearbeitet.« Ich nahm einen großen Schluck. »Aber alles südlich der Elbe ist für ein echtes Nordlicht auf Dauer nichts. Es zog mich zurück nach Hamburg. Ich bekam einen Job bei *Scholz und Partner*. Sie sind sehr erfolgreich und …« Früher hätte ich gesagt, es ist eine Ehre, für eine so renommierte Agentur zu arbeiten und Auszeichnungen einzufahren. Aber jetzt wollten sich die Worte einfach nicht formen.

»Ich wollte eigentlich keinen Lebenslauf hören.« Henriette zwinkerte mir zu. »Den kann ich mir auf LinkedIn ansehen.«

Woher wusste meine achtzigjährige Großmutter, was LinkedIn ist? Ich fuhr mir über die Augen, um das Flimmern am Gesichtsrand zu vertreiben. Ich war mir nicht sicher, ob es auf den Schlafmangel, den Stress oder den Alkohol zurückzuführen war, der sich langsam in meinem Organismus breitmachte. Henriette füllte mein Glas neu, ohne groß zu fragen, ob ich noch etwas von ihrer tödlichen Mischung wollte.

»Ich dachte eher an dich als Person«, sagte sie dann. »Was hast du getan, wenn du nicht deiner überaus wichtigen Arbeit nachgegangen bist?«

»Ich?« Eigentlich hatte ich nur gearbeitet, die Erfolge mit Leuten von der Arbeit gefeiert und war dann mit einer Arbeitskollegin ins Bett gegangen. Ich war meine Arbeit. Viel mehr gab es da nicht. Auch nicht, wenn ich krampfhaft danach suchte. »Ich mag meinen Wagen.« Das war dürftig, aber mehr fiel mir nicht ein.

»Was für einen fährst du?«, fragte Henriette, und ich antwortete ihr, obwohl ich bezweifelte, dass ihre Frage mehr war als reine Höflichkeit.

»Einen Defender.« Ich senkte den Blick. »Er ist ein bisschen martialisch. Meine Freundin behauptet immer, es wäre hinterwäldlerisch, so ein Auto zu fahren.«

Henriette legte ihren Arm auf meinen, und in ihren wässrigen Augen lag Begeisterung. »In den nächsten Tagen nimmst du mich mal auf eine Offroadtour mit, versprochen?«

Ich sah sie entsetzt an. »Der Wagen ist nicht besonders gut gefedert«, wiegelte ich ab. Sie würde sich sicher etwas brechen. Außerdem hatte ich nicht vor, über Wiesen zu brettern, sondern mit ihr alles nötige Geschäftliche zu besprechen und dann wieder abzuhauen. Je eher ich zurück nach Hamburg kam, desto schneller konnte ich beginnen, um Lea zu kämpfen. »Ich glaube, das ist keine gute Idee. Ich bin aus einem bestimmten Grund hier.« Und ich hatte keine Zeit für so etwas.

Henriette lehnte sich grinsend in ihrem Liegestuhl zurück. »Wir sind alle aus einem bestimmten Grund irgendwo, aber oft ist dieser Grund ein ganz anderer, als man zunächst denkt.« Sie hörte sich an wie ein in Flamingohito ertränkter Glückskeks.

»Ich kenne meine Gründe.«

Sie nickte, aber es sah nicht weise, sondern eher amüsiert aus.

Lachte sie mich gerade aus? Ich spürte die Wut durch meine Adern kriechen, aber der Alkoholpegel weichte sie schnell wieder auf. Betont ruhig sagte ich: »Ich muss so bald wie möglich zurück nach Hamburg.«

»Das habe ich mir gedacht.« Noch immer lag ein seichtes Lächeln auf Henriettes Gesicht, das sich vertiefte, während sie an ihrem Drink nippte. »Aber du willst etwas von mir. Und du wärst nicht hier, wenn dir eine Bank den gewünschten Kredit geben würde. Ich bin dein letzter Ausweg, hab ich recht?« Sie zwinkerte mir zu, und ihre Augen waren wach und zeigten Scharfsinn. Ich nickte stumm. »Das solltest du nicht vergessen, mein Lieber. Also gebe ich die Rahmenbedingungen vor, und die beinhalten seit gerade eben einen Offroadtrip mit deinem Defender.« Sie kicherte. »Ich mag es nämlich martialisch.«

Lillan

Apfel-Zimt-Geruch erfüllte unser Haus, das am See nahe des Gestüts lag. Ich hatte den urigen Charme des alten Kutscherhäuschens vom ersten Tag an geliebt. Und als Henriette mir vorschlug, ich könnte es für mich und Ida herrichten, war ich überglücklich gewesen. Jeder Mensch brauchte ein Zuhause, einen Ort, wo seine Wurzeln lagen und der das Herz beruhigte, egal wie schlimm es auch kommen mochte. Ida und ich hatten so einen Ort nie gehabt. Bis Henriette kam und das änderte.

Sie wollte mir das alte Kutscherhäuschen schenken, weil es verlassen war und ihrer Meinung nach Menschen brauchte, die es liebten und zu schätzen wussten.

Ich hingegen bestand darauf, es zu kaufen und ihr nicht noch mehr schuldig zu bleiben. Und so einigten wir uns auf einen monatlichen Abtrag, der lächerlich gering war, aber meinen Stolz gleichzeitig nicht herausforderte. Damals war Ida ein halbes Jahr alt gewesen und ich verzweifelt auf der Suche nach Arbeit. Henriette bot mir wie selbstverständlich und mit einer lächelnden Ignoranz der Probleme, die ich im Gepäck hatte, nicht nur ihr Häuschen, sondern auch einen Job an.

Dieser Ort hatte mich geheilt, und Ida wuchs völlig unbeschwert auf. Das war mehr, als ich mir je erhofft hatte, und all das verdankte ich Henriette. Auch wenn sie stets betonte, ich hätte es aus eigener Kraft geschafft, wusste ich, es stimmte nicht. Ich brauchte sie. Sie war meine Heldin. Meine Familie.

Mit einem Lächeln zog ich den Apfelkuchen aus dem Backofen, um gleich darauf die Auflaufform mit Gemüselasagne hineinzuschieben.

Als hätte Ida gespürt, dass es ihr Lieblingsessen gab, betrat sie in diesem Moment die Küche und schlang ihre Arme um mich. Für ihre acht Jahre war Ida ein wenig zu zart, aber das fiel den meisten Menschen gar nicht auf. Ihre Persönlichkeit reichte vollkommen aus, um dieses Bild zu revidieren. Ihre Haare waren genauso rot wie meine, aber glatt und zu einem Zopf geflochten, der ihr über die Schulter fiel und den Gänseblümchen zierten. Wie immer hatte sie eine Mütze darübergezogen. Egal wie warm oder kalt es war, ob drinnen oder draußen – Ida trug Mütze. Das hatte mir schon einige Gespräche mit ihren Lehrern eingebracht, die zunächst darauf bestanden, sie müsste sie im Klassenraum absetzen. Aber da hatten sie die Rechnung ohne Idas Sturkopf gemacht. Die pastellfarbene Kopfbedeckung aus den Morgenstunden war einem gestrickten Panda-Modell mit Ohren gewichen, die um ihr Gesicht tanzten.

Unzählige Sommersprossen überzogen Nase und Wangen, und ihr Hängekleidchen erinnerte an das von Pippi Langstrumpf. Ich hatte einen gelben Stoff dafür ausgesucht, und das Innenleben war mit einem hellen Lindgrün gefüttert. Ida trug nicht gern Rosa, sie mochte auch keine Spitze oder Glitzerschuhe wie ihre beste Freundin Maggie. Ihre Chelsea-Boots waren aus Leder, an der Spitze zerkratzt vom Auf-die-Bäume-Klettern und am Schaft zu weit für ihre dünnen Beine. Ich liebte jeden Zentimeter dieses kleinen Menschen.

»Hallo, mein Schatz«, formten meine Lippen, bevor ich sie an ihrem nach Wald, frischer Luft und Seewasser duftenden Hals versenkte.

Sie schob mich sanft von sich, bis sie mir direkt ins Gesicht sah, und grinste mich an. »Darf ich noch lesen gehen? Maggie und ich haben heute fünf Kapitel von ›Anne auf Green Gables‹

geschafft, und es ist so spannend.« Sie redete so schnell, dass die Wörter wie eine flache Linie ohne Ende und Anfang erschienen, aber ich verstand sie trotzdem. Ich hatte ihr die Neuauflage meines absoluten Lieblingsbuchs gekauft, und genau wie ich verlor sie sich in dieser einzigartig leuchtenden Geschichte.

»Wir haben jetzt übrigens auch eine geheime Waldhütte, und Jungs dürfen da nicht rein. Nicht mal Jonas.«

»Ach, tatsächlich?«, fragte ich, und ein Lachen zupfte an meinen Mundwinkeln. Jonas lief den beiden Mädels seit dem Kindergarten hinterher wie ein treuer Hund. Meistens gaben Ida und Maggie sich gnädig, und er durfte mitspielen.

Sie nickte eifrig. »Sie heißt Josephine, wie Annes Tante, und wir wollen sie morgen fertigbauen. Deswegen muss ich auch unbedingt weiterlesen und Ideen sammeln«, bekräftigte sie.

»Okay.« Ich hob beschwichtigend die Arme und lachte. »Von mir aus, aber deck erst den Tisch.« Ich deutete auf die Teller, die ich auf die Arbeitsfläche gestellt hatte. »Wir essen draußen.«

Mit einem Augenverdrehen legte Ida das Buch auf den Tisch und trug das Geschirr auf den Steg. Wenig später kehrte sie zurück, schnappte sich den Roman und verschwand aufs Neue.

Als ich eine halbe Stunde später mit dem Essen nach draußen kam, brannte die bunte Lichterkette, die sowohl unsere Veranda beleuchtete als auch den Steg über dem See. Ida saß ganz am Rand, ihre Beine baumelten über dem Wasser. Mücken tanzten über dem Schilf, und Wasserläufer zauberten Kreise auf die Oberfläche. Es war eines der Bilder, die ich ganz tief in mir abspeicherte. Dort, wo es bereits ein ganzes Glas voll solcher Glücksmomente gab, dessen Deckel ich jederzeit öffnen konnte.

Ich betätigte den Schalter für die Lichterkette zweimal, unser Zeichen, dass es Zeit zum Essen war, und stellte die Lasagne auf den Tisch. Ich häufte zwei Portionen auf die Teller und war fertig, ehe Ida sich von ihrem Buch losreißen konnte.

»Ida«, rief ich und deutete auf die Lasagne. »Essen!«

Sie nickte, aber ihre Nase steckte noch immer im Buch, bis sie kurz darauf den Kopf schüttelte und es zuklappte. Sie kam hüpfend zu mir und wäre um ein Haar mitsamt dem Stuhl umgefallen, als sie sich daraufplumpsen ließ.

Wir genossen schweigend unser Essen, als wir fertig waren, erzählte mir Ida von ihrem Tag.

Nach ihrem Ausritt hatten Maggie und sie den restlichen Tag auf einem Baum damit verbracht, sich gegenseitig vorzulesen und dann die geheime Waldhütte aus dem Buch nachzubauen. Ich wäre lieber dabei gewesen, als mich mit dem Besuch, der sich seit heute auf dem Hof befand, abzugeben.

Ich konnte nicht einmal genau sagen, was mich an Samuel mehr aufregte. Seine arrogante, überlegene Art, mit der er mich betrachtet hatte, als wäre ich nicht mehr als eine billige Stallkraft, oder ob es die Tatsache war, dass ich genau wusste, warum er hier war.

Ida umfasste mein Gesicht mit ihren Händen und zwang mich sie anzusehen. »Mama?«

Ich war in Gedanken versunken gewesen und hatte nicht aufgepasst.

»Was hast du?«, fragte sie.

»Nichts, mein Schatz.« Ich fuhr ihr über die Mütze. »Ich muss nur noch ein bisschen arbeiten. Und ich überlege, wie ich den Entwurf für das neue Kleid noch verbessern kann. Ein Kapitel kannst du noch lesen, aber dann geht es ab ins Bett, verstanden?«

Ich wusste, ich konnte mich auf Ida verlassen. Sie nutzte den Umstand, dass ich oft bis spät in die Nacht auf der Terrasse saß und nähte, nicht aus, um heimlich länger zu lesen. Genau wie sie sich an die wenigen, aber wichtigen Regeln hielt, wenn sie allein zu Hause war. Das unterschied sie von vielen ihrer Freundinnen, denn Ida und ich waren ein gutes Team. Und ein Team funktionierte nur, solange man zusammenarbeitete und nicht gegeneinander.

SAM

Ein ohrenbetäubendes Geräusch bohrte sich in meinen Schädel. Ich zog die Bettdecke über meinen Kopf und hoffte inständig, Lea würde den Fernseher leiser schalten. Wieso hatte sie um diese Uhrzeit eigentlich den Discovery Channel an? Wieso sah sie sich überhaupt den Discovery Channel an?

Das konnte nur einer ihrer blöden Scherze sein. Ich schlug die Bettdecke zurück und warf das Kissen schnaubend hinter mich, wo ich Lea und die Geräuschquelle vermutete. »Mach den Scheiß aus«, brummte ich, aber Lea reagierte nicht, und noch immer bohrte sich Vogelgezwitscher in mein verkatertes Hirn. Ich setzte mich auf und blinzelte das Bild des Zimmers scharf, in dem ich mich befand. Von Lea weit und breit keine Spur. Das hier war auch nicht meine Wohnung. Und das nervtötende Vogelgezwitscher kam auch nicht aus dem Fernseher. Es war echt.

Plötzlich kehrten die in Flamingohito ertränkten Ereignisse des gestrigen Abends in mein Bewusstsein zurück. Ich war nicht in Hamburg. Lea hatte mir den Laufpass gegeben, und ich hatte ganz offensichtlich das Wetttrinken mit meiner achtzigjährigen Großmutter verloren. Denn sie konnte noch fröhlich Anekdoten erzählen, als sie mich letzte Nacht auf mein Zimmer gebracht hatte, während ich kaum die Treppe hochgekommen war.

Mir war übel, und ich brauchte dringend Koffein. Ich stand auf, schloss das Fenster und dämmte damit die Lautstärke des munteren Vogelgezwitschers auf ein erträgliches Maß. Dann sah ich mich um. Meine Kleidung lag noch im Auto. Ich hätte die Sachen erst raufbringen und mich dann betrinken sollen. So blieb mir nichts anderes übrig, als in die Jeans von gestern zu schlüpfen und das Hemd überzuwerfen, das am Vorabend wohl die Bekanntschaft mit mehr als einer Fleckenquelle gemacht hatte.

Ich kramte in meiner Erinnerung nach dem Weg zum Treppenhaus, und tatsächlich fand ich es problemlos, obwohl ich zuletzt vor zwanzig Jahren den Weg von einem der Gästezimmer ins Erdgeschoss zurückgelegt hatte.

Unten angekommen, rief ich nach Henriette, bekam aber keine Antwort. Ich durchstreifte die Räume, und mit jedem Raum, den ich mir ansah, erinnerte ich mich mehr an den Sommer in meiner Kindheit. Linker Hand befand sich das Arbeitszimmer, das im Gegensatz zu früher heute modern und technisch auf dem neuesten Stand war. Daneben das Wohnzimmer, das wie eine noble Retrospektive der Zwanziger aussah. Ich durchquerte die Eingangshalle, das Treppenhaus, über das ich hierhergelangt war. Neben der Speisekammer, aus der Tom und ich früher immer unser Picknick für den Tag im Freien stibitzt hatten, lagen das Esszimmer und die Küche. Sie war riesig, hell und freundlich. Weiße Schränke, lindgrüne Wände und eine breite Kücheninsel, die von derselben honigfarbenen Massivholzarbeitsplatte dominiert wurde wie die Küchenschränke. Ich lechzte nach einem Becher Kaffee, der die Übelkeit hoffentlich vertreiben würde, und betrat den Raum.

Auf der Kücheninsel waren Aufschnitt, Käse und verschiedenes Obst und Gemüse aufgereiht. Daneben ein Korb mit Brötchen und Eiern. Außerdem Milch und Orangensaft. Meinem Magen war noch nicht zu trauen, deswegen nahm ich mir nur einen Kaffee aus der Thermoskanne, die das Frühstücksensemble abrundete, und trank ihn in kurzen, schnellen Zügen. Dann beschloss ich, meine Tasche zu holen und endlich duschen zu gehen.

Die breite Flügeltür stand offen und ließ warme Sommerluft

herein. Es roch nach frisch gemähtem Gras und feuchter Erde. Ein Geruch, den ich auch mit meiner Kindheit verband. Was war ich nur für ein nostalgischer Idiot? Seufzend lief ich die Verandatreppe hinab und zum Defender hinüber. Heute Morgen herrschte im Vergleich zu der gestrigen Stille auf dem Hof reges Treiben. Zwei Pferde wurden auf dem Reitplatz bewegt, und im Stall wurde den Geräuschen nach ebenfalls gearbeitet. Ich hatte keine Ahnung, wie viele Angestellte es benötigte, um ein Gestüt dieser Größe zu betreiben, und es war mir auch egal. Ich würde nicht lange genug hier sein, um mich dafür zu interessieren. Seufzend zog ich meine braune Reisetasche vom Rücksitz, in der sich alles befand, was ich für meinen kurzen Aufenthalt hier benötigen würde. Dem Rest meiner Sachen schenkte ich keinerlei Beachtung. Wohl aber dem Traktor, der direkt auf mich zuhielt, als ich die Wagentür schloss. Ein breites Mähwerk hing dahinter wie in einem Stephen-King-Horrorfilm, in dem Landmaschinen unschuldige Menschen jagten und sie dann zerkleinerten. Kurz bevor es dazu kommen konnte, hielt die Maschine jedoch an, und die Rote Zora, die allem Anschein nach Ida hieß, lehnte sich aus dem Fahrerhäuschen.

»Kannst du deine Kutsche freundlicherweise mal da wegfahren? Ich mähe.«

Ich sah sie verständnislos an. »Auf dem Parkplatz?«

Sie verdrehte die Augen. »Nein, natürlich nicht. Fahr den Wagen einfach weg, okay?«

Ihr Blick ließ keinen Zweifel daran, dass sie hoffte, ich würde ihn nicht nur um zwei Meter versetzen, sondern ganz verschwinden. Ich nickte und schob mich hinters Lenkrad. Ich hatte den Defender kaum zurückgesetzt, als sie auch schon an mir vorbeidonnerte und zwischen zwei Tannen auf einer Wiese zwischen See und Haus verschwand.

Keine Ahnung, warum diese Frau so kratzbürstig war, aber ich musste dringend mit ihr reden, denn ich hatte nicht vor, mich weiter so von ihr behandeln zu lassen. Allerdings würde ich mit dem Gespräch warten, bis sie keine Mordmaschine mehr fuhr.

Die Tasche geschultert, wollte ich zurück ins Haus gehen, als Henriette meinen Namen rief. Ich drehte mich um und sah sie auf einem riesigen Pferd die Auffahrt hinaufreiten. Nicht, dass ich angenommen hatte, sie würde in ihrem Alter überhaupt noch reiten, aber wenn, dann doch nicht auf so einem Riesenvieh. Ich meine, für mich war alles groß, was die Ausmaße eines Meerschweinchens überstieg, aber das Tier war ein echtes Monstrum. Die Hufe so groß wie Klobrillen und die Brust breit wie die eines Bullen. Dazu ein Kopf, in den ein normaler Pferdekopf locker dreimal hineingepasst hätte. Henriette thronte so weit oben, dass ich Angst hatte, sie könnte Sauerstoffmangel erleiden.

»Einen wunderschönen Morgen wünsche ich dir, Samuel«, sagte sie vergnügt.

Sie sah nicht aus, als hätte sie einen Kater oder würde unter der Höhe leiden. Ich hingegen fühlte mich miserabel, und ich mochte es nicht, Samuel genannt zu werden. Niemand nannte mich so, aber ich verzichtete darauf, Henriette darauf hinzuweisen.

»Morgen«, sagte ich stattdessen knapp und deutete dann auf das schwarz-weiße Monster, das sie ritt. »Was ist das?« Ich wusste, dass auf dem Gestüt Reitponys gezüchtet wurden und Turnierpferde. Das sah aber weder nach dem einen noch nach dem anderen aus.

»Das ist ein Shire Horse. Er heißt Onkel Bräsig.«

Vielleicht war das Monster gar nicht so bedrohlich, wenn man mal von seinen Ausmaßen absah, und der Name passte ziemlich gut. Es stand vollkommen in sich ruhend vor mir und sah mich aus sanften Augen an. »Hi, Onkel Bräsig.« Ich deutete auf meine Großmutter, die verloren auf dem massigen Pferd wirkte. »Soll ich dir irgendwie da runterhelfen?« Das brachte mich zwar in die blöde Situation, dem Vieh deutlich näher kommen zu müssen, als es mir lieb war. Aber wie Henriette da ohne Hilfe herunterkommen sollte, ohne sich die Knochen zu brechen, wollte mir einfach nicht einfallen.

»Ach, papperlapapp.« Sie ließ ihre Hand durch die Mähne des Pferdes gleiten und lächelte. »Der Onkel und ich haben eine Runde durch den Wald gedreht, bevor es uns beiden zu heiß wird. Das tun wir jeden Morgen, und sonst bist du ja auch nicht da. Ich habe da so meine Methode für den Abstieg vom Mount Everest.« Sie grinste breit. »Wie war dein Frühstück?«

Ich deutete auf meine Tasche. »Ich habe mir nur einen Kaffee genommen. Ich wollte erst duschen, wenn das in Ordnung ist.«

»Aber sicher, mein lieber Samuel.« Sie zwinkerte mir zu. »Du gehst duschen, und ich klettere in der Zeit hier runter. Wir treffen uns dann in der Küche.«

Als ich eine halbe Stunde später die Küche betrat, war Henriette nicht mehr allein. Sie saß mit der Roten Zora am Küchentisch und aß ein Marmeladenbrötchen. Sie lachten und wirkten sehr vertraut. Allerdings verdüsterte sich das Gesicht von der Mähdreschermörderin, als sie mich erblickte. Sie stand auf, räumte ihren erst halb leer gegessenen Teller in die Spüle und wollte gerade gehen, aber Henriette hielt sie am Arm zurück.

Sie wartete, bis Zora nachgab und sich erneut zu ihr umdrehte.

»Bleib bitte noch etwas. Ich möchte dir Samuel vorstellen.«

»Ich kenne ihn bereits«, sagte sie knapp.

Anscheinend war es eine Zumutung, dieselbe Luft wie ich zu atmen. Mittlerweile interessierte es mich ehrlich, worin ihre Abneigung meiner Person begründet lag.

»Samuel, das ist Lillan. Lillan, das ist Samuel«, stellte Henriette uns vor. Also nicht Ida. Ich runzelte die Stirn und erntete dafür ein spöttisches Lächeln von ihr. Ansonsten ignorierte sie mich und meine zum Gruß ausgestreckte Hand gekonnt. Anstatt sie, wie es die Höflichkeit geboten hätte, zu schütteln, wendete sie sich wieder Henriette zu.

»Ich muss arbeiten. Wir sehen uns später«, sagte sie leise, fast zärtlich, zu meiner Großmutter und gab ihr einen Kuss auf die Stirn. Mir hingegen warf sie beim Verlassen der Küche einen Funken sprühenden Blick zu. Allerdings nicht die Art von Funken, mit denen Lillan einen Mann bestimmt verrückt machen konnte.

Ich sah ihr hinterher. Erst Henriette, die meinen Arm berührte, holte mich zurück ins Hier und Jetzt.

»Sie versucht nur, mich zu beschützen. Mach dir nichts draus. Sie denkt eben, du willst nur an mein Geld.« Sie zwinkerte mir zu.

»Wieso habe ich keinen Zweifel daran, dass sie mich töten würde, wenn ich nicht aufpasse?«

Henriette lachte tief.

»Aber sie hat recht, ich will dein Geld«, gab ich zu, weil ich plötzlich das Gefühl hatte, ehrlich sein zu müssen.

»Das weiß ich doch.« Sie erhob sich von ihrem Stuhl, und ich nahm ihr den Teller ab. »Solange es kein Nur in diesem Satz gibt, lasse ich mit mir reden.«

Ich schlug die Augen nieder und fühlte mich wie ein mieser Verräter. Denn in meinem Satz gab es ein ganz klares Nur. Auch wenn unser gemeinsames Flamingohitos-Gelage und die kurze Zeit mit Henriette dieses Nur ein wenig untergraben hatten.

»Mach nicht so ein Gesicht. Wir gehen jetzt ins Büro und besprechen alles.«

Ich nickte stumm und folgte ihr. Unsicher darüber, in welche Tiefen es mich karmamäßig katapultieren würde, wenn ich meine eigene Großmutter ausnutzte.

Wir betraten das Büro, in dem es drei Arbeitstische gab, auf denen jeweils das neuste Modell eines Apple-Computers stand. Die Wände waren gesäumt mit Regalen voller Ordner. Ein Gestüt dieses Ausmaßes machte Arbeit. Das bezeugten die Angestellten, die draußen herumwuselten. Aber dass es eine dermaßen große Verwaltung nach sich zog?

Henriette machte eine alles umfassende Geste. »Was, glaubst du, ist das hier?«

War das eine Fangfrage? »Ein Büro«, stellte ich das Offensichtliche fest.

Sie nickte wohlwollend und setzte sich hinter den größten der Schreibtische. Ich nahm auf einem der zwei Stühle davor Platz.

»Was glaubst du, was wir hier tun?«

Ich hatte nicht einmal einen Plan, wen sie mit wir meinte. Immerhin waren wir allein. »Ich denke, dass ihr hier das Gehöft verwaltet.« Ich lehnte mich zurück und ließ meinen Blick schweifen.

»Das stimmt. Die Verwaltung des Gestüts ist ein kleiner Bereich. Der weitaus größere befasst sich mit der Verwaltung und Führung der Organisation.«

Welche Organisation denn bitte? Würde mir Henriette gleich eröffnen, dass sie eine Geheimagentin oder bei der Mafia war, oder was? »Wovon redest du?« Und vor allem, was hatte das alles mit meinem Kreditwunsch zu tun?

»Paul und ich haben vor seinem Tod eine Hilfsorganisation gegründet. Er war schwer krank, weißt du, und er wollte sich noch so viele Träume erfüllen. Die Organisation war einer davon. Er hat das Ganze mitgeplant, leider aber die Umsetzung nicht mehr erleben können.« Sie blinzelte kurz, wirkte aber ansonsten gefasst. »Es war unser beider Traum, und nachdem Paul nicht mehr war, habe ich mich der Sache allein verschrieben. Dein Vater war dagegen. Er wollte das Geld lieber in ein Gewächshaus für deine Mutter oder was weiß ich für einen Schnickschnack investieren. Als ich ihm sagte, dass das nicht passieren wird, hat er sich hier nie wieder blicken lassen.« Henriettes Augen glitzerten feucht, aber noch immer war ihr Rücken durchgedrückt. Sie wirkte stark und unnachgiebig.

Und ich schämte mich. Für meinen Vater, der sich wie ein Arschloch benommen hatte, obwohl er im Grunde nicht auf das Geld seiner Mutter angewiesen war. Er hatte als selbstständiger Steuerberater immer gut verdient. Und für mich, weil ich keinen Deut besser war als er. Ich wollte kein Gewächshaus, aber der Aufbau einer eigenen Firma war ebenfalls kein frommer Wunsch. Selbst wenn ich ihr das Geld zurückzahlen würde, sobald die von mir angestrebte eigene Werbeagentur lief. Das würde dauern, und so lange fehlte das Geld hier, wo es etwas Gutes bewirken könnte.

»Ich wollte Pauls Vermögen nicht verschwenden«, fuhr Henriette fort. »Nicht einmal um meinen oberflächlichen Sohn zu halten, den ich noch immer liebe, auch wenn er mir dafür keinen Grund gibt. Ich wollte Pauls Andenken fortführen und das Geld für etwas wirklich Wichtiges ausgeben. Was wir hier machen, hat Bedeutung.«

»Was genau tut ihr?«, fragte ich und vermied es, Henriette direkt in die Augen zu sehen.

»Das hier ist die Zentrale der *Organisation Glücksmomente*. Wir erfüllen Wünsche«, erklärte sie mir voller Stolz.

»Für todkranke Menschen?« Davon hatte ich gehört. Es gab einen ganzen Haufen solcher Organisationen. Aber Henriette schüttelte den Kopf.

»Auch, aber nicht nur. Wir erfüllen Wünsche, die die Menschen sonst aufgeben müssten. Aus den verschiedensten Gründen. Weil ihnen Steine in den Weg gelegt werden. Weil eine Krankheit ihnen die Zeit nimmt, allein ans Ziel zu kommen. Weil sie finanzielle, psychische oder physische Probleme haben.«

»Eine Fee mit dem Zauberstab in jeder Lebenslage.« Ich nickte. »Wer könnte das nicht gebrauchen.« Ich straffte die Schultern.

»Am Telefon habe ich dir nur gesagt, dass ich einen Kredit brauche und einigermaßen verzweifelt bin, aber nicht, wie es dazu kam.« Ich atmete tief durch. Jetzt hieß es, die Hosen runterzulassen. Ich musste Henriette die Dringlichkeit meiner Bitte klarmachen. »Du weißt, dass ich in einer ziemlich bedeutenden Werbeagentur gearbeitet habe. Ich habe Jahre gebraucht, um mich zum angehenden Partner hochzuarbeiten. Jahre, in denen ich quasi für nichts anderes gelebt habe.« Ich raufte mir die Haare und lehnte mich gegen den Schreibtisch. »Aber dann hat einer aus der Chefetage einen Fehler gemacht. Einen Fehler, der dazu führte, dass eine große Kampagne platzte und wir den Kunden verloren haben. Und mit ihm jede Menge Geld. Es war klar, dass dafür Köpfe rollen würden. Boris hat dafür gesorgt, dass es nicht seiner war. Er hat mir die Sache in die Schuhe geschoben, obwohl ich ihm bei diesem Projekt nur einige Male beratend zur Seite stand und ansonsten nichts mit dem Auftrag zu tun hatte.« Ich atmete tief durch, schluckte die Wut hinunter, die bei dem bloßen Gedanken an Boris in mir aufwallte. »Als ich ihn zur Rede stellte, ist die Situation völlig aus dem Ruder gelaufen. Wir hatten einen heftigen Streit, und ich wurde gefeuert. Die Sache sprach sich in Windeseile in der Branche herum. Niemand wollte mich danach noch einstellen. Die Partnerschaft war futsch. Die einzige Möglichkeit, um beruflich nicht unterzugehen, ist jetzt, mich selbstständig zu machen und es diesen Typen zu zeigen. Ich stehe mit dem Rücken zur Wand. Ich meine, ich bin gut in dem, was ich tue. Aber ohne einen Kredit, der mir den Start ermöglicht, bin ich am Ende.« Ich hob einen Kugelschreiber vom Tisch und drehte ihn zwischen meinen Fingern. »Wäre ein solcher Kredit ein Traum, den deine Organisation eventuell erfüllen würde?«

Henriette hatte mir aufmerksam zugehört, sagte aber zunächst nichts. Es machte mich nervös. Dabei verlor ich eigentlich nie die Nerven, wenn ich meine Visionen präsentierte.

Sie sah mich nachdenklich an, bevor sie sich einige Augenblicke später räusperte. »Ich weiß, dass du wegen des Kredits hier bist, und ich lehne deine Bitte auch nicht ab …«

Viel zu deutlich hörte ich das Aber, das sie noch nicht ausgesprochen hatte, das jedoch zweifelsohne folgen würde. Und da war es auch schon:

»… aber eigentlich dachte ich eher daran, dass du die Fee mit dem Zauberstab wirst.«

Ich glaubte, mich verhört zu haben. »Ich soll was?«

»Wir könnten jemanden gebrauchen, der sich mit Werbung und Zahlen auskennt, der *Glücksmomente* sichtbarer macht und uns Einnahmen generiert. Ich hatte an Werbekampagnen gedacht, die uns Sponsoren einbringen und an Charity-Events, die Geld in die Kasse der Organisation spülen. Pauls Vermögen ist groß, aber endlich. *Glücksmomente* muss sich selbst tragen, und dabei könntest du uns helfen.«

»Ich hatte nicht vor zu bleiben. Das weißt du, Henriette.« Ich hob bedauernd die Schultern. Auch wenn ich bei der Aussicht auf Toms Couch als Schlafplatz einen spontanen Anflug von Rückenschmerzen bekam, musste ich zurück nach Hamburg.

»Du hast gerade selbst gesagt, dass du keine Arbeit in Hamburg findest. Und die Gründung einer eigenen Agentur bedarf sorgsamer Vorbereitung. Man erobert die Welt nicht mit einer Hauruck-Aktion.« Sie deutete auf den Schreibtisch hinter mir. »Ich biete dir einen Job an. Einen, mit dem du mir und der Organisation helfen würdest und bei dem du gleichzeitig genügend Zeit hättest, um deine Selbstständigkeit gründlich zu planen. Außerdem würde sich die Arbeit sicher gut in deinem Portfolio machen.«

Ich atmete tief durch und fuhr mir dann mit den Händen über das Gesicht. »Du verstehst nicht, Henriette. Ich bin dir sehr dankbar, aber ich habe Dinge zu regeln. Ich muss zurück. Und ich habe bereits alles gründlich durchgeplant.« Das hatte mich die letzten Wochen durcharbeitete Nächte gekostet.

»Das ist sehr schade. Denn meine Bedingung, wenn ich dir das Geld für die Selbstständigkeit leihen sollte, ist unter anderem ein wasserdichter Geschäftsplan. Nicht nur ein wackeliger Pitch.«

Ich wusste nicht, wieso ich angenommen hatte, ein Kredit von Henriette würde anderen Parametern unterliegen als bei den vielen Banken, die ich in den letzten Wochen aufgesucht hatte. Auf keinen Fall durfte ich meine letzte Chance vergeigen. »Ich habe einen ausgearbeiteten Businessplan im Auto. Ich gehe ihn holen«, beeilte ich mich zu sagen und stieß mich bereits vom Schreibtisch ab, um die Papiere aus dem Defender zu holen, aber Henriettes Kopfschütteln hielt mich zurück.

»Nicht jetzt. Das hat Zeit. Egal wie gut dein Businessplan ist, mein Arbeitsangebot ist im Grunde keins. Es ist vielmehr Voraussetzung für die Kreditvergabe, dass du eine Zeit lang für *Glücksmomente*, also für mich, arbeitest.«

War das ihr Ernst? Mein Mund wurde trocken, und mein Puls beschleunigte sich. Eine Zeit lang konnte verdammt lang sein. Und mir war klar, Henriette redete nicht von Tagen oder ein paar lausigen Wochen. »Wie lange?«, fragte ich schwach.

Henriette überlegte eine Weile und wiegte dann den Kopf hin und her. »Das hier ist kein Märchen, in dem du dein Geld nach genau einem Jahr an meiner Seite bekommst. Es gibt keinen festgelegten Zeitrahmen. Ich will dich einfach näher kennenlernen, sobald mein Bild von dir keine Lücken mehr hat, bekommst du deinen Kredit. Immer vorausgesetzt, dass deine Geschäftsidee Substanz hat, aber das wird sie. Mit den Erfahrungen, die du hier machen wirst, wird sie sicher noch mehr reifen und am Ende perfekt sein.« Sie zwinkerte mir zu.

So würde ich Lea niemals zurückgewinnen. Und auch die Werbebranche verzieh keine monatelange Abstinenz. Es ging um

Kontakte, die schneller abkühlten als ein Essen aus der Mikrowelle. Kontakte, die ich aber benötigte, um mein Business aufzuziehen. Außerdem konnte ich, so schön es hier war, nicht ewig im Nirgendwo leben. Schon jetzt vermisste ich den Trubel der Großstadt. Das Pulsieren der Metropole, das mich beständig vorwärtstrieb. Der Stillstand, der mir hier drohte, machte mich bereits jetzt wahnsinnig. Und ich war erst seit einem Tag hier.

»Du musst dich nicht sofort entscheiden, aber das sind meine Bedingungen. Und sie sind nicht verhandelbar. Du arbeitest für die Organisation. Du wirst deine Zeit nicht nur absitzen, sondern dich einbringen, und wir lernen uns näher kennen.« Sie schien kurz nachzudenken, und ihre Augen leuchteten auf. »Und du nimmst mich mit dem Defender auf eine Offroadtour mit. Das ist schon alles. Im Handumdrehen bist du mich mit dem Kredit in der Tasche wieder los.«

Ich stand auf, es fühlte sich an, als hätte jemand Wackersteine in meine Hosentaschen gefüllt. »Darüber muss ich nachdenken.« Die Übelkeit war zurück. Ich fuhr mir durch die Haare und sah Henriette nicken.

»Natürlich. Geht es dir gut, Samuel?«

»Sam.« Ich schluckte trocken. »Bitte hör auf, Samuel zu sagen. Ich hasse das wirklich.«

Henriette nickte. »In Ordnung, Sam. Ich werde jetzt arbeiten, und du überlegst dir in Ruhe, was du tun wirst.«

Nickend schlurfte ich aus dem Büro. Auf unbestimmte Zeit an diesem Ort gefangen zu sein, mit einer Flamingohito trinkenden Großmutter und der Roten Zora, die mich ständig mit den Blicken filetierte, war mein Untergang. Und gleichzeitig war es meine einzige Chance, wenn ich nicht als Marktschreier auf dem Hamburger Fischmarkt enden wollte.

Lillan

Nachdem ich meinen Rundgang in den Stallungen und Arbeiten auf dem Hof erledigt hatte, die seit Wochen liegen geblieben waren, wagte ich mich, mit einem heißen Tee bewaffnet, ins Haus. Auf meinem Schreibtisch stapelte sich sicher schon die Arbeit. Trotzdem hatte ich den Weg ins Büro des Gestüts bis zum späten Nachmittag vor mir hergeschoben in der Hoffnung, Henriette hätte Samuel bis dahin bereits eröffnet, dass er ihr Geld nur bekommen würde, wenn er dafür etwas leistete. Das vertrugen Typen wie er in der Regel nicht allzu gut. Sie zogen es vor, zu verschwinden. Samuel gehörte definitiv in dieselbe Schublade wie Idas Vater. Eine wenig schmeichelhafte Schublade, die ich fest verschlossen hatte, damit er nicht daraus hervorkletterte. Dabei kannte ich ihn im Grunde gar nicht. Aber wie es aussah, hatte ich in Bezug auf ihn recht behalten. Denn als ich die Tür zum Büro aufzog, saß Henriette allein an ihrem Schreibtisch. Der Kerl hatte wirklich den Schwanz eingezogen und war gegangen. Genau wie Hannes damals, als ich ihm eröffnete, dass ich schwanger war. Er hatte kein Kind gewollt. Und schon gar nicht mit einer Frau wie mir.

Auch wenn ich davon ausgegangen war, dass Samuel genauso tickte, steigerte die Tatsache, dass ich richtiggelegen hatte, meinen Puls. »Er ist also weg.« Doch sein Wagen stand noch auf dem Parkplatz, was meine Aussage relativierte. Ich strich mir die Haare aus der Stirn und ließ mich auf meinen Schreibtischstuhl plumpsen. Den Tee stellte ich neben der Tastatur ab und fuhr den Rechner hoch.

Henriette sah von dem Brief auf, der bei meinem Eintreffen ihre Aufmerksamkeit beansprucht hatte. Sie nahm ihre Lesebrille ab und ließ sie langsam um einen der schmalen Bügel rotieren, während sie mich betrachtete. »Was genau hast du eigentlich gegen Sam?«

»Sam?«, fragte ich und zog die Augenbrauen hoch.

»Er mag es lieber, wenn man ihn so nennt.« Henriette lehnte sich in ihrem Stuhl zurück und zuckte die Achseln. »Und um deine Frage zu beantworten – er ist nicht weg, sondern oben und denkt über mein Angebot nach.«

»Du hast ihm also wirklich angeboten, hier zu arbeiten?« Das war der Plan gewesen, aber ich konnte nicht fassen, dass Henriette ihn tatsächlich durchzog. Und dass Samuel sich nicht umgehend auf den Rückweg nach Hamburg gemacht hatte, hieß, ihm musste das Wasser wirklich bis zum Hals stehen. Das wiederum bedeutete, es bestand die Möglichkeit, dass er tatsächlich bleiben und gemeinsam mit Henriette und mir für die Wunschagentur *Glücksmomente* arbeiten würde. Wenn auch gezwungenermaßen. So wurde ich vermutlich zur Mörderin, bevor die Frist abgelaufen war, die Samuel hier absaß, um an sein Geld zu kommen.

Henriette wartete, bis ich sie düster anblickte, und nickte dann.

»Und du denkst, dass er annehmen wird?« Ich hoffte inständig, dass sie verneinen würde.

Henriette stand auf und umrundete den Tisch, der uns voneinander trennte. Dann setzte sie sich neben mich, legte ihre Hand auf meine. »Er hat kaum eine Alternative«, sagte sie stattdessen lächelnd.

Das stimmte vermutlich und verkomplizierte alles. Genau wie

Henriettes Wunsch, ihr Enkel möge zusagen, den ich jetzt in ihren Augen ablesen konnte. »Du wünschst dir, dass er bleibt?«, fragte ich, und mein Brustkorb zog sich zusammen.

Sie drückte meine Hand und nickte. Mir war selbst nicht ganz klar, woher ich die Überzeugung nahm, Samuel würde Henriette in dem Fall das Herz brechen, aber was diesen Typen anging, schlug mein Bauchgefühl neongrell Alarm. Und ich verließ mich immer auf mein Gefühl.

»Warum?«, fragte ich leise. »Warum willst du unbedingt, dass er bleibt?« Er war Familie. Aber er stand für den Teil, den man sich nicht aussuchen konnte. »Wir kommen wunderbar ohne ihn klar, oder nicht?« Wir brauchten ihn nicht. Henriette hatte uns. Wir waren ihre Familie.

Ein Lächeln umspielte ihre Lippen. »Um uns mache ich mir auch keine Sorgen. Wir sind eine Bande.« Sie tätschelte meine Hand. »Bei Samuel sieht es hingegen anders aus.« Sie beugte sich verschwörerisch zu mir herüber, achtete aber darauf, dass ich sie anschauen konnte. »Hast du gesehen, dass er quasi in seinem Wagen wohnt? Er hat keinen Job, und die Freundin, die er mir angekündigt hat, hat ihn nicht begleitet. Ich glaube, der arme Junge steckt ganz schön in der Patsche. Ich denke also, wir sollten ihm helfen. Und Geld ist da nicht das Richtige, auch wenn er noch denkt, dem wäre so.«

Der arme Junge? Ich holte gerade tief Luft, um Henriette zu sagen, wie anders ich ihren Enkel einschätzte, als sie fortfuhr:

»Habe ich dir erzählt, dass er schon immer mein Lieblingsenkel war? Früher hat er die Sommer hier verbracht und alles getan, was ein Kind tun sollte. Man musste ihn nie dazu überreden, nach einem Abenteuer zu suchen. Manchmal erinnert mich Ida an ihn, als er jung war. Er hat seinem Vater sogar mal Froschlaich ins Bett gelegt, weil er wollte, dass der die Eier ausbrütet.« Sie kicherte leise und wurde dann wieder ernst. »Sein Vater.« Henriette atmete tief durch. »Mein Sohn hat ihn schrecklich angeschrien, aber das hat Samuel nicht abgehalten, das zu tun, wozu ihn die Sommer hier verführten. Dieser Junge steckt noch irgendwo in ihm. Ich verstehe, dass du skeptisch bist. Du kennst ihn nicht anders als so.« Sie zeigte in Richtung des Obergeschosses, wo Samuels Zimmer lag. »Er hat sich in diesem ganzen falschen Ehrgeiz verloren und ist jetzt dieser Anzug-Typ, aber das war mal anders. Ich meine, ich bin eine Sachen-Finderin, also finde ich vielleicht den Jungen von früher wieder.«

Wie Pippi Langstrumpf. Ich musste lächeln, auch wenn ich bezweifelte, dass bei Samuel noch etwas Verstecktes zu finden war. Nicht einmal mit Pippis alias Henriettes Gespür für seltene Dinge.

»Müsstest du nicht längst los?«, wechselte Henriette abrupt das Thema und nickte bekräftigend, nachdem sie die Uhrzeit auf dem oberen Bildschirmrand des Computers überprüft hatte.

»Ich muss nicht los«, insistierte ich. Schon gar nicht zu einem Date, auf das ich von Anfang an keine große Lust gehabt hatte. Und nach dem heutigen Tag erst recht nicht. Wenn ich Henriette nicht so verdammt gernhaben würde, hätte ich mich auf ihre neuerdings sehr ausgeprägten Verkupplungsversuche gar nicht erst eingelassen. Aber es machte ihr so einen Spaß, den Amor zu spielen, und bisher war es bei harmlosem Schriftverkehr geblieben, den ich komplett ihr überließ. So hatte sie ihren Spaß mit den potenziellen Liebeskandidaten und ich meine Ruhe. Das war allerdings, bevor sie ohne mein Wissen eine reale Verabredung klargemacht hatte. Wenn ich den Typen mit dem fetzigen Namen Fireman84 und Henriette nicht enttäuschen wollte, musste ich zu diesem Date gehen und mich mit ihm unterhalten. Dabei hatte er bis jetzt nur mit einer zugegeben sehr modernen Achtzigjährigen geschrieben und kannte mich im Grunde gar nicht. »Ich habe noch jede Menge Arbeit«, versuchte ich dem Date zu entgehen und klickte mich in mein E-Mail-Programm. Zig Anfragen ploppten im Ordner der ungelesenen Nachrichten auf. »Ich kann nicht einfach Zeit mit irgendeinem Typen verbringen. Ich bin gerade erst ins Büro gekommen, weil ich noch so viel auf dem Hof zu erledigen hatte, und hier stapelt sich auch die Arbeit.« Ich zeigte auf den Bildschirm und tat so, als täte es mir aufrichtig leid, deswegen das Date sausen lassen zu müssen.

»Du versuchst wirklich alles, um dem zu entgehen.« Henriette lachte, aber ihr Blick blieb unnachgiebig. »Aber das kommt gar nicht infrage.« Sie stand auf und schaltete kurzerhand meinen Rechner aus. Natürlich ohne ihn vorher runterzufahren. Für ihr Alter war Henriette erstaunlich firm in Sachen Technik, aber dass Computer lieber heruntergefahren werden wollten, ignorierte sie stoisch.

»Du fährst jetzt nach Hause, ziehst dir etwas Audrey-Hepburn-Mäßiges an und verdrehst dem sexy Feuerwehrmann so richtig den Kopf.« Sie zwinkerte mir zu und grinste breit.

»Soll ich vielleicht noch eine Zigarette mit Spitze rauchen und mich in Schwarz-Weiß kleiden«, fragte ich, aber mein Widerstand bröckelte bereits. Ich konnte Henriette einfach nichts abschlagen. »Na gut«, brummte ich schließlich. Sie hatte gewonnen. Ein Abendessen würde schon nicht allzu wehtun. Vielleicht wurde es sogar nett. »Ich gehe. Zwar unter Protest, aber ich gehe.«

»Hab Spaß.« Henriette gab mir einen Kuss auf die Wange. »Er wird dich großartig finden. Ida und ich essen in der Zwischenzeit nur ungesunde Sachen, gucken schmalzige Filme und reden über Mädchenkram.«

Ich lachte und drückte Henriette an mich. »Danke, dass du auf sie aufpasst.« Ich wusste, dass ich das nicht zu sagen brauchte. Henriette war vernarrt in Ida. Und Ida in sie. Ich tat ihnen einen Gefallen, wenn ich sie allein ließ und die beiden sturmfreie Bude hatten, um Inga Lindström zu gucken, Karamelleis mit Popcorn und Schokoladensauce zu futtern und über Jungs zu lästern.

Trotzdem war es mir wichtig, dass Henriette wusste, ich nahm nichts hiervon als selbstverständlich. Ich drückte sie an mich, warf einen letzten sehnsüchtigen Blick auf meinen Rechner, der mit einem stumpf schwarzen Bildschirm zurückstierte und dennoch vielversprechender auf mich wirkte als das bevorstehende Date. Dann ließ ich mich widerstrebend von Henriette aus dem Büro schieben.

Auf dem Weg nach draußen suchte ich das Haus nach Ida ab, konnte sie allerdings nirgends entdecken. Wahrscheinlich stromerte sie noch über die Weiden oder war mit Maggie bei ihrer Waldhütte. Es war noch früh am Abend, und im Sommer blieb es so lange hell, dass Ida selten vor dem Abendbrot nach Hause kam. Ich liebte es, dass sie hier einfach ein Wildfang sein konnte. Eilig schrieb ich ihr einen Zettel, auf dem ich ihr einen lustigen Abend wünschte, ihr sagte, dass ich sie lieb hatte, und sie bat, auf Henriette, das verrückte Huhn, aufzupassen. Dann verließ ich das Gutshaus und überlegte, ob es auffallen würde, wenn ich einfach hinter die Nähmaschine schlüpfte und dem Entwurf für ein neues Hängekleidchen-Modell Gestalt gab, anstatt mich mit dem Feuerwehrmann zu treffen.

SAM

Über jede Schulter eine Reisetasche gehängt, stolperte ich mit der letzten Fuhre meiner Sachen, die ich aus dem Land Rover ins Gutshaus geschafft hatte, in das Gästezimmer, in dem ich schon die Nacht zuvor verbracht hatte. Ich ließ die Gurte an meinem Körper herunterrutschen und warf mich im selben Moment auf das Bett, in dem die Taschen mit einem schweren Rumms auf dem Boden aufkamen. Seufzend starrte ich an die Decke und tat mir einen Augenblick lang einfach nur aufrichtig leid. Selbstmitleid wurde allgemeinhin unterschätzt. In manchen Augenblicken half einfach nichts besser, als die Welt zu verfluchen und sich ganz in dem Gefühl zu suhlen, man würde die schwerste Bürde von allen tragen. Natürlich war mir klar, dass meine Probleme im Vergleich zu denen von zwei Dritteln der Weltbevölkerung einem Fliegenschiss glichen, aber es gab Momente, in denen mir das egal war. Die Situation kritisch und objektiv zu betrachten, dafür war auch morgen noch Zeit. Da es kaum noch schlimmer werden konnte, wählte ich Leas Nummer aus der Favoritenliste aus und wartete, bis das Freizeichen erklang. Ich war mit Sicherheit nicht mehr ihr Favorit, nicht mal in einer verdammten Telefonliste. Trotzdem hatte ich das dringende Bedürfnis, ihr zu sagen, dass ich vorerst nicht zurückkommen würde. Vielleicht hoffte ich, dass sie doch noch einknicken würde, wenn sie erst hörte, wie lange ich hier festsaß. Nach dem achten Klingeln hinterließ ich ihr eine Nachricht auf der Mailbox und legte dann auf. Sie würde nicht rangehen. Und selbst wenn sie es täte, es würde nichts verändern. Wahrscheinlich hätte es nicht einmal etwas genützt, nach Hamburg zurückzukehren. Lea war nicht der Typ Frau, der mit Männern verkehrte, die auf einer fremden Couch strandeten. Das mit dem Selbstmitleid hatte ich im Gegensatz zu allem anderen wirklich drauf. Ich schrieb Tom eine Nachricht, in der ich ihn darüber informierte, dass ich erst einmal in Bissee bleiben würde und seine Couch vorläufig nicht benötigte. Dahinter setzte ich einen Smiley mit Pistole am Kopf und schickte die Nachricht ab. Dann warf ich das Handy auf das Bett und kämpfte mit dem dringenden Bedürfnis nach einem Flamingohito.

»Was machst du da?«

Ruckartig öffnete ich die Augen und starrte in ein Gesicht voller Sommersprossen, umgeben von flammend roten Haaren, die unter einer blauen Krümelmonstermütze hervorlugten. Von der Mütze glotzten mir zwei weiß gehäkelte Glubschaugen entgegen, und das Grinsen auf dem Gesicht des Mädchens konnte es locker mit dem vom Krümelmonster aufnehmen.

Die Schranktüren standen halb offen, darin war auf der mittleren Etage ein Lager aus Kissen und Decken gebaut worden. Mehrere Bücher lagen mittig auf der Decke. Welches Kind las heute überhaupt noch, und warum tat dieses Kind das in einem Wandschrank? Der erste Teil meiner Überlegung brachte ihr meine Bewunderung ein. Ich war selbst ein Buchliebhaber und fand es toll, wenn der Wert von Büchern an die kommende Generation vermittelt wurde. Der zweite Teil deutete hingegen darauf hin, dass eine Verrückte mit einer Taschenlampe mir ins Gesicht leuchtete.

»Du musst der Typ sein, der Henriette ausrauben will«, stellte sie sachlich fest.

Nett. Dem Aussehen und der wenig schmeichelhaften Einstellung mir gegenüber nach zu urteilen, musste die Kleine die

Tochter der Rothaarigen sein. »Und du bist die Tochter der Roten Zora, Ida, und versteckst dich in Schränken?«, ging ich zum Gegenangriff über und hoffte, sie so zu vertreiben. Ich wollte wirklich allein sein. Mit mir und meinem neuen besten Freund – dem Selbstmitleid. Zu meiner Überraschung fing die Kleine an zu lachen.

»Mama ist gar nicht wie die Rote Zora, und ich verstecke mich nicht. Ich mag Schränke einfach.«

Sie kletterte auf das Bett und setzte sich neben mich. Den Blick auf denselben Punkt gerichtet wie ich zuvor. »Was gucken wir uns an?«, fragte sie mit todernster Miene.

Mir nichts, dir nichts hatte Ida ein Wir kreiert. Ich hingegen verarbeitete noch die Tatsache, dass ich nicht länger allein war und mich gehen lassen konnte. »Nichts«, sagte ich knapp.

»Warum liegst du hier und guckst dir nichts an?«

»Nichts ist manchmal genau richtig.« Sehr philosophisch, Sam, ehrlich. »Und was machst du in meinem Zimmer?«

Sie drehte ihren Kopf zu mir und kratzte sich an der Nasenspitze. »Ich schlafe immer reihum in den Zimmern, wenn ich auf dem Gutshof übernachten darf. Heute wollte ich hier schlafen. Ich wusste ja nicht, dass du dir Mister Blue ausgesucht hast.« Sie sprang vom Bett und rupfte Decken, Kissen und Bücher aus dem Wandschrank.

Ich setzte mich auf und sah sie verständnislos an. »Mister Blue?«

Ida klopfte gegen die einfach verputzte Wand, die in einem hellen Blaugrau erstrahlte. »Ich habe allen Zimmern Namen gegeben. Eigentlich gebe ich allem Namen. Nicht nur Zimmern. Ich ziehe jetzt in Miss Birdy um.«

»In einen Vogelkäfig?« Ich lächelte. Die Kleine war einzigartig wie ihre Mutter, aber deutlich aufgeschlossener und nicht halb so wütend.

»Miss Birdy ist das Zimmer am Ende des Flurs. Es ist gelb wie ein Kanarienvogel. Und man hört von dort aus am besten die Vögel im Garten.« Ihre Begeisterung flachte kurz ab, als hätte eine Wolke Schatten auf ihre Fröhlichkeit geworfen, bevor der Wind sie wieder fortpustete. »Was machst du heute noch so?«

Eigentlich in aller Ruhe in Selbstmitleid versinken, aber das war vermutlich unmöglich, solange die Kleine durchs Haus geisterte. Unwillkürlich fragte ich mich, was ihre Mutter vorhatte. Wenn Ida bei Henriette sein durfte, hatte sie vermutlich eine wichtige Verabredung. Ich glaubte nicht, dass sie die Hilfe meiner Großmutter oder irgendeines anderen Menschen annahm, wenn es sich vermeiden ließ. Vielleicht ein Date. Der arme Kerl. Ich grinste schief und bemerkte erst mit einigen Sekunden Verzögerung, dass ich Idas Frage noch immer nicht beantwortet hatte. »Ich weiß es nicht«, gestand ich ehrlicherweise. »Was tut man hier denn so?« In Hamburg wären mir rund ein Dutzend Bars oder Clubs eingefallen, in denen man an einem Freitagabend seine miese Laune hätte ertränken können. »Vielleicht arbeite ich noch ein bisschen«, sagte ich aus Mangel an Alternativen.

Ida verzog das Gesicht, als wäre das nicht annehmbar. Im Grunde hatte sie recht. Ich hatte keine Arbeit mehr. Also auch nichts, was meine Aufmerksamkeit lange genug fesseln würde, um mich davon abzuhalten, Lea auf den sozialen Netzwerken zu stalken. Zu sehen, wie sehr sie sich in Hamburg amüsierte, wahrscheinlich mit einem anderen Typen, würde meine Laune sicher ins unterste Vorhöllenniveau katapultieren. »Vielleicht gehe ich noch aus«, fügte ich deswegen hinzu. Auch wenn ich nicht sicher war, ob im Umkreis von dreißig Kilometern überhaupt eine Bar zu finden war.

Ida nickte begeistert. Sie wollte mich aus dem Haus haben. Das war offensichtlich und in etwa so schmeichelhaft wie die offene Ablehnung ihrer Mutter.

»Henriette und ich machen einen Mädchenabend«, erklärte sie und tätschelte meine Schulter. »Du bist cool und gar nicht blöd.« Sie flüsterte. »Ich habe Mama und Henriette über dich reden hören. Im Gegenteil bist du sogar echt cool, aber du bist eben ... na ja, kein Mädchen.«

»Nicht wirklich«, gab ich zu. Das war unbestritten und würde mich heute Abend sowohl um rettende Flamingohitos bringen als auch um Popcorn, dessen Geruch gerade von der Küche ins Obergeschoss stieg. »Dann verschwinde ich wohl besser.« Ich nickte und verließ das Zimmer. Ida folgte mir, die Decken über den Boden schleifend, bis wir die Treppe erreichten. Sie winkte noch einmal und schleppte dann den Deckenberg in eines der angrenzenden Zimmer, während ich erst ins Erdgeschoss und dann nach draußen lief. Die Luft war mild, und es roch nach frisch gemähtem Gras. Vögel zwitscherten, und das Surren von Insekten erfüllte die Luft. Mein Blick wanderte über die Weiden und die gewundene Straße, bis er an einem roten Friesengiebel hängen blieb, der sich hinter dem Hügel in den Himmel erhob. Der Landgasthof. Selbst wenn er winzig war, würde es dort etwas zu trinken geben, das mit Henriettes Flamingohitos mithalten konnte.

Lillan

Fireman84 sah ganz passabel aus. Abgesehen von dem Oberlippenbart, der stark an »Miami Vice« erinnerte. Er war nett und ein echter Gentleman. Deswegen stand auf dem Tisch zwischen uns auch eine einsame Rose. Und er hatte mir den Stuhl zurückgezogen und die Tür aufgehalten, als wir das Restaurant betraten. Pia, meine beste Freundin, wäre entzückt gewesen. Sie hätte es wahrscheinlich auch nicht gestört, dass mein Date ununterbrochen redete, ohne etwas wirklich Interessantes zu erzählen. Ich hatte meine liebe Mühe, seinen Lippenbewegungen zu folgen. Der Schnurrbart, der sich bei den Ausführungen über sein Leben aufgeregt bewegte, machte es nicht gerade einfacher.

Während des Essens verlegte ich mich darauf, von Zeit zu Zeit dekorativ zu nicken und mich ansonsten auf den wirklich guten Rehrücken zu konzentrieren. Thorsten, wie Fireman84 im wahren Leben hieß, war zweiundvierzig und fiel nicht gerade unter die Kategorie heißer Berufsfeuerwehrmann. Seinen Nicknamen verdankte er der Tatsache, dass er sich in der Freiwilligen Feuerwehr von Westensee engagierte. Wobei er zugeben musste, dass die meisten Einsätze daraus bestanden, den angelegten Biervorrat nach mehr oder minder geglückten Übungseinsätzen zu vernichten. Hauptberuflich sortierte Thorsten Akten als Sachbearbeiter im Hauptbezirksamt von Kiel. Ich hörte den Staub rieseln bei dieser Offenbarung. Das war vielleicht nicht fair. Nicht jeder Sachbearbeiter war todlangweilig. Da gab es sicher Ausnahmen.

Aber ich wollte einen Mann, der meine Kreativität teilte und der einen Funken in mir entzündete. Thorsten hatte lediglich die Kerze, die jetzt zwischen uns flackerte, zum Brennen gebracht. Und dabei würde es auch bleiben. Seine Lippen bewegten sich, aber mein Hirn weigerte sich, die Bewegungen zu einer sinnvollen Geschichte zusammenzusetzen. Das hier war definitiv einer der Momente, in denen ich sehr froh über die Stille war, die mich einhüllte.

Ich nippte an meinem Wein und ließ meinen Blick durch den Gastraum des Lokals wandern, das oberhalb des Gestüts inmitten von Bäumen und sanften Hügeln thronte. Von außen sah der alte Landgasthof noch immer aus wie ein Restaurant, das seit Jahrzehnten im Dornröschenschlaf verbrachte. Efeu rankte sich an altem Mauerwerk bis zum Friesengiebel empor, und das Grundstück erinnerte an einen wilden Märchengarten. Den Innenbereich hatte Fiete, der Sohn des Besitzers, bei seiner Übernahme vor vier Jahren allerdings generalüberholt. Dunkle Kirschbaummöbel schmiegten sich an altes freigelegtes Mauerwerk. Historische Pflugteile, Geschirre und Melkutensilien verbanden sich mit einem modernen Landhausstil zu einem gemütlichen Ambiente. Das Beste war aber die ausgezeichnete Küche. Fiete hatte in einem der besten Hotels Kiels gelernt. Er war durch eine harte Schule gegangen, die ihn zu einem begnadeten Koch gemacht hatte, in dessen Restaurant trotz der abgelegenen Lage jede Menge Menschen pilgerten.

Ich pickte etwas Kartoffel-Rotwein-Schaum und einen Kräuterseitling mit der Gabel auf und schob das köstlich duftende Gebilde in meinen Mund. Die verschiedenen Aromen breiteten sich an meinem Gaumen aus, und ich ergänzte die Geschmacksexplosion durch ein Stück Rote Bete an Kressedressing. Für einen Moment schloss ich die Augen, um mich ganz dem Genuss hinzugeben.

Ich kochte zwar gern, aber meine Gerichte waren einfach, schnell gezaubert und Ida-kompatibel. So gut wie jetzt hatte ich lange nicht mehr gegessen. Das konnte ich zumindest genießen.

Plötzlich berührte mich jemand an der Hand. Ich riss die Augen auf. Thorsten starrte mich fragend an. Mist, ich hatte nicht einmal ansatzweise mitbekommen, worüber er zuletzt gesprochen hatte. Die Geschichte über die Rettung eines Schafes aus einem Entwässerungsgraben, die er so dramatisch geschildert hatte, als hätte sich das Tier an der Außenfassade des Empire State Building befunden, musste schon eine ganze Weile beendet sein.

»Entschuldige«, setzte ich an. »Ich war abgelenkt. Einfach köstlich.« Ich hielt den Daumen nach oben, als hätte mein Gegenüber das Essen höchstpersönlich gekocht und verdiente das Lob, das eigentlich Fiete gebührte. Dabei ließ ich ihn nicht aus den Augen, um seine Frage nicht noch einmal zu verpassen. Thorsten würde keine Rücksicht nehmen. Er wusste nichts von meinem Handicap, und ich würde ihm auch nichts davon erzählen. Das tat ich nur bei Menschen, die es wert waren. Bei allen Übrigen sparte ich mir die Spucke und vermied so mitleidige Blicke und bestürzte Fragen, die ich nicht wie schon hundert Male zuvor beantworten wollte. Ließ es sich also irgendwie vermeiden, behielt ich meine Besonderheit für mich.

Eine Besonderheit, die manchmal lästig war, aber im Grunde einfach zu meinem Leben gehörte, wie meine Haarfarbe oder die Sommersprossen in meinem Gesicht. Den Gedanken an die wenigen Momente, in denen ich mir mit einem inbrünstigen Fieber wünschte, die Stille in mir durchbrechen zu können, schob ich von mir.

»Schon gut.« Thorsten sah mich mitfühlend an. »Du hast eine Tochter. Sicher bist du in Gedanken ständig bei ihr.«

Eigentlich hatte ich mich nur dem wunderbaren Essen

gewidmet und darüber nachgedacht, wieso es so einfach war, die Menschen zu täuschen. Ich war eine schreckliche Person. Thorsten war wirklich nett. Vielleicht war es karmamäßig in Ordnung, die eigene Tochter als Ausrede zu benutzen, wenn das bedeutete, den Hobby-Feuerwehrmann dadurch nicht zu verletzen.

Also nickte ich ernst. »Sie ist mein Leben.« Das stimmte. »Und ich komme nicht gut damit klar, wenn wir getrennt voneinander sind.« Das Blut pulsierte in meinen Wangen. Ich war die weltschlechteste Lügnerin. Ida schlug sich gerade mit Henriette den Bauch mit Eis und Popcorn voll, sah einen Film und alberte mit der alten Dame herum. Sie vermisste mich kein Stück. Und mir machte weniger die kurze Trennung von meiner Tochter zu schaffen als vielmehr mein Begleiter, der gerade in einen Monolog über die entzückenden Kinder seiner Schwester verfiel. Ich leerte mein Rotweinglas und orderte per Handzeichen ein weiteres. Gerade als der Kellner das Getränk brachte, betrat Samuel den Gastraum. Ich hielt für einen Augenblick die Luft an, bevor ich sie verächtlich wieder ausstieß. Dabei war mir egal, dass Thorsten mich entgeistert ansah, weil meine Reaktion nicht zu seinen Ausführungen über seine niedlichen Neffen und Nichten passte.

Samuel sah sich um, entdeckte mich und hob die Hand zu einem halben Gruß, bevor er zum Tresen ging und sich auf einen der Barhocker schob. Ich nickte nur und widmete Thorsten dann zum ersten Mal an diesem Abend meine volle Aufmerksamkeit. Ich konnte nicht glauben, dass Henriette allen Ernstes Samuel als Spion schickte, um herauszufinden, wie ihr für mich arrangiertes Date lief. Er machte noch nicht einmal einen Hehl daraus, dass er Thorsten und mich beobachtete. Dabei grinste er wissend. Als wäre klar gewesen, dass mein erstes Date seit Monaten nur in einem Desaster enden konnte.

Der Typ machte mich rasend, sobald er auch nur in meiner Nähe auftauchte. Ich würde ihm auf gar keinen Fall die Genugtuung geben, dass er recht behielt und meine Verabredung mit Fireman84 ein Albtraum war. Immerhin hatte ich bei der Schulaufführung in der zwölften Klasse die Lady Macbeth gespielt, da würde es ja wohl nicht allzu schwer sein, einen Coffee-to-go-Schnulli davon zu überzeugen, Thorsten wäre ein Hauptgewinn.

Eine Viertelstunde später war es hingegen amtlich. Niemand konnte Thorsten als Traumtypen verkaufen. Nicht einmal ich unter Aufbietung all meiner schauspielerischen Fähigkeiten. Ich war kurz davor, den Kopf auf den Tisch zu knallen und dem Ganzen damit ein schmerzhaftes, aber immerhin schnelles Ende zu bereiten.

Samuel hingegen schien sich köstlich zu amüsieren, dass Thorsten bereits bei unserer gemeinsamen Zukunftsplanung angekommen war und mich mit der ungefähr hundertsten Kindergeschichte von seinen Vaterqualitäten zu überzeugen versuchte. Er saß am Tresen, trank irgendetwas Hochprozentiges aus kleinen Gläsern, beobachtete mein Date-Fiasko und besaß doch allen Ernstes die Dreistigkeit, mit seinen Lippen das Wort Erlösung zu formen und fragend eine Augenbraue hochzuziehen.

Ich wollte dringend, dass er aufhörte, so überheblich und arrogant über mein Date zu urteilen. Gleichzeitig wollte ich aber noch viel mehr diese wirklich schreckliche Verabredung beenden. Dann könnte ich Samuel auch gleich die Meinung geigen. Ihm sagen, was ich davon hielt, dass er für Henriette spionierte, und seine unbedeutende Meinung über mich anscheinend bestätigt sah. Aber am meisten wollte ich jede Menge dieser kleinen Gläser, die sich rasch neben ihm auf dem Tresen sammelten und dann mit einem angenehmen Schwips allein in mein Bett kriechen.

»Thorsten«, unterbrach ich mein Gegenüber, ohne darauf zu achten, von was er gerade erzählte. »Es war ein wirklich wunderschöner Abend. Du bist ein total netter Kerl, aber ich bin, glaube ich, noch nicht bereit für eine Beziehung, wie du sie dir wünschst.«

Thorsten sah mich verdattert an. Diese Wendung hatte er nicht kommen sehen. So viel war klar. »Hab ich irgendetwas gesagt, was dich verärgert hat?« Er streckte die Hand nach mir aus, aber ich zog mich zurück, bevor er mich berühren konnte.

»Nein, nein.« Ich atmete tief durch. »Es liegt nicht an dir.« Ich schüttelte leicht den Kopf. Seit wann warf ich mit Phrasen um mich. Seitdem mir dieser Yuppie-Typ beim Schlussmachen zusah? Nicht, dass es irgendetwas gab, was man zwischen Thorsten und mir schon hätte beenden müssen. Ich streckte den Rücken durch. »Es hat bei mir einfach nicht gefunkt. Ich bin lieber ehrlich.«

Thorsten sah aus, als würde er meine Ehrlichkeit an den Nordpol wünschen.

»Ich würde mich gern verabschieden, noch einen Schnaps trinken und dann nach Hause verschwinden.« Ich stand auf und nahm meine Tasche, die über dem Stuhl gehangen hatte. »Die Rechnung zahle ich. Ich kenne den Besitzer.«

Das passte noch weniger in Thorstens Weltbild als eine Frau, die seinem Charme widerstand. Er schüttelte entrüstet den Kopf. »Ich zahle. Das hier ist ein Date, und ich bin der Mann.«

Ich hätte viel zu diesem veralteten Rollenklischee sagen können, aber mir war klar, dass nur das Bezahlen dieser Rechnung zwischen Thorsten und dem Verlust seiner Männlichkeit lag, also nickte ich und bedankte mich. Ich gab ihm die Hand und wartete, bis er gezahlt und das Restaurant verlassen hatte.

Erst dann ging ich zu Samuel hinüber und nahm, ohne zu fragen, den Kurzen, der vor ihm stand und leerte das Glas in einem Zug. Erst einmal Alkohol, und dann würde ich ihm sagen, was ich von ihm und seinem Auftritt hielt.

»Das war schlimm. Wie ein Date-Unfall auf zwei Beinen garniert mit einem Oberlippenbart.« Er orderte zwei weitere Schnäpse und schob mir einen zu. »Trinken wir auf dein Durchhaltevermögen. Ich hätte es keine fünf Minuten mit dem Typen ausgehalten.« Er hob das Glas. »Auf dich und die Erkenntnis, dass du nett sein kannst, wenn du es drauf anlegst.« Er grinste mich entwaffnend an und nahm seinen Worten damit die Schärfe.

Glaubte er echt, es reichte, sein smartes Lächeln auszupacken, um mich zu besänftigen? Immerhin war ich keine Frau, die auf so etwas hereinfiel. Nicht mehr. Ich kippte den zweiten Schnaps herunter. Da musste sich unser Großstadtlächler schon mehr einfallen lassen. Obwohl meine Romanzen liebende innere Stimme zaghaft zu bedenken gab, dass seine zerzausten Haare und dieses Grinsen tatsächlich nicht ohne waren. Ich brachte sie zum Verstummen. Selbst wenn er gut aussah, half das nicht darüber hinweg, dass er ein Idiot war. »Hat Henriette dich geschickt?«, fragte ich angemessen kühl. »Ist nämlich eine Scheißaktion, mein Date zu torpedieren.«

Sekundenlang sah Sam mich nur an. Sein Blick unergründlich und durchdringend. Diese Augen. Sturmgrau. Wie der Himmel im Herbst. Meine liebste Jahreszeit. Ich schluckte trocken. Er sollte gefälligst aufhören, mich so anzustarren.

Unvermittelt schüttelte er den Kopf. »Mich hat niemand geschickt. Henriette und Ida wollten Mädchenkram machen und haben mich rausgeschmissen«, gab er zerknirscht zu. »Außerdem habe ich dein Date nicht torpediert. Das hat der Schnauzer ganz allein geschafft.« Er verlangte nach der ganzen Flasche Obstbrand und nahm sie der Bedienung ab. »Ich bin nur hier, um mich zu betrinken, und der Laden hier scheint die einzige Möglichkeit im Umkreis von hundert Kilometern zu sein.«

Das stimmte nicht ganz, aber ich würde ihm jetzt sicher nicht den Gastronomieführer geben.

»Andererseits ist es vielleicht ganz gut, dass wir uns getroffen haben«, bemerkte er schulterzuckend, goss uns beiden ein und prostete mir dann zu. »Du bist in besserer Gesellschaft als mit dem Schnauzbart, ich muss nicht allein trinken, und wir können uns auf dem Rückweg aneinander festhalten, damit keiner von uns im Graben landet.« Er zuckte pragmatisch die Schultern und leerte sein Glas.

»Thorsten ist vielleicht schnauzbarttechnisch in den Achtzigern hängen geblieben, aber du bist dafür ganz schön eingebildet«, beurteilte ich seine Einschätzung trocken und kippte den Inhalt meines Glases hinunter. »Dich selbst als bessere Gesellschaft und die Schöpfung Gottes zu betrachten, passt irgendwie.«

Aber anstatt mir meine Beleidigung übel zu nehmen, lachte Samuel. »Komm schon. Eine bessere Gesellschaft als der Typ da eben zu sein ist nun echt kein Kunststück. Darauf kann selbst ich mir nichts einbilden.«

Wenn ich nicht aufpasste, würde ich glatt noch zu dem Schluss kommen, Samuel wäre kein kompletter Vollidiot. Allerdings waren solche Gedanken indiskutabel. Ich hatte nicht vor, ihn nett zu finden. Ich saß nur hier, weil Henriettes Enkel die Herrschaft über die Flasche Obstbrand innehatte. Also schob ich ihm wortlos mein Glas hin.

»Wie kam es zu diesem Date-Unfall?« Samuel schenkte nach, blieb aber die gesamte Zeit mir zugewandt, was es einfach machte, die Bewegung seiner Lippen in Worte umzuwandeln. Es gab Menschen, bei denen mir das schwerer fiel. Bei ihm war es leicht. So leicht, dass ich meine Einschränkung fast vergaß. Das ging mir sonst nur bei Henriette, Pia und Ida so. Da war ich einfach Lillan. Nicht die Frau, deren Hörvermögen gen null tendierte und die sich stets anstrengen musste, um Gesprächen folgen zu können, indem sie jede noch so winzige Bewegung der Lippen ihres Gegenübers einfing. »Henriette hat Thorsten ausgesucht«, gestand ich.

»Henriette sucht deine Dates aus?« Er lachte und tippte in das Schnapsglas. Dann lutschte er seinen Finger ab. »Sie ist nicht besonders gut darin.« Er wiegte den Kopf hin und her. »Und warum tut sie das?«

»Warum sitzt du hier und betrinkst dich?« Gegenfragen waren sicheres Terrain. Nicht, dass ich die traurige Geschichte seines beruflichen Niedergangs hören wollte, aber ich hatte ganz sicher nicht vor, ihm zu erzählen, dass ich seit Idas Vater nie wieder mein Herz verschenkt hatte und sich das vermutlich auch nicht ändern würde. Dass ich mich nur mit Thorsten getroffen hatte, weil ich Henriette nichts abschlagen konnte, ging ihn absolut nichts an.

Er trank sein Glas leer, schenkte uns nach und leerte auch dieses, bevor er antwortete. »Meine Freundin hat mit mir Schluss gemacht. Sie geht nicht mehr ans Telefon. Und das alles, weil ich ein Idiot war, mein Leben gegen die Wand gefahren habe und deswegen auf unbestimmte Zeit hier festhänge.«

Das war ehrlich. So ehrlich, dass es mich irritierte. Genauso wie die Tatsache, dass er behauptete, sein Selbstmitleid hätte mit einer Frau zu tun, nicht mit seinem schwindenden Kontostand. Sollte der Typ, der an Henriettes Geld wollte, tatsächlich ein Herz haben? »Du könntest nach Hamburg zurückfahren und um sie kämpfen.« Dann ließe er wenigstens seine Großmutter in Ruhe, anstatt ihr Hoffnung zu machen und bei erstbester Gelegenheit wieder zu verschwinden.

»Das hätte wenig Sinn.« Er schüttelte den Kopf. »Ich bin auf den Job angewiesen, den Henriette mir angeboten hat. Also werde ich bleiben. Und Lea wird keinen Fuß auf einen Bauernhof setzen.« Er zuckte die Schultern. »Damit sind wir wohl so etwas wie Romeo und Julia.«

»Gestüt und kein Bauernhof«, sagte ich und sparte mir einen Kommentar, weil er seine Liebe zu irgendeinem Modepüppchen tatsächlich mit einer der größten Tragödien der Weltliteratur verglich. Einen widerwilligen Pluspunkt gab ich ihm dafür, dass er überhaupt literarische Vergleiche zog.

Er lachte. »Meine Worte. Aber Lea würde nicht mal herkommen, wenn das hier die Spanische Hofreitschule mit Marmorböden und goldenen Futtertrögen wäre.«

»Scheint ja eine wahre Herzdame zu sein.« Ich spürte, wie sich die Worte durch meine Kehle ätzten, und trank noch einen Kurzen, den Samuel mir eingeschenkt hatte.

»Sie weiß eben, was sie will.«

Und das war ganz offensichtlich nicht mehr Sam. Wieso nannte ich ihn plötzlich Sam und nicht mehr Samuel? Das musste der Alkohol sein. Ich legte die Hand über mein Glas, als er mir ein weiteres Mal nachschenken wollte. »Ich setze lieber mal aus.« Bevor ich ihn am Ende noch lustig oder gar sympathisch fand. Immerhin hatte ich ihn in die Schublade Antichrist gestopft, und da sollte er gefälligst bleiben. Da gehörte er hin, gebrochenes Yuppie-Herz hin oder her.

»Lebst du schon immer hier?« Er deutete in einer vagen Bewegung aus dem Fenster, wo sich die Ländereien des Gestüts in der Dunkelheit verloren.

»Nein.« Mehr sagte ich nicht, und zu meiner Überraschung gehörte Sam zu der Sorte Mensch, die unsichtbare Grenzen wahrnahm. Selbst wenn er angetrunken war wie jetzt. Er nickte.

»Aber du liebst es, hier zu leben.« Er stützte sein Kinn auf die Hand und betrachtete mich eingehend. »Warum?«

Ich überlegte eine Weile. Ich hätte die Frage mit einem flapsigen Spruch abtun können, aber stattdessen sagte ich die Wahrheit. »Ich mag die Natur und die Arbeit mit den Tieren. Ich bin gern draußen, liebe die Landschaft und dass Ida noch weitestgehend unbeschwert und naturnah aufwachsen kann. Da ich auch mit Henriette im Büro arbeite, bekommt auch mein Kopf etwas zu tun. Es ist die perfekte Mischung. Außerdem mag ich die alten Mauern, die Stallungen und dass das Gestüt Geschichte hat.« Ich stockte. So genau hatte Sam es sicher nicht wissen wollen. Er war betrunken, genau wie ich, was wohl erklärte, warum ich ihm all das erzählte. »Es ist einfach mein Zuhause.«

Sam nickte, als würde er verstehen. »Ein Zuhause ist wichtig. Für mich sind das die Kräne des Hamburger Hafens, die Nähe zum Wasser und das Pulsieren der Stadt. Allerdings wohnt in meinem Zuhause jetzt Karl.« Er stieß die Luft aus. »Ich glaube nicht, dass ich dorthin zurückgehen kann, selbst wenn ich je wieder genug verdienen sollte, um mir die Wohnung leisten zu können.«

»So schlimm?«, griff ich dieselbe Frage auf, die er mir nach der Verabschiedung von Thorsten gestellt hatte.

»Schlimmer.« Er schüttelte sich. »Ich sollte vielleicht zurück zum Gestüt, bevor ich noch rührselig wegen einer verdammten Mietwohnung werde.«

»Ich wollte auch los«, bestätigte ich und fragte mich im selben Moment, warum ich nicht eher gegangen war oder noch blieb und ihn allein aufbrechen ließ?

Ein sanftes Vibrieren hallte durch meinen Körper, als er mir die Tür nach draußen aufhielt und ich unter seinem Arm hindurchtauchte. Wir liefen so dicht nebeneinander die gewundene Straße zum Gutshaus hinunter, dass ich den sanften Geruch nach Weichspüler und Sonne einatmete, der von Sam ausging. Sein Körper im Halbdunkeln der mondklaren Nacht erzeugte eine statische Spannung, die mich nervös machte. Ich war es nicht mehr gewohnt, allein mit einem Mann zu sein. Das hatte sicher nichts mit ihm speziell zu tun, sondern einfach mit der Tatsache, dass ich aus der Übung war. Ich schüttelte kaum merklich den Kopf. Fireman84 hatte mich kein Stück nervös gemacht. Sams Nähe hingegen schon, und der Alkohol erlaubte es mir, ehrlich zu sein: Tagsüber mit Ida, der vielen Arbeit und Henriettes Freundschaft konnte ich den Gedanken, einsam zu sein, leicht verdrängen. Aber nachts, wenn ich allein in meine stille Welt gehüllt in meinem Bett lag und auf den Schlaf wartete, spürte ich immer öfter dieses sehnsüchtige Ziehen in meinem Herzen. Ich wollte unabhängig und eigenständig sein, mich für keinen Mann der Welt angreifbar machen und schon gar nicht für Typen wie Sam, aber meinem Herzen war das in diesen Momenten einfach völlig egal. Und meinem Verstand ein Alkohol-Handicap zu verpassen, hatte genau zu so einem kitschig gefährlichen Moment geführt.

Ich seufzte und schlang die Arme um meine Mitte. Spätestens morgen, wenn ich wieder nüchtern war, würde Sam mir wieder dermaßen auf den Keks gehen, dass ich mich dafür hassen würde, wenn ich jetzt dem Impuls, ihm nahe zu sein, nachgab.

Mit einem Mal blieb er stehen und deutete auf den Himmel, dessen Firmament mit Abermillionen Sternen überzogen war. Er sagte irgendetwas. Sein Atem streifte dabei mein Ohr und erzeugte ein Summen.

Herrgott, ich konnte ihn nicht mal leiden. Ich atmete tief durch und suchte Abstand. »Wir sollten sehen, dass wir nach Hause kommen«, sagte ich, und meine Stimme schwankte mindestens genauso wie mein Körper.

Sam nickte, und wir folgten der Straße schweigend, bis wir das Rondell vor dem alten Gutshaus erreichten.

»Gute Nacht«, sagte ich und hob albernerweise meine Hand zum Gruß.

Sam ergriff sie und schüttelte sie. Vielleicht eine Spur zu lange. Er sagte etwas, und ich spürte seine Worte als Timbre, das seinen Körper ergriff und dann meinen.

Ich konnte die Lippen nicht erkennen, aber aus der Kürze seiner Erwiderung schloss ich, dass er mir ebenfalls eine gute Nacht gewünscht hatte. Ich wartete, dass er mich loslassen würde, aber stattdessen machte er einen Schritt auf mich zu. Die Luft zwischen uns glich einem Vakuum. So, als würde in diesem Moment nicht nur ich in einer Welt aus Stille sein, sondern wir beide. Sein Gesicht näherte sich meinem. Der Kuss schwebte bereits zwischen uns wie ein Versprechen. Dabei war allein der Gedanke daran eine verdammt dumme Idee. Sam war schließlich in den vergangenen Minuten nicht von einem Idioten zu einem anständigen Kerl mutiert. Trotzdem war nicht ich es, die das Ganze abbrach.

Es war Sam, der sich urplötzlich zurückzog. Aber er verschwand nicht ins Haus, wandte sich nicht ab, sondern sah mich durch die Dunkelheit hinweg an, als überlegte er ernsthaft, ob es eine gute Idee wäre, der Anziehung, die der Alkohol zwischen uns entfacht hatte, doch noch nachzugeben. Ich nahm ihm die Entscheidung ab, indem ich mich eilig umdrehte und den Weg nach Hause einschlug. Was mir wirklich Sorgen bereitete, war allerdings, dass es mich all meine Selbstbeherrschung kostete, mich nicht noch einmal nach ihm umzusehen.

SAM

Ich konnte es nicht fassen. Es hatte gerade einmal zwei Tage in diesem Kaff und eine halbe Flasche Obstbrand gebraucht, um so etwas absolut Dämliches wie ›Der Abend mit dir war wirklich schön. Das sollten wir wiederholen‹ zu sagen. Und das ausgerechnet zur Roten Zora.

Stöhnend ließ ich mich auf die Treppenstufen der Veranda fallen und vergrub das Gesicht in meinen Händen. Was bitte hatte ich mir dabei gedacht? Ich benahm mich wie ein Volltrottel. Und Lillan sah das ganz offensichtlich genauso, denn sie hatte gar nicht auf meine Worte reagiert, sondern war wortlos und mit durchgedrücktem Rücken in die Nacht verschwunden. Damit hatte ich mir vermutlich jegliche Chance auf eine gute Zusammenarbeit während der nächsten Monate verbaut. Sie würde mich spüren lassen, dass ich nicht nur mein altes Leben episch verbockt hatte, sondern auch die letzte Chance, die mir blieb, gegen die Wand fuhr.

Die Zweige der riesigen Kastanie, die Tom und ich früher kletternd erobert hatten, ragten in den Nachthimmel, und die Blätter erzeugten ein leichtes Rauschen. Das Geräusch war so friedlich, als wollte es mich verhöhnen. Umständlich rappelte ich mich auf und schleppte mich durch das nachtstille Haus. Im Wohnzimmer zeugten leere Popcorntüten, Eisbecher und diverse DVD-Hüllen mit alten Schwarz-Weiß-Filmen von Henriettes und Idas Pyjama-Party. Ich ließ den verlassenen Raum hinter mir und erklomm die Treppe. Oben angekommen schmiss ich mich in voller Montur aufs Bett und wartete darauf, dass der Schlaf diesem bescheidenen Tag ein Ende setzte. Aber er kam nicht, und je mehr ich ihn herbeisehnte, umso weiter zog sich die Müdigkeit aus meinem Körper zurück.

Ich rappelte mich auf, streifte mir die Schuhe von den Füßen und zuckte zusammen, als sie laut polternd auf dem Parkett aufschlugen. Lautlos horchte ich in die Stille und atmete erleichtert aus, als ich sicher sein konnte, dass weder Henriette noch Ida durch den Lärm geweckt worden waren.

Dann sah ich mich in dem Zimmer um, in dem ich nun schon die zweite Nacht verbrachte. Mister Blue. Der Name, den Ida diesem Raum gegeben hatte, passte. Der Farbton der Wände war ein sanftes Graublau und erinnerte mich an das Elbwasser, wenn die Sonne hinter den Kränen des Hamburger Hafens unterging. Ich beschloss, Mister Blue eine Chance zu geben. Immerhin blieb mir auch nicht wirklich viel anderes übrig. Meine Tasche stand noch immer unausgepackt, mit geöffnetem Reißverschluss vor einem gemütlich aussehenden Sessel in der Ecke neben der Tür. An der Wand darüber hingen zwei riesige moderne Bilder auf Leinwand. Ein weißes Windlicht nahm die Farbe des flauschigen Teppichs wieder auf. Ansonsten war der Raum bis auf den Schrank, in dem Ida gelesen hatte, leer. Kein Radio, kein Fernseher. Nichts, um sich abzulenken. Ich stand auf und fuhr mit der Hand an der Wand entlang. Das Licht ließ ich ausgeschaltet, nur der Mond spendete etwas Helligkeit, als ich meine Tasche heranzog und den Inhalt im Schrank verstaute. Dabei achtete ich einem Impuls folgend darauf, das mittlere und größte Fach freizulassen. Ich nahm an, die Bücher auf dieser Ebene zeugten davon, wo Ida las, wenn sie Mister Blue besuchte.

Als ich damit fertig war, schob ich die leere Reisetasche unters Bett und wendete mich wieder den Büchern im Schrank zu. »Der

Zauberer von Oz«, »Hanni und Nanni« und »Anne auf Green Gables«. Das letzte Buch zog ich heraus. Es sah mitgenommen aus und schien zig Male gelesen worden zu sein. Ida war nicht alt genug, um für all die Riefen und Knicke verantwortlich zu sein. Außerdem meinte ich mich zu erinnern, dass sie eine neuere Version dieses Buches gemeinsam mit dem Deckenstapel aus dem Zimmer in den Raum namens Miss Birdy geschleppt hatte.

Ich stellte mir vor, wie Lillan in dem Buch las und wie ihr das Haar dabei ins Gesicht fiel. Wie sie die wilden Locken ärgerlich hinter das Ohr streifte, um weiterzulesen. Dabei hatte ich weiß Gott andere Sorgen, als mir über eine Frau Gedanken zu machen, die mich eigentlich vierteilen wollte. Ich klappte das Buch wieder zu und legte es auf den Tisch. Dann zog ich meinen Laptop aus der Tasche und setzte mich auf den Sessel. Das Licht des Bildschirms war grell, und nachdem ich eine Weile auf das geöffnete Dokument mit dem Businessplan gestarrt hatte, schloss ich den Computer unverrichteter Dinge wieder. Meine Hände wanderten von dem starren Gehäuse des Laptops zum ledernen Einband des Romans. Als würde ich etwas Verbotenes tun. Etwas Unproduktives. Ich rechtfertigte es vor mir selbst damit, dass normale Menschen um diese Uhrzeit schliefen. Und das war deutlich unproduktiver als zu lesen. Dann klappte ich das Buch auf und begann mich in das erste Kapitel zu vertiefen.

Ich konnte mich nicht erinnern, wann ich mir das letzte Mal die Zeit genommen hatte, mich ganz in den Seiten eines Buches zu verlieren. Früher hatte ich das oft getan und dann mit Tom die Welten aus meiner Erinnerung auferstehen lassen. Natürlich mit meinem Bruder und mir als Helden in unserem Garten, auf dem Spielplatz unseres Viertels oder hier auf dem Gut.

Ich sog den Geruch nach Druckertinte und altem Papier ein und lächelte. Tom fand es irgendwann bescheuert, Helden aus irgendwelchen ausgedachten Geschichten zu spielen. Dann wollte er plötzlich überhaupt nicht mehr mit seinem kleinen Bruder abhängen. Und da ich ihm in allem nacheiferte, hatte ich diesen Teil von mir irgendwann ebenfalls vergraben und vergessen. Ich umgab mich noch immer mit Büchern, las gern, aber ich verlor mich nicht mehr in den Geschichten. Die paar Seiten, die ich überflog, während Lea noch im Bad war oder ich morgens auf meinen Kaffee wartete, dienten nur einem Zweck: Stillstand zu vermeiden. Leerlauf, der erfordert hätte, mich mit mir selbst zu beschäftigen. Vielleicht las ich jetzt aus demselben Grund, aber es fühlte sich anders an.

Lillan

Als ich am Morgen mit meinem Kaffee auf den Steg trat, blitzte die Sonne nur vereinzelt zwischen vorbeijagenden Wolken hervor. Über den Wiesen bewegte der Sommerwind das hüfthohe Gras im Rhythmus und blies Morgentau über den See. Ich wünschte, ich könnte das Rauschen der Halme hören, das immer eine meiner liebsten Melodien gewesen war und die in meiner Erinnerung von Tag zu Tag leiser und blasser wurde. Das Holz des Stegs war feucht und durchweichte meine Hose, als ich mich trotzdem auf die Bohlen setzte. Ich sah in den grauen Himmel.

Grau wie Sams verdammte Augen. Sam. Ich hätte niemals mit ihm trinken und meinem Herz erlauben sollen, ihn nett zu finden. Wäre ich vor der Nähmaschine geblieben, anstatt mich von Henriette zu dieser hirnrissigen Dating-Sache überreden zu lassen, würde ich ihn vermutlich immer noch verabscheuen. Und das wäre mit Sicherheit gesünder, angebrachter und unkomplizierter als dieses blöde Gefühl, der gestrige Abend wäre wirklich schön gewesen und ein echter Lichtblick in Bezug auf männliche Gesprächspartner.

Das war idiotisch. Es gab absolut nichts an Samuel, das am helllichten Tag und ohne den Einfluss von Alkohol rechtfertigte, ihn gut zu finden.

Abgesehen von der Tatsache, dass er Bücher liebte, intelligent, schlagfertig, witzig und gut aussehend war. Ich fuhr meiner inneren

Stimme über den Mund und fügte »rücksichtslos, egoistisch und gewissenlos« hinzu. Schon besser. Ich nahm einen Schluck Kaffee und nickte. Er war ein skrupelloser Erbschleicher.

Der wirklich nett zu Henriette war und nicht im eigentlichen Sinne auf ihr Erbe aus, sondern auf einen Kredit, für den er einen vernünftigen Businessplan vorgelegt hatte. Inklusive akribisch formulierter Rückzahlungsmodalitäten. Ich hatte die Unterlagen auf Henriettes Schreibtisch gesehen und nicht widerstehen können, einen Blick darauf zu werfen. Ich seufzte und stand wenig später auf, weil Ida die Lichterkette zweimal aufblinken ließ. Bei dem Wetter begnügte sie sich damit, unser Zeichen zum Essen vom warmen Platz unter dem Dach zu geben und am reichlich gedeckten Frühstückstisch auf mich zu warten. Ida war nach dem Aufstehen nach Hause gekommen, damit wir dieses gemeinsame Morgenritual zelebrieren konnten.

»Du hast schon wieder Hunger?«, neckte ich sie und verbannte Sam aus meinem Kopf, um mich ganz meiner Tochter zu widmen. »Ich dachte eigentlich, dass du nach gestern Abend für den Rest des Jahres genug gefuttert hast?«

Ida schüttelte den Kopf. »Ich wachse. Ich kann immer essen.«

Damit hatte sie recht. Seit einigen Monaten verschlang diese kleine Person Mengen an Essen, die unmöglich in ihrem Körper Platz finden konnten, und trotzdem hatte Ida ständig Hunger. Ich lachte und wuschelte ihr durch das glatte rote Haar, bevor sie sich eine ihrer Mützen schnappen und überziehen konnte. Es war ein kunterbuntes Teil, das Henriette im Anflug von Großmütterlichkeit selbst gestrickt hatte. Knoten und Unterbrechungen im Muster zeigten, wie schwer sie sich mit dieser Rolle getan hatte. Ida liebte die Mütze ganz besonders. Wie alles, was sie von Henriette bekam.

Und ich liebte sie beide. Unbändig. So sehr, dass mir schwindelig wurde, wann immer ich über die Ausmaße nachdachte.

»Was hast du?« Ida legte den Kopf schief und musterte mich eindringlich. »Du guckst so komisch.«

»Ich gucke nicht komisch.« Ich biss in mein Marmeladenbrötchen. »Ich hab dich nur so lieb, dass ich dich am liebsten auffressen würde«, fügte ich kauend hinzu und machte mein fiesestes Monstergesicht, nur um im nächsten Moment über Ida herzufallen und so zu tun, als würde ich sie noch lieber als Marmeladenbrote verspeisen.

»Mama!« Ida verdrehte die Augen und kämpfte sich frei. »Ich bin heute Tom Sawyer. Du darfst doch nicht sagen, dass du mich lieb hast, sonst glaubt mir doch keiner, dass ich wirklich Tom bin.«

Ich schlug mir die Hand vor den Mund und entschuldigte mich übertrieben. »Ich werde natürlich nie wieder riskieren, deinen Ruf zu zerstören, indem ich dir sage, dass ich dich mehr liebe, als Sterne am Himmel sind, werter Tom Sawyer.« Ich zog Ida entgegen meiner Aussage fest in meine Arme.

Sie wehrte sich. Aber nur ein bisschen. Dann gab sie nach und kuschelte eine Weile mit mir, während wir schweigend unsere Brote verdrückten. Ich hatte alles, was ich brauchte. Ein wunderschönes Zuhause, die süßeste, liebste Tochter auf der Welt, Henriette, die Leidenschaft fürs Nähen, meinen Job auf dem Gut, der mich erfüllte. Und das alles würde ich mit Sicherheit nicht für ein Paar sturmgraue Augen aufs Spiel setzen, die nur hier waren, um mein Paradies auf links zu ziehen und dann wieder zu einer Hamburger Werbeprinzessin zu verschwinden.

SAM

Zwanzigerjahre-Musik verstärkte mein Gefühl, in einem Schwarz-Weiß-Film zu stecken, als ich mit Jeans und einem schlichten Shirt bekleidet in die Küche lief. Das alte Mobiliar und das Grau eines verhangenen Sommertags taten ihr Übriges. Henriette hingegen brach mit dem trostlosen Morgen. Sie saß, in ein absurd buntes Kostüm gehüllt, am Tisch und frühstückte. Ich setzte mich zu ihr und goss mir eine Tasse Kaffee ein.

»Wie ich gesehen habe, verstehst du dich sehr gut mit Lillan«, sprudelte es statt einer Begrüßung aus ihr hervor, und ich sah Begeisterung und Schalk in ihren Augen. Sie musste uns gestern gesehen haben, und da sie versuchte, Lillan zu verkuppeln, war diese Tatsache gefährlich.

Subtilität war schon mal nicht Henriettes Kerndisziplin. Ich zuckte die Schultern, um ihre Begeisterung nicht noch anzufachen. »Die Hälfte der Zeit würde sie mich am liebsten umbringen. Ich würde also nicht gerade behaupten, dass wir uns verstehen.«

Henriette lachte und nahm eine Erdbeere, die sich farblich mit jedem Quadratzoll ihres Kleidungsstücks biss, obwohl Teile zumindest im Farbspektrum übereinstimmten. »Sie mag dich.«

»Wie du meinst.«

Henriette erging sich in Beschreibungen über Lillan, die weit neben der Realität hingen, als mein Telefon klingelte.

Ich deutete auf das Gerät und zuckte die Schultern. »Tut mir leid. Das ist Pa. Da muss ich rangehen.« Sie wusste ja nicht, dass ich Pa sonst regelmäßig ignorierte und nur nach einer Ausrede suchte, um ihren Lobgesängen über Lillan zu entkommen.

»Natürlich. Er ist dein Vater.« Henriette verstummte und widmete sich ihrem Avocado-Toast. Sie sah nicht auf, als ich den Raum verließ. Es war klar, dass sie darunter litt, seit Jahren nichts mehr von ihrem Sohn gehört zu haben. Im Alltag verdrängte meine Großmutter den Bruch, aber in solchen Momenten musste es sie zerreißen, dass er so nah und doch für sie unerreichbar blieb.

»Pa?«, meldete ich mich und zog die Tür hinter mir zu.

»Samuel.« Die Pause, die auf das Nennen meines vollständigen Namens entstand, wurde unerträglich lang.

»Was gibt es?«, fragte ich. Das machte Pa immer. Dieses Abwarten und mich damit zum Gesprächsbeginn zwingen. Es erinnerte mich an das Blinzelspiel, das Tom und ich früher immer auf langen Autofahrten gespielt hatten. Man sah sich dabei tief in die Augen, und derjenige, der zuerst blinzelte, hatte verloren. Ich durchquerte die Eingangshalle und hielt vor der offenen Bürotür.

Gegen die Türzarge gelehnt, sah ich Lillan vor ihrem Schreibtisch sitzen. Noch immer sagte Pa nichts. Als wollte er mir beweisen, dass er noch immer starren konnte, während ich schon das zweite Mal blinzelte.

»Pa?«, stieß ich genervt aus. »Warum rufst du an?«

»Du bist genervt?« Er hatte mich da, wo er mich haben wollte. »Ich habe dir gesagt, meine verrückte Mutter würde dir den letzten Nerv rauben und ihre Spielchen mit dir spielen. Aber du wolltest ja nicht auf mich hören.«

Pa erging sich in einem Monolog über Henriettes Verfehlungen, der mich dazu brachte, mich lieber auf Lillan zu konzentrieren. Ihre Haare fielen wie eine Welle aus Licht und Feuer über ihre Schultern. Unwillkürlich lächelte ich und zwang mich gerade noch rechtzeitig dazu, damit aufzuhören. Denn schon im nächsten

Augenblick drehte sie sich zu mir um und musterte mich wortlos. Ich hob meine Hand und grüßte sie freundlich. Sie hingegen nickte nur steif und konzentrierte sich dann wieder auf die Arbeit. Sie hatte unseren schwachen Moment von gestern Abend also weder vergessen, noch hatte sie vor, so zu tun, als wäre nichts gewesen. Ich musste das dringend wieder geradebiegen, aber nicht jetzt. Immerhin führte ich ein Gespräch mit Pa. Und da war man besser bei der Sache. Sonst verdrehte er nicht nur die Worte, sondern auch die Wahrheit und die Tatsachen. Auch wenn er damit seit Jahren nicht mehr erfolgreich war, gab er es nie auf. »Es ist nicht so, dass ich laut geschrien habe, als es darum ging, hierherzufahren«, sagte ich und stieß die Luft aus. »Aber es ist die einzige Möglichkeit, um das Geld für mein Business zu generieren. Sobald ich den Kredit habe, komme ich zurück.« Ich fuhr mir über die Stirn. Lillans Blick hatte Gefrierbrandniveau. Dabei ging sie das alles überhaupt nichts an. Ich drehte ihr den Rücken zu, entfernte mich ein paar Schritte und senkte meine Stimme.

»Und hat sie vor, dir das Geld zu geben?«

»Wie wäre es, wenn du dich mal erkundigst, wie es Henriette geht, anstatt dich in meine finanziellen Angelegenheiten einzumischen?«, erwiderte ich gereizt.

»Oh, entschuldige, dass ich mir Sorgen mache, wenn du mit meiner exzentrischen Mutter allein im Nirgendwo festsitzt.« Er lachte tonlos. Ein flaches Geräusch, gefangen in einem schmächtigen Bankangestelltenkörper, mit Schnurrbart und Haarausfall. Ich vermutete, dass ihm die Haare schon mit Mitte zwanzig ausgegangen waren, weil Pa nie in seinem Leben zufrieden gewesen war. Seine Ehe war eine Farce, mit seiner Mutter hatte Pa sich zerstritten, und Tom und ich waren eine bittere Enttäuschung für ihn.

»Du brauchst dir keine Sorgen zu machen. Sie wird mir den Kredit geben. Und es ist nett, sie etwas besser kennenzulernen, bis es so weit ist.«

»Sie hat dich also um den Finger gewickelt?« Pa seufzte theatralisch. »Das Geld war der einzige Grund, überhaupt an diesen unsäglichen Ort zu fahren. Vergiss das nicht. Du weißt, was sie mir angetan hat.«

Nichts, außer ihr Erbe behalten zu wollen, um damit etwas Gutes zu tun. Und damit war nicht Pas Gewächshaus oder ein neues Auto gemeint. »Ich bleibe nur so lange, bis ich das Geld habe.«

»Und wie lange soll das bitte sein? Du sagtest, ein paar Tage, und jetzt sind es plötzlich Wochen oder sogar Monate.«

Woher wusste er, wie lange ich bleiben würde? Obwohl ich meine Frage nicht laut ausgesprochen hatte, bekam ich prompt die Antwort.

»Lea hat mich angerufen.«

Wieso telefonierte die unverbindliche Lea mit meinem Vater und sprach mit ihm über Dinge, die sie mit mir nicht hatte besprechen wollen?

»Sie macht sich Sorgen um dich.« Er räusperte sich, als wäre allein die Tatsache, dass sich irgendwer Sorgen um mich machte, meine Schuld und etwas, das ich gefälligst wieder geradebiegen musste. »Sie sagte, du hättest dich mit irgendwelchem depressiven Kram auf ihrer Mailbox ausgelassen?«

Ich hatte ihr eine kurze Nachricht hinterlassen. Mehr nicht. Eine Nachricht, die so neutral gewesen war wie die Schweiz. Ich massierte meine Schläfen.

»Sie sagte, du würdest bleiben und eine Zeit lang für die Organisation deiner Großmutter arbeiten.«

»Und?«

»Das ist nicht dasselbe, wie Henriette um einen Kredit zu bitten und wieder abzureisen. Du wirst viel zu lange raus sein, um in deiner Branche wieder Anschluss zu finden.«

Da war etwas Wahres dran. Auf der anderen Seite gab es keine

Alternative. Ich musste darauf vertrauen, dass meine Verbindungen am Tag X noch nicht gänzlich erkaltet waren. »Vielleicht ist eine Auszeit nach all dem Stress der letzten Wochen gar nicht schlecht«, sagte ich matt und lehnte mich gegen die Türzarge. Ich starrte auf meine Schuhspitzen. »War verdammt stressig in letzter Zeit.« Das stimmte, und ich ertappte mich bei dem Gedanken, dass eine Weile auf Gut Auweide zu bleiben, tatsächlich helfen könnte, mich zu sammeln und Kraft für den Neuanfang zu schöpfen.

»Eine Auszeit?« Pas Stimme kippte gefährlich ins Hysterische. »Worauf das hinausläuft, das haben wir bei Tom gesehen. Erst wollte er ein Urlaubssemester nehmen. Dann ganz sicher weiterstudieren. Und plötzlich ist er auf dieser Selbstfindungsreise mit seinem Kumpel zu einem verdammten Hippie mutiert, der jetzt Bier an Anarchisten ausschenkt, anstatt ein angesehener Arzt zu sein.«

Die Welt meines Vaters teilte sich in Tiefschwarz und Grellweiß. Es stimmte. Tom hatte sein Studium geschmissen, und zwar kurz vor dem Examen, unmittelbar bevor er den theoretischen Teil des Medizinstudiums beendet hätte. Das war vermutlich nicht besonders schlau gewesen, aber konsequent, und ich bewunderte ihn dafür. Er hatte alles auf eine Karte gesetzt und seinen Traum als Gastronom verwirklicht. Das kleine Restaurant, das er zusammen mit einem Kumpel betrieb, lief erstaunlich gut, was auch darauf zurückzuführen war, dass die Sternschanze immer mehr zum In-Viertel Hamburgs aufstieg. Ganz im Gegensatz zu Pas Vorstellungen war die Klientel des *Grillguts* gemischt und kunterbunt. »Er ist glücklich, Pa«, erwiderte ich knapp, weil ich wusste, es brachte nichts, ihm all diese Dinge zu erklären. Sowohl Tom als auch ich hatten so oft mit ihm diskutiert. Er beharrte auf seiner Meinung, dass Tom sein Leben wegwarf. Noch mehr als für seine Entscheidung bewunderte ich Tom für die stoische Ruhe, mit der er Pas Meinung akzeptierte und dennoch an seiner eigenen festhielt.

»Ja, und glücklich zu sein ist wichtig. Ich weiß. Weil wir alle davon leben können, uns an den Händen zu halten und Cumbaya zu singen.« Pas Stimme vibrierte. »Mach nicht dieselben Fehler wie dein Bruder, Samuel.«

Tom hatte im Gegensatz zu mir eine Wohnung, einen Job und eine tolle Frau. »Ich begehe keinen Fehler. Ich brauche den Kredit, um meine eigene Werbeagentur zu gründen. Und um das Geld zu bekommen, arbeite ich eben eine Weile für Henriette. Das könnte mir sogar positive Referenzen einbringen, die für mein Business von Vorteil sind. Der Plan bleibt derselbe.«

»Henriette wird dich mit ihrem Weltverbesserer-Gen anstecken.« Pa atmete geräuschvoll aus. »Sieh dich vor. Deine Großmutter ist Meisterin darin, ihre Sicht der Dinge als die einzig wahre zu verkaufen, und ehe du dich versiehst, hockst du in einem Gesprächskreis für alternde Hippies und tanzt deinen Namen, während andere Menschen das Geschäft aufziehen, für das du jahrelang gearbeitet hast. Du brauchst sie nicht. Komm zurück, und bring Herrgott noch mal hier dein Leben wieder in Ordnung.«

Ich erwiderte nichts. Was hätte ich auch sagen sollen. Es gab nichts, was ich in Hamburg ausrichten konnte. Das hatte ich lange genug versucht. Aber ich hatte keine Lust, es Pa ein weiteres Mal zu erklären.

»Lea meinte, Boris würde vielleicht einlenken, wenn du dich bei ihm entschuldigst.«

Meine Muskeln verkrampften, und automatisch schüttelte ich den Kopf. »Das werde ich nicht.«

»Du müsstest nur über deinen verdammten Schatten springen.«

Das Bürotelefon klingelte. Und zwar in einer Lautstärke, die Tote aufwecken könnte. Wahrscheinlich, damit Henriette es hörte, wo auch immer in dem riesigen Kasten sie sich gerade aufhielt.

»Pa, ich weiß, was ich tue.« Konnte Lillan nicht endlich rangehen? Das Klingeln nervte. Ich drehte mich um und betrat das

Büro. Sie arbeitete noch immer seelenruhig an ihrem Rechner, während das veraltete Kabeltelefon, das mittig auf dem Schreibtisch stand, wild blinkte und schrillte und aussah, als würde es demnächst einen epileptischen Anfall bekommen.

»Pa, ich lege jetzt auf. Ich melde mich.« Bevor er etwas erwidern konnte, kappte ich die Verbindung, klopfte auf die Tischplatte und deutete auf den Apparat. »Willst du nicht mal rangehen?«

Das Klopfen ließ Lillan kurz aufsehen. Ihr Blick glitt von mir zu dem blinkenden Apparat. »Das Telefon gehört zu deinem Aufgabenbereich, nicht zu meinem«, erklärte sie lapidar und widmete sich wieder dem E-Mail-Programm, das auf ihrem Rechner geöffnet war.

Das war doch nicht zu glauben. Okay, ich hatte mich gestern wie ein Idiot benommen, aber das war doch kein Grund, sich so zu verhalten. »Ich war mitten in einem wichtigen Telefongespräch.«

Sie ignorierte mich. Das Telefon klingelte noch immer. Der Anrufer war hartnäckig. Aber Lillan war sturer.

Ergeben nahm ich den Telefonhörer ab und meldete mich mit einem Augenverdrehen. »Agentur für spontan spektakuläre Wunscherfüllung, Hennig, was kann ich für Sie tun?«, fragte ich und verbarg den sarkastischen Unterton in meiner Stimme nicht.

Lillans Mundwinkel zuckten leicht, bevor sie ihre Gesichtszüge wieder einfror und mich weiter ignorierte.

»Äh, ist Henriette da?«, polterte die Stimme im Hörer mit einigen Sekunden Verzögerung los.

»Nein, gerade nicht. Sie sprechen mit ihrem Enkel. Kann ich irgendwie helfen?«

»Der Nichtsnutz aus Hamburch ist also da, nä?« Es hörte sich an, als würde der Mann am anderen Ende der Leitung Atemnot bekommen, bevor er mit vollem Lungenvolumen weiterpolterte.

»Erklärt, warum es die Hälfte meines verfluchten Lebens dauert, bis mal jemand ans Telefon geht bei euch da drüben.«

»Mit wem spreche ich überhaupt?« Wenn mein Gesprächspartner mich bereits so gut kannte, dass er ein vernichtendes Urteil über mich fällen konnte, wollte ich zumindest wissen, wer mich beleidigte.

»Nicht, dass dich das wat anginge, mien Jung, aber ich bin Günner, euer Nachbar, nä.« Er räusperte sich. »Die Gäule sind mal widda ausgebüxt. Pflügn mir mien Maisfeld um, nä.«

»Okay.« Ich wusste nicht, was ich tun sollte. Irgendwelche Pferde waren ausgebrochen und hatten das Maisfeld unseres Nachbarn zerstört. Das war nicht gut.

»Okay?« Günther schnaubte. »Das is ma überhaupt gar nich okay, nä. Weiste, wenn ihr die Dinger nicht bald aus meinem Feld kämmt, dann lernt Henriette mich kenn.«

»Ich gebe es weiter.«

»Das mach ma. Aber hurtig, nä!« Es raschelte, als würde Günther bereits auflegen.

»Vielen Dank fürs Bescheidsagen und einen schönen Tag noch.« *Lächle, du kannst sie nicht alle töten.* Das hatte Lea immer gesagt, wenn ein besonders nerviger Kunde unsere Geduld strapaziert hatte. Die Taktik funktionierte offenbar auch bei brummbärigen Nachbarn, und ich hatte nicht vor, mich neben Lillan auch noch mit dem Rest der hier wohnhaften Menschen zu zerstreiten.

Anstatt einfach aufzulegen, nuschelte Günther: »Ähm, ja, nä. Also dann. Moin.« Ein lang gezogenes Geräusch signalisierte, dass er aufgelegt hatte. Ich warf den Hörer auf das nostalgische Drehscheibentelefon mit eingebauter Flutlichtanlage und wandte mich Lillan zu.

»Eure Pferde sind ausgebrochen.« Sie saß mit dem Rücken zu mir und reagierte gar nicht. »Hey.« Immer noch keine Reaktion.

Sie konnte mich ja gern mit Nichtachtung strafen, aber die Tatsache, dass Pferde des Gestüts Eigentum der Nachbarn zerstörten und womöglich Schaden nahmen, weil sie auf eine Straße liefen oder sich anderweitig verletzten, konnte ihr doch nicht egal sein. »Könntest du mal eben vergessen, dass ich mich gestern wie ein Idiot verhalten habe und mir zuhören?«

Lillan rutschte vom Bildschirm ab und nahm sich ihre Kaffeetasse. »Du siehst aus, als hättest du ein Gespenst gesehen«, sagte sie spöttisch, ohne auf mich einzugehen, und nahm einen tiefen Schluck.

»Vielleicht stehe ich nicht drauf, von einem der Nachbarn beschimpft zu werden, weil eure Pferde sein Maisfeld zertrampeln. Aber offensichtlich interessiert sich hier außer Günther und mir niemand dafür.«

»Sie sind also wieder bei Günther durch den Zaun gegangen.« Entschlossen stand Lillan auf und zog sich ihre Jacke über. Anscheinend hatte sie jetzt doch beschlossen, etwas gegen die Pferde in Günthers Maisfeld zu tun. »Kannst du fahren? Henriettes Wagen ist in der Werkstatt – Kolbenfresser. Und meiner ist nicht geländetauglich. Wir müssen die Herde dringend einfangen.«

Als hätte ich nicht genau das vor zwei Sekunden gesagt. So langsam nervte es mich, dass Lillan mich wie Luft behandelte. Sie wollte das Büro verlassen, aber ich stellte mich ihr in den Weg. »Bevor wir jetzt Cowboy spielen und die Viecher einfangen, könnten wir erst mal die Sache zwischen uns klären!«

»Was für eine Sache?« Sie funkelte mich an.

»Genau das meine ich.« Ich baute mich mittig in der Tür auf und wich auch dann nicht, als Lillan versuchte, sich an mir vorbeizuschieben. Ich starrte auf ihre Hand, die meine Brust berührte, bis sie sie zurückzog und in ihre Hüfte stemmte. »Ich habe keine Lust mehr, entweder von dir ignoriert oder mit Blicken gevierteilt zu werden«, stellte ich klar.

»Lass es einfach gut sein, Samuel.« Sie schüttelte den Kopf und deutete in Richtung Haustür. »Können wir dann?«

»Nein, im Ernst. Klären wir das. So wie es aussieht, müssen wir die nächsten Monate zusammen arbeiten, und ich habe keine Lust, diese Zeit wegen eines dummen Spruchs oder wegen eines dämlichen Beinahe-Kusses in einem Gefrierfach zu verbringen.« Ich stieß die Luft aus und sah Lillan an. Ich weiß nicht, was ich erwartet hatte, aber auf jeden Fall nicht, dass sie lachen würde.

»Das passt«, sagte sie. Und darin schwang so viel Sarkasmus, dass die Worte klebrig wie Sirup waren.

»Was soll das jetzt bitte heißen?«

Lillans Lachen erstarb, und ihre Stimme war ruhig und klar. Trotzdem hörte ich die Wut, die unter der Oberfläche pulsierte. Sie kam mir so nah wie am Abend zuvor, aber dieses Mal spürte ich nur Abweisung. »Es passt, dass du denkst, es ginge um dich. Darum, dass ich nicht damit klarkomme, das Büro mit dir zu teilen, nur weil wir uns fast geküsst hätten. Du glaubst, ich wäre machtlos dagegen, deinen Herzensbrecher-Fähigkeiten zu erliegen, aber ich verrate dir etwas, Samuel.« Sie kam noch ein Stück näher, sodass ich die karamellfarbenen Sprenkel in ihren dunklen Augen erkennen konnte.

»Du bist nicht halb so unwiderstehlich, wie du denkst. Und hierbei geht es, tut mir leid für dein Ego, nicht um dich. Es geht mir nur um Henriette. Ich vierteile dich mit meinen Blicken, weil ich denke, dass du ihr das Herz brechen wirst. Und das hat sie einfach nicht verdient.«

»Werde ich nicht.« Ich hielt ihrem Blick sekundenlang stand und schloss dann die Augen. Sie hatte recht. Ich war hier, um den Kredit von meiner Großmutter zu bekommen und dann möglichst schnell wieder abzuhauen. Und genau das würde ihr das Herz brechen. »Ich werde sie besuchen kommen, auch dann, wenn ich wieder in Hamburg lebe.« Das hatte schon in den letzten

Jahren nicht funktioniert. Und als Selbstständiger wäre die Zeit noch knapper bemessen, der Alltag noch hektischer und stressiger. Ich fuhr mir über die Augen und sah Lillan dann direkt an. »Ich werde sie nicht wieder vergessen.«

Sie nickte, aber ich zweifelte daran, dass sie mir auch nur ein Wort glaubte. Ich glaubte mir ja selbst nicht. Ärgerlich schob ich den Gedanken vorerst beiseite. »Das erklärt, warum du mir gegenüber skeptisch bist und kratzbürstig.« Ich zuckte entschuldigend mit den Schultern. Kratzbürstig war eine durchaus harmlose Umschreibung für den Mordversuch mit einem Traktor. »Damit kann ich umgehen, aber wenn wir zusammen arbeiten wollen, und das müssen wir, dann kannst du mich nicht ständig wie Luft behandeln.« Ich senkte meine Stimme. »Du ignorierst mich, Lillan.« Und das war schlimmer als jeglicher Konflikt.

»Ich ignoriere dich nicht«, beharrte sie. Das erste Mal wirkte sie unsicher – nur für den Bruchteil einer Sekunde, bevor sie sich wieder fing.

»Wie würdest du es dann bezeichnen?«

Sie straffte die Schultern. »Ich ignoriere dich nicht«, wiederholte sie und atmete tief durch. »Ich höre dich nur einfach nicht.«

Was sollte das denn bedeuten?

»Auch wenn es dir ganz offensichtlich nicht aufgefallen ist, ich bin gehörlos.«

Wie hatte mir so etwas Fundamentales nicht auffallen können? Ich wollte etwas sagen, aber mein Hirn war zu sehr damit beschäftigt, die neue Information zu verarbeiten. Es gelang mir einfach nicht, Worte zu formen. Ich war verwirrt. Unschlüssig, was ich sagen sollte. Was angebracht war. Tausend Fragen bildeten sich in meinem Kopf, aber ich behielt sie für mich. Ich wollte keine unsichtbaren Grenzen überschreiten. Das hatte ich vermutlich schon mehr als einmal getan. Wie oft hatte ich ihr unrecht getan? Ich fuhr mir durch die Haare und verspürte das dringende Bedürfnis, mich zu entschuldigen.

Sie nutzte den Moment, mich ins Wanken gebracht zu haben, schob mich einfach beiseite und durchquerte die Eingangshalle. Plötzlich passte alles zusammen, und das malte ein völlig anderes Bild von der Frau, die gerade auf einem Bein hüpfend in ihre Boots schlüpfte.

Lillan war an der Haustür stehen geblieben und sah mich ungeduldig an. »Was ist? Kommst du jetzt? Sonst kriegt Günther noch einen Herzinfarkt.«

Ich hatte mich wieder einigermaßen gefangen. »Der Feuerwehrmann …« Ich kniff die Augen zusammen und achtete darauf, meine Lippen langsam zu bewegen. »… er wusste es nicht, oder?«

»Nein«, sagte sie knapp. »Brauchte er auch nicht.«

Ich verstand warum. Lillan war gut darin, ihre Gehörlosigkeit zu verbergen. Und es war sicher einfacher, es nicht jedem Menschen auf die Nase zu binden, der ihren Weg kreuzte. So umging sie lästige Fragen und unangebrachtes Mitleid. Mir hatte sie es aber erzählt.

Sie sah mich durchdringend an. »Können wir dann los?«

»Können wir darüber reden?«, konterte ich sanft und blieb auf halbem Weg zur Tür stehen.

»Nein. Und wenn du weiterhin so besonders nett zu mir bist, übertrieben deine Lippen bewegst oder mich weiter so ansiehst, kill ich dich am Ende doch noch.«

Ich lächelte vorsichtig. »Wie sehe ich dich denn an?«

»Anders. Aber ich bin nicht anders. Also hör auf damit. Ich brauche wirklich kein Mitleid. Insbesondere nicht von dir.« Sie schüttelte sich. »Ernsthaft, Samuel, lass es.«

»Wenn du aufhörst mich Samuel zu nennen, könnte ich drüber nachdenken.« Ich sah es in ihrem Blick. Nur, weil sie es mir gesagt hatte, hatte uns das nicht zu Freunden gemacht. Sie mochte mich deswegen nicht lieber. Vielleicht war ich sogar in ihrer Gunst gesunken, weil ich genauso reagiert hatte, wie es vermutlich der Großteil der Menschen tat, sobald sie ihnen eröffnete, taub zu sein. Ich wusste nicht, wie ich mich ihr gegenüber verhalten sollte. Dabei war sie noch immer dieselbe Person. Im Grunde hatte sich nichts verändert, und es tat mir leid, dass ihr mein Verhalten etwas anderes suggeriert haben musste. Ich wollte mich entschuldigen, blieb jedoch stumm.

Lillan verdrehte die Augen und nickte. »Wenn du drauf bestehst. Sam also.« Sekundenlang sahen wir einander an, bevor Lillan sich umdrehte und nach draußen auf die Veranda trat. Ich folgte ihr und berührte ihre Schulter. Kurz nur, damit sie mich ansah. »Eine Sache gibt es da aber noch.«

»Du weißt es jetzt. Und damit hat es sich ... Ich will wirklich nicht weiter darüber reden, Sam.« Meinen Namen betonte sie dabei so, dass klar war, sollte ich nicht aufhören, würde sie mich postwendend wieder Samuel nennen.

Ich hatte nicht vor, ihr einen Grund dafür zu liefern. Auch wenn ich ihr gern gesagt hätte, dass ich sie für ihre Stärke bewunderte. »Darum geht es auch gar nicht. Ich wollte nur klarstellen, dass ich nicht in die Nähe eines Pferdes gehen werde, solange kein Zaun dazwischensteht.« Ich machte eine entschuldigende Geste. »Und den haben die lieben Tiere, laut Günther, zu Kleinholz verarbeitet.«

Sie wirkte erleichtert, dass wir wieder auf unseren alten Positionen standen. Sie die taffe Gutsverwalterin. Ich der Großstadtschnösel. »Du darfst gern in deinem Auto bleiben, solange du Henriette und mich mit deinem Defender nur möglichst nah ranfährst«, bemerkte sie großzügig.

Wie aufs Stichwort tauchte meine Großmutter neben uns auf und sah aus, als wäre sie aus einem Farbeimer gekullert. »Was ist los?«

»Ich glaube, du kommst früher als gedacht zu deiner Offroadtour«, fasste ich zusammen.

Henriettes Augen begannen zu glänzen und entlockten mir ein Grinsen. Sie freute sich wirklich auf die Tour mit dem Defender. »Der Anlass ist allerdings weniger schön«, räumte ich ein. »Einige eurer Pferde sind in das Maisfeld deines Nachbarn eingefallen.«

»Das machen sie ab und an.« Henriette lächelte nachsichtig, als würde es sich bei den Pferden um Schoßhunde handeln, denen man nicht böse sein konnte. Dabei wogen diese Schoßhunde im Durchschnitt sechshundert Kilo. Und mir wollte einfach nicht einfallen, wie wir eine ganze Herde von ihnen dazu bewegen sollten, brav zurück auf ihre Weide zu gehen.

Henriette musste meinen fragenden Gesichtsausdruck richtig gedeutet haben. »Lillan holt Kraftfutter, und dann locken wir die Leittiere an, halftern sie auf und führen sie zurück auf die Weide. Der Rest folgt dann schon.«

Ich nickte. Obwohl ich den Plan als eher zweifelhaft einstufte. Ich half Henriette in ihre Jacke und in kniehohe Gummistiefel, die neben der Eingangstür standen und, wie sollte es anders sein, ein Flamingo-Muster zeigten. Lillan zog in Richtung Stall ab.

Ich selbst streifte mir aus Mangel an Alternativen meine bis dato noch sauberen Sneakers über und lief mit Henriette zum Wagen. Schon auf dem Weg zum Auto, der mich durch knöchelhohes taunasses Gras führte, erklärte sich Henriettes Schuhwahl, und ich machte mir eine Notiz im Kopf, mir bei passender Gelegenheit ebenfalls ein Paar Stiefel zuzulegen. Meine Schuhe waren vollkommen durchweicht, und eine lehmige Matschschicht bedeckte die drei weißen Streifen an der Seite.

Lillan kam mit mehreren Eimern in der Hand und einem Wust an Halftern auf der Schulter zurück und warf alles in den Kofferraum. Dabei nahm sie keinerlei Rücksicht auf die Reste meiner Hamburger Existenz, die den Großteil der Ladefläche einnahm. Dreck und Hafer verteilten sich zwischen Schallplatten, zwei weiteren Reisetaschen und anderem Krimskrams, der sich im Laufe der Jahre angesammelt hatte. Nachdem sie auch noch zwei ordentlich aufgerollte Stromlitzen dazu geworfen hatte, krabbelte Lillan auf die Rückbank.

Ich schob mich hinters Lenkrad, und zu dritt fuhren wir los.

»Jetzt zeig mal, was die Kiste draufhat.« Henriette krallte sich am Armaturenbrett fest und quietschte, als ich beschleunigte und der Motor ein dumpfes Röhren von sich gab. Sie lotste mich über abgelegene Feldwege, Waldabschnitte und Wiesen. So weit weg konnten die Biester doch gar nicht stehen! Günther hatte sich als Nachbar bezeichnet, und bei der Distanz, die wir bereits zurückgelegt hatten, mussten wir uns auf halbem Weg nach Kiel befinden. Und, Moment mal, den Baum kannte ich. Hier waren wir schon mal vorbeigekommen. Ich war mir sicher, weil er einen vom Blitz erschlagenen Ast gen Himmel streckte. »Du lässt mich im Kreis fahren.«

Henriette schien keinerlei schlechtes Gewissen zu haben. Sie grinste breit und nickte. »Und du machst das so gut. Ich hatte ewig nicht mehr so viel Spaß.«

»Was ist mit den Pferden?« Ich schaltete runter und ließ den Defender im Leerlauf ausrollen. »Und Günthers Mais?«

Henriette winkte ab. »Die Pferde haben sehr leckeres Futter. Die laufen nirgendwohin. Und zwischen der Weide und dem Gestüt liegt nur unsere Anliegerstraße. Hier fährt niemand, und sollte es doch jemand tun, ist er langsam genug, um auszuweichen. Wir haben also keine Eile.«

Ich war mir nicht sicher, ob Griesgram-Günther das ähnlich sah. »Verscherzt du es dir mit der Einstellung nicht mit deinem Nachbarn?«, versuchte ich es vorsichtig. Ich wünschte, Lillan würde etwas zu dem Gespräch beitragen und Henriette ins Gewissen reden, aber stattdessen saß sie schweigend auf der Rückbank und blickte demonstrativ aus dem schlammbespritzten Seitenfenster. Sie zeigte keinerlei Interesse an unserer Unterhaltung. Wie auch. An den neuen Gedanken musste ich mich noch gewöhnen.

»Guck nicht so ernst, Sam.« Henriette knuffte mich in den Oberarm. »Man darf auch mal Spaß haben. Günther ist froh, wenn ich ihm einen guten Preis für den entstandenen Schaden bezahle und er sich mit seiner Arthritis um ein Feld weniger kümmern muss.« Sie blinzelte mir schelmisch zu. »Was sagt ihr?« Sie drehte sich zu Lillan um und strich ihr übers Knie, bis sie sich meiner Großmutter zuwandte und sie anlächelte. »Drehen wir noch eine letzte Runde durch das Matschloch des Verderbens?«

Lillan nickte, ohne mich jedoch anzublicken.

Ich sah sie noch einen Moment im Rückspiegel an, bevor ich ergeben die Schultern zuckte. »Okay.« Ich musste zugeben, dass es wirklich Spaß brachte, den Defender mal in seinem ursprünglichen Lebensraum zu fahren – im groben Gelände. Außerdem war es ein Erlebnis, Henriette dabei zu beobachten, wie sie von den Schlaglöchern durchgeschüttelt wurde und sich halb kaputtlachte, als wir uns die Köpfe am Wagendach stießen und der Dreck gegen die Scheiben flog. Sie war ausgelassen wie ein junges Mädchen und so vergnügt, dass es ansteckend war. Nicht nur für mich. Auch Lillan tauchte aus dem Tümpel des Nachdenkens auf und lachte mit. Ein Lachen, das genau die richtige Mischung aus dreckig, hell und mitreißend war.

Lillan

Sam stand am Grill und hatte die gesamte Packung Grillanzünder verbraucht, um ihn zum Laufen zu bringen. Ich hatte überlegt, ihm zu helfen, dann aber doch beschlossen, mir das Schauspiel lieber aus der Ferne anzusehen.

Noch immer war die Glut nicht optimal, aber Henriette legte trotzdem Steaks, Gemüsespieße und Tofu-Würstchen auf den Rost. Dabei erzählte sie Geschichten aus ihren wildesten Zeiten. Während ich den Tisch deckte, sah Sam aus, als könnte er sich nicht so recht entscheiden, ob ihn die Vorstellung von Henriette als Partymaus erschreckte oder amüsierte.

»Kinder, ich gehe eben die Brote aus dem Backofen holen«, sprudelte es aus Henriette hervor. Sie hatte gerade erst die Kennenlerngeschichte von sich und Sams Großvater zum Besten gegeben, bei der jede Menge Alkohol und Hippieromantik im Spiel gewesen waren, und verschwand nun im Haus.

Sams Blick folgte ihr und richtete sich dann auf mich. Er schnitt eine Grimasse und lachte. Als würde uns etwas verbinden, weil wir Henriette zuliebe gemeinsam aßen. Oder weil ich ihn in den Kreis der wenigen Menschen eingeladen hatte, die von meiner Gehörlosigkeit wussten. Dabei hatte ich ihn gar nicht eingeladen. Er war mitten in meine Welt getrampelt.

Ich zuckte die Achseln. »Überfordern dich die Geschichten deiner Großmutter etwa?«, fragte ich spöttisch. Ich mochte die bunten Erzählungen von Henriette, deren Fundus unendlich schien. Er fand offensichtlich keinen Zugang dazu. Es zeigte, wie wenig er hierhergehörte. So überhaupt nicht.

Sam lachte und verdrehte mit angemessener Theatralik die Augen, ohne die Grenze zu beachten, die meine knappe Frage gezogen hatte. »Sie sind schon lustig, aber ich hatte da immer so ein Bild, wie der Vater meines Vaters gewesen sein müsste, und hier tun sich gerade echte Abgründe auf«, sagte er und achtete dabei auf ungezwungene Art darauf, dass ich seinen Lippenbewegungen folgen konnte. Vielleicht konnte er besser mit der Sache umgehen, als ich ihm zugetraut hatte. Er deutete auf die Grillzange, die auf dem Tisch lag, und ich reichte sie ihm. Zum Dank prostete er mir zu und widmete sich dann mit voller Konzentration dem Wenden des Grillguts.

Die Hemden, die Samuel bisher eindeutig als Großstädter identifiziert hatten, hatte er gegen ein einfaches Shirt eingetauscht. Dazu trug er eine dunkle Jeans und ein paar locker geschnürte Stiefel, die früher Paul gehört hatten. Henriette hatte sie für ihn rausgesucht, weil seine Sneakers nach der Offroadaktion vollkommen durchnässt waren. Er sah gut aus. Besser als mir lieb war.

Ich zwang mich dazu, ihn nicht länger anzustarren, und ließ meinen Blick stattdessen durch den von Lampions erhellten Garten wandern. Auf einem der unteren Äste der riesigen Kastanie am See saß Ida. Ihre Beine baumelten eines links, eines rechts von dem dicken Ast herunter. Sie war vollkommen vertieft in ihr Buch. Ein Fantasy-Epos, das sie zu lesen angefangen hatte, weil sie Maggie versprochen hatte, »Anne auf Green Gables« nicht allein weiterzulesen. Auf ihrem Kopf thronte eine geringelte Beanie, die Maggie ihr aus dem letzten Familienurlaub mitgebracht hatte. Ida erachtete sie für so kostbar wie einen Freundschaftsring und trug sie nur zu besonderen Anlässen. Wieso sie sie ausgerechnet heute trug, wusste ich nicht.

Eine Bewegung links von mir ließ mich zusammenzucken. Es war Sam, der sich neben mir auf einem der hölzernen Gartenstühle niederließ. Sein Geruch nach Weichspüler, Rauch plus einer ganz eigenen Note stieg mir in die Nase. Ich schluckte und rückte ein Stück von ihm ab. Pia sagte immer, ein Mann müsse so riechen, dass sie dafür einen Becher Ben & Jerry's-Eis stehen lassen würde, ansonsten wäre er aus dem Spiel. Ich schüttelte den Kopf. Ich dachte eindeutig zu viel über diesen Kerl nach.

Er sagte etwas, das ich nicht mitbekam, weil ich ihn gerade mit einem Pott Salted-Caramel-Eis verglich und mich dabei maßlos über mich selbst ärgerte. Da er aber auf den Grill deutete, schloss ich, dass das Essen gleich fertig sein musste.

Ich nickte und stibitzte erst eine Kirschtomate aus dem herrlich duftenden Salat vom Tisch, dann ein würziges Stück Feta. »Ich bin am Verhungern«, sagte ich und zeigte auf Ida. »Ich hole dann mal das Kind aus dem Baum, sonst essen wir erst, wenn sie das Buch durchhat.«

»Als ich sie neulich lesend in meinem Schrank gefunden habe, dachte ich noch, das wäre eine Ausnahme.« Sam nahm sich ebenfalls eine Tomate, aß sie aber nicht sofort. »Aber mittlerweile bin ich mir da nicht mehr so sicher.« Er steckte die Tomate in den Mund und deutete auf Ida, das Buch und den Baum.

»Sie liest eben gern.« Das war etwas Gutes. Nichts, wofür ich mich entschuldigen würde. Und schon gar nicht vor jemandem, der ständig nur auf sein stylisches Tablet starrte, um schnell vergängliche Werbekampagnen zu entwerfen. Ich wollte gerade aufstehen, aber Sam kam mir zuvor.

»Das macht sie zu etwas Besonderem. Ist rar, dass Kinder heutzutage noch lesen«, sagte er und stand auf. »Ich gehe sie holen, wenn das in Ordnung ist?« Bevor ich etwas erwidern konnte, lief er zur Kastanie hinüber. Als er den Baum erreichte, zupfte er an Idas Stiefelette. Sie lachte und klappte das Buch zu.

Was er sagte, um sie zum Lachen zu bringen, konnte ich jedoch nicht sehen. Ida gab ihm das Buch, und er studierte den Einband, wog es in seiner Hand, bevor er es achtsam auf den Picknicktisch am Ufer legte. Dann reichte er Ida seine Hand. Sie ließ sich vertrauensvoll in seine Arme gleiten, während er eine halbe Drehung vollführte und sie dann mit einer formvollendeten Ritterpose absetzte. Aber das war es nicht, was Wärme durch mein Herz pulsieren ließ, sondern das Lachen meiner Tochter, das ihren kleinen Körper durchschüttelte. Die Besonderer-Anlass-Mütze galt also ihm.

SAM

Henriette hatte Fleisch und Gemüsespieße für eine ganze Kompanie besorgt. Noch immer war der halbe Servierteller voll mit Essen, aber ich hatte das Gefühl, demnächst zu platzen. Den anderen schien es ebenso zu gehen. Henriette und Lillan hingen in ihren Stühlen, als hätte man die Luft aus ihren Körpern gelassen. Nur Ida war putzmunter. Sie saß mit angezogenen Beinen auf dem Stuhl und erzählte von einer Waldhütte, die sie und ihre Freundin gebaut hatten, und vom Baden mit den Ponys nach ihrem Ausritt. Als sie fertig war, erhob sich Lillan.

»Wenn ich den Tisch jetzt nicht abräume, tue ich es gar nicht mehr.« Sie schlang ein Zopfgummi, das sie an ihrem Handgelenk getragen hatte, um ihre flammend roten Locken und bändigte sie so zu einem Dutt auf ihrem Kopf. Die Frisur ließ sie jünger, fast verletzlich aussehen, trotzdem ließ ihre stolze Haltung keinen Moment den Verdacht zu, man könnte ihr gefahrlos zu nahe kommen.

Ich riss meinen Blick von ihr los und half dabei, Teller und Schüsseln zusammenzustellen. Ida und Henriette blieben im Garten, während wir alles schweigend in die Küche brachten. Lillan verpackte die Essensreste und deponierte sie im Kühlschrank. Ich räumte das Geschirr in den Spüler. Die Tür zum Garten auf der anderen Seite des Hauses hatte Lillan sorgsam zugezogen, damit keine Mücken ins Haus gelangten. Es war vollkommen still hinter den breiten Mauern des Gutshauses. Lillan war fertig und tippte eine Nachricht in ihr Smartphone. Ich stand unschlüssig hinter ihr. Mittig im Raum. Ich hätte gehen können. Es vielleicht sogar sollen, aber ich blieb stehen, wo ich war, und starrte auf die feinen Locken in ihrem Nacken. Sie bemerkte es. Das sah ich an ihrer Körperhaltung, aber sie drehte sich nicht zu mir um. Das Schweigen zwischen uns presste sich gegen mein Trommelfell. Es war angefüllt mit Fragen, die mir auf der Zunge brannten. Aber ich schluckte sie hinunter. Lillan hatte mir unmissverständlich klargemacht, dass sie nicht über ihre Gehörlosigkeit reden wollte. Generell nicht. Und am wenigsten mit mir. Der Wunsch, die Stille zu durchbrechen, die zwischen uns hing wie feuchtwarme Sommerluft, war vielleicht nur egoistisch. Also schwieg ich.

In Lillans Leben musste es immer so sein. Still. Kein Geräusch zerschnitt die eigenen Gedanken. Ich ließ mich darauf ein. Blieb stumm, wo ich war. Ich versuchte einen Schritt in ihre Welt zu machen. Obwohl sie mich nie darin willkommen geheißen hatte. Die Sekunden dehnten die Stille, die mich fast klaustrophobisch werden ließen. Mein Herz schlug zu schnell. Mir war kalt. Es war idiotisch, sich derart in dieses Gefühl hineinzusteigern, aber die Stille schloss sich bereits glucksend um meine Knöchel und hinderte mich daran zu gehen. Tom hatte immer behauptet, ich wäre maßlos gefühlsduselig. Ich hatte ihm, wann immer er das behauptete, mit brüderlichem Nachdruck eine verpasst und ihn damit vom Gegenteil überzeugt. Aber so wie es aussah, hatte er recht. Sonst hätte ich nicht immer noch auf einem hellen Fliesenquadrat gestanden und rote Locken auf leicht gebräunter Haut fixiert. Sie tanzten, als Lillan sich in einer plötzlichen Bewegung umdrehte und das Handy in ihre Gesäßtasche stopfte.

»Du starrst mich an«, stieß sie hervor. Ihre Stimme glich moosgedämpften Schritten.

Ich schüttelte den Kopf. »Tue ich nicht.«

Sie kam mir ganz nah und stieß mir ihren Finger in die Brust. »Wenn du mich weiter anguckst, als wäre ich ein missglücktes Experiment, nur weil du jetzt Bescheid weißt …« Sie brach ab. Vermutlich weil sie sich noch nicht entschieden hatte, auf welche Art und Weise sie mich in diesem Fall umbringen würde.

Ich hob abwehrend die Hände und machte einen Schritt rückwärts. »Ich gehe wohl besser.« Es hatte keinen Sinn, ihr zu erklären, dass ich hier das verunglückte Experiment war. Nicht sie. Sie kam ganz wunderbar mit der Stille und dem Leben an diesem Ort klar. Ich hingegen drehte schon durch, wenn ich nur darüber nachdachte, man könnte mir den Lautstärkeregler auf null drehen.

Ich lief zurück, folgte den Geräuschen, die im hinteren Teil des Hauses zäh von der Terrasse in den Kokon des Gebäudes flossen. Die Tür aufzuschieben fühlte sich an wie das Auftauchen, nachdem man zu lange unter Wasser geblieben war. Das Zirpen von Grillen, das Lachen von Ida und die Stimme von Henriette, die eine ihrer Geschichten erzählte, erfüllten die Luft. Am Ufer des Sees übertönten sich Frösche in den schrägsten Tonlagen. Das Schilf bewegte sich im lauen Sommerwind. Auch wenn ich sonst nicht auf Natur stand, war es in diesem Moment das schönste Geräusch überhaupt.

»Alles in Ordnung, Sam?« Henriette sah mich forschend an. Ich lächelte, atmete tief durch und nickte. Überzeugend genug, dass die Besorgnis aus ihrem Blick verschwand und einem zweideutigen Zwinkern Platz machte. »Wo hast du Lillan gelassen?«, fragte sie.

Ich ignorierte die Frage, nahm meine Bierflasche und setzte mich. »Wir haben nur das Zeug nach drinnen gebracht.«

»Ihr wart eine halbe Ewigkeit verschwunden.« Wieder ein Zwinkern und ein freches Blitzen in Henriettes Augen. Mir fiel ein, dass sie es sich zum erklärten Ziel gesetzt hatte, Lillan zu verkuppeln, und hier im Niemandsland gab es bestimmt nicht allzu viele Bewerber. Trotzdem war sie auf dem Holzweg, wenn sie dachte, ich würde mich in der kurzen Zeit hier auf irgendetwas einlassen, das mein Leben noch mehr verkomplizierte. Und Lillan bedeutete, was das anging, auf einer Skala von eins bis zehn vermutlich eine Fünfzehn.

»Können wir ein Lagerfeuer machen?« Ida musterte mich aufmerksam.

Ich deutete auf den Grill. »Heute habe ich doch schon ein Feuer gemacht.« Ich verschränkte die Hände, als hätte ich zwei linke. »Und ich bin wirklich schlecht darin.« Außerdem wollte ich mein Bier genießen und abschalten.

»Ich kann dir zeigen, wie es geht. Das ist ganz einfach.«

Henriette klatschte in die Hände. »Ja, das ist eine tolle Idee, Sam. Jeder Mensch sollte lernen, wie man ein Feuer macht.«

Mir wollte zwar nicht einfallen, warum man in der Zeit von Elektrokaminen, Zentralheizungen und Erdwärmepumpen dringend sein Talent zum Feuermachen ausbauen musste, aber ich ergab mich. Auch weil Lillan gerade aus dem Haus kam und mich noch immer ansah, als wollte sie mich killen. Vielleicht war es ratsam, etwas Abstand zu halten. Mühsam rappelte ich mich von meinem Stuhl auf und folgte Ida zum Seeufer.

In einem Steinkreis zwischen Picknicktisch und See schichtete Ida Zweige auf und erklärte voller Inbrunst die dafür benötigte Technik. Ich half ihr, konzentrierte mich voll auf sie und unsere Aufgabe. Es erinnerte mich an die Sommer mit Tom auf dem Gestüt. An all die Abenteuer aus unseren Büchern, die wir nachspielten und die meistens nicht halb so romantisch ausgingen, wie wir uns das ausgemalt hatten. Es endete fast immer mit einer Standpauke von Pa, einem stundenlangen Aufenthalt in der antiseptischen Blase einer Notaufnahme oder mit einem ausgewachsenen Streit unter Brüdern darüber, wer schuld am Scheitern des

Plans gewesen war. Trotzdem waren es gute Erinnerungen. Warme, greifbare. Im Gegensatz zu denen der letzten Jahre in Hamburg, die einem verschwommenen Bild aus wässrigen Farben glichen.

Ich nahm ein großes Holzscheit, um es über die wacklige Grundkonstruktion aus Holzfasern und Ästen zu legen, aber Ida hielt mich zurück.

»Das muss erst mal richtig brennen.«

Ich reichte ihr ein Feuerzeug, aber Ida schüttelte den Kopf. Sie kramte in ihrer Hosentasche herum, beförderte einen zerknitterten, noch verpackten Kaugummi hervor, an dessen Papier Pferdehaare und Stroh klebten, ein Haarband und einen winzigen Kompass, der an einem Karabiner in Pferdeform baumelte. Sie wechselte die Tasche, wühlte noch einmal und zauberte einen Feuerstein hervor, den sie gekonnt gegen einen Stahlschaber hieb. Funken sprühten und entfachten im dritten Anlauf den Zunder. Dieses Kind war ein Survival-Ass. Ich war wirklich beeindruckt. Und ein wenig neidisch.

»Willst du auch mal?«

Ich hätte verneinen und mich lässig geben können, aber wozu? Ich nickte und nahm den Feuerstein entgegen. Mühelos gelang es auch mir, mit dem Survival-Tool Funken auf eine Ecke des Zunders regnen zu lassen. Innerhalb kürzester Zeit züngelten Flammen an den Ästen empor. »Hätte ich das Ding beim Grillanzünden gehabt …« Ich zuckte mit den Schultern. »Beim nächsten Mal rettest du mich, versprochen?«

Ida setzte sich auf den Boden und sah in die Flammen. Ihre Haare nahmen im Glanz des Feuers den gleichen Farbton an wie die Flammen. Genau wie bei ihrer Mutter. Nur waren Idas Haare glatt, und sie verbarg sie immer unter irgendwelchen Mützen. Ich hatte sie noch nie ohne eine gesehen.

Ich zupfte vorsichtig am Rand der geringelten Beanie. »Warum trägst du die immer?« Soweit ich Ida einschätzte, war das kein modisches Statement. Sie interessierte sich für Bücher, Ponys und Waldhütten. Nicht unbedingt für ihr Aussehen. Das zeigten ihre zerschrammten Schienbeine und die Grasflecken auf ihrer Hose.

»Ich mag, wenn es ein bisschen so still ist wie …« Sie brach ab, zuckte die Schultern, und zum ersten Mal wirkte sie verschlossen. Ich verstand, was sie nicht aussprechen wollte. Sie versuchte, ihrer Mutter nah zu sein. Ein klein wenig der Stille ihrer Welt zu teilen. Sie tat das, woran ich in der Küche gescheitert war. Ich gab ihr einen sanften Schubs gegen die Schulter und lächelte sie an. Nur Sekunden später hellte sich Idas Miene wieder auf. »Jetzt kann mehr Holz drauf«, verkündete sie. Den Ansatz von Schwere in ihrem Blick hatte sie einfach beiseitegeschoben und hopste fröhlich zu dem Stapel mit Brennholz hinüber, als wäre sie nicht bereit, der Gehörlosigkeit ihrer Mutter und den damit verbundenen Einschränkungen auch nur einen Millimeter Boden zu überlassen. Ich half ihr, die schweren Holzscheite zum Feuer zu tragen, und tanzte schließlich zu wirklich schrecklichem Lutschbonbon-Girlie-Pop, den sie aus ihrem iPod abspielte, mit ihr ums Feuer.

Erst als wir vollkommen atemlos waren, setzten wir uns gemeinsam auf den Tisch am Seeufer. Die Füße in der Luft baumelnd, zog ich mein Handy hervor und überprüfte den Posteingang meines Mailfaches. Eine Aktion, die eher einem unwillkürlichen Reflex glich als einer bewussten Handlung. Es dauerte ewig, bis der Server die Mails lud. Genug Zeit, um mich zu fragen, was für bahnbrechende Nachrichten ich erwartete. Der Empfang hier draußen war wirklich unterirdisch. In den letzten Tagen hatte mich diese Tatsache unsagbar gestresst. Nun nicht mehr. Ich genoss die Wärme des Feuers auf meinem Gesicht, während ich geduldig auf das Piepen wartete, das anzeigte, dass alle Mails geladen waren. In einer Nachricht wollte man mir ein Mittel gegen Haarausfall andrehen. Zwei Millionäre übermittelten mir die frohe Botschaft, dass ich reich geerbt hatte und dem Nachlassverwalter dringend eine fünfstellige Summe überweisen musste, um an meinen neuen Reichtum zu gelangen. Dann noch drei Werbemails. Keine Antworten von den zwei Firmen, bei denen ich mich kurz vor der Abreise noch beworben hatte. Und kein Lebenszeichen von Lea. Es warf mich wider Erwarten nicht aus der Bahn.

»Mama sagt immer, für jedes Kind, das auf ein Smartphone starrt, stirbt irgendwo ein Abenteuer.« Ida grinste mich breit an und machte keinen Hehl daraus, dass sie die Mails mitgelesen hatte. »Bestimmt gilt das auch für Erwachsene«, sagte sie trocken.

Ich konnte ihr nicht einmal böse sein, weil ihr das Postgeheimnis absolut schnuppe war, sondern nickte und schob das Handy zurück in meine Hosentasche. Der Nachthimmel war sternenklar. Funken stoben in das Dunkel. Der See brach schimmernd das Mondlicht. Es gab wirklich Besseres, als auf ein Handydisplay zu starren. Ich sah zur Terrasse, wo Lillan Henriette gerade ins Haus half. Sie hatte eine grob gestrickte Wolldecke um ihrer beider Körper geschlungen, und in ihrer Hand hielt sie ein 5½-Knoten-Pale-Ale. Meine eigene Flasche des Bio-Küstenbiers einer Kieler Privatbrauerei stand neben mir. Ich nahm sie und trank einen tiefen Schluck.

»Was guckst du?«

Ida versuchte hartnäckig zu ergründen, was mein Interesse fesselte. Dass es ihre Mutter sein könnte, kam ihr nicht in den Sinn. Und ich würde Henriette und ihr nicht noch mehr Raum für Spekulationen bieten, indem ich zugab, dass ich Lillan anstarrte. »Nichts«, beantwortete ich ihre Frage zeitverzögert.

»Du guckst ganz schön oft Nichts.« Sie runzelte die Stirn, als hätte sie Sorge, mit meinem Verstand könnte etwas nicht stimmen.

Ich lächelte und warf einen Ast in das knackende Feuer. Vielleicht lag sie damit gar nicht so falsch.

Lillan

Obwohl es noch früh am Abend war, half ich Henriette bald, die übrigen Gläser in die Küche und die Polster in den Schuppen zu räumen. Ida saß solange mit Sam am Lagerfeuer, das sie gemeinsam aufgeschichtet und entzündet hatten. Sie hatten wirklich Spaß zusammen. Trotzdem bestand ich darauf zu gehen, sobald wir fertig waren. Ida war nicht einverstanden, Sam und das Feuer am See zurückzulassen, gab aber nach, als ich ihr versprach, den Abend mit einem Film und einer großen Portion Eis im Kutscherhäuschen ausklingen zu lassen.

Wir waren gerade nach Hause zurückgekehrt und hatten eine wilde Komposition aus Eis, Kekskrümeln, Karamellsoße, Marshmallows und Schokoladenstückchen zusammengekippt, als das Lichtzucken der Deckenlampe mir signalisierte, dass es an der Haustür klingelte. Niemand außer Pia störte um diese Uhrzeit. Ich runzelte die Stirn. Normalerweise fiel sie wie ein Wirbelsturm durch die Terrassentür in unser Leben ein, wenn sie zu einem ihrer Spontanbesuche vorbeikam, und klingelte nicht brav an der Haustür. Merkwürdig. Ich überließ Ida die Schüssel mit Eis, lief nur mit Shorts und Schlafshirt bekleidet zur Tür und öffnete. Es war Sam. Ich verschluckte mich fast an einem Stück Schokolade, das ich mir als Wegzehrung in den Mund gesteckt hatte.

»Was?« Was wollte der denn hier? Auf meiner Veranda? Unwillkürlich zupfte ich an meinem Schlafshirt.

Er grinste und hielt mir ein Buch vor die Nase. »Ich dachte, unsere kleine Leseratte könnte ohne die Geschichte vielleicht nicht schlafen.« Er drehte das Buch um einhundertachtzig Grad und einmal um die eigene Achse, sodass ich den Einband wiedererkannte. »Sie hat es beim Lagerfeuer liegen gelassen.«

Ich nahm ihm den Roman ab, den Ida in der Kastanie gelesen hatte, und presste ihn gegen meine Brust. »Das ist wirklich nett.« Entgegen meiner Gewohnheit, Blicke einfach zu ignorieren, machte es mich nervös, wie Sam mich ansah. Ohne etwas zu sagen. »Also ...« Ich hob das Buch an und wollte ihn abwimmeln.

Anstatt den Wink mit dem Zaunpfahl jedoch zu verstehen und zu verschwinden, machte Sam einen Schritt vorwärts und stand nun halb im Türrahmen. Keine Chance die Tür einfach zuzumachen und ihn auszusperren.

»Ich bin nicht nur deswegen gekommen.« Seine Hand berührte die Tür.

»Ich wollte mich auch entschuldigen. Wahrscheinlich reagiert selten jemand so dämlich auf deine Gehörlosigkeit wie ich heute.« Er wirkte ernstlich zerknirscht. »Vielleicht könntest du mir noch eine Chance geben.« Er ließ die Hand sinken. »Immerhin müssen wir noch eine Weile zusammen arbeiten«, fügte er rasch hinzu.

Ida drückte sich an mir vorbei und schnappte sich Sams Arm, bevor ich auf seine Entschuldigung reagieren konnte. Ihre Augen leuchteten fast so, als wäre Maggie für eine spontane Übernachtungsparty mit einem Abenteuergeschichtenband vorbeigekommen.

»Wir essen gerade Eis«, verkündete sie. »Willst du auch welches?«

Ich sah sie streng an. Sie konnte ihn doch nicht einfach in unser Haus einladen. Nicht zu einem Mutter-Tochter-Eisgelage. Mit Gebärden gab ich ihr unmissverständlich zu verstehen, was ich davon hielt. Auch wenn ich in der Regel die Gebärdensprache selten nutze, war es in Momenten wie diesen sehr nützlich, dass Ida sie ebenso beherrschte wie ich.

Gerade hatte sie sich aber in den Kopf gesetzt, mich einfach zu ignorieren. Sie zerrte Sam hinter sich her ins Innere des Hauses. Er hob entschuldigend die Schultern, setzte sich allerdings nicht allzu sehr zur Wehr.

Ida und Sam schienen keine Notiz davon zu nehmen, dass ich ihnen nicht folgte. Sie befanden sich bereits im Wohnzimmer. Ida war nur kurz in die Küche geflitzt, hatte einen Eislöffel für ihren Gast organisiert und führte gerade einen wilden Diskurs darüber, welcher Film die beste Wahl wäre, während ich noch immer unschlüssig im Eingangsbereich stand.

Ich kramte mein Handy aus der Gesäßtasche hervor und schickte ein SOS an Pia. Innerhalb weniger Sekunden kam ihre Antwort. Allerdings hielt sich ihr Mitleid in Grenzen. Sie verstand nicht, wie ein sexy Typ auf meiner Couch, der zudem zum besten Freund von Ida mutierte, ein Problem darstellen konnte. Beim Thema Männer würden Pia und ich nie derselben Meinung sein. Ich verdrehte die Augen, als sie mir eine wunderschöne Nacht flankiert mit einem zweideutigen Emoji wünschte. Ich steckte das Handy weg, ging in die Küche und warf Sir Henry an, um mir einen herrlich dunklen Espresso zu machen.

Eine Berührung an der Schulter ließ mich herumfahren.

Sam stand hinter mir und hob entschuldigend die Hand.

»Ich wollte dich nicht erschrecken.«

»Hast du nicht«, murmelte ich.

»Ich wollte dich wirklich nicht überfallen.« Er fuhr sich durch die Haare und machte einen Schritt auf mich zu. »Es ist nur echt schwierig, Ida etwas abzuschlagen.«

Als wüsste ich das nicht. Ich sagte nichts.

»Pass auf, ich gehe einfach wieder.« Er deutete hinter sich in Richtung Haustür. »Es war dumm, so spät abends noch zu stören.«

»Nein.« Doch. Warum widersprach ich ihm? »Ist kein Problem. Ida möchte gern, dass du hier bist.«

Sam schüttelte den Kopf und kniff die Augen zusammen. »Sie wird den ›Zauberer von Oz‹ auch lieben, wenn du ihn allein mit ihr anschaust.« Die Entscheidung war also auf den Klassiker gefallen. Ida und ich hatten ihn schon so oft gesehen, dass ich den Text mitsprechen konnte. Trotzdem hatte die Geschichte nie ihre Magie verloren.

Ich nickte. Wieso ging ich nicht einfach zur Tür, wenn er es schon vorschlug, schmiss ihn raus und sah mir mit Ida den Film an? Eingewickelt in die riesige Wolldecke mit dem wunderschönen Ringelmuster und mit Idas kleinem Körper eng an meinen gekuschelt? Wieso machte er keine Anstalten zu gehen, obwohl er es vor zwei Sekunden selbst vorgeschlagen hatte und weiß Gott andere Sorgen hatte, als spätabends in meiner Küche zu stehen und mich anzusehen, wie er es gerade tat? Stattdessen standen wir einander im Halbdunkel der Küche gegenüber. Nur das Licht aus dem Wohnzimmer und Sir Henrys Beleuchtung erhellten den Raum. Genug, um zu sehen, wie verdammt gut Samuel aussah. Mein Gott, ich lebte wirklich schon zu lang abstinent, wenn dieser Großstadtschnulli es mit seinem verwegen zerzausten Haar und einem intensiven Blick schaffte, diese blöde Sehnsucht nach Nähe in mir anzuknipsen. Ich schluckte trocken und zwang meinen Atem zur Ruhe. Mir war klar, dass viel mehr dahintersteckte. Sam war aus der Schublade gekrochen, in die ich ihn von Anfang an gesteckt hatte. Ich hatte wieder und wieder versucht, diese ordentlich zu verschließen, aber er hatte sie mit einem lässigen Lächeln aufgeschoben und war daraus hervorgeklettert, nur um jetzt in meiner Küche zu stranden.

Er hob seine Hand und berührte eine meiner Locken. Sanft, aber bestimmt. Und ich tat nichts, um ihn davon abzuhalten. Dabei hatte ich noch vor einer Stunde gedacht, ich würde ihn am liebsten killen. Und jetzt wünschte ich allen Ernstes, er würde die Distanz zwischen uns überwinden und mich küssen. Auf die Art, die einem den Atem verschlägt und vergessen lässt, warum das eine durch und durch dumme Idee war. Etwas in seinem Blick sagte mir, dass er das Gleiche dachte. Ein leises Kribbeln stahl sich durch meinen Körper. Ich spürte Sams Atem, seine Nähe, die Hitze unserer Körper. Aber plötzlich durchbrach er die statische Spannung zwischen uns und wühlte in seiner Hosentasche. Die Verwünschungen, die er dabei ausstieß, flossen ineinander und wurden zu einem dunklen Klumpen, der jedes Gefühl, das bis eben zwischen uns geflirrt hatte, erstickte.

Dann zog Sam sein hektisch blinkendes Handy hervor und nahm den Anruf mit einer Wischbewegung an.

»Lea?« Und mit dem Namen seiner Ex-Freundin auf den Lippen drehte er mir den Rücken zu.

SAM

Ich trat auf die überdachte Terrasse des kleinen Kutscherhäuschens und fuhr mir über die Augen. Noch immer pulsierte das Verlangen, Lillan zu küssen, wie ein schwaches Echo durch meinen Körper. Abgekühlt nur durch Leas Anruf. Wahrscheinlich sollte ich ihr dankbar sein. Sie hatte mich vor einem Riesenfehler bewahrt. Ein Fehler, der meinen Aufenthalt hier definitiv verkompliziert hätte. »Was gibt es?«, fragte ich trotzdem ungeduldig.

»Ich wollte nur wissen, wie es dir geht.«

Seit wann das denn? »Gut«, antwortete ich knapp und drehte mich zu Lillan um, die noch immer in der Küche stand. Sie beschäftigte sich mit dem Kaffeevollautomaten, der aussah, als würde die Küche ihm gehören.

»Weißt du schon, wie lange du noch bleiben wirst?«

Ich ließ den Blick über die hügeligen Weiden schweifen, die in das blutende Orangerot eines spektakulären Sonnenuntergangs getaucht waren. »Wieso? Vermisst du mich?« Ich vermisste sie jedenfalls nicht. Das war kein trotziger Gedanke. Überraschenderweise war es einfach so. Ich sehnte mich nach dem Bild des Hamburger Hafens in diesem letzten Licht des Tages, weil Hamburg mein Zuhause war, aber Lea kam in diesem Bild nicht mehr vor. Sie hatte noch immer nicht geantwortet. »Lea? Alles in Ordnung?«

»Ja, alles gut.« Es raschelte am anderen Ende der Leitung. »Ich war nur abgelenkt. Ich sitze noch im Büro. Und eigentlich bin ich krank.« Sie schnäuzte sich die Nase. »Aber ich rufe nicht an, um dir mein Leid über entzündete Nebenhöhlen und einen Chef zu klagen, den das nicht interessiert.«

Ich war überhaupt der Einzige gewesen, den es je interessiert hatte, wie es hinter Leas kühler Businessfassade aussah. Und das wusste sie. »Du kannst es mir ruhig erzählen, wenn es dir dreckig geht.«

»Und dann?«, fragte sie kläglich. »Was würde das bringen? Boris will die Ausarbeitung für das Meereszeiten-Projekt bis morgen früh haben. Da hilft alles Jammern nichts.«

Eine Werbekampagne für ein Hotel, das eine namhafte Kette in der Hafen-City eröffnen und damit den Sprung in die High-Class-Hotels schaffen wollte. Ich hatte selbst an dem Projekt mitgewirkt. »Was ist das Problem?« Wieso bot ich ihr meine Hilfe an? Immerhin hatte Lea mich hängen lassen. Sie war nicht für mich da gewesen. Wieso also war ich es jetzt? Die Antwort war simpel. Ich wollte ein besserer Mensch sein. Besser als Lea. Und vor allem besser als der Mensch, den Lillan in mir gesehen hatte, als ich Gut Auweide das erste Mal seit fast zwanzig Jahren wieder betreten hatte.

»Eigentlich wollte ich dich nur fragen, ob du deine Aufzeichnungen für die Kampagne noch irgendwo hast? Wenn ich deinen Teil der Arbeit haben könnte, würde mir das enorm viel Zeit sparen. Zeit, die ich in einen guten Hustensaft und zwei, drei Stunden Schlaf investieren könnte, um morgen für die Präsentation fit zu sein.«

Ich setzte mich auf einen Stuhl und sah über das Wasser des Sees, der ruhig dalag. Nur das Schilf bewegte sich im Luftzug einer leichten Sommerbrise. »Du solltest dich nicht so stressen lassen«, sagte ich. In der Ferne wieherte ein Pferd, und Vögel zankten sich in einem wilden Brombeerbusch, der das Grundstück auf der Westseite begrenzte. Zum ersten Mal war ich heilfroh, hier und nicht in Hamburg zu sein, wo mir genauso wie Lea ständig die Zeit im Nacken gesessen hatte. Wie ein hungriges Tier. Und wo man sich selbst todkrank noch die Nächte um die Ohren schlug, um Deadlines einzuhalten.

»Du scheinst ja sehr mit dir im Einklang zu sein.« Lea schniefte mitleiderregend. Dann schwieg sie. »Du klingst wirklich, als würde dir dieses komische Kaff guttun.«

Ich nickte, obwohl sie es nicht sehen konnte. »Das Passwort für meine Dokumente auf dem Firmenserver ist ›Defender‹.« Das war, was sie wissen wollte. Nicht wirklich, ob ich zum Landjungen mutiert war oder wie es mir tatsächlich ging.

»Dein Ungetüm, natürlich.« Lea hackte die Buchstaben in die Tastatur. »Na, immerhin hat Boris dich noch nicht aus dem System gelöscht«, sagte sie erleichtert und dann eine Weile gar nichts mehr. Sie sichtete wahrscheinlich gerade die Dokumente, die ich für das Projekt zusammengetragen hatte.

»Kommst du dann allein klar?« Ich wollte das Gespräch beenden und nach drinnen gehen, wo Lillan sich längst zu Ida gesellt hatte. Toto, Dorothy, die Vogelscheuche, der ängstliche Löwe und der Blechmann waren sicher schon auf halbem Weg in die Smaragdstadt.

»Warte noch.« Wieder vergingen endlose Sekunden. Ich hörte das Klappern der Tastatur und wie Lea auf ihrem Stift herumbiss. Das tat sie immer, wenn sie sich konzentrierte.

»Lea?«

»Deine Aufzeichnungen könnten genauso gut auf Mandarin sein.«

Ich stieß die Luft aus. Ihr alles zu erklären würde die halbe Nacht dauern. Aber ich konnte sie auch nicht hängen lassen. »Pass auf, ich bin gerade zu Besuch bei einer Bekannten und hocke jetzt auf deren Terrasse. Ziemlich unhöflich.« Ich stand auf und stellte den Stuhl zurück unter das Vordach. »Ich verabschiede mich und rufe dich an, sobald ich in meinem Zimmer bin. Dann gehen wir das gemeinsam durch, okay?«

»Wie lange wird das dauern?«, fragte Lea, und ich hörte eine Spur Eifersucht durchklingen.

»Ein bis zwei Stunden eigentlich.«

»Sam!«, stieß Lea entsetzt aus.

»Ich sagte, eigentlich. Aber ich werde mich sofort verabschieden und dich in zehn Minuten wieder anrufen. Ich will sauber aus dem Projekt aussteigen. Der Kunde kann schließlich nichts dafür, dass Boris ein Arschloch ist. Und du auch nicht.«

»Dass Boris ein Arsch ist, weiß der Kunde.« Sie lachte. Ein raues, verführerisches Geräusch, das nichts mehr in mir bewegte. »Aber ich weiß es sehr zu schätzen, dass du mir hilfst.« Ein Klicken, und dann war die Leitung tot. Ich blieb noch einen Augenblick auf der Terrasse stehen und schluckte das Gefühl hinunter, durch Boris und mein altes Leben um einen wunderschönen Abend mit Lillan und Ida betrogen worden zu sein. Dann betrat ich das Haus und klopfte sanft an den Rahmen der Wohnzimmertür.

Lillan wusste Bescheid, noch bevor ich etwas sagte. Ich sah es an ihrem Blick, der so kühl auf mir haftete wie Raufrost.

»Ich muss leider los.«

Ida zog einen Flunsch. »Du wolltest doch mit uns den ›Zauberer von Oz‹ gucken.«

»Ja, und das würde ich auch viel lieber, aber der Anruf kam von der Arbeit.« Die mich im Grunde nichts mehr anging. Ich seufzte. »Ich bin ziemlich überhastet aus Hamburg los, und meine Arbeitskollegin hat noch einige Fragen zu dem Projekt, das ich zuletzt mitbetreut habe. Ich muss sie dringend zurückrufen. Alles andere wäre nicht fair.«

Lillan nickte und stand auf, um mich zur Tür zu begleiten. »Also dann.« Sie öffnete die Tür und wartete bis ich hinausgetreten war.

»Ich wäre wirklich sehr gern geblieben«, sagte ich, aber Lillan sah mich nicht an. Meine Worte zerplatzten ungesehen an dem feuerroten Vorhang, den ihre Haare bildeten. Ich hätte sie gern berührt und so dazu gebracht, mich anzusehen, aber ich ließ es. Stattdessen ging ich, ohne mich noch einmal umzudrehen, und lief mit den Händen in den Hosentaschen zurück zum Gutshaus.

Lillan

Es war Montag. Sams erster offizieller Arbeitstag in der Agentur *Glücksmomente*. Ich hatte mir vorgenommen, ihm neutral zu begegnen und ihn einzuarbeiten wie jeden anderen Mitarbeiter auch, der Henriette und mich im Laufe der Jahre als Praktikant oder Aushilfe begleitet hatte. Wir hatten Hilfe derzeit wahrhaft nötig.

Der Unterschied zwischen ihm und jedem anderen Mitarbeiter war, dass Sam mich zweimal fast geküsst hatte. Das verkomplizierte die Lage erheblich. Obwohl es das nicht sollte. Immerhin hatte er mir gestern Abend sehr deutlich gemacht, dass es für ihn keine Bedeutung hatte.

Hamburg, seine Karriere, seine Ex-Freundin, das hatte Priorität. Und für mich hatten Ida, das Gestüt und die Hilfsorganisation Vorrang. Also würde ich ihn einarbeiten. Nicht mehr und nicht weniger. Deswegen hatte ich ihm die Unterlagen der letzten Monate und die Bilanzen herausgesucht und sie zwischen uns gestapelt. Eine Mauer, die ihn hoffentlich davon abhielt, mir zu nahe zu kommen.

Sam saß frisch rasiert, mit einem gestärkten Hemd und Jeans bekleidet inmitten dieses Papierstapels und las sich konzentriert in die Materie ein. Im Büro schien er sich deutlich wohler zu fühlen als in der Nähe der Pferde. Er wirkte selbstsicher und nahm die Aufgabe unerwartet ernst. Es war komisch, ihn so zu sehen. Attraktiv auf eine verwirrende Art und Weise.

Mein Handy vibrierte, und ich zog es aus der Hosentasche. Pia.

»Und wie läuft es mit dem sexy Praktikanten? Hab ihn gegoogelt. Hot!« Ein verzückter Smiley. »Ich glaub, ich muss euch dringend mal wieder besuchen kommen.«

Ich schickte ihr ein Augenverdreh-Smiley zurück und hoffte, sie hatte genug Arbeit auf dem Schreibtisch, die sie daran hindern würde, Sams Hot-Faktor weiter zu diskutieren.

»Hi.« Sam hatte von seinen Papieren aufgesehen und mich dabei erwischt, wie ich ihn anstarrte. Na großartig.

Er legte den Stift beiseite, mit dem er sich Notizen gemacht hatte, und sah mich mit einem Lächeln an, das nur Sekunden später erstarb. »Lillan.« Er senkte den Blick, hob ihn aber wieder, als er weitersprach, sodass ich seine Lippen lesen konnte. »Wegen gestern Abend. Es tut mir wirklich leid, dass ich gehen musste.«

»Schon gut.« Ich winkte ab. Er musste sich nicht erklären. Das war ein Moment gewesen. Nicht mehr. Zwei Momente, wenn man es genau betrachtete. Das könnte man als Muster deuten, aber ich beschloss, genau das nicht zu tun.

Er nickte. Dann riss er seinen Blick von mir los und tippte auf die Akte vor sich. »Ich habe schon einen ganz guten Einblick bekommen, denke ich, aber was ich noch nicht verstehe ist, wie ihr die ganze Arbeit bewältigt. Die Verwaltung des Gestüts, die Auswahl der Fälle für *Glücksmomente*. Ich meine, das ist Arbeit für eine ganze Armee, und ihr seid nur zu zweit.«

»Derzeit ist es etwas schwierig. Normalerweise kümmere ich mich um die Gestütsverwaltung und helfe nur aus, wenn bei *Glücksmomente* alles drunter und drüber geht. Henriette arbeitet mit Sabine und einer Aushilfe an den Fällen. Allerdings ist Sabine schwanger geworden. Wir dachten, wir hätten noch jede Menge Zeit, für Ersatz zu sorgen, aber dann gab es Komplikationen. Sie hat strenge Bettruhe verordnet bekommen und dreht vermutlich bald durch. Letzte Woche wollte sie am liebsten ihr heiß geliebtes Boxspringbett anzünden, nur um aufstehen zu dürfen.« Ich mochte Sabine und ihre unerschütterliche gute Laune. Sie nicht mehr hier zu haben war ein echter Verlust. »Gleichzeitig hat sich unsere Aushilfe unsterblich in einen Typen aus Bayern verliebt und ist in einer Nacht-und-Nebel-Aktion zu ihm gezogen. Wir sind also im Moment etwas knapp an Arbeitskräften.« Ich gab ihm mit einem zweideutigen Blick zu verstehen, dass Henriette ihm das Angebot nur deswegen gemacht hatte. Obwohl das nicht stimmte. Sie hätte ihn auch gefragt, wenn Sabine und Carla noch da gewesen wären.

»Warum gebt ihr dann nicht mehr Arbeit an das Büro in Kiel ab? Dort habt ihr genug Mitarbeiter.«

»Henriette will das nicht.« Ich schüttelte den Kopf. Genau wie Sam hatte ich ihr das schon oft vorgeschlagen. »In Kiel wird lediglich der Ablauf der Wunscherfüllungen koordiniert. Deine Großmutter besteht aber darauf, dass die Finanzen und die Entscheidung, welche Fälle angenommen werden, in ihrer Hand bleiben. Da lässt sie nicht mit sich reden.«

»Das passt zu ihr.« Er runzelte die Stirn und fuhr mit seinem Stift am Ordnerturm entlang, in denen die von der Organisation bereits erfüllten Wünsche abgeheftet waren. »Und wie genau wählt ihr die Fälle aus?«

»Henriette hat das letzte Wort. Ich gebe nur Empfehlungen und sichte die Anfragen. Das ist das Schwerste an diesem Job und der Grund, warum ich froh bin, wenn wir Ersatz für Sabine gefunden haben und ich mich wieder hauptsächlich um Futterlieferungen und Pferdeverkäufe kümmern darf. Manchmal denke ich, Henriette behält sich die letztendliche Entscheidung der Fälle selbst vor, um uns vor der Last dieser Verantwortung zu schützen. Wir müssen so viele Menschen auf später vertrösten oder ganz ablehnen.« Jeden Tag erreichten *Glücksmomente* so viele Mails, dass diese Arbeit oft wie ein Tropfen auf dem heißen Stein erschien. »Dabei sollte kein Herzenswunsch je verloren gehen«, sagte ich und rieb mir mit dem Stift über die Stirn.

Als ich zu Sam hinübersah, kritzelte er etwas in sein Notizbuch.

»Hast du das gerade mitgeschrieben?«

»Berufskrankheit.« Er hob entschuldigend die Schultern. »Ist ein ziemlich guter Slogan.« Er malte ein unsichtbares Banner in die Luft. »Kein Herzenswunsch sollte je verloren gehen«, zitierte er mich.

Das war kein Werbeslogan. Es waren meine Worte, und ich war mir nicht sicher, ob es mir gefiel, wenn er sie klaute und benutzte.

»Ich könnte mir vorstellen, dass dieser Satz den richtigen Menschen genug Geld aus der Tasche zieht.« Er musste erkennen, dass mich sein pragmatischer Umgang mit meinen Gefühlen ärgerte, denn er brach ab, kritzelte auf einem der Papiere vor seiner Brust herum, und ich widmete mich wieder meinem überquellenden Postfach. Das Gespräch war offensichtlich beendet.

Ich sortierte gerade Mails nach Dringlichkeitsgrad in verschiedene Unterordner und beantwortete einige, die keinen Aufschub duldeten, als mein Handy neben der Tastatur zu vibrieren begann. Ich fing es auf, bevor es sich über die Tischkante in den Tod stürzen konnte.

»Dreh dich um, Lillan!«

Ruckartig tat ich, wozu er mich aufgefordert hatte.

»Henriette hat mir deine Nummer gegeben«, beantwortete er meine nicht ausgesprochene Frage, woher zum Teufel er meine Nummer hatte. »Sie sagte, damit wir uns für die Arbeit koordinieren können.« Dann hielt er ein Blatt Papier hoch, auf dem er meine Worte zu einem kunstvoll gezeichneten Banner arrangiert hatte. Es war tatsächlich leicht sich vorzustellen, dass es so oder ähnlich auf einem Event hängen würde. Darunter hatte er ein »Plus jede

Menge reiche Säcke = mehr erfüllte Wünscheträume« gesetzt. Er zuckte die Schultern und sah mich fragend an. »Ich kann euch helfen, solange ich hier bin. Ich will euch helfen mit dem, worin ich gut bin. Aber du musst mich lassen.« Er ließ das Papier sinken. »Deal?«

Und ich nickte. Weil es das Beste für *Glücksmomente* war. Für all die Menschen, die sich an uns wandten. Für Henriette. Und weil mir gefiel, was für eine Vision er aus sechs Worten zauberte. Aus meinen Worten.

SAM

So, bist du bereit?« Lillan trat mit einem Schlüssel, den sie um ihren Zeigefinger kreisen ließ, aus der Kieler Zweigstelle der Organisation *Glücksmomente*.

Ich blinzelte in die tief stehende Sonne und nickte. Keine Ahnung, ob ich tatsächlich bereit war, jemanden zu treffen, der todkrank war. Keinen Schimmer, ob ich damit überfordert sein würde, seine Geschichte zu hören oder die Dankbarkeit darüber entgegenzunehmen, dass wir seinen letzten Wunsch erfüllten. Mir hätte es vollkommen gereicht, im Hintergrund zu bleiben. Aber Henriette hatte bestimmt, dass ich erst alle Abläufe der Organisation kennenlernen sollte, bevor ich voll in die Arbeit einstieg. Dazu gehörte der Besuch in der Koordinationszentrale der Hilfsorganisation in Kiel, den wir bereits hinter uns gebracht hatten, sowie die Begleitung eines echten Einsatzes. Lillan hatte den passenden Kandidaten ausgesucht und alles in die Wege geleitet.

Sehnsüchtig starrte ich zu meinem Defender hinüber, der am Rande des Parkdecks stand. Wir würden für unsere Mission in einen Van mit dem Logo *Glücksmomente* auf der Seite umsteigen. Ich kletterte auf den Beifahrersitz, während Lillan wortlos hinters Steuer rutschte und den Motor anließ. Dann lenkte sie den Wagen in Richtung Norden aus der Kieler Innenstadt hinaus. Vielleicht hätte doch besser ich fahren sollen. Das sagte ich nicht, weil ich voller Vorurteile war und Lillan durch ihre Gehörlosigkeit für den Straßenverkehr beeinträchtigt hielt. Immerhin hatte Onkel Google mir verraten, dass Gehörlosigkeit seit Jahren schon kein Hinderungsgrund mehr war, den Führerschein zu erwerben. Es lag eher daran, dass Lillan genauso Auto fuhr, wie sie Mähdrescher lenkte. Ich ersparte mir, etwas zu sagen, weil ich nicht riskieren wollte, dass sie neben der rasanten Fahrt durch den dichten Verkehr auch noch versuchte, meine Lippen zu lesen, und uns dabei im Nord-Ostsee-Kanal versenkte.

»Wir treffen Holger Behrent direkt am Flughafen Holtenau«, sagte Lillan, als wir wenig später an einer Ampel im gleichnamigen Kieler Stadtteil hielten. Sie vergewisserte sich, dass ich ihr zugehört hatte. »Seine Frau und die zwei Kinder bringen ihn hin. Er denkt, es wäre ein Flughafenfest, das sie als Familie besuchen. Er hat keine Ahnung, dass es heute nur um ihn geht.«

Bei dem Gedanken, was wir mit dem armen Herrn Behrent vorhatten, verspürte ich das dringende Bedürfnis, ihn zu warnen. »Ist die Aktion nicht körperlich ziemlich krass für jemanden, der mit dem Tode ringt?«

Lillan zuckte die Achseln. »Er wird nicht mehr lange leben, aber es geht ihm körperlich noch ziemlich gut, also können wir das Risiko eines Fallschirmsprungs wagen. Natürlich mussten wir unsere Beziehungen ein bisschen spielen lassen, damit die Fallschirmspringer von Skydive dem Tandemsprung zustimmten. Eigentlich gilt, niemand mit körperlichen Einschränkungen oder ernsthaften Erkrankungen darf springen. Aber wir konnten sie überzeugen. Auch die Ärzte hatten sich dafür ausgesprochen. Es ist der einzige Wunsch auf seiner Liste, den seine Frau ihm nicht ohne unsere Hilfe erfüllen konnte. Also haben wir geholfen.«

Die Ampel sprang auf Grün, und Lillan jagte den Van durch die Straßen bis zu einem Parkplatz, der von einer Textilveredlung, einem Flughafenrestaurant und den Containern von Skydive umgeben war. Nur mühsam widerstand ich dem Drang, auf die Knie zu sinken und den rissigen Asphalt zu küssen. Lillan würde das mit Sicherheit als Beleidigung auffassen, und sie war seit der abrupten Unterbrechung unseres Filmabends durch Lea sowieso schon distanziert. Das war mir natürlich nicht entgangen. Und es störte mich. Dem Warum wollte ich lieber nicht auf den Grund gehen. Ich starrte auf die feinen Locken, die auf Lillans goldbrauner Haut lagen, und seufzte. Professionelle Distanz zu schaffen war richtig von ihr. Es war durchdacht und würde vermeiden, dass sich unsere Leben unnötig verkomplizierten. Ich sollte mir ein Beispiel an ihr nehmen.

»Was ist? Kommst du?« Lillan war neben mir aufgetaucht. Ihr zarter, blumiger Duft traf mich wie ein Vorschlaghammer, und ihre Nähe erinnerte mich an den Moment in ihrer Küche, als ich sie fast geküsst hatte. Es brachte mich dazu, diese dämliche professionelle Distanz zum Teufel jagen zu wollen.

Ich sah sie direkt an, schaffte den perfekten Winkel und Abstand, damit sie meine Lippen lesen konnte. »Ich feiere noch ein bisschen, dass ich die Rallye Dakar in einem Glücksmomente-Van überlebt habe.«

Ein Ruck ging durch ihren Körper, und in ihren Augen sah ich, wie meine Kritik an ihrem Fahrstil zündete. Reibung bedeutete Feuer, und ich mochte die Hitze, die es zwischen uns legte, als Lillan bis auf wenige Zentimeter an mich herantrat und mich anfunkelte.

»Du heulst ernsthaft rum wegen einer einfachen Fahrt in einem Auto, während Holger Behrent gleich aus einem Flugzeug springt«, fragte sie, und ich sah das Lächeln, das gegen ihren Willen an ihren Mundwinkeln zog.

Ich hielt ihrem Blick stand. »Der Typ scheint nicht allzu sehr an seinem Leben zu hängen, würde ich sagen, was im Hinblick auf seine Krankheit vielleicht nachvollziehbar ist. Aber ich tue das schon. Wenn man bei gesundem Menschenverstand ist, springt man nicht mit einem winzigen Rucksack aus dreitausend Meter Höhe und vertraut darauf, dass der Fallschirm darin sich hoffentlich entfaltet.«

»Du bist ein Angsthase«, stellte sie trocken fest. Ein Lachen perlte über ihre Lippen.

»Wir sollten gehen«, sagte ich, weil in diesem Moment ein Wagen vor dem Rolltor des Luftsportvereins hielt. Holger Behrent war da, und es war mit Sicherheit nicht angebracht herumzufrotzeln, während er mit dem Tod rang.

»Er ist noch nicht tot«, flüsterte Lillan mir zu, als ich gemessenen Schrittes neben ihr zu der Familie hinüberging. »Du siehst aus, als wäre das hier die Generalprobe für seine Beerdigung.«

Ich war überzeugt davon, dass ihn sein Wunsch, den wir ihm erfüllen würden, deutlich schneller in Richtung Beerdigung katapultieren könnte als seine Krebserkrankung. Aber Lillan hatte recht, wir waren dazu da, Hoffnung zu vermitteln, und ich bewegte mich tatsächlich wie ein Sargträger. Eilig bemühte ich mich um etwas Lockerheit und ein Lächeln. Als wir die Familie Behrent erreichten, schüttelte Lillan allen die Hand. Zuletzt Holger Behrent selbst.

»Hallo, mein Name ist Lillan Sommer, und das ist mein Kollege Sam Hennig.« Ich reichte ihm ebenfalls die Hand.

»Holger Behrent. Also, einfach nur Holger«, stellte er sich vor und kniff ein Auge zu. Wahrscheinlich versuchte er sich einen Reim darauf zu machen, wer wir waren.

»Wir kommen von der Agentur *Glücksmomente* und sind hier, weil Ihre Frau uns mitgeteilt hat, dass Sie einen Herzenswunsch haben«, klärte Lillan ihn auf.

Holger zeigte erst einmal gar keine Reaktion. Dann drehte er sich im Kreis, erfasste, wo er sich befand, und schlug die Hände vor den Mund.

Ich war überrascht, dass er auf den ersten Blick gesund wirkte.

Ein bisschen mager vielleicht, aber durchaus fit. Weder ihn noch seine Familie umgab die Atmosphäre ständiger Traurigkeit oder des nahen Todes. Im Gegenteil strahlten sie Lebensfreude aus, und ich erkannte Trotz in ihren Augen, mit dem sie sich weigerten, dem Krebs ihren Alltag zu überlassen. Holger Behrent lachte und vollführte einen ziemlich ungelenken, aber durchaus rührenden Freudentanz, bevor er seiner Frau um den Hals fiel, sie küsste und dann seine Kinder in die Umarmung zog.

»Das habe ich wirklich nicht erwartet«, japste er schließlich und wirkte total selig, weil man ihn gleich in drei Kilometern Höhe über der Kieler Förde aus einer winzigen Cessna schubsen würde.

»Ziemlich einzigartiger Moment, nicht wahr?« Lillan stieß mich sanft mit dem Ellbogen an, und ich versuchte gar nicht erst, das Kribbeln zu ignorieren, das sie damit auslöste.

»Ja«, sagte ich schlicht und nickte zusätzlich, weil ich so stand, dass sie meine Mundbewegungen nur schwer ausmachen konnte.

»Moin, Moin, die Herrschaften«, unterbrach plötzlich ein harter nordischer Gruß den Freudentaumel. Ein braun gebrannter Typ mit einem sympathischen Lachen kam auf uns zu. »Herzlich willkommen bei Skydive Kiel. Du bist bestimmt mein Opfer«, wandte sich der Mann an Holger. »Bereit, heute ein bisschen zu fallen?« Er öffnete das Rolltor und reichte uns allen die Hand. Nur bei Lillan zögerte er, fixierte sie und wartete, bis sich ein Grinsen auf ihrem Gesicht breitmachte, bevor er sie vertraut in seine Arme schloss.

Sekundenlang hielt er sie, strich ihr über den Rücken, und der sarkastische Teil in mir wollte ihm schon vorschlagen, sich besser ein Zimmer mit Lillan zu nehmen, um uns den Anblick ihrer Vertrautheit zu ersparen. Der andere Teil in mir plädierte für eine weniger friedliche Lösung.

Lillan tauchte lachend aus der Umarmung wieder auf, ordnete ihre Haare und deutete dann auf mich. »Ole, das ist Sam. Er ist neu im Glücksmomente-Team.« Die Art wie sie das sagte, implizierte, dass ich nur ein Kollege war, mit dem sie notgedrungen zusammenarbeiten musste. Es ärgerte mich, vor allem weil der Typ seine Hand wie selbstverständlich um Lillans Taille legte. Als sie gesagt hatte, wir mussten unsere Beziehungen spielen lassen, um den Tandemsprung für Holger zu arrangieren, war ich nicht davon ausgegangen, dass sie ihre Beziehung zu einem braun gebrannten Adonis mit Fliegerbrille meinte.

»Sam, das ist Ole. Die Organisation arbeitet eng mit seiner Firma für Fallschirmsprünge, Rund- und Kunstflüge zusammen. Du glaubst gar nicht, wie viele Menschen sich wünschen, nur einmal so frei zu fliegen wie ein Vogel.«

»Only Skydivers know why birds sing«, zitierte Ole nickend den Spruch, der neben der Eingangstür des Containers an die Wand gesprayt war. »Was haltet ihr davon, wenn wir reingehen und ich euch einweise? Dann können wir in einer halben Stunde in der Luft sein.«

Als wäre das ein Grund zur Freude. Ich verdrehte die Augen und folgte dem Tross auf das Grundstück. Vor dem Eingang standen ein winziges aufblasbares Planschbecken, eine hässliche Plastikpalme und eine Handvoll Liegestühle drum herum, unter die irgendwer drei Eimer Sand gekippt hatte. Beach Club für Arme. In einer riesigen Emaille-Wanne kühlten zwei Kasten Bier inmitten von Wasser und Unmengen Eiswürfeln. Der einzige Lichtblick.

»Noch nicht, Kumpel«, neckte mich Ole und klopfte mir freundschaftlich gegen den Oberarm. »Das ist die Belohnung nach dem Sprung.«

Ich war nicht sein Freund. Und glaubte er tatsächlich, ich würde mit ihm aus einem Flugzeug hüpfen? »Ich springe nicht. Wir springen nicht«, verbesserte ich mich und stellte damit klar, dass Lillan und ich beide am Boden bleiben würden und er seine

Flirtversuche einstellen konnte. »Wir sind nicht hier, um uns zu amüsieren.« Ich warf Lillan einen kurzen Blick zu. »Das darf heute nur Holger.«

»Ja, das stimmt. Wir sind wegen der Arbeit hier. Nicht zu unserem Privatvergnügen«, bestätigte Lillan seufzend. Es sah wirklich so aus, als bereute sie es, nicht mitfliegen zu dürfen. Und mir war nicht ganz klar, ob sie wegen Ole, des Sprungs oder der im Flyer angekündigten atemberaubenden Aussicht, die sie verpassen würde, traurig war.

»Wisst ihr, ich muss die Mühle sowieso auf 3 000 Meter bringen. Egal wie viele Leute mitfliegen. Was haltet ihr davon, wenn ich euch Alltagshelden ausnahmsweise einen Freisprung schenke?« Er sah mich gar nicht an, sondern nur Lillan, die eine Spur zu begeistert zurückstrahlte.

»Das würdest du machen?«

Ole nickte. »Du wünschst dir das schon ewig, und solange du es nicht weitererzählst … Das ist mein Dankeschön für alles.« Er machte eine Handbewegung, die den Container und das Flugfeld einschloss. Vermutlich hatten die Aufträge durch *Glücksmomente* seine Firma saniert.

»Oh. Mein. Gott«, quietschte Lillan, und Vorfreude brach ihre Worte in euphorische Fetzen.

»Sieh es als ein Geschenk unter Freunden.« Ole drückte Lillan schon wieder an sich und ließ seine Hand knapp oberhalb ihres Pos liegen. Und so distanziert Lillan sonst allem und jedem gegenüber war, jetzt blieb sie stehen und lehnte sich dankbar an Oles Brust, nickte und umarmte ihn innig. Sie machte gar keine Anstalten, ihn abzuschütteln.

Ich starrte auf den Flecken Haut, der zu sehen war, weil seine Hand Lillans Shirt ein Stück nach oben geschoben hatte, und zuckte zusammen, als Ole mir plötzlich gegen die Brust tippte. »Was ist mit dir, Sam? Bist du auch dabei?«

Ich starrte ihn verdattert an. Hatte er etwas an den Ohren? Ich hatte doch schon gesagt, dass ich nicht springen würde.

»Lass ihn, Ole.« Lillan winkte ab, und ihre Hand stoppte mittig auf Fliegerbrilles beeindruckendem Brustkorb. »Sam hat es nicht so mit …«

»Nein, nein«, unterbrach ich sie, bevor sie ihm erzählen konnte, dass ich Höhenangst hatte und generell ein Problem damit, mich zu amüsieren. »Schon gut. Klar komme ich mit.« Ich musste irgendwo zwischen Bissee und Kiel meinen Verstand verloren haben. Ich würde vermutlich nicht einmal den Aufstieg in dem winzigen Schuhkarton von Flugzeug überleben. Trotzdem presste ich die Lippen aufeinander und nickte den beiden zu. »Wollte ich immer schon mal ausprobieren«, sagte der Idiot in mir, während mein Blick Oles Hand auf Lillans Rücken filetierte. Was tat ich hier überhaupt? Wem, zum Henker, wollte ich etwas beweisen? Und vor allem, was? Das war überhaupt nicht meine Art.

»Sicher?«, fragte Lillan.

Der Anblick von Oles Hand auf Lillans Haut kappte sämtliche Hirnzellen, die vielleicht in der Lage gewesen wären, mich aus dieser bescheuerten Lage wieder hinauszumanövrieren. Also nickte ich nur und ließ mich von Oles Angestellten in einen Anzug und ein Geschirr stopfen. Ich bekam einen Helm, und ehe ich mich versah, war die kurze Einführung auch schon vorbei, und wir befanden uns auf dem Weg zu der Cessna, die auf dem Rollfeld wartete.

»Sehr Top-Gun-mäßig«, witzelte Lillan und schlug mir gegen die Schulter. Sie war aufgekratzt. So wie alle in der Gruppe, aber ich konnte diese Vorfreude nicht teilen. Schon der Anblick des Flugzeugs verursachte mir Schwindel. Mein Herz raste, je näher wir der Blechbüchse kamen. Trotzdem kletterte ich hinter Lillan ins Innere. Ich war einfach extrem schlecht darin zurückzurudern. Besonders dann, wenn es bedeutete, dadurch eine

Schwäche einzugestehen. Und rein statistisch war es ja auch sehr unwahrscheinlich, dass mich diese Aktion umbringen würde. Statistik. Das einzige Fach, in dem ich während des Studiums durchgefallen war. Stumm lehnte ich mich gegen die dünne Außenhaut, die bereits gefährlich vibrierte, als Oles Partner Alex das Flugzeug zur Startbahn rollen ließ. Ole saß mir schräg gegenüber und tippte mit seinem Schuh gegen meinen Oberschenkel.

»Alles klar bei dir? Du siehst ein bisschen blass um die Nase aus. Noch können wir dich rauslassen.« Er lächelte mir zu. »Ist keine große Sache. Das passiert relativ häufig.«

Am liebsten hätte ich ihm eine reingehauen, aber dafür hätte ich mich bewegen müssen. Was für ein überhebliches Arschloch! Ich schüttelte den Kopf. Ganz sicher würde ich ihm die Genugtuung nicht gönnen, als Held unten anzukommen, während ich vorzeitig als Feigling ausgeschieden war. Selbst ein sterbenskranker Mann traute sich den Sprung zu. Konnte also nicht so schwer sein. Das redete ich mir zumindest ein, obwohl die Gefahr viel zu real in meinem Rachen schmeckte. Metallisch wie Blut stieg sie empor und verschmolz mit dem Rasen meines Herzschlags zu grellweißer Panik. Mein Atem ging flach und viel zu schnell. Und das wurde auch nicht besser, als die Motoren plötzlich ohrenbetäubend laut wurden und die Cessna einen Kickstart hinlegte, die Landebahn hinabfegte und sich dann sprotzend und wackelnd in den Himmel erhob. Genau wie mein Magen, der kurz davor war, das Frühstück hochzuwürgen. Kay, mein Tandempartner, rutschte näher an mich heran.

»Ruhig atmen. Und mach die Augen auf, sonst kotzt du uns hier drinnen am Ende alles voll.«

Ich dachte gar nicht daran. Wenn ich die Augen fest verschlossen hielt, konnte ich meinem Hirn vielleicht suggerieren, dass ich träumte und nicht aus Eifersucht mein eigenes Todesurteil unterschrieben hatte. Zwei davongaloppierende Herzschläge lang brachte mich diese Erkenntnis noch mehr aus dem Gleichgewicht als die Tatsache, wie eine Ölsardine in einer Blechbüchse viel zu weit über dem Boden zu stecken. Ich war eifersüchtig. Wegen Lillan. Vorsichtig öffnete ich die Augen und starrte zu ihr hinüber. Sie war bereits in Oles Geschirr eingehängt und saß zwischen seinen Beinen. Die Arme hatte er vertraut um sie geschlungen und zeigte ihr durch das Bullaugenfenster irgendwelchen Kram auf der sich immer weiter entfernenden Erde. Sie registrierte nicht einmal, dass ich sie ansah. Selbst wenn ich mich ganz ohne Fallschirm aus der Cessna stürzen würde, hätte sie vermutlich nur Augen für diesen Pilotenfuzzi gehabt. Warum musste er eigentlich mit ihr springen und hatte als Leiter dieses Höllen-Einsatzes nicht Holger, die Hauptperson, übernommen? Ich stieß die Luft aus und krallte mich aus Versehen in Kays Beingurt fest, als das Flugzeug einen übermütigen Hopser machte.

»Wir sind gleich auf Absprunghöhe. Ich hake dich jetzt ein. Einverstanden?«

Am liebsten hätte ich um mein Leben gebettelt, ihn angeschrien, was mit ihnen allen nicht stimmte, und so lange herumgebrüllt, bis wir wieder festen Boden unter den Füßen hätten, und zwar ohne dafür Fallschirm zu springen, aber als ich den Mund öffnete, kam kein Ton heraus. Wie eine Stoffpuppe rückte Kay mich in die richtige Position. Es klickte mehrfach, und dann erschien ein Daumen hoch in meinem Blickfeld, das Zeichen, dass wir bereit waren. Bereit. Ich war alles, nur nicht bereit.

»Sam, das ist so cool«, sagte Lillan, als Ole jetzt die Seitentür des Flugzeugs öffnete und eiskalte Luft ins Innere schnellte. Wie ein Tornado, der vor allem mein Inneres verwüstete. Die Kieler Förde sah aus wie ein riesiger Swimmingpool, den jemand in das Stadtinnere geschnitzt hatte. Die Häuser waren so klein, dass ich sicher war, wir würden den Sprung auf keinen Fall überleben. Und dann ging plötzlich alles ganz schnell. Auf ein Handzeichen stürzten sich erst Lillan und Ole, die Holgers Sprung filmen würden, aus dem Flugzeug. Der folgte in kurzem Abstand mit seinem Partner.

»Ich kann das nicht«, stammelte ich, aber Kay hörte mich durch den verfluchten Wind nicht. Unaufhaltsam rutschte er auf die Öffnung zu. Ich war wie gelähmt, sonst hätte ich mich vermutlich mit Händen und Füßen dagegen gewehrt, dass er uns nur Sekunden später über die Kante ins Nichts kippte. Nichts.

Adrenalin war in bestimmten Dosen aufregend. Man sehnte sich nach dem Kick, forderte ihn sogar heraus. Überdosiert war das Hormon hingegen tödlich. Genau so fühlte sich der Sprung an. Ich war mir sicher zu sterben. Meine Gliedmaßen zuckten wild im freien Fall. Ich schrie, ohne dass der Laut jemanden erreichte, und mein Herz zerbarst in meiner Brust. Ich gewöhnte mich nicht an diesen Irrsinn. Nicht während der achtunddreißig Sekunden freien Falls und auch nicht, während wir mit dem Fallschirm zurück gen Erde trudelten. Jede Sekunde in der Luft war der reinste Horror, und als wir gefühlte zehn Leben später endlich landeten, blieb ich einfach liegen. Kay löste die Arretierung, mit der unsere Geschirre verbunden waren, und klopfte mir auf die Schulter.

»Du hast es geschafft, mein Lieber.« Er lachte. »Jetzt bist du ein echter Skydiver. Das Zertifikat stellt Ole dir aus, sobald du wieder laufen kannst.«

Ich brauchte bestimmt keine Urkunde, die mich hieran erinnerte. Weit entfernt hörte ich Holger und Lillan ekstatisch kichern und wild durcheinanderreden, aber ich konnte mich nicht rühren. Ich kniete am Boden, atmete den Geruch nach Gras und moderiger Erde ein und versuchte, nicht zu kotzen. Ich konnte noch nicht einmal glücklich darüber sein, überlebt zu haben. Dazu war ich einfach zu fertig.

»Sam?«

Lillans Stimme drang durch den Nebel, aber ich war nicht bereit, sie anzusehen und den Spott von ihr und Mister-Perfect-ich-springe-in-Sonnenuntergänge zu ertragen, den sie sicher schon parat hatten. Sie und Ole amüsierten sich sicher köstlich. Ich reckte eine Hand schräg hinter mich und gab ihr damit zu verstehen, dass sie gehen sollte. Aber anstatt genau das zu tun, ergriff sie sie und legte mir die andere auf den Rücken.

»Alles in Ordnung?«

Perfekte Frage zum perfekten Zeitpunkt. Denn in diesem Moment erinnerte sich mein Magen daran, dass er schon beim Start der Cessna gern das Frühstück wieder losgeworden wäre. Ich würgte trocken, erbrach mich aber zum Glück nicht. Trotzdem wünschte ich, ich hätte diesen peinlichen Höhepunkt ohne Publikum hinter mich bringen können.

»Leg ihm das in den Nacken«, sagte Ole freundlich. Keine Spur von Spott in der Stimme.

Sekunden später spürte ich ein Kühlpack auf meiner Haut. Und Lillans Hand, die es hielt und mich dabei sanft berührte.

»Es sollte gleich besser werden. Falls nicht, ruf einfach. Wir lassen euch erst mal allein und sehen uns in der Zeit mit Holger das Video an, okay?«

Na super, Ole war also auch noch nett. Jetzt machte er es mir auch noch schwer, ihn anzufeinden. Kein Nachtreten, wenn der Gegner am Boden lag. Und das tat ich. Ich lag im wahrsten Sinne des Wortes am Boden. Schritte entfernten sich, und als ich sicher sein konnte, dass sich nur noch Lillan und ich auf der Wiese neben dem Rollfeld befanden, drehte ich mich auf den Rücken. Die Beine stellte ich auf und legte mir den Arm über die Augen.

»Ich bin aus einem Flugzeug gesprungen«, murmelte ich. Das war nichts, worauf ich stolz sein würde. Nicht einmal mit Abstand. Das war einfach nur dämlich gewesen. Lebensmüde.

»Für jemand mit Höhenangst warst du ganz schön mutig.«

Lillan lachte anerkennend. »Warum hast du das gemacht, Sam?«, fragte sie leise.

Ich sah ihr noch immer nicht in die Augen, bewegte aber die Lippen so deutlich, dass Lillan mich verstehen konnte. »Vielleicht hatte ich Sorge, dass dein Pilotenlover die Nummer mit Holger Behrent versaut und das ein schlechtes Licht auf die Organisation wirft.« Das war natürlich totaler Quatsch.

»Ole ist der Bruder meiner besten Freundin, Pia. Wir kennen uns schon ewig«, sagte Lillan. »Er ist so ziemlich alles für mich, nur kein Lover.«

Es ging mir schlagartig ein wenig besser, obwohl das absurd war. »Dafür hat er sich aber ganz schön an dich rangeschmissen«, brummte ich und nahm den Arm von meinen Augen. Kraftlos ließ ich ihn neben mich fallen.

»Es war ihm schon immer zu anstrengend, darauf zu achten, ob ich seine Lippen lesen kann. Er schubst mich lieber in die richtige Richtung und zeigt mir Dinge, indem er mich sprichwörtlich mit dem Kopf drauf stößt. Meistens landet dann noch irgendein Spuckefinger in meinem Ohr, oder Ole kitzelt mich durch. Das ist einfach so zwischen uns. Er ist nie richtig erwachsen geworden. Genauso wenig wie seine Schwester.«

Ich rappelte mich auf, weil ich nicht länger wie ein Käfer auf dem Rücken vor Lillan liegen wollte, und reichte ihr das Kühlpack zurück. Unsere Hände berührten sich, und sekundenlang verharrten wir genau so. Rissiger Asphalt mit bunten Ölflecken darauf und eine karge Wiese um uns herum. Das Kühlpack als Bindeglied zwischen uns. Und Lillan so dicht vor mir, dass ich die winzigen helleren Sprenkel in ihrer Iris ausmachen konnte. Karamell. Sie erinnerten mich an Karamell. Mein Herz pumpte, als wäre ich wieder auf dreitausend Meter Höhe. Adrenalin. Aber dieses Mal war es die gute Variante. Ich biss mir auf die Lippen und strich ihr eine Locke hinters Ohr.

»Wie hat es dir gefallen?« Ich war nicht sicher, ob ich sie nach dem Sprung fragte oder nach dem, was hier gerade zwischen uns passierte.

Lillans Blick war auf meine Lippen gerichtet, suchte dann wieder meine Augen. »Der absolute Oberhammer«, sagte sie, und ein tiefes, ehrliches Lachen erschütterte ihren zarten Körper. Ich beobachtete, wie sich ihre Lippen bewegten, aber es fiel mir schwer, daraus Worte zu formen. Ohne hinzuhören, wäre ich aufgeschmissen. Vielleicht auch, weil es absolut unmöglich war, mich zu konzentrieren, solange ich mir vorstellte, wie es wäre, sie zu küssen. Diese Lippen zu schmecken. Ich streckte die Hand nach ihr aus, wollte ihr Gesicht umfassen und mir endlich den Kuss holen, der schon so lange zwischen uns lag, dass er mein Urteilsvermögen auf Eis legte.

»Das war wie im Traum. Es war einfach himmlisch«, murmelte Lillan, und ihre Lippen schwebten über meinen. Berührten mich. Fast.

Für sie war es himmlisch. Für mich die Hölle. Wir waren so verschieden, dass man denken könnte, zwischen uns lägen Galaxien. Und trotzdem schwelte da etwas. Etwas, das die Luft zwischen uns knistern ließ, als würden Funken in die Abenddämmerung steigen. Ich wollte sie an mich ziehen und diese Ahnung eines Kusses Realität werden lassen, aber Oles Stimme drängte sich zwischen uns.

»Hey, ihr beiden, Holger muss langsam nach Hause und wollte sich noch bei euch bedanken.«

Lillan sah über die Schulter, als sie bemerkte, dass etwas meine Aufmerksamkeit zerteilte, und wich unwillkürlich zurück, als sie Ole erblickte. Einen Schritt. Und noch einen. Bis ein rettender Meter Distanz zwischen uns lag. Genug Abstand, um mich nicht in ihr zu verlieren. Zumindest nicht in diesem Moment.

Lillan

Sam hatte das Radio angestellt, während er uns zurück nach Bissee fuhr. Ich spürte die Bässe, was zeigte, dass er die Lautstärke voll aufgedreht haben musste. Etwas, das Hörende meistens taten, wenn sie einem Gespräch aus dem Weg gehen wollten. Er wollte also nicht darüber reden, was zwischen uns passiert oder, besser, nicht passiert war. Nicht erst auf dem Rollfeld, sondern im Grunde schon, seitdem er aus der Schublade geklettert war, in die ich ihn bei seiner Ankunft gesteckt hatte.

Ich lehnte den Kopf an die Fensterscheibe und starrte in die Dunkelheit, die nur von den Scheinwerfern des Defenders zerschnitten wurde. Aus dieser Schublade war er definitiv geklettert. Ich warf ihm einen vorsichtigen Blick zu und rief mich zur Ordnung, weil mein Herz beim Anblick seines Profils einen Vorwärtssalto machte.

Er hielt an der einsamen Ampel kurz vor der Abzweigung zum Gestüt, die ohne ersichtlichen Grund störrisch lange rot blieb, und kontrollierte sein Handy, auf dem schon vor einer Weile Nachrichten eingetroffen sein mussten. Er las ruhig, ignorierte, dass es endlich grün wurde, und warf das Telefon zurück auf die Armatur, als die Ampel gerade wieder umsprang. Er kümmerte sich überhaupt nicht darum, sondern öffnete das Fenster und sog die frische Nachtluft ein.

»Ist dir immer noch schlecht?« Das wäre nach dem Fallschirmsprung nicht weiter verwunderlich, aber ich vermutete trotzdem, dass sein Unwohlsein eher mit dem zu tun hatte, was er gerade gelesen hatte.

»Wieder.« Er stieß die Luft aus und deutete auf das Handy. »Mir ist wieder schlecht, glaube ich.«

Ich sah ihn fragend an, und Sam drehte sich mir zu.

»Das war Henriette. Sie hat heute Abend ein Tinder-Date. Das allein wäre Information genug gewesen, aber du kennst sie. Sie zieht es vor, mich mit allen Details zu foltern. Der Glückliche ist ein gewisser Wilhelm. Seines Zeichens Rentner mit hervorragenden Manieren, der gerade mit Henriette beim Candle-Light-Dinner im Gutshaus sitzt und dazu Flamingohitos trinkt. Sie hofft, ihn so weit abfüllen zu können, dass sie über das Essen hinaus noch jede Menge Spaß miteinander haben werden. Ich soll besser nicht vor Mitternacht zurücksein.« Er fuhr sich mit den Händen über das Gesicht und schüttelte ungläubig den Kopf. »Damit bin ich bis Mitternacht offiziell obdachlos. Es sei denn, ich schlage ihre Warnung in den Wind und riskiere, sie und Wilhelm in flagranti zu erwischen.«

Ich biss mir auf die Lippen, um nicht laut loszulachen, aber es war unmöglich.

»Du findest das komisch, oder?« Sam sah mich zerknirscht an.

»Schon«, erwiderte ich, und ein tiefes, glucksendes Lachen umrahmte das Wort. »Es ist einfach witzig, wie dich Henriettes Art zu leben vollkommen aus dem Konzept bringt. Als hätte man mit achtzig kein Leben mehr und dürfte nur noch strickend auf das Ende warten.«

»Das habe ich nie gesagt.«

Eine weitere Ampelphase verstrich, aber da wir vollkommen allein auf der Straße waren, kümmerte es niemanden. Nicht einmal mich, obwohl ich sonst immer darauf bedacht war, so schnell wie möglich zurück zu Ida zu kommen und Hannah, unsere Babysitterin, abzulösen.

»Henriette kann tun und lassen, was sie will. Ich finde es toll, was sie in ihrem Alter noch alles ausprobiert. Meinetwegen auch Tinder, aber es gibt Grenzen, und hinter die will ich einfach nicht gucken. Und das hat nichts mit ihrem Alter zu tun, sondern damit, dass sie meine Großmutter ist.« Sam drehte sich in Fahrtrichtung, knipste die Innenbeleuchtung aus und fuhr an, als die Ampel dieses Mal auf Grün umsprang. Er lenkte den Defender durch die Hügel und auf die Straße, die sich zwischen den Weiden ins Tal schlängelte, aber anstatt auf dem Rondell vor dem Gutshaus zu parken, fuhr er daran vorbei.

»Ich bringe dich noch nach Hause.«

Obwohl mir die Satzmelodie fehlte, die entscheidend war, um den Inhalt richtig zu deuten, war mir klar, dass es keine Frage, sondern eine Feststellung gewesen war. Bei jedem anderen hätte ich versucht, diese Gentleman-Geste im Keim zu ersticken. Ich hätte darauf bestanden, dass er mich auf dem Gut rauslässt, und hätte den kurzen Weg nach Hause zu Fuß zurückgelegt. Aber Sam würde nicht nachgeben, und wenn ich ehrlich war, gefiel es mir, noch ein paar Augenblicke mehr mit ihm zu haben. Dabei hatten wir schon den gesamten Tag miteinander verbracht.

Sam hielt den Wagen auf dem Platz vor dem alten Kutscherhaus und schaltete den Motor aus. Die Innenbeleuchtung flammte auf und tauchte alles in ein milchiges Licht. Er zuckte die Schultern und nickte zum Haus hinüber. »Da wären wir.«

»Da wären wir«, bestätigte ich und sah Sam an. »Danke.« Ich öffnete die Autotür und glitt hinaus. Die winzigen Steine des Parkplatzes bewegten sich unter meinen Fußsohlen und erinnerten mich an das Geräusch von knirschendem Kies, das noch immer blass in meinen Erinnerungen existierte.

Er lehnte sich über den Beifahrersitz und berührte mich leicht am Arm. »Gern. Es war wirklich schön heute. Dabei hätte ich nie gedacht, dass ich das über einen Tag sagen würde, an dem ich aus einem Flugzeug geworfen wurde.«

»Was hast du jetzt vor? Ich meine, bis du wieder gefahrlos nach Hause gehen kannst?«

Er zuckte die Schultern. »Keine Ahnung. Ich warte einfach, bis das Date des Grauens zu Ende ist, denke ich.« Sein Blick ruhte auf mir.

»Warum wartest du nicht einfach hier?« Die Worte rutschten wie von allein über meine Lippen. »Ich schicke die Babysitterin nach Hause und mache uns eine Kleinigkeit zu essen. Ich weiß nicht, wie es dir geht, aber ich bin am Verhungern.«

»Asyl, hmm?«

»Sozusagen«, bestätigte ich. »Nur bis du wieder gefahrlos nach Hause kannst.« Wir hatten den ganzen Tag bis auf einen kleinen Snack nichts gegessen, und mein Magen hing mir in den Kniekehlen. Sam musste es ebenso gehen. Trotzdem war ihn zum Essen einzuladen gefährlich und passte ganz sicher nicht zu dem Plan, ihn wie einen x-beliebigen Praktikanten zu behandeln. Aber bevor ich es mir anders überlegen und meine Einladung rückgängig machen konnte, nickte er und lachte auf diese Art, die ihn verdammt unwiderstehlich machte. Ein Lachen, das meinen Untergang bedeuten könnte und dessen Geräusch ich so gern nur einmal gehört hätte, um es in meinem Inneren zu speichern. Es wäre mit Sicherheit eines der Geräusche, die ein Leben lang glasklar in meiner Erinnerung bleiben würden.

SAM

Lillan bezahlte die Babysitterin und verabschiedete sie, während ich im Flur stand und durch die halb geöffnete Tür in Idas Kinderzimmer sah. Die Kleine schlief tief und fest. Auf dem Nachtschrank lag ein Turm aus Büchern, allesamt mit Lesezeichen versehen, die den Lesestatus zeigten. Einige waren fast durchgelesen. Andere hatte Ida erst begonnen. Unter ihrem Kopfkissen lugte ebenfalls eine Buchecke heraus und zeigte ihre wundervolle Leidenschaft für Bücher. Ihr schmaler Körper war von einer Patchwork-Decke bedeckt und hob und senkte sich im Rhythmus ihres friedlichen Atems. Ich hatte nie einen Gedanken daran verschwendet, eigene Kinder zu haben. Vielleicht, weil Lea das nie in Erwägung gezogen hatte und mein Leben viel zu rasant war, um die Möglichkeit ernsthaft in Betracht zu ziehen. Aber jetzt war ich hier. Mein Leben war entschleunigt, und ich hatte jede Menge Zeit, Lillan und Ida zuzusehen. Vielleicht fragte ich mich deshalb plötzlich, ob ich das, was sie hatten, auch für mich wollte. Ich fuhr mir über die Augen. Nicht jedes Kind war wie Ida oder meine Nichten. Nur, weil ich die Kleinen mochte, hieß das noch lange nicht, dass ich Kinder im Allgemeinen leiden konnte oder irgendwelche Vaterqualitäten besaß.

»Hey.«

Lillan trat neben mich, und ihr zarter Geruch stieg mir in die Nase. Am liebsten hätte ich sie in diesem Moment gegen die Wand gepresst und endlich geküsst, aber selbst mir war klar, dass das vor ihrer Tochter kaum angebracht war. Schlafend oder nicht.

Lillan zog Idas Tür zu. Leise und darauf bedacht, ihre Tochter nicht zu wecken. »Wenn sie aufwacht, liest sie wieder die ganze Nacht durch. Das sollte ich verhindern, wenn sie in ihren Ferien mehr sehen soll als ihr Kopfkissen und Buchseiten.« Sie zuckte mit den Schultern und ging voran in die Küche. Sobald ich den Raum betreten hatte, verschloss sie auch hier die Tür und begann Pfannen, ein Brettchen, Gemüse und Eier hervorzuholen. »Omelett?« Sie schlug bereits Eier auf, als ich es endlich schaffte zu nicken.

Wortlos machte ich mich daran, das Gemüse zu zerkleinern und meinen Händen eine Beschäftigung zu suchen, die nichts mit Lillan zu tun hatten. Wir bereiteten stumm das Essen zu, bis zwei Teller mit dampfenden Omeletts auf dem Tisch standen. Lillan goss Weißwein in die Gläser, und gemeinsam balancierten wir alles nach draußen. Nicht zu dem Tisch, der auf der hölzernen Veranda stand, sondern auf den Steg. Wir setzten uns ans Ende, das über dem See schwebte. Lillan war barfuß und ließ ihre Beine im Wasser baumeln. Das Geräusch, das die Bewegung verursachte, hatte etwas Beruhigendes.

Ich stellte den halb leer gegessenen Teller beiseite und zeigte auf ihren Fuß. »Das Wasser macht ein ziemlich cooles Geräusch, wenn du das tust.«

Sie nickte. »Ich weiß.« Auch Lillan stellte ihren Teller weg, und eine Weile sah sie ihrem Fuß zu, der Ellipsen auf die Oberfläche zeichnete. »Ich war schon erwachsen, als ich mein Gehör verlor. Darum kann ich sprechen wie jeder andere. Und an manche Dinge erinnere ich mich. Andere …« Sie brach ab und atmete tief durch. »Andere habe ich vergessen oder nie kennengelernt.«

Ich nahm ihre Hand. Damit sie mich ansah. Und weil es das einzig Richtige war, in diesem Moment ihre Hand zu halten. »Du warst schon gehörlos, als du Ida bekommen hast?«, sprach ich leise aus, was sie nur angedeutet hatte.

Lillan nickte und sah mich ernst an. »Mit zwanzig verlor ich mein Gehör durch eine chronische Virusinfektion. Nicht von jetzt auf gleich. Es passierte eher schleichend. Erst hörte ich nur ein bisschen schlechter. Irgendwann war es so, als wäre ich unter Wasser und die Geräusche an der Oberfläche drängen nicht mehr wirklich zu mir durch.« Sie atmete tief ein. »Nach einem Jahr wurde meine Welt dann komplett still. Meine Haarsinneszellen sind unwiderruflich zerstört.« Sie lächelte, obwohl ich ihr ansah, wie schwer es für sie gewesen sein musste.

»Gibt es keine Möglichkeit, das zu ändern? Ich meine, die heilen heute Krebs und transplantieren Herzen. Es muss doch auch dafür eine Möglichkeit geben.« Ich wollte, dass es eine gab. Denn eines war klar. Egal wie stark und gut Lillan mit ihrer Einschränkung umging, es war alles andere als leicht.

»Ich bin zufrieden mit meinem Leben«, sagte sie ernst. »Ich bin glücklich. Ich habe alles, was ich immer wollte. Ein Zuhause. Freunde. Familie. Einen Job, den ich mag. Es geht mir gut. Besser als vielen anderen Menschen. Meine Finger, meine Augen, meine Erinnerungen sind meine Ohren. Taub zu sein bestimmt nicht mein Leben. Aber die Stimme meiner Tochter nur ein Mal im Leben zu hören, wäre tatsächlich ein Traum. Deswegen habe ich nach ihrer Geburt lange nach einem Weg gesucht. Es gibt eine Operation, die es mir zwar ermöglichen würde, wieder zu hören, aber sie ist kompliziert. Meine Voraussetzungen sind nicht optimal, und die Ärzte haben mir davon abgeraten. Ich habe mich also sehr bewusst gegen das Risiko entschieden, das ich damit nicht nur für mich, sondern auch für Ida eingegangen wäre.« Sie zuckte unsicher mit den Schultern. »Ich sollte nichts vermissen, das ich nie kennengelernt habe. Mein Leben ist gut. So wie es ist.« Sie sah in die Sterne und nickte.

Ich musste ihr zustimmen. Dieser Moment war gut. Mehr als das. Perfekt. Und ich glaubte, ihr war nicht klar, wie atemberaubend schön ihre Stärke war, während sie im Mondschein auf einem windschiefen Steg saß. Ein Bein im Wasser. Das andere berührte meinen Schenkel und hinterließ Hitze, die durch meinen Körper zog. Genau wie ihr Blick, der sich in meinen brannte.

Anstatt etwas zu sagen, berührte ich ihr Kinn. Zögerlich erst, bevor ich meine Hand zärtlich an ihrer Wange hinaufschob und fast erwartete, dass sie mich doch noch zurückweisen würde. Aber Lillan hatte ihren Schutzpanzer fallen lassen. Genau wie ich meine Vorsicht. Vielleicht passierte das zwangsläufig, wenn man zusammen aus dreitausend Metern Höhe sprang und danach im kitschromantischen Mondlicht an einem See saß. Ich wusste es nicht. Alles, was ich wusste, war, dass ich sie küssen wollte. Unser Atem vermischte sich. Sekunden, bevor sich unsere Lippen trafen. Hauchzart zunächst. Ich schmeckte den fruchtigen Weißwein und darunter sie. Eine Mischung, die mich dazu brachte, den Druck meiner Lippen auf ihren zu intensivieren. Ich stöhnte leise, als sie ihren Mund öffnete und unsere Zungen einen aufreizenden Tanz begannen. Auch wenn sie es nicht hören konnte, fühlte sie es, sah, schmeckte meine Erregung. Auf jeden Fall reagierte sie auf mich und stürzte sich tiefer in unseren Kuss. Ihre Hände suchten sich ihren Weg unter mein Shirt, berührten nackte Haut und raubten mir den Atem. Der Kuss wurde unkontrollierter. Wild. Zügellos. Und ganz entgegen meiner sonstigen Gewohnheit wollte ich genau das. Ich wollte mich in Lillan verlieren, egal, was es mich kosten würde.

Meine Hände gruben sich in ihre Haare, meine Lippen wanderten tiefer über ihren Hals und zurück zu ihrem Mund, um mich in den nächsten Kuss fallen zu lassen. Lillans Körper vibrierte an meinem. Ich spürte ihre perfekten Rundungen und wie sie sich im gleichen hektischen Rhythmus an mich presste.

Aber plötzlich zog sie die Notbremse. Sie beendete, was uns gerade fast verschlungen hätte, und lehnte ihre Stirn gegen meine.

Ich versuchte wieder zu Atem zu kommen, dem Verlangen, das durch meine Adern strömte, nicht nachzugeben und zu ergründen, was sie dazu gebracht hatte, aufzuhören.

»Es ist wegen Ida«, flüsterte sie dicht an meinen Lippen, und ihr Atem streifte mein Ohr. »Ich habe ihr gegenüber eine Verantwortung.«

Mir war nicht klar, ob das nur für heute Abend galt, wo Ida nur wenige Meter entfernt schlief und wir uns nicht wie verknallte Teenager benehmen konnten, oder ob Lillan die Sache eher allgemein ablehnte, weil ich wieder gehen und sie Bissee nie verlassen würde. Ich nickte, streifte mit meinen Lippen ihre Wange und suchte ihre Lippen für einen letzten, sanften Kuss. Dann zwang ich mich aufzuhören und diese absolut sinnvolle Grenze zu akzeptieren. Ich rutschte auf Abstand und lehnte mich gegen einen der Holzpoller. Den Blick konnte ich nicht von ihr losreißen. »Ich sollte gehen«, sagte ich heiser.

Lillan nahm einen Schluck Wein. Ihre Lippen waren gerötet und pulsierten vermutlich genau wie meine. »Das musst du nicht. Bleib. Wir können einfach noch ein bisschen zusammensitzen. Henriettes Lover ist sicher noch da.« Sie sah erst auf, als ich sie leicht mit dem Schuh berührte.

Ich schüttelte den Kopf. »Ich werde gehen. Wenn ich bleibe, kann ich für nichts garantieren, und du hast recht, das geht nicht.« Ich rappelte mich auf und nahm unsere Teller. Auf dem Weg nach draußen stellte ich sie in der Küche ab und ging zum Defender, ohne mich noch einmal umzusehen und meine Disziplin dadurch auf die Probe zu stellen. Ich ließ den Motor aufheulen und fuhr zu einer der vielen Forststraßen, die sich quer durch die dichten Wälder zogen. Im Schutz der Bäume parkte ich den Wagen und überbrückte die Zeit bis Mitternacht damit, in den klaren Sternenhimmel zu starren und Lillan aus meinem System zu kriegen.

SAM

Die Nacht war kurz gewesen. Nicht, weil ich erst weit nach Mitternacht zum Gutshaus zurückgekehrt war, sondern weil ich auch danach kaum ein Auge zubekommen hatte. Lillan und unser nächtliches Rumgeknutsche aus dem Kopf zu bekommen war so gut wie unmöglich. Die Fragen, was der Kuss für eine Bedeutung hatte, ob er überhaupt eine hatte und ob ich bereit dafür war, sollte er eine haben, taten ihr Übriges. Um sieben Uhr gab ich es schließlich auf und ging duschen. Ich machte mir nicht die Mühe, mich anständig abzutrocknen, sondern zog mir Jeans und Shirt über die noch feuchte Haut. Die Haare rubbelte ich notdürftig ab und genoss die Tropfen, die noch auf meine Schultern fielen, als ich die Treppe hinablief. Es war selbst um diese frühe Uhrzeit schon warm, und der Tag versprach heiß zu werden. Im Radio hatten sie von einem der wärmsten Tage des ganzen Sommers gesprochen.

»Morgen.« Am Küchentisch hockte Ida. Ihre dünnen Beine baumelten von einem der Barhocker, die um die Kücheninsel standen, und sie verputzte gerade einen Apfel. Natürlich las sie dabei in einem Buch.

»Morgen«, sagte ich und stellte mir als erste Amtshandlung einen Becher unter die Kaffeemaschine. Sekunden später erfüllte der rettende Duft nach gemahlenen Bohnen den Raum. Mit dem Getränk in der Hand drehte ich mich zu ihr um. »Was machst du schon so früh hier?«

Sie zuckte mit den Schultern und deutete auf ihr Buch. »Ich warte auf Henriette. Wir wollten zusammen Frühstück machen, damit Mama ausschlafen kann. Ihr seid ja erst so spät wiedergekommen.« Sie verzog das Gesicht zu einer schiefen Grimasse. »Da habe ich schon geschlafen. Hannah wollte mich nicht auf euch warten lassen.« Sie rümpfte die Nase. »Hannah passt auf mich auf, wenn Mama und Henriette keine Zeit haben. Das ist nicht so toll, weil sie echt streng ist. Dabei ist sie noch gar nicht alt.«

Ich versteckte ein Lachen hinter meinem Kaffeebecher. Für Ida war alt also gleichbedeutend mit streng. Würde mich interessieren, wie Henriette in dieses Konzept passte. »Henriette hatte gestern Abend Besuch. Bei ihr ist es noch später geworden als bei uns. Sie schläft also sicher noch.«

»Bis sie aufsteht, bin ich bestimmt verhungert«, bemerkte Ida todernst und machte ein Gesicht, als wäre sie ein Fall für den Kinderschutzbund. Sekunden später runzelte sie die Stirn. »Was denn überhaupt für ein Besuch?«

Ich hob abwehrend die Arme. »Das musst du Henriette fragen. Ich habe keine Ahnung.« Sie durfte diesem unschuldigen Kind gern selbst erklären, was sie mit ihrem Wilhelm-Tinder-Date getrieben hatte.

Ida zupfte ihre Mütze zurecht. Heute trug sie das Krümelmonster-Ding mit den Glupschaugen. Es passte farblich perfekt zu dem hellblauen schlichten Hängekleid, das sie anhatte und das knapp oberhalb ihrer aufgeschürften Knie endete. Sie sah mich enttäuscht an. »Du meinst, es gibt kein Henriette-Ida-Frühstück mit allem? Ich wollte das Rührei machen. Das kann ich richtig gut. Mit Speck.«

»Da bin ich sicher.« Ich nickte. »Was hältst du davon, wenn wir Henriette schlafen lassen und wir stattdessen deine Ma mit deinem weltbesten Rührei überraschen?«

»Ehrlich?« Ida war von ihrem Stuhl gerutscht und klappte

das Buch zu. »Mama erlaubt mir nie, allein bei uns zu Hause zu kochen, weil wir einen Gasherd haben.«

»Du bist ja nicht allein«, warf ich zwinkernd ein und hoffte, dass mich diese Aktion nicht zurück an den Punkt katapultieren würde, an dem mich Lillan lieber mit einem Mähdrescher attackierte, anstatt mich zu küssen. Das bedeutete dann wohl, dass ich sie durchaus noch mal küssen wollte. Ich kappte den Gedanken. »Ich muss dich allerdings warnen, ich bin keine große Hilfe. Ich kann besser den Grill anmachen als kochen.«

Ida sah mich an, als könnte sie nicht glauben, dass ich eine noch größere Niete beim Kochen war als beim Entzünden des Feuers. »Ich helfe dir«, erklärte sie dann großzügig, schob ihre Hand in meine und zog mich mit einer einnehmend kindlichen Vehemenz aus dem Haus. »Wir müssen uns beeilen. Nicht, dass Mama wach wird, bevor wir fertig sind. Dann ist die Überraschung hin.«

Lillan

Die Sonne kitzelte mich an diesem Morgen aus dem Schlaf, was bedeutete, es war nicht halb so früh, wie es hätte sein müssen, wenn mich mein Wecker pünktlich geweckt hätte. Auch wenn es Samstag war, die Arbeit auf dem Hof blieb auch am Wochenende nicht aus. Und da sie mir Spaß brachte, hatte ich nichts dagegen, auch an diesen Tagen auf dem Gestüt zu arbeiten. Ab und an verbündete sich Henriette aber mit Ida, und die beiden gönnten mir einen Tag zum Ausschlafen. Dann schlich sich Ida frühmorgens in mein Zimmer und schaltete den mit Vibration- und Lichtsignal ausgestatteten Wecker aus und ging zum Frühstücken hinüber zum Gutshaus. Heute war also so ein Tag. Ich drehte mich auf den Rücken und blickte an die Deckenbalken. Genau wie den Rest des Zimmers hatte ich sie mit weißer Kalkfarbe gestrichen. Die Vorhänge, der Sessel vor der breiten Fensterfront, die Bettwäsche und die vielen Kissen auf dem Bett waren in warmem Hellgrau gehalten. Nur der Fußboden und das breite Bett waren aus dunklem, aufgearbeitetem Antikholz. Über dem Kopfteil des Bettes hing ein knorriger Baumstamm, den Ida und ich aus dem Wald geholt und bearbeitet hatten. Um dessen Äste schwang sich eine Lichterkette und verbreitete warmes Licht, wenn es abends dunkel wurde. Ich liebte dieses Zimmer. Für einen Moment erlaubte ich mir noch, in dem warmen, hellen Rechteck zu verweilen, das die Sonne auf die Matratze warf, bevor ich seufzend aufstand und in das vom Schlafzimmer aus zu betretende Badezimmer schlurfte. Ich putzte meine Zähne, band meine Haare zu einem Knoten zusammen und sprang unter die Dusche. Danach schlüpfte ich in eine kurze Jeanshose und ein enges Top, das Ida liebte, weil lauter kleine Anker darauf zu sehen waren. Ich kontrollierte mein Spiegelbild auf irgendwelche verräterischen Spuren von letzter Nacht und beschloss, dass Ida mir nicht ansehen würde, dass Sam und ich uns geküsst hatten. Dass ich ihn am liebsten nicht hätte gehen lassen. Das waren eindeutig zu viele Sam-Gedanken für einen Morgen. Ich musste ihn aus dem Kopf bekommen. Ein ausgiebiges Frühstück und ein heißer Becher Kaffee waren da genau das Richtige. Und sollte das nicht ausreichen, warteten genügend Ställe darauf, ausgemistet zu werden. Ich stieß mich vom Waschtisch ab und ging in Richtung Küche. Schon im Flur stieg mir der verführerische Duft von Ei und Speck in die Nase. Ida durfte den Gasherd mit offener Flamme nicht benutzen, wenn ich schlief oder nicht zu Hause war. Ich holte tief Luft, um sie zurechtzuweisen, stieß die Tür auf und ließ den Atem dann unverrichteter Dinge wieder entweichen. Ida war nicht allein. Und mein Vorsatz, Sam aus dem Kopf zu bekommen, dahin. Denn er stand mitten in meiner Küche. Zusammen mit meiner Tochter. Vor dem Herd und briet Unmengen Eier und Speck in einer Pfanne. Die Küche glich einem Schlachtfeld, aber der Tisch auf der Veranda war mit viel Liebe fürs Detail gedeckt. Ida hatte sogar daran gedacht, Blumen zu pflücken und sie in einer Glasvase mittig auf dem Tisch zu platzieren. Ich hoffte zumindest, dass sie für die Blumen verantwortlich war und nicht Sam.

»Hi.« Er hatte mich bemerkt und hob eine Hand, während er mit der anderen Ida durchkitzelte, die ihn lachend herumzukommandieren schien wie ein Chefkoch sein Küchenpersonal.

»Hi«, sagte ich. Nicht mehr, weil ich nicht wusste, was ich hierzu sagen sollte. Es wärmte mein Herz, die beiden so zu sehen.

Es fühlte sich an wie Familie. Wie etwas, das ich mir schon immer für Ida gewünscht hatte. Für mich.

Aber es war eine Illusion. Sam würde wieder gehen, und ich durfte nicht zulassen, dass Ida sich an ihn gewöhnte. Ich durfte mich nicht an das hier gewöhnen. Ich sollte lieber Ställe misten und ihn aus meinem Kopf vertreiben und aus sämtlichen anderen Körperteilen, die er schon für sich eingenommen hatte.

»Ich habe sie in Henriettes Küche aufgelesen. Meine Großmutter schläft noch, und da dachte ich, wir frühstücken alle zusammen hier und lassen die alte Dame nach ihrem ereignisreichen Abend ausschlafen.« Er sah mich zwinkernd an. Nichts deutete darauf hin, dass er mich gestern fast um den Verstand geküsst hatte. Dass ich kurz davor gewesen war, sämtliche Vorsicht über Bord zu werfen. Ganz offensichtlich war das Ganze keine große Sache für ihn. Dieses Frühstück war völlig unverbindlich. Er hatte sich lediglich um Ida gekümmert und nahm Rücksicht auf Henriette. Bei Tageslicht war er wieder auf einer freundschaftlich professionellen Ebene angekommen. Es sollte mir keinen Stich versetzen. Das war nur vernünftig. Ich straffte die Schultern und lächelte zurück. Unverbindlich.

»Mama, ich habe Rührei und Speck gemacht.« Ida hüpfte von dem Stuhl, den sie sich vor den Herd gezogen hatte, und sprang mir in die Arme. Ich gab ihr einen Kuss auf ihre Krümelmonster-Mütze und drückte sie sekundenlang an mich. Dabei sah ich verstohlen zu Sam.

Er sah gut aus. Ein wenig müde, aber der leicht verrockte Look machte ihn nur noch anziehender. Er hatte sich nicht die Mühe gemacht, sich zu rasieren. Die Haare waren verwuschelt und vom Duschen noch feucht. Die Jeans saß eine Spur zu locker um seine Hüften, und das Shirt betonte seine athletische Figur.

Ida zupfte an meinem Arm.

Ich riss meinen Blick von Sam los und war froh, dass Ida mich rettete. Das Letzte, was mir jetzt noch fehlte, war, dass Sam mitbekam, wie ich ihn anhimmelte.

»Ich habe auch Maggie eingeladen. Das ist doch okay, oder?« Sie wartete mein Nicken gar nicht ab. »Sie müsste jeden Moment kommen. Darf ich ihr entgegengehen?«

»Okay, Schatz.« Ich nickte, und schon war sie aus der Terrassentür gesprintet.

Sam und ich waren allein. Das sollte mich nicht kümmern, aber wie könnte es das nicht? Denn sobald Ida hinter der Hausecke verschwand, drehte er sich zu mir um und kam auf mich zu.

Die Atmosphäre veränderte sich. An dem Flirren zwischen uns war nichts Unverbindliches mehr. Er war im Begriff, einen zweiten Moment der Schwäche zu schaffen. Und ich? Ich blieb einfach stehen, wo ich war. Unfähig, ihm etwas entgegenzusetzen.

»Guten Morgen«, sagte er. Er berührte meinen Arm, ließ seine Hand daran hinabrutschen, bis er seine Finger um meine schloss.

Ein Kribbeln breitete sich von dort in meinem Körper aus und ließ mein Herz schneller schlagen. Ich sollte das hier unterbinden. Um Ida zu schützen. Um mich zu schützen. Dringend. Aber anstatt genau das zu tun, ließ ich zu, dass Sam den letzten Rest Distanz zwischen uns eliminierte. Sein Körper berührte meinen. Seine Lippen waren meinen so nah, und verdammt, ich wollte, dass er mich küsste. Es war mir in diesem Moment egal, ob es klug war oder nicht.

Sam drehte sich noch einmal zum Fenster, um sicherzugehen, dass Ida uns nicht sehen konnte, bevor er mein Gesicht einrahmte und mich küsste. Sanft, aber bestimmt. Kurz nur, bevor er mich wieder freigab und meine Gesichtskontur mit seinen Fingern nachzeichnete. Wir sahen einander an, bis er Maggie und Ida näher kommen hörte und den Arm sinken ließ. Als wäre nichts gewesen, ging er zurück zum Herd. Dabei hatte er alles in mir in Aufruhr versetzt. Nicht so sehr durch den viel zu kurzen Kuss, der deutlich gemacht hatte, dass das mehr zwischen uns war als nur ein kurzer Moment der Schwäche, sondern vielmehr durch die Rücksicht, die er auf Ida nahm.

SAM

Die Mädchen wuselten durch die Küche und trugen die letzten Sachen auf die Terrasse, während Lillan sich darum kümmerte, das Chaos zu beseitigen, und ich die Pfannen ausspülte. Genau wie gestern arbeiteten wir perfekt zusammen. Obwohl die Küche winzig war, standen wir uns nicht im Weg. Mit Tom bekam ich mich schon in seiner riesigen Restaurantküche in die Haare, obwohl dort genug Platz für eine ganze Kompanie an Köchen war. Mit Lillan war es vollkommen anders. Wie ein Tanz. Zu einem Rhythmus, den wir nicht hörten, sondern fühlten.

Als ich mit dem Abwasch fertig war, trocknete ich mir die Hände ab und deutete nach draußen. »Die Mädchen fressen am Ende uns, wenn wir sie nicht endlich abfüttern. Und ehrlich gesagt, geht es mir nicht besser.«

Ich tat so, als würde ich zur Not von ihr abbeißen. Und bei Gott, genau das wollte ich – sie schmecken. Aber vielleicht erst, wenn wir allein waren. Und sobald ich sicher sein konnte, dass ihre Abfuhr von gestern Abend keine generelle war.

Sie wehrte mich lachend ab, indem sie mit dem Küchentuch nach mir schlug. »Ich bin ja schon fertig. Komm.«

Sie drehte sich um und wollte zu den Mädchen gehen, die lautstark ihren Tag planten und sich bereits über das frische Obst hermachten, aber ich hielt sie an der Hand zurück. Ich wartete, bis sie sich zu mir umdrehte.

»Ich möchte dich wiedersehen.«

Lillan schlug die Augen nieder. Lachte unsicher. Blickte mich dann wieder an. »Wir sehen uns jeden Tag.«

»Ich rede nicht von der Arbeit.« Ich hielt noch immer ihre Hand und ließ sie erst los, als Maggie kichernd zu uns herüberdeutete und Ida und sie zu tuscheln begannen. »Ich rede von einem Date. Was hältst du davon, wenn ich heute Abend vorbeikomme.« Ich hob die Hand und ließ sie sinken, ohne Lillan zu berühren. »Omelett auf dem Steg könnte unser Ding werden.«

Sie rang mit sich, holte zweimal tief Atem und schüttelte dann den Kopf.

»Es tut mir leid.« Sie machte eine Pause. »Wir sollten das nicht tun.« Sie wirkte mit einem Mal unsicher. »Wir arbeiten zusammen. Ich habe Ida. Du wirst zurück nach Hamburg gehen. Das ist einfach keine gute Idee.«

Ihre Körpersprache sagte etwas anderes. Ihr Blick tat es. Trotzdem nickte ich. »Okay.« Innerlich setzte mir ihre Abfuhr mehr zu, als sie sollte. Mehr, als mir lieb sein konnte. Dabei hatte Lillan recht. Wir waren bereits weitergegangen, als sinnvoll war.

»Aber wir können zusammen frühstücken. Das, was du und Ida da gezaubert habt, sieht wirklich sagenhaft lecker aus.« Sie legte mir ihre Hand auf den Arm und gab mir einen furchtbar freundschaftlichen Kuss auf die Wange. Eine klare Grenze, die ich akzeptieren musste, obwohl sie eine denkbar unfreundschaftliche Reaktion in mir auslöste.

»Danke, dass du dich heute Morgen um sie gekümmert hast. Sie hat dich gern.«

Ich folgte Lillan zum Tisch. »Ich denke, das war eher andersherum. Ida hat sich um mich gekümmert. Ohne sie wäre ich schon bei der Suche nach einem nahe gelegenen Hofladen aufgeschmissen gewesen.« Ich hielt Ida die Hand zur Gettofaust hin.

Sie ließ ihre dagegenprallen und anschließend explodieren. »Außerdem musste ich die Eier retten. Sam hat sie versalzen.« Ida verdrehte die Augen und streckte die Zunge heraus. »Das macht man nur, wenn man verliebt ist. Wie Anne in ›Gilbert Blythe‹. Die hat auch ständig die Frühstückseier versalzen und Ärger von Marilla Cuthbert bekommen.«

»Oder man ist wie ich einfach ein absolut untalentierter Koch«, hielt ich gegen ihren Anne-auf-Green-Gables-Vergleich. Verliebt war ich nun wirklich nicht. Um so etwas zu sagen, war es erstens viel zu früh, zweitens lebten Lillan und ich in vollkommen unterschiedlichen Lebenskonzepten, und drittens hatte sie mir gerade einen unmissverständlichen Korb gegeben.

Ida zuckte die Schultern und biss so in ihr Nutella-Brötchen, dass die Hälfte des Belags danach ihr Gesicht zierte. »Du bist nicht untalentiert. Speck braten kannst du. Und du hast eine Rose aus einem Radieschen geschnitzt.« Zum Beweis hielt sie ihrer Mutter die Radieschen-Rose hin.

Lillan sah mich verblüfft an. »Du kannst nicht kochen, scheiterst an einem handelsüblichen Grill, aber du kannst Deko aus Gemüse schnitzen?«

»Ich bin eben praktisch veranlagt«, sagte ich todernst, um im nächsten Moment loszuprusten. Lillan und die Mädchen lachten ebenfalls, und erst als sich alle wieder einigermaßen beruhigt hatten, sah Lillan mich fragend an und hielt dabei die Radieschen-Rose hoch.

»Was?«

»Woher kannst du Gemüse-Origami?«

»Bei Origami faltet man Papier. Das hier ist eher Food-Art«, gab ich zu bedenken und nahm ihr die Rose ab. »Mein Bruder, Tom, hat sein Medizinstudium geschmissen, um sich seinen Traum von einem eigenen Restaurant zu erfüllen. Mein Vater hält ihn immer noch für komplett durchgedreht, und ich muss sagen, am Anfang dachte ich auch, ihm hätte jemand die Sicherung rausgedreht.« Ich zuckte mit den Schultern. »Aber er hat es durchgezogen. Das ›Grillgut‹ liegt im Hamburger Schanzenviertel. Ziemlich hipp da, und die Leute lieben sein neuartiges Konzept aus gegrillter Food-Fusion. Er ist ziemlich erfolgreich und vor allem total glücklich mit der Entscheidung.«

»Er hat dir das hier beigebracht?« Lillan hielt das Radieschen hoch.

»Sein Souschef Roman. Wir haben Toms Junggesellenabschied im Grillgut gefeiert und mit steigendem Alkoholpegel wurden die Ideen immer bescheuerter. Am Ende haben wir alle möglichen Dinge aus dem Gemüse geschnitzt. Rosen waren da noch das Harmloseste.«

»Was denn noch?« Ida sah mich neugierig an, aber ich würde mich hüten, ihr zu erzählen, dass Roman so ziemlich jeden Körperteil aus Zucchini, Radieschen und Co. schnitzen und verdammt obszön aussehen lassen konnte.

»So einiges«, erwiderte ich vage und sah Lillan hilfesuchend an.

»Mädels, räumt eure Teller ab«, kam sie mir zu Hilfe. »Wenn ihr damit fertig seid, dürft ihr in den Stall und die Ponys fertig machen.«

Das war offenbar das Zauberwort, denn sowohl Ida als auch Maggie stürmten los, als wäre Pony das Äquivalent zu Freibier bei einem HSV-Spiel.

»Damit bekommt man sie immer.« Lillan lächelte mir zu und lehnte sich dann in ihrem Stuhl zurück. Einen Fuß zog sie auf die Sitzfläche und schlang ihre Arme darum. »Wie war es bei dir? War die Werbebranche schon immer, was du machen wolltest?«

Ihre Frage zeigte, dass sie sich kaum vorstellen konnte, dass es für jemanden erstrebenswert war, in dieser oberflächlichen, schnelllebigen Branche zu arbeiten. Diese Einstellung teilte sie mit vielen Menschen. Allen voran meinem Vater. Auch er verstand nicht, was mich an meinem Beruf so sehr reizte, dass ich mir dafür Nächte, Wochenenden und Feiertage um die Ohren schlug. Besänftigen konnte ihn nur mein bisheriger Erfolg. Aber damit war es jetzt auch vorbei. »Im Grunde schon«, antwortete ich ausweichend. Das erste Mal seit etlichen Jahren verstand ich selbst nicht mehr so genau, warum ich mich so in die Arbeit hineingesteigert hatte, dass mein eigentliches Leben auf der Strecke geblieben war. Ich rupfte ein Stück von meinem butterweichen Croissant ab. »Es geht mir nicht um das Geld, das in der Branche verdient werden kann. Oder um die Aufträge, bei denen im Grunde von vornherein das Konzept steht, egal wie blöd es auch ist. Es geht mir um die Aufträge, bei denen du völlig freie Hand hast und wo es meine Kreativität ist, die am Ende darüber entscheidet, ob du das Produkt kaufst. Dafür bleibt mir maximal eine Minute, eine Minute dreißig. In der Zeit muss ich dich erreichen, etwas in dir anstoßen. Das ist Kunst, und ich mag die Herausforderung dahinter. Bei Printwerbung ist die Zeitspanne noch kürzer. Es ist ein Wimpernschlag, der entscheidet, ob ich dich kriege oder nicht.« Ich ließ meine Faust in die geöffnete Handfläche knallen.

Lillan sah mich an. Lächelte und senkte den Blick. Ob ich sie bekam oder nicht? Die Aussage war mehr als zweideutig. Schönen Gruß von meinem Unterbewusstsein. Wenn meine Theorie stimmte. Dann hätte sich die Sache bereits in dem Moment entschieden, als Lillan damals mit dem Pferd an der Hand aus dem Stall gestürmt war. Und was mich anging, traf das vermutlich den Nagel auf den Kopf.

Lillan

Ich saß im Wohnzimmer auf dem gemütlichen Sessel, den ich bei unserem Einzug zwischen allerlei Gerümpel gefunden und den ich mit einem hellbeige gestreiften Stoff neu bezogen hatte. Neben mir stand ein halb volles Weinglas. Ein fruchtiger Roter, der mir dabei helfen sollte, Ordnung in das Chaos zu bringen, das Sam in mir auslöste. Viel zu deutlich erinnerte ich mich daran, wie sich seine Lippen auf meinen anfühlten, an seine Zunge, seinen Atem. Ich schloss die Augen, schüttelte das Verlangen ab, das mich durchströmte, und versuchte mich auf Pia zu konzentrieren, die mir Nachrichten schickte und von ihrer neuesten Eroberung erzählte. Ein Banker, Jörn, der angeblich nicht halb so verstaubt war, wie sein Berufsstand und das Foto, das sie mir geschickt hatte, vermuten ließen. Ich hingegen war überzeugt davon, dass Pia mal wieder die rosarote Brille aufhatte und Jörn spätestens in zwei Wochen aus ihrem Leben verschwunden sein würde. Pia hatte ein Beuteschema, das sich nicht mit ihrer Persönlichkeit vertrug. So viel war sicher.

Das Vibrieren meines Handys zeigte den Eingang einer neuen Nachricht an und riss mich aus meinen Gedanken.

»Was ist eigentlich mit deinem heißen Praktikanten?«

Typisch Pia. Für sie war Sam nur der heiße Praktikant.

»Er heißt Sam und nichts. Was soll denn mit ihm sein?«

Pia hatte die schreckliche Gabe, allein anhand weniger Worte auszumachen, wenn ich ihr etwas verschwieg.

»Ich will alles über dieses Nichts wissen!«

Es folgten ein teuflischer Smiley und Konfettiregen.

»Du bist unmöglich.« Und dafür liebte ich Pia.

»Bin ich gar nicht. Ich bin nur aus dem Häuschen, weil dich das erste Mal nach Jahren wieder ein Typ interessiert. Da ist es meine Pflicht als beste Freundin, dir in den Hintern zu treten, damit du die Gelegenheit nicht verpasst.«

Ich starrte das Display an und überlegte, was ich darauf antworten sollte. Im Grunde hatte Pia recht. Sam war nach Idas Vater der erste Mann, den ich interessant genug fand, um ihn ein Stück weit in mein Leben zu lassen. Trotzdem hieß das nicht, dass wir uns deswegen Hals über Kopf in eine Affäre stürzen konnten. Ida hatte schon jetzt einen Narren an ihm gefressen. Wenn ich das noch forcierte, würde es sie umso schwerer treffen, sobald er wieder nach Hamburg ging.

»Er ist nur ein Freund. Ida schleppt ihn ständig hier an. Nicht mehr.«

Drei tanzende Punkte verrieten mir, dass Pia eine Antwort tippte. Vermutlich raufte sie sich dabei die Haare und saß mit einem Bier auf dem Esszimmertisch ihrer Wohnung in Kiel. Sie hielt nicht allzu viel von Stühlen.

»Du bist erwachsen. Er schreibt auch schon mit Tinte. Was spricht gegen ein bisschen Spaß? Du solltest dir dringend Praktikantensex gönnen, sonst hast du am Ende noch verlernt, wie es geht, wenn der Richtige um die Ecke biegt.«

Ich schickte ihr einen Smiley, der die Zunge rausstreckte, und dahinter einen Totenkopf. Ein klares Zeichen, dass ich ihr am liebsten den Hals umdrehen würde. Egal wie sehr ich Pia liebte, ihre ständigen Verkupplungsversuche waren anstrengend und zermürbten meine eh schon angeschlagene Selbstdisziplin. Und das war das Letzte, was ich in Bezug auf Sam gebrauchen konnte. Ich schmiss das Telefon auf den Tisch und nahm einen Schluck

Wein. Es war still im Haus. Geräusche waren nicht nur Wellen, die über die Ohren in unser Bewusstsein drangen. Der Lärm, den Ida sonst verlässlich in unserem Zuhause verbreitete, bestand auch aus Vibrationen. Er schwebte in der Atmosphäre zwischen den alten Wänden und zeigte mir, dass ich nicht allein war. Jetzt fühlte ich nichts und kam mir sehr einsam vor, obwohl ich die wenigen freien Abende, wenn Ida mal auswärts schlief, eigentlich genoss.

Ich schaltete den Fernseher ein und zappte durch zwei Kochshows und einen Fernsehfilm, bevor ich an der Hollywood-Verfilmung von Stieg Larssons »Verblendung« hängen blieb. Ich mochte Daniel Craig in der Rolle. Ich nahm das Handy und tippte eine kurze Nachricht an Pia ins Display.

»Ich gucke jetzt ›Verblendung‹ und hoffe, die schwedische Düsternis und Trostlosigkeit neutralisiert ein bisschen die rosa gefärbten Flausen, die du mir in den Kopf gesetzt hast.« Ich setzte noch einen Kuss-Smiley dahinter.

»Dir ist nicht zu helfen. Hab dich trotzdem lieb.«

Ich sie auch. Und genau das schrieb ich ihr auch, wünschte ihr eine gute Nacht und konzentrierte mich dann auf den Untertitel des Films. Zumindest so lange, bis das Flackern der Deckenbeleuchtung zeigte, dass jemand an der Tür klingelte.

Fünf nach elf. Henriette war das um diese Uhrzeit sicher nicht mehr. Vielleicht Maggies Mutter, die Ida vorbeibrachte, weil sie nicht schlafen konnte. Allerdings würde sie eher eine Nachricht schreiben, wenn es Probleme gab, und nicht unangekündigt vor meiner Tür stehen. Außerdem schlief Ida wie ein Stein, egal wo.

Ich sah noch einmal auf die Uhr, stand dann auf und ging zur Tür, denn wer auch immer davorstand, er hörte nicht auf zu klingeln und erfüllte mein Wohnzimmer mit andauerndem Stroboskopflackern.

SAM

Ich hatte alles getan, um nicht hier zu landen. Ich war laufen gegangen, hatte ausgiebig geduscht, sämtliche Kartenspiele aus Henriettes Vitrine sortiert, ein wenig im Büro gearbeitet und meine privaten E-Mails beantwortet. Später hatte ich dann mit meiner Großmutter zu Abend gegessen. Die alte Dame hatte mich hervorragend unterhalten, auch wenn sie wie immer leicht traumatisierende Geschichten aus dem Nähkästchen zum Besten gegeben hatte. Aber da es am Abend zuvor spät geworden war, machte sie schon nach dem Essen schlapp und ließ mich mit meinen Gedanken allein. Gedanken, die um Lillan kreisten, sobald ich nicht aufpasste. Vor allem um die Tatsache, dass sie allein zu Hause war. Ida hatte mir während der Frühstücksvorbereitungen in gebirgsbachähnlicher Geschwindigkeit erzählt, dass sie heute Nacht bei Maggie übernachten und zusammen »Anne auf Green Gables« zu Ende lesen würden. Natürlich unerlaubterweise mit der Taschenlampe unter der Bettdecke. Morgen früh wollten sie dann in den Wald und ihre Hütte fertig bauen.

Wenn ich Lillan jetzt besuchen würde, wären wir allein. Kein Pflichtbewusstsein dieser Welt würde sie davon abhalten, mich weiter so zu küssen, wie sie es gestern Abend auf dem Steg getan hatte. Wir müssten auf niemanden Rücksicht nehmen.

Und trotzdem hatte sie die Verabredung ausgeschlagen. Vermutlich, weil es nirgendwo hinführen würde und sie unsere Beziehung deswegen im Keim ersticken wollte. Aber je länger ich unser Gespräch analysierte und ihre Abfuhr sezierte, umso überzeugter war ich von dem Gedanken, dass ihr das genauso wenig gelang wie mir. Es war idiotisch, sich das Gegenteil einzureden. Deswegen war ich spät am Abend zum alten Kutscherhäuschen gelaufen und klingelte jetzt Sturm.

Ich war bereit, nach ihren Bedingungen zu spielen, die mit Sicherheit beinhalteten, dass Ida nichts von uns erfuhr. Solange sie nicht länger leugnete, dass da etwas zwischen uns war. Sonst würde ich bald den Verstand verlieren. Ich meine, ich war aus einem verdammten Flugzeug gesprungen, um ihr zu imponieren.

Ich presste meinen Finger so hart auf den Klingelknopf, dass die Haut blutleer war, und tatsächlich riss sie kurz darauf die Tür auf.

Lillan trug nur eine kurze Jersey-Pants und dazu das Tanktop, das sie schon heute Morgen angehabt hatte. Die Haare hatte sie zu einem Pferdeschwanz am Hinterkopf zusammengefasst. Einige Locken hatten sich daraus gelöst. Der perfekte Frisch-aus-dem-Bett-Look. Unwiderstehlich.

»Sam?« Sie klang überrascht. Und doch so, als hätte sie genau wie ich gewusst, dass wir über kurz oder lang an diesen Punkt gelangen würden.

»Ida ist bei Maggie?«, war alles, was ich über die Lippen brachte.

Sie nickte stumm. Zögerte. Und öffnete dann die Haustür ein Stück weiter. Die Finger noch immer um das Holz gekrampft.

Ich machte einen Schritt auf sie zu, dann noch einen. Das leichte Zittern ihres Körpers zeigte die Anspannung, die sie umgab wie eine zweite Haut.

»Sam«, flüsterte sie. Ein Tonfall, der mich dermaßen anmachte, dass ich den letzten Rest Distanz zwischen uns überwand und mich kopfüber in einen harten und fordernden Kuss stürzte. Atemlos drängte ich sie in den Flur und gegen die Wand. Wir brachten die Bilderrahmen in Schieflage, was in etwa meiner emotionalen Verfassung entsprach. Hungrig glitten meine Lippen über ihren Mund, ihre Haut, während ich die Tür mit einem Tritt verschloss. Nur um nach Atem zu ringen, hielten wir kurz darauf inne. Ich strich zärtlich an Lillans Hals entlang, berührte ihre Locken, ihre Lippen und ließ meinen Mund dann meiner Hand folgen. Sanft, bevor ich die Zärtlichkeit mit dem nächsten stürmischen Kuss durchbrach.

Lillan

Sams Lippen waren weich, warm, und sie passten perfekt zu meinen. Ich vergrub meine Finger in seinen Haaren und spürte sein Stöhnen, als sich unsere Lippen fanden. Ich konnte mir nur vorstellen, wie es war, einen Mann vor Lust stöhnen zu hören. Ich hatte mein Gehör verloren, bevor ich diese Erfahrung machen konnte. Aber allein das feine Vibrato seiner Erregung zu fühlen, den Lufthauch auf meinen Lippen zu spüren, als er ausatmete, machte mich unwahrscheinlich an. Ich ließ meine Hände unter sein Shirt wandern, um noch mehr von ihm zu fühlen. Jeden Ton, den er von sich gab, jedes Zittern seiner angespannten Muskeln, jeden Atemzug, mit dem seine Leidenschaft gegen meine prallte.

Sam verstand und zog sich in einer fließenden Bewegung das Oberteil über den Kopf. Achtlos ließ er es auf den Boden fallen und presste seinen Mund auf meinen, während er meine Arme über dem Kopf zusammenführte und quälend langsam das Anker-Top nach oben schob. Erst als er sich von mir lösen musste, um den Stoff über meinen Kopf zu ziehen, wurden seine Bewegungen ungeduldig. Sobald er das lästige Kleidungsstück losgeworden war, spürte ich erneut seine Zunge und seine Lippen, seine Zähne, die sachte an meinen Lippen knabberten und mir ein heißes Ziehen durch den Körper jagten.

Ich folgte den Bahnen seiner Muskeln den Rücken hinab, bis ich den Bund seiner Jeans erreichte und meine Hände darunterschob. Ich drängte ihn fester gegen mich und keuchte leise auf, als ich seine Härte spürte. Heißes Verlangen durchfuhr mich und brachte mich dazu, an dem Verschluss seiner Hose herumzuzerren.

Sam half mir, indem er hastig die einzelnen Knöpfe öffnete und die Jeans dann an seinen Beinen hinabstrampelte. Dabei löste er nicht einmal seinen Blick oder seine Lippen von mir.

»Gib mir zwei Sekunden«, raunte ich ihm zu. Wir benahmen uns zwar wie verknallte Teenager, aber ich war nicht so unvorsichtig, ohne Schutz mit ihm zu schlafen. Zum Glück versorgte mich Pia in regelmäßigen Abständen mit Unmengen Kondomen. Damit ich vorbereitet war, sollte ich mich endlich dazu entschließen, ihren Rat zu befolgen und mich wieder in der Männerwelt umzusehen.

Er nickte und biss sich auf die Lippen, um die Selbstbeherrschung aufzubringen, mich freizugeben. Ohne seine Hand loszulassen, schlüpfte ich ins Schlafzimmer, das sich genau neben uns befand, nestelte ein Kondom aus der Kommode hervor und schob mich nur Sekunden später zurück in den wundervollen Raum zwischen Sams Körper und der Wand.

Sam nahm mir die Plastikverpackung ab und küsste mich so leidenschaftlich, dass das Feuer zurückkehrte, welches sich durch die Unterbrechung etwas abgekühlt hatte. Seine Finger glitten über meinen Hals, mein Schlüsselbein, bis sie meine Brüste erreichten und mich so reizten, dass ich dachte, den Verstand zu verlieren. Sanft, aber bestimmt streifte er meine Hose und den Slip hinunter, und ich genoss seine Lippen, die mich dabei unablässig liebkosten.

Ich legte den Kopf in den Nacken und gab mich Sams Berührungen hin, seiner Zunge, die über meine Haut leckte, während er sich das Kondom überstreifte. Und dann hob er mich in einer fließenden Bewegung hoch und drang tief in mich ein. Ich schlang meine Beine um ihn, meine Arme, presste mich an ihn und erwartete, dass Sam mich weiter nehmen würde. Ungeduldig und hart. So wie unsere Küsse gewesen waren, die mich nahe an die Klippe gebracht hatten, aber stattdessen verharrte er in mir und sah mich eindringlich an. Er sagte nichts, nahm nur meine Hand und legte sie auf sein wild pochendes Herz. Erst dann begann er, sich in mir zu bewegen, und bei jedem Stoß spürte ich, wie sein Herz schneller schlug und unseren Rhythmus bestimmte. Ich spürte die Laute, die Sam von sich gab, und kam mitten in diesem Wust aus Herzschlag, verschwitzter Haut, Lippen, Händen und Vibrationen. Und als Sam mir wenig später folgte, presste ich mein Gesicht in seine Halsbeuge und atmete seinen Höhepunkt, spürte ihn.

SAM

Schwer atmend standen wir im Flur. Lillan hatte noch immer ihre Beine um meine Hüften geschlungen. Ich hielt sie fest umschlungen und bedeckte ihren Hals mit sanften Küssen. Keine Ahnung wie es jetzt weitergehen würde. Alles, was ich wusste, war, ich wollte Lillan. Ich wollte sie lieben. Am besten die ganze Nacht lang. Und den nächsten Tag. Und den darauf.

Ihr Atem streifte meinen Hals und ließ meinen Herzschlag stolpern. Sie tauchte aus dem geschützten Raum meiner Halsbeuge auf, und ich hob ebenfalls meinen Kopf. Widerstrebend, weil es Abstand zwischen uns legte. Sekundenlang sahen wir einander an. Lillan wollte etwas sagen, aber ich verschloss ihr den Mund mit einem tiefen Kuss. Vielleicht hatte sie recht und ich war ein Angsthase. Auf jeden Fall wollte ich nicht hören, was sie zu sagen hatte. Nicht, wenn die Gefahr bestand, dass sie dem Ganzen hier und jetzt ein Ende setzte.

Wortlos trug ich sie ins Schlafzimmer und ließ mich mit ihr auf die Matratze sinken. Dabei löste ich meine Lippen kaum von ihren, ließ meine Hände ihrer Körperlinie folgen und löste ihren BH.

Stöhnend schob Lillan ihre Hände in meine Haare und wölbte sich mir entgegen, als ich meine Lippen tiefer gleiten ließ und sanft ihre Brüste reizte. Meine Hand wanderte ihren Schenkel hinab, erreichten ihren Po und kneteten ihn leicht, während mein Mund sanft Lillans Brustwarze umschloss. Ihre Reaktion darauf war so sinnlich und erregend, dass ich, noch immer zwischen ihren Schenkeln liegend, wieder hart wurde. Ich wollte sie, aber ich zwang mich dazu, mir Zeit zu lassen. Uns.

Wir küssten uns eine Ewigkeit lang. Die Erregung in meinem Inneren steigerte sich bis ins Unerträgliche. Lillans Hände waren überall, streichelten, berührten mich und zwangen meine Beherrschung in die Knie. Und ich tat es ihr gleich. Ich reizte sie, bis sie sich mir wimmernd entgegendrängte.

»Oberste Schublade«, keuchte sie, und ich löste meine Lippen widerstrebend von ihr, um ein Kondom aus dem Nachtschrank zu nehmen. Ich streifte es mir über und verschränkte dann meine Hände mit ihren. Ich sah ihr tief in die Augen, als ich in sie glitt und sie mit tiefen Stößen nahm. Dieses Mal war es keine Explosion. Kein hastiger Sex im Flur. Wir liebten uns langsam und schmerzlich intensiv. Als wir gemeinsam den Höhepunkt erreichten, die Lippen in einem tiefen Kuss vereint, umklammerten wir einander, und es war, als würde ich sekundenlang aufhören zu existieren, bevor mich Lillans raues Lachen an meiner Schulter zurück ins Hier und Jetzt holte.

Ich stützte meinen Arm neben ihrem Körper auf und sah sie grinsend an. »Warum lachst du?«

»Pia hat vorausgesehen, dass wir uns in eine Affäre stürzen würden. Sie wäre mit Sicherheit stolz auf mich.« Sie hielt sich die Hand vors Gesicht und lachte lautlos. »Sie hat mir hierzu geraten. Ungefähr tausend Mal. Und gerade denke ich, ich hätte früher auf sie hören sollen.«

Ich umschloss ihre Hand mit meiner und zwang sie so aus der Deckung. Ihre Wangen waren leicht gerötet und die Haare zerwühlt. Ich bezweifelte, dass ihr klar war, wie sexy sie in diesem Augenblick aussah und wie wenig ich in diesem Moment wollte, dass das zwischen uns nur eine Affäre war, aber ich musste die Grenze akzeptieren, die sie gerade mit Neonfarbe gesetzt hatte. »Ich glaube, ich mag diese Pia, wenn sie dich hierzu überredet.«

Ich verzog das Gesicht. »Zumindest mehr als ihren Bruder. Menschen, die aus Flugzeugen springen, sind mir von Grund auf suspekt.« Ich küsste sie sachte und glitt neben sie, um sie nicht länger mit meinem Gewicht zu zerquetschen. »Aber tausend Mal?« So lange war ich noch gar nicht in Bissee.

Lillan klemmte sich das Bettlaken unter die Achseln und setzte sich auf, während ich liegen blieb und den Kopf aufstützte, um sie besser ansehen zu können. »Pia versucht schon eine halbe Ewigkeit mich zu verkuppeln. Mit den schrägsten Typen, und derzeit bist du hoch im Kurs.«

Ich drehte mich auf den Rücken, damit Lillan mich ansehen konnte. »Ich bin also schräg?«

»Nein, du bist …« Sie verstummte. »… so normal, dass es mir Angst macht. Aber vielleicht habe ich Pia das nicht verraten.«

»Warum nicht?«

Sie zuckte mit den Schultern. »Keine Ahnung.« Sie senkte den Blick. »Vielleicht wollte ich dich lieber schrecklich finden, als mir einzugestehen, dass da etwas zwischen uns ist.«

Ich nickte, setzte mich ebenfalls auf und rutschte näher an sie heran. Wie von selbst sank Lillan in meine Umarmung, und ihr Körper dicht an meinem fühlte sich vertraut an. Als würde die Stille ihrer Welt mein Leben in Ruhe tauchen. Ich war ich. Zum ersten Mal seit Jahren.

Mit Lea hatte ich immer das Gefühl, daran arbeiten zu müssen, der Mensch zu werden, den sie verdiente. Im Job hatten wir uns gegenseitig angestachelt, und die Konkurrenz, über uns hinauszuwachsen, war auch im Privaten nie ganz gewichen. Ich hatte mir eingeredet, dass ich die Herausforderung mochte, aber jetzt hier mit Lillan wurde mir bewusst, wie anstrengend dieser ewige Wettlauf gewesen war. Kräftezehrend. Hier genügte es, ich selbst zu sein. Das berührte mich überraschend tief. Ich räusperte mich und presste einen Kuss in Lillans Locken.

»Ich bin sehr gern hier. Bei dir«, sagte ich leise. »Scheiße, ich denke, ich habe mich in dich verliebt, Lillan.« Ich wusste, sie konnte mich nicht hören, und das war gut so. Sonst hätte ich die Worte wohl nie über die Lippen gebracht. Jetzt zauberte ihr Echo ein Lächeln auf mein Gesicht, auch wenn ich gerade dabei war, mich in etwas zu verrennen, das keine Zukunft hatte. Weil Lillan nur eine Affäre in uns sah. Weil ich wieder gehen würde. Und weil unsere Leben so grundverschieden waren, dass wir vermutlich nie einen gemeinsamen Nenner finden würden. Sanft drehte ich ihren Kopf zu mir. »Wenn du jetzt lieber allein sein willst, kann ich gehen.« Das war, was man gemeinhin in einer Affäre tat. Man ließ den anderen nach dem Sex allein, ohne sich nach mehr zu sehnen. Doch genau das tat ich.

Lillan

Sam hatte mich gefragt, ob ich wollte, dass er ging. Das war rücksichtsvoll und irgendwie süß. Ich hörte mich an wie ein verknallter Teenager. Dazu passend stolperten ganze Schmetterlingsschwärme durch meinen Bauch, als er mich eindringlich ansah und mir sekundenlang den Mund mit einem Kuss verschloss.

Ich schüttelte den Kopf, obwohl es laut Pia sicher zu den No-Gos für Affären gehörte, nach dem Sex Zeit miteinander zu verbringen. Genauso hatte ich es genannt. Eine Affäre, und im selben Moment bereut, dass ich der Sache zwischen uns damit einen Stempel aufgedrückt hatte, der meinen Gefühlen für Sam nicht gerecht wurde. »Bleib!«, sagte ich leise und presste mein Ohr gegen seine Brust, nahm seinen Herzschlag in mich auf. Ich genoss das leichte Schütteln, als er lachte. Die Vibrationen strahlten warm bis in meinen Körper.

Er schob mich ein Stück auf Abstand. »Okay.« Er lächelte und küsste mich. »Ich weiß zwar nicht, ob das den Richtlinien für Affären entspricht, aber ich verhungere und würde uns was kochen, wenn das okay ist?«

»Ich glaube nicht, dass es ein Handbuch gibt, das uns verbietet, gemeinsam zu essen. Außerdem musst du ja bei Kräften bleiben.« Ich schüttelte lachend den Kopf, während Sam nickte, mich dann packte und unter sich drehte. Er berührte und küsste mich. Beides mit einer solchen Intensität, dass ich japsend nach Luft schnappte. Aber als ich mich der Lust hingab, die er erneut entfachte, ließ er urplötzlich von mir ab und stand nackt, wie er war, auf.

Allein blieb ich auf dem zerwühlten Bett liegen, bedeckte meine Augen mit den Händen und strampelte mit den Beinen. »Du bist fast so schrecklich, wie ich dich anfangs finden wollte.« Ich sah ihn wieder an.

»Aber nur fast«, insistierte er, kam jetzt mit Boxershorts bekleidet zurück zum Bett und gab mir einen züchtigen Kuss auf die Stirn. »Na, komm schon, ich mach uns was zu essen.« Er nahm meine Hand und zog mich erbarmungslos in die Senkrechte.

Auf dem Weg in die Küche schnappte ich mir ein Supersize-Shirt von der Kommode und folgte Sam in die Küche. Als er sich an die Arbeit machte, schlüpfte ich in den luftigen Stoff und setzte mich dann auf die Küchenzeile, direkt neben Sir Henry, die Kaffeemaschine.

»Du kannst kochen?«, fragte ich zweifelnd, als Sam Zutaten zusammensuchte und der feine Duft nach zerlassener Butter die Luft erfüllte.

»Hey, Vorsicht«, warnte er. »Nur, weil ich nicht gut im Grillen bin, heißt das noch lange nicht, dass ich keine weltverändernden Spaghetti Bolognese hinbekomme.«

Während er kochte, unterhielten wir uns, und ohne dass ich etwas sagen musste, achtete Sam immer darauf, dass ich seine Lippen lesen konnte. Selbst Henriette vergaß von Zeit zu Zeit, dass ich sie nicht hören konnte und darauf angewiesen war, ihre Lippenbewegungen in Worte umzuwandeln. Für Sam aber war die Situation neu und ungewohnt, und trotzdem strauchelte er keine Sekunde, während er mir von seinem Bruder erzählte und beichtete, dass Spaghetti mit Tomatensauce neben Rührei tatsächlich so ziemlich das Einzige war, was er in der Küche zustande brachte. Wir sprachen über meine Eltern, die viel zu früh gestorben waren und Ida nicht mehr kennengelernt hatten, und über Pia und Henriette, die nun meine Familie waren.

Als die Nudelsauce so weit fertig war, ließ Sam mich probieren, und tatsächlich war sie verdammt lecker. Erst jetzt spürte ich, wie hungrig ich selbst war. Ich schielte zum Nudelwasser hinüber, das noch immer nicht kochte, und stellte fest, dass er vergessen hatte, die Flamme anzumachen. Lachend deutete ich auf den Drehknopf.

Kurz schob Sam sein Kinn vor, bevor er die Schultern straffte und zwei Teller hervorholte.

»Spaghetti werden gemeinhin als Grundzutat von Spaghetti Bolognese angesehen, aber eigentlich wird das völlig überbewertet. Die Sauce ist das, was zählt«, erklärte er und reichte mir einen der Teller, auf dem eine große Portion Sugo schwamm. Sich selbst füllte er ebenfalls den Teller voll und probierte davon, noch immer vor der Küchenzeile stehend.

»Exzellent«, lobte er sich selbst und grinste breit. »Also, zumindest essbar. Als es um die Verteilung der Kochqualitäten ging, habe ich meinem Bruder ganz offensichtlich den Vorrang gelassen.« Seine Hand legte er auf meinen Unterschenkel, den ich halb unter das andere Bein geschoben hatte.

Ich griff zum Radio, das über mir auf einem breiten Regal stand, und schaltete es ein. Gerade so laut, dass ich die Vibrationen schwach vernehmen konnte, und trotzdem leise genug, damit es für Sam als Hörenden nicht zu laut war.

Eine Weile aßen wir schweigend, bevor Sam seinen Teller wegstellte und zum Radio deutete.

»Du hörst Musik?«, fragte er. »Ist mir neulich schon aufgefallen, als ich hier war, aber da dachte ich, du hättest sie für Ida angestellt.«

»Ich kann Musik natürlich nicht hören, aber ich spüre den Rhythmus.« Ich zuckte mit den Schultern. Wie den Rhythmus seines Herzens. Er war mir so nah, dass er mich gerade weit mehr taktete als die Musik. »Deswegen mag ich basslastige Stücke. Und laute Musik.« Ich stellte den Teller ebenfalls beiseite. »Je lauter, desto besser.«

Er nickte und zog sein Handy aus der Hosentasche. Schweigend tippte er darauf herum und stellte dann den Bluetooth-Empfang des Radios ein und verband es mit seinem Telefon. Er drehte den Lautstärkeregler so weit nach rechts, dass ich um sein noch existierendes Gehör fürchtete.

Sam startete den Track, den er ausgewählt hatte, und hielt mir gleichzeitig auffordernd die Hand hin. Die Bässe waren unverkennbar. Wenig Lieder waren so speziell, dass man sie direkt an der ersten Bassfolge erkannte. *Played-A-live* von *Safri Duo* war so eines und flutete mein Hirn mit den Erinnerungen an eine Zeit, in der ich Musik noch gehört und nicht nur gespürt hatte.

»Das ist zu laut für dich«, rief ich, während mich der Rhythmus des Songs bereits ergriff. Aber Sam machte eine Handbewegung, die bedeutete, er könnte mich wegen der Lautstärke nicht verstehen. »Zu laut?«, versuchte ich es noch einmal. Und das war es vermutlich nicht nur für ihn, sondern auch für sämtliche Bewohner im Umkreis von zehn Kilometern.

Aber er lachte nur, winkte ab und begann zu tanzen. Erst zögerlich, aber dann nahm er meine Hand, und innerhalb kürzester Zeit sprangen wir wie zwei Verrückte durch die Küche und verausgabten uns total. Tanzen, als würde dir niemand zusehen. Etwas, was ich sonst nur mit Ida auf der Matratze ihres Kinderbetts tat. Es mit Sam zu tun war befreiend, vereinnahmend und machte mein Herz so leicht, als könnte es einfach davonfliegen.

Das Lied endete, und der neue Beat war ruhiger als der vorherige. Sam nahm meine Hand, drehte mich von sich weg, bevor er mich in einem perfekten Halbkreis zurückbeförderte und seine Arme um mich schloss. Ich sank an seine Brust, und plötzlich war da nicht nur der Bass, der sich durch die Luft auf meine Haut legte und durch die Dielenbretter auf meine nackten Fußsohlen übertragen wurde. Da war eine Melodie. Sie stieg aus seinem Brustkorb auf. Er summte das Lied für mich mit. Ich konnte die verschiedenen Töne fühlen. Sam hatte Musik zu etwas gemacht, das zum ersten Mal seit Jahren nicht nur Rhythmus war, sondern in seiner ganzen Schönheit wieder in meinen Kosmos strömte. Ich hatte ihn nicht darum gebeten. Er hatte es einfach getan und stahl mir damit ein weiteres Stück meines Herzens.

SAM

Ich hatte nicht vorgehabt, die Nacht bei Lillan im Kutscherhäuschen zu verbringen, aber irgendwie waren wir von der Spaghetti-Sauce nahtlos in ekstatisches Getanze und dann in wildes Geknutsche übergegangen, das damit geendet hatte, dass wir uns ein weiteres Mal geliebt hatten. Auf dem Wohnzimmerboden. Eingehüllt in ohrenbetäubend laute Musik. Und genau da waren wir eingeschlafen. Die Körper ineinander verschlungen. Nackt. Ich hatte lediglich eine der Wolldecken vom Sofa gezogen und notdürftig über uns gelegt.

Lillan hatte sich in der Nacht von mir gelöst und lag wie eine Katze zusammengerollt unter dem grob gehäkelten Stoff. Eine Weile sah ich die goldbraune Haut ihres Rückens an und die roten Locken, die den perfekten Kontrast dazu bildeten. Dann küsste ich sie sanft auf den Nacken und stand auf. Ich suchte meine Kleidung zusammen und ging duschen. Das Bad war wie der Rest des Hauses winzig, aber wohnlich und mit viel Liebe zum Detail eingerichtet. Ich schlüpfte unter die Dusche und ließ den Wasserstrahl meine verspannten Muskeln massieren. Als ich mich wieder wie ein Mensch fühlte, stieg ich aus der Duschkabine, trocknete mich ab und zog mich an. Zum Glück hatte ich schon meine Jeans übergestreift, als plötzlich die Badezimmertür aufgerissen wurde und Ida mich mit einem begeisterten »Mama« begrüßte.

Sie verstummte und sah mich mit großen Augen an. So viel

zum Thema, wir wollten Ida aus unserer wie auch immer gearteten Beziehung rauslassen. Das hatte ja prima funktioniert.

»Ida, es ist nicht so, wie es aussieht«, begann ich und verstummte, weil mir klar wurde, wie klischeehaft meine Worte klangen. Außerdem schien sie nicht halb so verstört zu sein, wie ich angenommen hatte, denn sie ergriff nicht etwa die Flucht, sondern kam ins Bad, schwang sich auf die Waschmaschine und sah mich aufmerksam an.

»Sieht aus, als hättest du dich endlich getraut, sie zu küssen. Maggie meinte, du würdest es nicht tun, aber ich wusste, dass sie falschlag. Seid ihr jetzt so richtig zusammen?« Ida öffnete eine Schublade, die unmittelbar unter ihren verschränkten Beinen lag und zog eine Zahnbürste hervor, die noch in der Verpackung steckte. »Hier, die kannst du haben. Du brauchst eine Zahnbürste, wenn du jetzt öfter zu Besuch bist.«

Ich war mir zwar nicht sicher, ob Lillan mich je wieder in ihr Haus lassen würde, jetzt, wo Ida mich halb nackt im Bad erwischt hatte und genau die richtigen Schlüsse zog, aber ich bedankte mich trotzdem und nahm sie entgegen.

»Also?« Ida sah mich erwartungsvoll an.

»Deine Mutter ist eine Wahnsinnsfrau.« Ich strich Zahnpasta auf die Borsten. »Sie ist besonders, und ich bin wirklich gern hier bei euch, aber das ist alles nicht so einfach.« Ich steckte mir die Zahnbürste in den Mund und begann sehr akribisch die Zähne zu putzen, um nichts weiter sagen zu müssen.

»Du hörst dich ganz schön verliebt an«, fasste Ida mein Gestammel zusammen. »Ich wusste es schon, als du das Essen versalzen hast. Und Mama auch, und ich finde dich viel toller als die Männer, die Henriette immer für Mama im Internet findet. Hört sich für mich total einfach an.«

Ich hielt inne und konnte nichts dagegen tun, dass ich grinsen musste. Ich verbarg es, indem ich den Schaum ausspuckte und mir den Mund ausspülte. »Henriettes Männerwahl ist aber auch echt speziell«, merkte ich an. »Da habe ich ziemlich leichtes Spiel.« Ich bezweifelte, dass Lillan die Typen mit nach Hause brachte und sie Ida vorstellte. Weitaus wahrscheinlicher war, dass die Kleine Henriette bei der Auswahl beriet. »Hör mal, Ida.«

Sie rutschte von der Waschmaschine und blieb unmittelbar vor mir stehen. »Was?«

Ich musste ihre Hoffnungen im Keim ersticken, dass wir irgendwann eine Familie sein könnten. Denn genau diesen Wunsch sah ich in ihren Augen. Ich hockte mich auf Augenhöhe vor sie. »Ich werde irgendwann zurück nach Hamburg gehen.« Etwas, das ich seit dem ersten Tag hier herbeigesehnt hatte und das mir in diesem Augenblick überhaupt nicht mehr erstrebenswert erschien. »Deswegen können deine Mutter und ich nur Freunde sein.« Ich schluckte trocken, weil jedes Gefühl für Lillan etwas anderes als Freundschaft war. »Vielleicht bin ich tatsächlich ein bisschen verknallt, und deine Mama mag mich zum Glück auch ein bisschen, aber wir werden leider nicht zusammenkommen.« Ich atmete geräuschvoll aus.

»Aber noch bist du hier.«

Ich nickte. »Und wenn ich darf, würde ich in der Zeit, die ich noch hier bin, ab und an vorbeikommen und euch besuchen, aber mehr ist da leider nicht.«

Ich sah Enttäuschung in Idas Gesicht, dass Lillan und ich nicht willig waren, uns wie die Figuren in den Liebesgeschichten ihrer Bücher zu verhalten. Aber besser, sie gab ihre Idee von einem Happy End auf, bevor sie sich weiter in diese Idee verrannte. Ich fuhr ihr über die Mütze. Heute war es eine Beanie aus dünnem Jersey, mit einem rosafarbenen Anker vorn drauf. »Hast du Lust auf Frühstück?«

Sie nickte so heftig, dass die Mütze verrutschte. Sie zog sie wieder zurecht und lief vor mir her und erreichte die Tür zur

Küche und dem Wohnzimmer in dem Moment, in dem mir klar wurde, dass das die weltschlechteste Idee war. Ich schob mich gerade noch rechtzeitig zwischen sie und den Griff.

»Eigentlich dachte ich, wir gehen uns etwas beim Bäcker holen.« Ich lächelte sie unschuldig an, blockierte aber standhaft den Zugang zum Wohnzimmer, in dem Lillan noch immer schlief. Ihre Mutter nackt auf dem Fußboden vorzufinden würde selbst ein nicht halb so intelligentes Kind wie Ida zu dem Schluss bringen, dass mein Gefasel von Freundschaft eine Lüge gewesen war. »Was hältst du von Schokokuss-Brötchen?«

Sie zögerte und nickte dann. »Ich muss Mama aber Bescheid sagen.«

»Sie schläft auf dem Sofa. Ist beim Filmgucken eingepennt.« Ich fühlte mich schlecht, weil ich Ida anlog. »Ich habe das Bett genommen«, sagte ich und zeigte auf die zerwühlten Laken, die meine Erklärung stützten. Dann hielt ich mein Handy hoch. »Ich schreibe ihr eine Nachricht, damit sie weiß, wo du steckst.«

Ida sah von mir zu meinem Handy, zum Bett und zurück zu mir. Ich konnte sehen, wie es in ihrem Kopf arbeitete. »Okay.« Sie nickte. »Aber nur, wenn wir bei den Pferden auf der Weide essen.«

Ich würde sogar mit Säbelzahntigern in deren Gehege frühstücken, wenn es Lillan davor bewahrte, ihrer Tochter beichten zu müssen, dass wir miteinander abgestürzt waren. Das war nichts, was Ida in ihrem Alter mitkriegen sollte.

Lillan

Ich wurde auf dem Teppich im Wohnzimmer wach. Die grob gehäkelte Wolldecke bedeckte nur halb meine Brüste. Überall auf meiner Haut spürte ich noch immer Sams Berührungen. Obwohl er nicht mehr da war. Ich sah mich in der Wohnküche um, aber sie war leer. Auch draußen auf der Terrasse und dem Steg war er nicht zu sehen. Ich stand auf, streifte mir das Supersize Shirt über, das Sam mir nach dem Essen unter heißen Küssen ausgezogen hatte, und durchsuchte das Haus. Die Wassertropfen in der Dusche zeigten, dass er noch vor Kurzem geduscht haben musste. Er hatte sich also frisch gemacht und war verschwunden. Nicht ungewöhnlich für eine Affäre. Trotzdem war es mir nicht egal, dass er sich wortlos weggeschlichen hatte.

Ich ging zurück in die Küche und machte mir einen Kaffee. Sir Henry erwachte sprotzend und gurgelnd zum Leben, während ich mein Handy checkte. Zwei Nachrichten. Eine von Sam. Die Tatsache, dass sein Abgang doch nicht gänzlich wortlos gewesen war, ließ mich lächeln. Die andere Nachricht war von Henriette. Sie wollte mich und Sam auf dem Gestüt sehen, um etwas Wichtiges zu besprechen. Ich hatte mich dazu gezwungen, zuerst ihre SMS zu lesen, um mich nicht direkt auf Sams Nachricht zu stürzen. Ich wollte erwachsen mit dem umgehen, was zwischen uns passiert war, und mich nicht in irgendetwas hineinsteigern.

Nachdem ich an meinem Kaffee genippt hatte, öffnete ich seine Nachricht. Er hatte ein Foto von Ida und sich auf zwei grasenden

Pferden geschickt. Sie standen so eng beieinander, dass sich die Kruppen beinahe berührten. Sam und Ida lagen auf dem Rücken der Pferde, die Köpfe eng zusammengesteckt. Ida biss gerade in ein Schokokussbrötchen. Sam lachte, und ein Grashalm lag locker in seinem Mundwinkel.

»Wir frühstücken und haben dich schlafen lassen. Sam und Ida«

Darunter befand sich eine weitere Nachricht.

»Sie ist früher von Maggie nach Hause gekommen. Ich konnte gerade noch verhindern, dass sie etwas mitbekommen hat, musste sie dafür aber entführen. Ich hoffe, das war in deinem Sinn. Sam«

Ich presste das Handy an meine Brust. Ida. Was auch immer Sam und ich hier getan hatten, sie durfte da nicht mit hineingezogen werden. Er hatte das instinktiv gewusst und das Schlimmste verhindert, wofür ich ihm unendlich dankbar war. Gleichzeitig hatte ich ein furchtbar schlechtes Gewissen. Wenn er nicht rechtzeitig aufgestanden und Ida davon abgehalten hätte, ins Wohnzimmer zu laufen, hätte sie mitbekommen, dass ich mit einem Typen ins Bett ging, den ich kaum kannte und mit dem es keine gemeinsame Zukunft gab. Das war nicht das Bild von Beziehung, das ich ihr vermitteln wollte.

Ich lief ins Bad, duschte eilig, putzte mir die Zähne und schlüpfte in frische Kleidung, bevor ich mir einen Apfel schnappte und zu Fuß zum Gestüt lief.

Auf dem Hof rannte mir Ida entgegen. Sam und sie mussten gerade von der Weide gekommen sein. Sie sprang mir in die Arme und kuschelte sich eng an mich.

Sam war gut einen Meter hinter ihr stehen geblieben. Anstatt etwas zu sagen, hob er nur die Hand und lächelte. Ein Lächeln, das mein Innerstes zum Tanzen brachte. Erwachsen mit dem umzugehen, was letzte Nacht passiert war, gehörte ganz offensichtlich nicht zu meinen Kernkompetenzen.

Ida zappelte mittlerweile mit Armen und Beinen, damit ich sie wieder losließ. Als ich sie endlich vor mir auf dem Kies absetzte, erzählte sie mir von der Übernachtung, dem Frühstück mit Sam auf dem Rücken der Pferde und ihren Plänen für den Tag. Die Geschwindigkeit, mit der ihr Mund die Worte formte, zeigte, wie ausgelassen und aufgeregt sie war, und machte es mir schwer, jedes Wort zu lesen. Aber ich war über die Jahre sehr gut darin geworden, Lücken im Gesagten meines Gegenübers zu füllen. Maggie und Ida wollten heute noch die Hütte im Wald fertigstellen. Wenn sie es schafften, waren Sam, Henriette und ich für morgen zu ihrer Einweihungsfeier eingeladen.

Unsicher sah ich Sam an. Geheime Waldhütteneinweihungsfeiern meiner Tochter passten genauso wenig zu einer unverbindlichen Affäre, wie gemeinsam zu frühstücken. Aber er sagte Ida gerade völlig entspannt zu und sah ihr dann lachend nach, als sie sich mit einem Kuss bei mir verabschiedete und Maggie entgegendüste, die an der Hofeinfahrt auftauchte.

Er berührte mich am Arm. Eine federleichte Berührung, die er sofort beendete, als ich ihm meine Aufmerksamkeit schenkte.

»Weißt du, was Henriette von uns will?«

Ich schüttelte den Kopf. »Keine Ahnung. Aber wir werden es sicher gleich erfahren.« Ich drehte mich zur Treppe um und wollte ins Haus gehen, aber Sam hielt mich zurück.

»Ist zwischen uns alles in Ordnung«, fragte er, als er sicher war, dass ich ihn ansah.

Ich nickte. Außer der Tatsache, dass mein Herz die Spielregeln unverbindlicher Affären nicht verstanden hatte.

Sam trat ganz dicht an mich heran und legte seine Hand an meine Hüfte. Dann beugte er sich zu mir und gab mir einen sanften Kuss. »Das ist gut«, sagte er, nachdem er sich wieder von mir gelöst hatte.

»Kinder.« Henriette tauchte auf der Veranda auf. »Gut, dass ihr da seid. Kommt bitte rein.«

Ich fühlte mich ertappt, und der erste Impuls war, zurückzuweichen, aber Sams Hand lag noch immer auf meiner Hüfte und stoppte mich. Er nahm sie nicht fort. Verborgen vor Henriette, strich er mit seinem Daumen über den schmalen Streifen Haut zwischen den Jeansshorts, die ich trug, und meinem Shirt. Ich hielt den Atem an und ließ mich von ihm zur Treppe schieben. Dabei war er mir so nah, dass ich seinen Atem in meinem Nacken spürte. Wie gestern, als er – den Gedanken an seinen rauen, heißen Atem auf meiner Haut, während er mich genommen hatte, wollte ich mir verbieten. An Sex mit ihm zu denken, während Henriette uns beobachtete, dürfte wenig hilfreich sein, wenn wir das zwischen uns nicht an die große Glocke hängen wollten.

»Du warst letzte Nacht gar nicht zu Hause«, bemerkte Henriette in diesem Moment und sah erst Sam an und dann mich. »Gibt es da etwas, das ich wissen sollte?«

Sam hatte sich von mir gelöst und lehnte sich an die Hauswand. Er grinste schief und sah dabei unverschämt gut aus. So gut, dass meine Gedanken wild durcheinanderpurzelten und mir keine Erklärung für Henriette einfallen wollte. Zum Glück rettete Sam die Situation.

»Wir haben uns nur einen Film angesehen, um die Langeweile totzuschlagen, und Lillan ist dabei auf dem Sofa eingeschlafen. Ich war ebenfalls todmüde und habe es nicht mehr geschafft, mich zurück zum Gestüt zu schleppen. Da habe ich das Bett genommen. Nicht sehr gentlemanlike, aber das Sofa war ja schon besetzt.« Er lächelte unschuldig.

Henriette kniff die Augen zusammen und nickte dann aber. Sie sah nicht so aus, als würde sie Sam glauben, aber für den Moment hatte sie wohl beschlossen, dass es Wichtigeres gab.

»Kommt mit ins Büro. Es gibt Neuigkeiten.« Sie drehte sich um und verschwand im Haus.

Ich folgte ihr, aber bevor ich durch die Tür treten konnte, stellte Sam sich mir in den Weg. »Das habe ich übrigens auch Ida erzählt. Das Alibi ist wasserdicht.« Er lachte, gab mir einen flüchtigen Kuss auf den Mundwinkel, den Henriette um ein Haar gesehen hätte, als sie sich umdrehte, um nachzusehen, wo wir blieben. Vermutlich hätte ich sauer auf Sam sein sollen, aber irgendwie war dieses Versteckspiel auch aufregend und verdammt sexy. Ich lief hinter ihm ins Büro seiner Großmutter, und als ich mich an ihm vorbeischob, fasste ich ihm an den Hintern. Er sah mich warnend an, als würde er sich nur mit Mühe beherrschen können, mich nicht über die Schulter zu legen und an einen Ort zu schaffen, wo wir die gestrige Nacht ungestört wiederholen könnten. Mit absoluter Unschuldsmiene setzte ich mich an meinen Schreibtisch und tat so, als hätte ich nicht bemerkt, was meine Berührung ausgelöst hatte. Dieses Spiel beherrschte ich so gut wie er. Und zu meinem Erstaunen machte es wirklich Spaß.

SAM

Ich stand in Henriettes Büro und wartete, dass sie anfing ihre überaus wichtigen Neuigkeiten mit uns zu teilen, als Lillan hinter mir den Raum betrat und an mir vorbei zu ihrem Schreibtisch ging. Und als hätte nicht allein die Nähe ihres Körpers zu meinem ausgereicht, um ihr meine Aufmerksamkeit zu sichern, fasste sie mir in diesem Moment an den Hintern. Verlangen schnellte durch meinen Körper und steigerte sich durch ihr unschuldig teuflisches Grinsen als sie sich setzte, noch mehr.

»Sam?« Henriette wedelte mit ihrer Hand vor meinem Gesicht herum. »Hörst du mir zu?«

»Ja.« Ich brauchte einen Moment, um nicht länger Lillan anzustarren. »Natürlich höre ich dir zu.« Ich setzte mich auf den Stuhl, der die letzten Tage mein Arbeitsplatz gewesen war, und stieß den angehaltenen Atem aus.

»Okay, da ich jetzt eure ungeteilte Aufmerksamkeit habe, kann ich die Katze ja aus dem Sack lassen. Wir sind in diesem Jahr erstmalig zur Ambition-Gala eingeladen worden.«

Lillan stand auf und tigerte nun ruhelos durchs Büro. »Das ist das Charity-Event des Jahres.«

Henriette nickte glücksselig. »Ich versuche seit Jahren, eine Einladung zu ergattern. Das ist unsere Chance, die richtig dicken Sponsoren-Fische an Land zu ziehen. Mehr Geld bedeutet mehr erfüllte Wünsche.« Etwas leiser fügte sie hinzu. »Wir müssten weniger Menschen enttäuschen.«

»So wie ich das in den letzten Jahren mitbekommen habe, scheint es echt eine große Nummer zu sein.«

»Die Amb-Gala ist das Event überhaupt.« Lillan lächelte mich nachsichtig an und verdrehte die Augen.

Ich ignorierte sie und wandte mich wieder an Henriette. Immer darauf bedacht, dass Lillan meine Lippen lesen und damit dem Gespräch folgen konnte. »Du müsstest nach Hamburg reisen.« Etwas, das Henriette seit jeher ungern tat, und seitdem sie sich mit Pa zerstritten hatte, war sie überhaupt nicht mehr dort gewesen. Sie war der Meinung, dass Hamburg sein Territorium war. Als wäre eine Millionenstadt zu klein für beide.

Sie schüttelte den Kopf. »Nein, für mich ist das ganze Händeschütteln nichts mehr. Ich glaube, Lillan und du, Sam, könnt die potenziellen Geldgeber viel besser um den Finger wickeln. Ich schicke euch beide dorthin.«

Ich wollte gerade protestieren, als sie mir mit einer resoluten Handbewegung das Wort abschnitt. »Wir schlagen mehrere Fliegen mit einer Klappe. Abseits vom Gala-Rummel kannst du dein Heimweh stillen und ein wenig in alten Erinnerungen schwelgen. Und Lillan könnte endlich meine alte Heimatstadt kennenlernen. Ihr hättet sicher eine tolle Zeit.« Sie lachte verzückt über ihren Plan und drehte sich für einen Moment so, dass Lillan ihre Lippen nicht lesen konnte. »Und wer weiß, vielleicht erleidest du gar keinen Workaholic-Rückfall, sondern merkst, wie viel dir an dem Leben auf Gut Auweide und seinen Bewohnern liegt.« Sie zog die Brauen hoch.

Meine Großmutter sah vielleicht auf den ersten Blick nett und großmütterlich, wenn auch dezent verrückt aus, aber hinter dieser Flamingohitos schlürfenden Fassade verbarg sich ein rasiermesserscharfer Verstand und eine dermaßen gerissene Person, dass ich nicht anders konnte, als ihr Respekt dafür zu zollen. Sie wusste, was sie wollte, und zum ersten Mal spürte ich, dass ihr Plan, mich an diesen Ort zu binden, tatsächlich aufgehen könnte.

Lillan

Ida war nach der Einweihungsfeier der Waldhütte völlig erschöpft über einem Fantasy-Epos eingeschlafen. Ich zog es vorsichtig unter ihrem Gesicht hervor und legte es auf den Nachttisch, bevor ich ihr einen Kuss gab und in die Küche ging. Dort füllte ich die Weingläser auf und kehrte mit den Getränken in der Hand auf den Steg zurück, wo ich mich zu Sam setzte.

Er war nach der Arbeit mit Henriette, Ida und mir in den Wald gegangen und hatte die Hütte von Maggie und meiner Tochter eingeweiht. Außerdem waren noch ihr Freund Jonas und Maggies Eltern dabei gewesen. Wir hatten gegessen, gelacht und unendlich viele Runden Uno gespielt. Wir hatten jede Menge Spaß gehabt, aber es gelang mir die ganze Zeit nicht zu verdrängen, dass Henriette nur Stunden zuvor die Hamburg-Bombe gezündet hatte und Sam und mich damit auf ganz unterschiedliche Weise berührt hatte.

Sam war deutlich anzusehen, wie sehr er sich darauf freute nach Hause zurückzukehren. Endlich aus Bissee zurück in seine Heimat zu gelangen. Und genau das hatte meine Emotion zu einer Gewitterfront werden lassen. Er wollte hier weg. Und irgendwie hatte er es geschafft, dass ich wollte, dass er blieb. Es war nicht fair, ihm die Schuld dafür zu geben. Immerhin hatte er mir nie etwas versprochen. Es war immer klar gewesen, er würde zurück nach Hamburg gehen. Trotzdem hatte ich nicht damit gerechnet, dass unser Verfallsdatum bereits so nah war.

Sam nahm mir das Glas ab, während ich mich setzte. Seine Hand berührte meine, und ich sah ihn an.

»Worüber denkst du nach?«

»Über Hamburg«, gab ich zu und zuckte die Schultern. »Du freust dich unheimlich darauf, oder?«

Er nickte. »Das ist mein Zuhause. Klar freue ich mich darauf, dir meine Welt zu zeigen.« Er hatte seine Finger mit meinen verflochten und rieb sanft mit seinem Daumen über meine Handinnenfläche, damit ich ihn ansah. »Es ist nur ein Wochenende.«

Er sah mir an, dass ich mich sorgte. Dass ich Angst hatte, ihn an sein altes Leben zu verlieren. Ich war einfach nicht für diesen ganzen unverbindlichen Affären-Kram geschaffen, sonst wäre es mir vielleicht gelungen, diese Emotion vor ihm zu verbergen. Schöner Mist.

Ich erhaschte, wie seine Lippen das Ende meines Namens formten, als er mein Kinn anhob. Er hätte viel sagen können, um meine Sorgen zu zerstreuen, aber stattdessen küsste er mich wortlos, und der sanfte Druck seiner Lippen, sein Atem und die Wärme seiner Hand an meinem Gesicht zerstreuten vorerst den Großteil der Bedenken.

Erst als seine Zunge meine Lippen teilte und unser Atem um die Wette rannte, legte ich ihm meine Hand auf seine Brust und schob ihn etwas auf Abstand.

Sam sah zum Haus. Er wusste, warum ich ihn stoppte. Ida. Sie konnte jederzeit aufwachen, und ich wollte nicht, dass sie sah, wie wir uns küssten. Er nickte und stand auf. Enttäuschung flutete durch meinen Körper. Ich wollte nicht, dass er schon ging, auch wenn es vermutlich vernünftiger war.

Aber anstatt zu verschwinden, begann Sam sich Flip-Flops, Shorts und Shirt auszuziehen.

Ich zog fragend die Augenbrauen nach oben.

Sam hockte sich neben mich, lehnte kurz seine Stirn an meine.

»Keine Ahnung, ob du mit reinkommst, aber ich brauche eine Abkühlung, sonst …« Er brach ab, wackelte übermütig mit den Augenbrauen und ließ sich dann kopfüber in den See fallen. Eine Weile störten nur die sich konzentrisch ausbreitenden Wellen die glasklare Oberfläche, bis Sam in der Mitte des Sees wieder auftauchte und sich die nassen Haare aus dem Gesicht schüttelte.

»Komm schon! Wer ist hier jetzt der Angsthase?« Er spritzte etwas Wasser in meine Richtung, sodass ich tatsächlich aufsprang und lachte.

Einen Moment zögerte ich noch, dann schlüpfte ich aus meiner kurzen Jeans und dem Top. Nur in Unterwäsche, sprang ich ebenfalls in den See und schwamm auf Sam zu. Er trieb fast bewegungslos im Wasser.

Ich umrundete ihn, bevor ich Luft holte und abtauchte. Obwohl die Sonne nicht mehr zu sehen war, war die Sommernacht noch immer hell und schimmerte durch die Oberfläche.

Sam ruderte mit den Armen und folgte mir unter Wasser. Schwebend umkreisten wir einander. Luftbläschen lösten sich von seinen Lippen und der Nase, stiegen langsam auf und zerplatzten auf meiner Haut. Eine Berührung, ohne dass Sam mir tatsächlich nahe kam. Ich erzitterte, sah ihn durch das Kaleidoskop aus Seewasser an, während sein entweichender Atem, eingeschlossen in vielen winzigen Bläschen, mich auf ihrem Weg an die Oberfläche liebkoste. Am liebsten hätte ich mich für immer mit Sam in dieser Stille treiben lassen. Das hier war meine Welt, und es war schön, sie mit ihm zu teilen, aber nur Sekunden später verlangten unsere Körper nach Sauerstoff, und wir mussten auftauchen. Atemlos schlang ich meine Arme um seinen Hals, die Beine um Sams Taille und küsste ihn. So wild, dass sich seine Muskeln anspannten und ich das Vibrieren eines tiefen Tones in seiner Kehle spürte. Als sein ganzer Körper in den Kuss einstieg, löste ich mich von ihm und tauchte ihn kurzerhand unter Wasser.

»Kleine Hexe«, sagte er, als er wieder auftauchte und ich die Flucht antrat. Ich hatte gerade den Steg erreicht, als Sam mich einholte. Sein Griff um meinen Arm hinderte mich daran aus dem Wasser zu kommen, aber ehrlich gesagt wollte ich gar nicht weg von ihm. Mein Atem ging stoßweise. Mein Herz schlug viel zu schnell, und das lag nicht an dem Spurt durchs Wasser.

Hier in Ufernähe konnten wir stehen. Das Wasser reichte Sam noch immer bis zur Brust, als er näher kam. Sanft drängte er mich rückwärts, bis einer der Pfeiler des Stegs mich stoppte.

»Hier kann Ida uns nicht sehen.« Eine Mischung aus Erregung und Vorfreude durchlief meinen Körper, während ich nickte.

Sam biss sich auf die Unterlippe, nur um mich im nächsten Augenblick hochzuheben und mir einen harten, fordernden Kuss zu schenken, der all meine Gedanken auf ihn fokussierte. Ich klammerte mich an ihm fest, drängte mich ihm entgegen, fühlte nur noch. Ihn. Hier. Jetzt.

SAM

Ich stoppte den Defender auf dem Kiesparkplatz vor dem alten Kutscherhaus, stellte den Motor ab und kletterte aus dem Wagen. Ida stürmte aus dem Haus auf mich zu und rannte mich beinahe über den Haufen. Sie schlang ihre dünnen Arme um meine Mitte und redete auf mich ein, noch bevor ich ihr einen guten Morgen wünschen konnte. Ich war mir nicht einmal sicher, ob sie zwischen den Worten Luft holte. Bei der Geschwindigkeit, mit der sie mir mitteilte, dass sie eigentlich mit nach Hamburg wollte, sich allerdings auch auf die Zeit mit Henriette freute und mir all ihre Pläne fürs Wochenende darlegte, war das eher nicht anzunehmen. Ich löste ihre Arme, mit denen sie mich noch immer umklammerte, und unterbrach ihren Redefluss. »Hilfst du mir, Lillans Koffer einzuladen?«

Sie nickte eifrig, und ich strich ihr über die Mütze in Form einer Erdbeere, die sie trug. Gemeinsam gingen wir zur Hausecke, wo bereits ein Koffer, Lillans Laptoptasche und ein Korb mit Stoff und Wolle standen.

In dem Moment steckte Lillan ihren Kopf aus dem Fenster. »Ich bin gleich so weit.«

Ich deutete auf den Korb. »Meinst du, mit mir zu reisen wird so langweilig, dass du lieber strickst?«

»Ich stricke nie«, erwiderte Lillan lachend. »Erklärst du unserem Banausen bitte, worin der Unterschied zwischen Häkeln, Stricken und Nähen besteht?« Sie beugte sich aus dem Fenster, gab Ida einen Kuss und verschwand dann wieder im Inneren des Hauses.

Ida setzte sich auf den Koffer, den ich eigentlich gerade anheben wollte, und betrachtete mich kritisch. »Mama strickt nie. Sie näht. Kleider und Mützen. Manchmal Schals. Dafür braucht man eine Nähmaschine. Das geht im Auto nicht so gut. Deswegen häkelt sie auf Reisen lieber. Meistens Mützen für mich.« Sie deutete auf die gehäkelte Erdbeer-Beanie auf ihrem Kopf. »Stricken, Häkeln und Nähen haben in etwa so viel miteinander zu tun wie ein Rennpferd mit Onkel Bräsig.«

Ich erinnerte mich an das Ungetüm von Pferd, das meine Großmutter jeden Morgen ritt, und nickte. »Verstanden. Auch wenn ich nicht kapiere, wieso das jemand freiwillig tut.«

»Henriette meditiert und macht Yoga.« Ida verzog das Gesicht. Sie hatte ganz offensichtlich Bekanntschaft mit den Verrenkungen gemacht, die Henriette jeden Morgen nach dem Reiten im Garten machte. Mich hatte sie auch dazu überreden wollen, aber ich war durch Lea vorbelastet, was Yoga anging, und hatte eiligst das Weite gesucht. »Mama näht und häkelt. Und ich lese.« Sie blinzelte in die Morgensonne, um mich ansehen zu können. »Was machst du?«

Um zu entspannen? Ich überlegte. Entspannung hatte so lange keinen Platz in meinem Leben gehabt. Es gab nichts, was mir auf Anhieb einfiel. Lillan trat aus dem Haus, und ihr Anblick entlockte mir ein Lächeln. Ich vergaß völlig, dass Ida noch immer neben mir stand und auf eine Antwort wartete. »Alles klar«, sagte sie und verzog das Gesicht zu einem breiten Grinsen, das gleichzeitig zeigte, wie eklig sie verliebte Erwachsene fand.

»Ich lese auch«, sagte ich eilig, um ihren Eindruck zu revidieren, alles, was ich im Leben bräuchte, wäre ihre Mutter. »Oder ich entspanne auf Roadtrips. In solchen Autos«, sagte ich und tätschelte den Kotflügel des Defender.

Anstatt etwas darauf zu erwidern, grinste Ida nur breit, und ich begann das Gepäck im Defender zu verstauen. Was hatte es auch für einen Sinn zu leugnen, dass es sehr wohl an Lillan lag, dass ich aussah wie ein glücksbesoffener Idiot? Ida war nicht dumm. Sie hatte längst begriffen, was ich noch immer leugnete. Zum einen, weil es kompliziert und mein Leben bereits schwierig genug war. Es war einfach nicht sinnvoll, mehr in Lillan und mir zu sehen als Spaß. Zum anderen, weil Lillan mich darum gebeten hatte, die Sache zwischen uns vor ihrer Tochter geheim zu halten.

Sie kam gerade aus dem Haus und scheuchte Ida auf die Rückbank des Wagens. Wir würden sie auf dem Gut absetzen und direkt weiter nach Hamburg fahren.

Ida liebte es bei Henriette zu sein. Trotzdem hatte sie eine halbe Ewigkeit in Lillans Armen gelegen und sie gedrückt, bevor wir losfahren durften. Selbst mich hatte sie zum Abschied umarmt, und ich hatte ihr versprechen müssen, ihr etwas aus Hamburg mitzubringen. Auch wenn ich vielleicht kein Anrecht darauf hatte, ich vermisste die Kleine bereits, als wir das Ortsschild von Bissee hinter uns ließen. Auf der Landstraße verband ich mein Handy mit dem Autoradio. Das Einzige am Defender, das nicht mehr original erhalten war. Um die Musik auf meinem Telefon beim Fahren hören zu können, hatte ich es gegen ein modernes Gerät austauschen lassen. Ich scrollte durch meine Playlist und entschied mich für U2. Der Klassiker für einen Roadtrip. Durch die geöffneten Fenster strömte der Geruch von Sommerregen, der von der getrockneten Erde aufstieg, und vermischte sich mit der blumigen Note von Lillans Haar, das im Wind flatterte. Zum Glück musste ich mich auf die Straße konzentrieren. Sonst hätte ich sie angestarrt und ihr vermutlich gestanden, dass sich das hier nicht nach unverbindlichem Sex anfühlte. Nicht nach einer Affäre. Nicht nach etwas, das ich gegen Hamburg und die Aussicht auf einen Neuanfang dort eintauschen wollte. Schweigend legte ich meine Hand auf ihre. Zart wie eine Frage, ob es okay war, oder ob Händchenhalten bereits zu weit ging. Aber Lillan entzog sich mir nicht, und so verschränkte ich meine Finger mit ihren und löste sie erst wieder, als wir Hamburg erreichten.

Lillan

Wir hatten nur knappe zwei Stunden bis Hamburg gebraucht, die wie im Flug vergangen waren. Da es mir schwerfiel, Sams Lippen zu lesen, während er fuhr, saßen wir einfach nur schweigend nebeneinander. Ich spürte das Röhren des Motors, die Bässe der Musik, die Sam laut aufgedreht hatte, und seine Hand in meiner. Und obwohl ich mir sonst immer Beschäftigung suchte und eine Häkel-Beanie als angefangenes Projekt zu meinen Füßen stand, die nur darauf wartete, weiter bearbeitet zu werden, saß ich einfach nur da, sah die Landschaft vorbeiziehen und genoss Sams Nähe.

In Hamburg angekommen, war ich fast ein wenig enttäuscht, dass unser gemeinsamer Trip schon vorbei war. Andererseits konnte man auch sagen, er fing gerade erst an. In unserem Fall mit einem atemberaubenden Hotel im Schanzenviertel. Sam checkte uns ein, während ich versuchte, jedes Detail des Fünf-Sterne-Hauses in mich aufzunehmen, das Henriette für uns ausgewählt hatte. Das Hotel war in einen imposanten Wasserturm gebaut worden, dessen altes Mauerwerk weitestgehend erhalten und mit modernem Design und indirekter Lichttechnik zu einem beeindruckenden Gesamtkonzept verbunden worden war. Ein Traum, der einiges gekostet haben musste. Ich hatte versucht, Henriette auszureden, so viel Geld für unsere Unterkunft auszugeben. Wir würden sowieso nur hier schlafen, aber sie hatte es sich nicht nehmen lassen, gleich zwei Nächte über ihre private

Kreditkarte zu buchen, damit wir uns neben der Arbeit auch noch ein wenig Zeit nehmen konnten, Hamburg anzuschauen.

Sam hatte sie ganz offensichtlich dasselbe erzählt, denn er gab mir noch nicht einmal genug Zeit, das luxuriöse Ambiente meines Zimmers in mich aufzunehmen, als er bereits an die Verbindungstür zwischen unseren Räumen klopfte.

Ich öffnete ihm die Tür und bat ihn herein.

»Und, bist du fertig?«, erkundigte er sich.

Ich deutete auf den Koffer, der noch unausgepackt neben dem Bett stand. »Fertig wofür? Die Gala ist erst heute Abend, und du bist jetzt schon im Stress?«

Er trat ganz nah an mich heran und gab mir einen flüchtigen Kuss. »Wir haben die ganz große Sightseeingtour vor uns.« Er lachte und legte erneut seine Lippen auf meine. Dieses Mal unanständig intensiv. Er kämpfte sich aus dem Kuss, legte die Stirn an meine und ging dann so weit auf Abstand, dass ich seine Lippen lesen konnte. »Und wenn ich noch länger mit dir in einem Zimmer mit so einer Aussicht und einem Bett stehe, siehst du am Ende gar nichts von Hamburg.« Er zwinkerte mir zu und ging zur Tür.

Ich war drauf und dran, ihn zurückzuhalten und ihn auf besagtes Bett zu ziehen, damit er seine Drohung wahr machte, aber dann riss ich mich zusammen. Er wollte mir seine Stadt zeigen, und ich hatte Hamburg schon immer kennenlernen wollen. Diese Chance sollte ich mir nicht entgehen lassen. Auch wenn die Aussicht auf Sex mit ihm meinen gesamten Körper unter Strom setzte.

Wir hatten jeden Zentimeter von Hamburg im Zeitraffer angesehen. Als Allerersten hatte mir Sam seine alte, mittlerweile durch seinen ehemaligen Arbeitskollegen Karl besetzte Wohnung gezeigt, dann die Speicherstadt mit dem Miniaturwunderland, das

Hamburg Dungeon, den Hafen von einer wackligen Barkasse aus. Sam hatte dem Kapitän seine Mütze abgekauft und sie mir als Andenken geschenkt. Vermutlich sah ich total bescheuert aus, aber ich trug sie und fühlte mich wie eine stolze Seefahrerin. Wir hatten uns das Rathaus, die Alster und die angrenzenden Fleete angesehen, Schwäne gefüttert und waren auf die Aussichtsplattform der Elbphilharmonie geklettert. Zu Fuß waren wir durch den alten Elbtunnel gelaufen und hatten die 452 Stufen der Sankt-Michaelis-Kirche erklommen. Jetzt saßen wir erschöpft auf zwei Pollern an den Landungsbrücken. Im Rücken die Rickmer Rickmers, ein altes Museumsschiff, vor uns das Sonnenlicht reflektierende Wasser der Elbe und um uns herum die hektische Betriebsamkeit der Pontons. Sam hatte uns Eis besorgt. Das war Tradition, wie er behauptet hatte, bevor er es schweigend aß.

»Wer hat diese Tradition ins Leben gerufen?« Ich hielt mein Eis hoch, bevor ich weiter daran leckte.

Sam ließ seines sinken und sah eine Weile übers Wasser, bevor er sich zu mir drehte. »Mein Vater.« Er nickte, sagte aber nichts weiter. Als er aufgegessen und eine Weile auf dem Holzstiel herumgekaut hatte, fuhr er fort: »Er hat Tom und mich früher jeden Sonntag hierhergebracht. An diesen Platz. Wir haben Eis gegessen, und er hat uns Geschichten von Störtebeker, seinem Widersacher Simon von Utrecht und anderen Legenden rund um Hamburg und seine Bewohner erzählt.« Er schüttelte leicht den Kopf und warf den Stiel in einen nahen Mülleimer. »Er war immer ein wenig unnahbar, außer wenn wir hier waren, aber irgendwann haben wir auch das verloren, und seitdem ist es wirklich verfahren zwischen uns. Ich weiß nicht genau, was passiert ist. Nur, dass er zu der Zeit auch mit Henriette gebrochen hat.«

»Ihr habt nie darüber gesprochen?« Ich stand auf und ging zu Sam hinüber, dessen Poller rund einen Meter von meinem entfernt war. Ich trat näher an ihn heran und ließ zu, dass er mich zwischen seine Beine zog. Meine Arme schlang ich um seinen Hals und spürte durch den dünnen Stoff meines Shirts seinen Atem auf meiner Haut, während er den Kopf leicht schüttelte. Dann löste er sich sanft von mir und stand ebenfalls auf.

»Ich habe lange nicht mehr an früher gedacht. Ich habe einfach hingenommen, dass wir uns voneinander entfernt haben. Die meiste Zeit will ich ihn am liebsten erwürgen. Ich denke, es war einfacher, ihn zu meiden, als darüber nachzudenken, warum es so zwischen uns ist.« Er grinste schief. »Vielleicht macht mich auch nur das Eis rührselig. Wollen wir?«

Ich war mir nicht sicher, ob ich auch nur eine Sehenswürdigkeit mehr ertragen würde. Außerdem war es bereits sechs Uhr abends, und wir mussten uns bald für die Gala bereit machen. »Ich glaube, ich bin eine schlechte Touristin. Ich kann nicht mehr und müsste noch duschen, bevor wir später auf der Gala glänzen.«

Er lächelte. »Du bist eine tolle Touristin.« Er zog neckend an meinem Kapitänshut. »Aber du hast recht, wir sollten zum Hotel zurückgehen und uns fertig machen. Immerhin müssen wir ein paar reiche Säcke beeindrucken.«

Ich nickte. »Okay.«

»Okay«, wiederholte er und lächelte, machte aber keine Anstalten zu gehen. Stattdessen blinzelte er ins Licht des Sonnenuntergangs, der die Kräne des Hafens in ein kitschig, romantisches Licht tauchte, und küsste mich. Unsicher deutete er zum Hafen hinüber, als er sich von mir löste. »Wusstest du, dass eine Legende besagt, ein Kuss auf diesen Pollern im Sonnenuntergang unter den Kränen des Hamburger Hafens würde die ewige Liebe bringen?« Er biss sich auf die Lippen, balancierte ein schwaches Lächeln auf seinen Lippen und schüttelte dann den Kopf. »Tut mir leid, das war bescheuert.«

Mein Herz klopfte, obwohl er seine Worte bereits relativiert hatte. Es war ihm wohl einfach rausgerutscht. Sein Vater hatte ihm all die Geschichten von Seefahrern und Hamburger Legenden erzählt, und diese war ihm wieder eingefallen. Das war Zufall und bedeutete nicht, dass er sich genau das ausgerechnet mit mir vorstellen konnte. Dass er mich und die ewige Liebe überhaupt in einen Gedankengang packte. Ich räusperte mich und atmete tief durch. »Schon gut. Du solltest Ida von der Geschichte erzählen. Sie wäre bestimmt hin und weg.«

Er sah mir tief in die Augen und nickte. »Mal sehen. Sie und Henriette haben sowieso schon eine blühende Fantasie, wenn es um die Liebe geht. Vielleicht sollten wir das nicht noch befeuern.«

Ihm war also nicht entgangen, dass Henriettes Hobby, Amor zu spielen, ungesunde Ausmaße annahm. Und dass sie Ida immer öfter in ihre Verkupplungsversuche mit hineinzog.

SAM

Unsere Zimmer hatten eine Verbindungstür, aber irgendwie erschien es mir richtiger, an der offiziellen Zimmertür zu klopfen, um Lillan abzuholen. Wir hatten uns vor ungefähr einer Stunde verabschiedet, um uns für die Gala zurechtzumachen. Bei mir waren die Vorbereitungen nach einer ausgiebigen Dusche und dem Anziehen meines Anzugs abgeschlossen gewesen. Danach hatte ich mir die Zeit damit vertrieben, durch die rund tausend Fernsehkanäle zu zappen und nebenher die Taktik für den heutigen Abend durchzugehen. Aber in dem Moment, in dem Lillan die Tür öffnete, noch barfuß, aber in einem atemberaubenden Kleid, war mein Hirn nur noch damit beschäftigt diesen Anblick zu verarbeiten. Lillan war immer wunderschön, und am liebsten mochte ich es, wenn sie in einem Big-Shirt und barfuß auf dem Steg hinter ihrem Haus saß. Natürlich. Aber sie in diesem Kleid zu sehen, verschlug mir den Atem. Meine Lippen formten lediglich ein lautloses Wow, das Lillan eine leichte Röte auf die Wangen trieb. Und als wäre das überhaupt möglich, machte es sie noch unwiderstehlicher. Ich fuhr mit Daumen und Zeigefinger an meiner Kinnlinie entlang und ließ die Finger unterhalb des Mundes zusammentreffen. Die Geste für schön. Ida hatte sie mir verraten. Ich war nicht sicher, ob ich eine Grenze damit übertrat, indem ich die Gebärdensprache benutzte. Immerhin legte Lillan großen Wert darauf, dass man ihrer Taubheit keine Beachtung schenkte. Aber es erschien mir einfach passend. Und ich hätte sowieso keinen Laut herausgebracht.

Stumm formte sie das Wort Danke und lächelte mich an. Dann schlüpfte sie in ihre Slingpumps und hakte sich ganz ladylike bei mir ein. »Du siehst auch nicht schlecht aus«, sagte sie, und ich hörte das leicht durchtriebene Lachen, das ich so an Lillan mochte, während sie sich im Gehen an mich schmiegte.

Lillan

Die Ambition-Gala fand im Grand Élysée Hotel statt. Wir waren mit dem Taxi die kurze Strecke vom Schanzenviertel dorthin gefahren. Auch, wenn ich mich in unserem Hobbit-Häuschen und der Natur am wohlsten fühlte, war das luxuriöse Kontrastprogramm, das sich uns hier bot, nichts, was mich beunruhigte. Es war eher die Wichtigkeit der bevorstehenden Aufgabe, die mich einschüchterte. Aber nachdem der erste Prosecco in meinem Magen prickelte, wir das Essen hinter uns gebracht hatten, ich gefühlte einhundert Hände geschüttelt und gemeinsam mit Sam genauso oft die Organisation *Glücksmomente* vorgestellt hatte, entspannte ich mich. Es lief gut.

»Hast du den Typen da hinten gesehen. Der sieht aus, als hätte er einen Stock verschluckt.« Sam formte die Worte, aber sie erzeugten keinerlei Vibration in seinem Körper, was wohl bedeutete, dass er sie nicht laut ausgesprochen hatte. »Wenn du mich fragst, bräuchte es hier ein bisschen mehr Henriette, gepaart mit Flamingohitos, um diese Feier erträglich zu machen«, fügte er hinzu.

»Davon würden sich die Armen nie wieder erholen«, sagte ich und verbarg mein Gesicht und damit mein Lachen an Sams Schulter.

»Sam?«

Eine hochgewachsene Blondine in einem hautengen schwarzen Designerkleid, mörderisch hochhackigen Schuhen und einem perfekt sitzenden blonden Pferdeschwanz begrüßte Sam mit einem

Lächeln und hauchte ihm ein Küsschen rechts und links auf die Wange. Dann glitt ihr Blick zu mir, und sie zog die Augenbrauen hoch.

Ich konnte nicht erkennen, was Sam sagte, weil er sich aus meinem Sichtfeld drehte. Normalerweise achtete er instinktiv darauf, dass ich seine Lippen lesen konnte, ohne dass ich etwas sagen musste. Dass er es jetzt nicht tat, gab mir das Gefühl, als hätte er die Verbindung gekappt, die zwischen uns bestand und den Erfolg dieses Abends garantierte. Es brachte mich kurz aus dem Gleichgewicht, aber dieser Bruchteil einer Sekunde war meinem Gegenüber hoffentlich verborgen geblieben.

»Ich bin Sams Arbeitskollegin, Lillan«, ging ich in die Offensive und hielt der Frau meine Hand hin, während ich meine Position so veränderte, dass ich Sam wieder sehen konnte. Ich hatte gehofft, das würde mir Sicherheit geben, aber sein Gesichtsausdruck war so verschlossen, wie ich ihn noch nie gesehen hatte. Mit fest aufeinandergepressten Lippen und mahlendem Kiefer schüttelte er dem Begleiter der Blondine, einem kleinen untersetzten Mann, gerade die Hand. Es sah aus, als würde er ihn lieber erwürgen. Scheißegal, ob sich eine Leiche im prunkvollen Saal des Élysée gut machte, oder nicht.

Ich berührte Sam vorsichtig am Arm und zog fragend eine Augenbraue nach oben. Zum einen, weil ich wissen wollte, was ihn so aus der Bahn warf. Zum anderen, weil er es bis jetzt versäumt hatte, mir die beiden vorzustellen.

»Entschuldige«, sagte er, ohne mich direkt anzusehen. Seine Worte waren flach, kaum zu entziffern. »Boris war mein Vorgesetzter bei Scholz und Partner.«

Der Typ, wegen dem er seinen Job verloren hatte. Ich schüttelte dem Mann die Hand. Dabei drückte ich etwas fester zu, als angemessen gewesen wäre, aber Boris kommentierte es nur mit einem breiten Haifischgrinsen.

»Und das ist Lea.« Einfach Lea. Mehr sagte Sam nicht. Kein Wort darüber, dass sie seine Ex-Freundin war, und genau das sagte alles. Er hatte nicht mit ihr abgeschlossen, sonst wäre dieses Aufeinandertreffen mit Sicherheit nicht so verkrampft. Ich versuchte, mir nichts anmerken zu lassen. Verdammt, ich wollte, dass es mir nichts ausmachte, dass Sam noch immer emotional an dieser Frau hing, was uns zu einem Ausrutscher, einem vorübergehenden Vergnügen machte. Es gelang mir nicht. Ich wünschte, in diesem Moment würde einer dieser schick gekleideten Kellner vorbeihuschen und Prosecco-Nachschub bringen, aber gerade jetzt zeigte sich keiner von ihnen. Das Schweigen, das sich zwischen uns vieren ausbreitete, war selbst in meiner stillen Welt ohrenbetäubend laut, und ich war froh, als Boris es schließlich brach.

»Samuel, könnten wir kurz miteinander sprechen?«, fragte er und legte Sam vertraut seine Hand auf die Schulter. Ich sah, wie sich Sams Muskeln unwillkürlich anspannten.

»Ich wüsste nicht worüber. Ich bin nicht hier, um alte Geschichten aufzuwärmen.« Sam ließ seinen Arm sinken, machte einen Schritt nach hinten, und ich nahm hin, dass er damit nicht nur Abstand zwischen sich, Boris und Lea brachte, sondern auch zwischen uns.

»Wie wäre es, wenn wir das unter vier Augen besprechen. Vielleicht draußen bei einem Drink.«

Sam zögerte, sagte aber auch nicht Nein.

»Nun komm schon, sei kein Angsthase. Boris wird dich schon nicht vom Balkon schubsen. Dir wird gefallen, was er zu sagen hat.« Lea lächelte, und allein in diesem winzigen Anheben des Mundwinkels schwang so viel kalkulierter Sexappeal mit, wie er mir nie zur Verfügung stehen würde.

»Also gut.« Sam drehte sich zu mir und sah mich entschuldigend an. »Würdest du kurz hier warten, während ich mit Boris spreche. Bin gleich wieder da.«

Natürlich sprang er auf Leas Herausforderung an. Als ich ihn Angsthase genannt hatte, war er aus einem Flugzeug gesprungen, um mir das Gegenteil zu beweisen. Und sie drückte noch ganz andere Knöpfe bei ihm. Das war offensichtlich. »Natürlich«, sagte ich betont ruhig. Dabei hätte ich ihn lieber gefragt, ob es sein verdammter Ernst war, dass er sich Boris' Angebot anhörte, anstatt ihm den Mittelfinger zu zeigen. Verdient hätte dieser Kerl es.

Sam verschwand mit Boris durch eine der Schiebetüren nach draußen. Es war nicht schwer sich vorzustellen, um was es bei ihrem Gespräch gehen würde. Boris musste erkannt haben, wie wertvoll Sam für seine Agentur war, und wollte ihn zurück. Und mein wild schlagendes Herz zeigte, dass ich mir sicher war, Sam würde dieses Angebot annehmen und in sein altes Leben zurückkehren, läge es erst einmal auf dem Tisch.

Eine Berührung am Oberarm hielt mich davon ab, meine Nägel weiter in das Fleisch der Handinnenfläche zu bohren, und zeigte, dass ich besser aufpassen musste. Ganz offensichtlich hatte Lea mit mir gesprochen, und ich hatte es nicht mitbekommen, weil sich mein Inneres ganz auf Sam fokussierte. Widerwillig wandte ich mich ihr zu. Obwohl es fraglich war, ob es überhaupt möglich war, durch die Reflexionen der Scheibe und die Entfernung das Gespräch auf der Terrasse mitzuverfolgen, hätte ich es lieber versucht, als mich mit Lea auseinanderzusetzen.

»Entschuldige, was hast du gesagt?« Ich deutete nach draußen. »Ich war abgelenkt.« Eine Ausrede, die immer zog. Ich würde Fräulein Perfekt sicher nicht erzählen, dass ich eingeschränkt war, wie Hannes, Idas Erzeuger, es damals ausgedrückt hatte. Kurz bevor ich ihn aus meiner Wohnung und meinem Leben geschmissen hatte. Wieso dachte ich ausgerechnet jetzt an ihn?

Lea kräuselte die Lippen, als würde sie mir kein Wort glauben, dass ich ihr nicht zugehört hatte. »Ich wollte wissen, ob du seine neue Eroberung bist.«

»Wir arbeiten zusammen«, sagte ich kühl. Sie würde mit Sicherheit nicht von Sam und mir erfahren. Vielleicht gönnte ich ihr auch die Genugtuung nicht, Sams und meinem Ende beizuwohnen, sollte er gleich wieder hereinkommen und mir eröffnen, dass er zu seinem alten Job und seinem alten Leben nach Hamburg zurückkehren würde.

»Er bleibt seinem Beuteschema treu, das muss man ihm lassen.« Sie lachte, und ich stellte mir das Geräusch instinktiv schrill und unangenehm vor. »Ich dachte immer, dass er auf gut aussehend, erfolgreich und blond steht, aber offensichtlich reicht es schon, im selben Büro zu arbeiten.« Sie sah mich freundlich an, während ihre Worte nach und nach die volle Wirkung entfalteten und den Blick Lügen straften.

»Ich glaube kaum, dass Sie unsere Beziehung etwas angeht. Entschuldigen Sie, ich hole mir etwas zu trinken.« Ich ließ Lea einfach stehen. Auf dem Weg zur Bar suchte mein Blick Sam, der mit Boris an das Geländer der Terrasse getreten war. Beide standen zum Saal gedreht, sodass ich ihre Münder gut sehen konnte. Unwillkürlich fragte ich mich, ob Sam das absichtlich getan hatte, verwarf den Gedanken aber wieder. Er hatte wohl kaum Boris in den optimalen Winkel gedreht, damit seine eifersüchtige Begleitung freien Blick auf ihr Gespräch hatte.

Ich orderte einen Mojito und nahm einen tiefen Schluck. Die Süße des Rohrzuckers und die Säure der Limette vermischten sich auf meiner Zunge mit dem Alkohol, während ich das Gespräch der beiden verfolgte.

»Du würdest dein eigenes Team bekommen. Frei in deinen Projekten arbeiten. Du wolltest immer Partner werden. Das wäre ein gewaltiger Schritt in die richtige Richtung.« Boris.

Ich hielt den Atem an. Es ging also wirklich um ein Jobangebot. Das Angebot, das Sam und mir das Genick brechen würde. Ich umklammerte mein Glas und trank noch einen Schluck.

»Wir würden dein Gehalt aufstocken, und du dürftest dir dein Team frei zusammenstellen.« Er lachte, legte Sam die Hand auf den Unterarm. Als wären sie Freunde. Und Sam ließ es zu. »Lea könnte deine Angestellte sein. Da fallen mir auf Anhieb mindestens fünfzehn Pornos ein, die ihr nachspielen könntet, wenn sie deine Untergebene ist und du ihr Chef.«

Ich schloss die Augen.

»Ich glaube kaum, dass dich mein Sexleben etwas angeht«, sagte Sam.

»Schon gut.« Boris winkte ab. »Was zwischen dir und der Süßen ist, ist mir egal, aber ich bitte dich, komm zurück.«

Sam stützte sich auf dem Geländer auf und atmete tief durch. »Und dann? Wie lange würde das gut gehen? Bis du einen Fehler machst. Bis ich einen mache?«

Boris zündete sich eine Zigarette an und sog gierig den Rauch ein, bevor er antwortete. »Du bist sauer wegen damals. Das verstehe ich, aber ich verspreche dir, so etwas wird nicht wieder passieren.«

»Wie kannst du da sicher sein?« Sam wedelte den Rauch fort, der ihn einhüllte.

Boris drückte die gerade erst angezündete Zigarette aus. »Weil du gut bist, Samuel. Du bist ein verdammtes Genie, und das ist jetzt auch mir klar geworden.«

»Nehmen wir an, ich würde Ja sagen.« Sam verlagerte sein Gewicht wie ein gefällter Baum, der am Geländer lehnte. »Was genau erwartet ihr von mir?«

Mein Herz geriet in dieselbe Schräglage wie Sams Körper. Er zog es in Erwägung. Wahrscheinlich trennten uns nur noch Sekunden von dem Moment, in dem er Boris' Angebot annehmen würde. Mir war die ganze Zeit klar gewesen, dass es irgendwann so kommen würde. Wir hatten nur eine Affäre. Natürlich warf er dafür weder sein altes Leben noch diese Chance weg. Und trotzdem hatte ein winziger, naiver Teil von mir gehofft, dass er sich vielleicht doch für Henriette, die Arbeit bei der Organisation, für Gut Auweide, Ida und mich entscheiden würde. Für uns.

»Im Grunde erwarte ich nur«, fuhr Boris fort, »dass du diese Organisation deiner Großmutter, *Glückskeks*, oder wie der Quatsch heißt, als Kunden mitbringst. Die suchen jemanden, der die Werbung für sie macht, und wir sind zufällig die Besten auf diesem Gebiet. Da steckt eine Menge Kohle drin, und es würde unser Image auf ein neues Level heben. Besorg uns den Auftrag, und wir sind im Geschäft.«

»*Glücksmomente*.«

»Was?«

»Die Organisation heißt *Glücksmomente*, und dabei geht es nicht um Kohle oder um Image. Es geht um Menschen.«

Lea trat zu den Männern auf die Terrasse, und ich veränderte meine Position, um ihre Lippenbewegungen lesen zu können. »Willst du mir jetzt erzählen, dass dich die paar Wochen im Niemandsland zu einem Gutmenschen gemacht haben? Wir wissen beide, dass du das nicht bist.« Sie fuhr Sam durch die Haare, aber er schüttelte sie ärgerlich ab. »Nicht einmal, wenn du aus Mitleid mit der tauben Angestellten deiner Großmutter ins Bett gehst.« Sie hielt das Handy hoch. Offensichtlich hatte sie die Informationen über mich aus dem Internet. Wo sie die ausgegraben hatte, wusste ich zwar nicht, denn ich hielt mein Privatleben weitestgehend aus der Öffentlichkeit raus, aber das war jetzt nicht entscheidend.

»Ich versuche kein Gutmensch zu sein. Seitdem ich Lillan kennengelernt habe, versuche ich überhaupt niemand mehr zu sein. Ich bin einfach Sam. Ist ziemlich befreiend, mal nicht auf dicke Hose zu machen, sondern ganz bei sich zu sein, und schließt aus, für Typen wie dich zu arbeiten, Boris. Hier hast du meine Antwort auf dein Angebot. Schieb es dir dorthin, wo die Sonne nie scheint. Und den Werbeauftrag für *Glücksmomente* werdet ihr niemals bekommen. Nicht einmal, wenn ihr ihn für lau anbietet, um euer Image aufzupolieren.«

Boris' Gesichtsfarbe hatte bedenklich ins Puterrote gewechselt. »Du tickst doch nicht mehr ganz richtig«, sagte er, und der pulsierenden Ader auf seiner Stirn nach zu urteilen, musste er sich zusammenreißen, um Sam nicht anzuschreien.

Sam zuckte mit den Schultern. »Das mag sein, aber scheiße, es fühlt sich trotzdem hervorragend an, endlich mal auszusprechen, was alle anderen nur denken. Du bist ein Arschloch, Boris, und du ein berechnendes, kaltherziges Miststück, Lea. Ich kann nicht fassen, dass ich wirklich dachte, ich würde dich lieben. Lillan mag taub sein, aber das ist völlig nebensächlich. Viel wichtiger ist, sie kann dir selbst ohne Gehör noch zigmal das Wasser reichen. Sie ist alles, was du nicht bist, und ich würde mich hundertmal für sie entscheiden, bevor ich zu dir zurückkehre.«

Unbewusst hatte ich den Saal durchquert und öffnete nun die Tür nach draußen. Sam sah mich überrascht an. »Lillan.«

Ihm war nicht bewusst gewesen, dass ich das Gespräch mitverfolgt hatte. Und trotzdem hatte er Partei für mich ergriffen, für Henriette und die Organisation. Den ganzen Tag über hatte er mir gezeigt, wie viel ihm an Hamburg lag, wie viel ihn mit dieser Stadt verband, und dennoch hatte er das Angebot ausgeschlagen, wieder hier leben und arbeiten zu können. Um mit mir zusammen zu sein. Das fühlte sich nicht nach einer bloßen Affäre an, sondern nach mehr. Weit mehr. Mein Herz schlug mir bis zum Hals. Er hatte das Wort Affäre nie in den Mund genommen. Das war ich gewesen. Aber er hatte auch nicht widersprochen oder mir gesagt, dass er mehr empfand. Bis jetzt.

Ich ignorierte Lea und Boris und ging zu Sam. Sämtliche autonomen Schmetterlinge in meinem Bauch trieben mich voran. Ich hatte so lange dagegen angekämpft, Sam zu lieben. Jetzt, hier, in diesem Moment, gab ich es auf. Ich legte meine Hände an seine Wangen und küsste ihn. Tief und innig. Und Sam erwiderte den Kuss, mischte sein kehliges Lachen hinein, das dem Ganzen ein dunkles Vibrieren verlieh, und schob mich schließlich so weit auf Abstand, dass ich seine Lippen lesen konnte.

»Wollen wir abhauen? Der offizielle Teil ist vorbei, und ich weiß einen sehr viel besseren Ort, um zu feiern.« Er zwinkerte mir zu, und ich nickte. Wortlos. Voll von Glück. So leise wie meine Welt und so laut wie Sams.

SAM

Das Grillgut lag in einer kleinen Seitenstraße und wirkte von außen fast unscheinbar. Ein altes Fabrikgebäude mit verwittertem Rotklinker, an dessen Fassade ein anthrazitfarben beleuchtetes Schild hing, auf dem in Kreideschrift der Namen des Restaurants stand.

»Du willst essen gehen?«

Ich nickte. »Die Portionen im Élysée waren ein Witz. Ich habe einen Mordshunger, und in diesem Restaurant arbeitet der beste Koch Hamburgs.«

»Aha.« Lillan sah mich zweifelnd an. »Kriegst du Geld dafür, dass du das behauptest?«

»Mit Glück verzichtet der Besitzer und Chefkoch bei angemessener Werbung meinerseits darauf, dir meine Jugendsünden auf die Nase zu binden. Das reicht mir.« Ich drückte die Tür auf und trat ins Innere. Hier dominierten klare Linien, Industriecharme und liebevoll ausgesuchte Details, die die Kühle durchbrachen und zusammen mit der indirekten Beleuchtung des Mauerwerks Wärme erzeugten.

»Es sind alle Plätze besetzt. Wahrscheinlich muss man Wochen im Voraus einen Tisch bestellen, selbst wenn man mit dem Chefkoch befreundet ist.« Lillan zupfte an meinem Ärmel und forderte mich auf, umzudrehen und woanders essen zu gehen, aber ich hielt unbeirrt auf den Tresen zu, dessen Platte aus einem ganzen Baum gefertigt war. Ich sah aus den Augenwinkeln, wie

Lillan zögernd stehen blieb. Ich drehte mich zu ihr um, ergriff ihre Hand und zog sie mit mir mit.

»Hi, Sam«, begrüßte mich Yildiz, eine der Kellnerinnen, die seit der Eröffnung im Grillgut arbeiteten.

»Ist das dein Stammlokal?« Lillan hatte aufgeschlossen und flüsterte so laut, dass Yildiz jedes Wort verstehen konnte. Das Gefühl für Lautstärke war eines der größten Probleme Hörgeschädigter. So viel hatten meine Internetrecherchen ergeben. Ich drehte mich zu ihr um und schüttelte den Kopf. »Komm einfach mit.«

In dem Moment drückte ich die Flügeltüren zur Küche auf, und wir standen in einem Raum voll von Gerüchen, Dampf, Geräuschen und einem mehr oder minder geordneten Chaos.

»Kleiner Bruder. Du hier? Dachte, du wärst unter die Landleute gegangen und würdest jetzt Pferde hüten.« Tom stand vor einem überdimensional großen Topf und rührte unbeirrt weiter.

»Hi, Tom, freut mich auch, dich zu sehen.«

»Schicker Zwirn«, erwiderte er, ohne auf den Sarkasmus in meiner Stimme zu reagieren. »Einmal Yuppie immer Yuppie, was?« Mein Bruder pfiff durch die Zähne. Plötzlich ließ er den Topf stehen und kam auf mich zu. Ehe ich mich wehren konnte, hob er mich hoch, drehte mich einmal um die Achse und setzte mich dann lachend wieder ab. »Ich wollte schon eine Vermisstenanzeige aufgeben, weil wir so lange nichts mehr von dir gehört haben. Nessa hatte sich so darauf gefreut, dass du auf unsere Couch ziehst und wir endlich mal einen Babysitter haben, aber stattdessen hängst du lieber in der Einsamkeit des echten, wahren Nordens ab.« Er schüttelte tadelnd den Kopf.

Erst jetzt schien ihm aufzufallen, dass ich nicht allein war. »Wobei es nicht so einsam zu sein scheint.« Er sah mich fragend an.

Ich verzog das Gesicht zu einem Lächeln. »Tom, das ist Lillan. Lillan, das ist mein Bruder Tom.«

»Jetzt bin ich zwar nur unwesentlich schlauer als zuvor«, kommentierte er meinen Versuch, ihm Lillan vorzustellen, ohne unserer Beziehung einen Namen zu geben. »Freut mich trotzdem sehr, Lillan.« Nachdem er sich die Hand an einem Tuch abgewischt hatte, das in dem Bund seiner Kochschürze hing, schüttelte er ihr die Hand.

»Ich bin auf jeden Fall froh, dass die Eisprinzessin offenbar Geschichte ist.« Er schüttelte sich, als wäre ihm plötzlich eiskalt. »Bei Lea hat mein Gemüse immer Gefrierbrand bekommen.«

Lillan lachte leise, und auch ich konnte mir ein Grinsen nicht verkneifen.

»Ich hoffe doch, du hast sie in den Wind geschossen und dich für deine reizende Begleitung Lillan entschieden.« Er sprach ihren Namen mit einem französischen Akzent aus. Dabei hatte er in seinem ganzen Leben noch kein Wort Französisch gesprochen. »Falls der Sturkopf dich noch nicht gebeten hat, seine Freundin zu sein, muss ich Sam wohl oder übel in den Hintern treten, damit sich das ändert.« Während Tom das sagte, nahm er mich in den Schwitzkasten und rubbelte mir durch die Haare. Sekundenlang rangelten wir, bis ich mich befreien konnte. Vielleicht ließ Tom mich auch einfach los. Auf jeden Fall wäre ich um ein Haar in einen Topf Hamburger Labskaus gefallen. Kein schöner Anblick, wenn auch mordsmäßig lecker.

Waren Lillan und ich zusammen? Es bestand wenig Zweifel, dass sie das Gespräch zwischen Boris, Lea und mir auf der Terrasse mitverfolgt hatte. Was bedeutete, ihr war meine ziemlich kitschige Liebeserklärung nicht entgangen. Und ihre Antwort darauf war gewesen, mich so zu küssen, dass ich die Welt um mich herum für zwei Herzschläge vergessen hatte. Vielleicht war das noch kein richtiges Zusammensein, aber es fühlte sich wie der Anfang von etwas richtig Gutem an. Ich beantwortete Toms Frage nicht, nahm aber stattdessen Lillans Hand und verflocht meine Finger mit ihren.

»Okay, das hier ist eine Küche, ihr Turteltauben. Hier machen wir keine unanständigen Sachen«, witzelte Tom und schob uns vor sich her in den Hinterhof. Dort standen sein Wagen und unter einer alten Eiche ein rustikaler Tisch. Hier aßen die Angestellten zusammen mit Tom, meiner Schwägerin und den Kindern oft gemeinsam zu Abend. Zwischen den Ästen hing eine Lichterkette und warf helle Lichtpunkte auf die Tischplatte.

»Setzt euch.« Tom machte eine einladende Geste. »Ich bring euch was zu essen, und wenn ihr noch etwas bleibt, könntet ihr noch mit zu mir kommen. Nessa und die Kids freuen sich sicher.«

»Die Kinder schlafen längst«, erinnerte ich ihn. Tom vergaß bei der Arbeit oft, wie spät es schon war. »Und Nessa liegt vermutlich auch schon im Bett.« Trotzdem mochte ich die Herzlichkeit, mit der Tom uns einlud. Jahrelang war unser Verhältnis so abgekühlt gewesen, dass ich mir nicht hätte vorstellen können, dass wir jemals wieder so eng miteinander sein würden. Aber Tom hatte sich durch die Erfüllung seines Traums verändert. Nessa und die Kinder erdeten ihn, und er war er selbst. Der Mensch, mit dem ich als Junge Geschichten Realität hatte werden lassen. Ich hatte das all die Jahre nicht sehen können, weil ich nicht mehr der Junge gewesen war, der lieber auf dem Rücken eines Pferdes lag und den Wolken zusah, als einem unbeständigen Erfolg hinterherzuhecheln. Die letzten Wochen hatten das verändert. Ich hatte mich verändert. Ich sah Lillan an, die die Lichter über sich betrachtete und sanft lächelte. Sie war vielleicht nicht allein dafür verantwortlich, aber ihr Anteil daran war erheblich.

»Gibt es irgendetwas, was du nicht magst?« Tom sah Lillan erwartungsvoll an und dann fragend zu mir, als sie nicht reagierte. Ich berührte ihr Handgelenk und deutete mit einer knappen Kopfbewegung zu Tom.

»Mein Bruder möchte wissen, ob du irgendetwas nicht isst.«

Lillan drehte sich auf ihrem Stuhl ganz zu Tom und entzog mir dabei ihre Hand. »Entschuldige. Ich wollte nicht unhöflich sein.« Eine blasse Röte bedeckte ihre Wangen. Sie atmete tief durch, aber ich unterbrach sie, bevor sie weitersprach.

»Du musst dich nicht erklären«, sagte ich eilig und drückte ihre Hand. Sie musste sich vor Tom nicht outen. Er war ein Wildfremder für sie, und ich wusste, wie schwer es ihr fiel, sich zu offenbaren.

»Ist schon okay. Ich habe dich gerade nicht mit Absicht überhört«, wandte sie sich an meinen Bruder. »Ich bin seit meiner Jugend gehörlos.« Lillan atmete tief durch und richtete ihren Blick wieder auf Tom, dem es für einen Moment die Sprache verschlug. »Ist keine große Sache. Sam musste auch erst lernen, damit umzugehen.« Sie lächelte. »Solange du kurz auf dich aufmerksam machst und mir damit die Möglichkeit gibst, deine Lippen zu lesen, schränkt es mich kaum ein.«

»Das sehe ich.« Tom schien ehrlich beeindruckt. Was sollte ich sagen. Lillan war beeindruckend. In jeder Hinsicht. Ich zuckte die Schultern und grinste Tom an. Das war sie, die große Offenbarung. Eine Bombe, die mich noch vor wenigen Wochen erschüttert hatte und jetzt einfach keine Rolle mehr spielte.

»Okay.« Er tippte Lillan leicht an der Schulter an. »Ich würde euch gegrillten Hummer an Feigen-Zitronen-Gnocchi servieren. Und dazu einen kühlen Weißwein. Passt das?«

»Das hört sich traumhaft an«, antwortete Lillan und wandte sich mir wieder zu.

Hinter ihrem Rücken reckte Tom beide Daumen nach oben und formte mit den Lippen das Wort Jackpot. So viel Abneigung er vom ersten Tag an für Lea übrig gehabt hatte, so begeistert schien er von Lillan. Ihr Handicap war ihm völlig egal. Und er hatte recht. Ich lachte.

»Was?«

»Ach«, winkte ich ab. »Es ist nur, mein Bruder, er denkt anscheinend, ich hätte das mit dem Lippenlesen auch drauf, wenn ich das Gehampel hinter deinem Rücken gerade richtig gedeutet habe.«

»Und, was sagt er?«

Ich küsste sie. »Dass ich verdammtes Glück habe.«

Lillan

Die letzten Gäste des Grillguts waren vor einer halben Stunde gegangen. Tom hatte sich von seinen Angestellten überreden lassen, heute ganz Chef zu sein und früher Feierabend zu machen, um noch einen Wein mit uns zu trinken, während sie Küche und Gastraum säuberten und für den kommenden Tag herrichteten.

Wir waren auf Rotwein umgestiegen und saßen noch immer unter dem Baum im Hinterhof. Irgendjemand hatte lateinamerikanische Musik angestellt, die durch die offene Küchentür nach draußen wehte. Die Temperaturen waren, ganz Hamburg-untypisch, selbst jetzt weit nach Mitternacht noch immer warm. Das Essen war vorzüglich gewesen. Alles in allem ein magischer Abend. Und das Beste daran war Sams Hand, die meine die ganze Zeit über umschloss und die sein Lachen auf mich übertrug.

Er tauschte mit Tom alte Geschichten ihrer Kindheit auf Gut Auweide aus. Gerade stritten sie lachend darüber, wer ihrem Vater Froschlaich ins Bett gelegt hatte und deswegen schuld war, dass die Familie nach besagtem Sommer die Ferien nie wieder in Bissee verbracht hatte.

»Du weißt, dass es nicht an dem Froschlaich lag«, sagte Tom plötzlich ungewohnt ernst und wischte damit auch Sams Lachen weg.

»Ich weiß.« Er nahm einen Schluck Rotwein und legte seinen Arm um mich. »Pa wollte Henriettes Geld, und sie hat es ihm nicht gegeben.«

Tom schüttelte den Kopf. »Das war erst nach Pauls Tod. Sehr viel später. Und du weißt, dass Pa Geld genug hat. Warum wollte er überhaupt etwas von ihr haben?«

»Habt ihr euren Vater nie gefragt, was passiert ist?«

Beide schwiegen. Tom konnte ich sehen. Sams bewegungslose Lippen spürte ich an meinem Haar.

»Nach dem Froschlaich-Sommer hat Dad sich selbstständig gemacht«, sagte Tom schließlich.

Sam nickte und setzte sich so hin, dass ich seine Lippen lesen konnte. »Und hat dann noch mehr verdient als schon davor.« Er drehte das Glas in seiner Hand. »Ich verstehe ihn einfach nicht.«

Tom stieß sachte mit seinem Glas an das seines Bruders. »Das haben wir dann wohl gemeinsam.« Dann sah er mich an und berührte auch mein Glas. »Er ist ein sturer Hund, der mich nie verstanden hat, und seitdem du in Bissee bist, versteht er dich wahrscheinlich auch nicht mehr. Aber ihr zwei seid glücklich. Ein schönes Paar, und das ist, was zählt.« Seine Augen leuchteten von etwas zu viel Rotwein, und seine Lippenbewegungen waren leicht verwaschen. »Du warst immer auf der Suche nach mehr, nach etwas anderem. Du hast nie gesehen, was du alles hattest, es nie genossen, mal innegehalten.« Er fuhr sich durch die Haare. »Sorry, aber wenn ich zu viel trinke, kommt der ganze Ashram-Guru-Scheiß wieder durch. Was ich sagen will, kleiner Bruder, ich glaube wirklich, dass du in Wirklichkeit dich gesucht hast. Und du, bezaubernde Lillan, hast ihm beim Finden geholfen. Ohne dich ist der Kerl mit Sicherheit aufgeschmissen.«

Sam lachte und sah mich zwinkernd an. »Er hat zu viel getrunken«, formte er mit den Lippen und verdrehte die Augen.

»Was?« Tom lehnte sich vor. »Was hat er gesagt?« Er kniff die Augen zu schmalen Schlitzen zusammen. »Das gefällt mir gar nicht, dieses Ding, das ihr da habt. Das ist, wie wenn meine Mädels tuscheln und mich dann unschuldig angucken, als könnten sie kein Wässerchen trüben. Dabei planen sie hinter meinem Rücken die Weltherrschaft zu übernehmen oder zumindest das Haus.« Er schob beleidigt die Unterlippe vor und stand auf.

»Wir haben nicht über dich gesprochen«, sagte Sam und räumte dann ein: »Also vielleicht doch ein bisschen, aber es war nett. Also fast.« Er brach in Gelächter aus und wich der Kopfnuss aus, die Tom ihm versetzen wollte. »Wir sollten langsam aufbrechen, sonst hat Henriette das sündhaft teure Hotel umsonst bezahlt.« Seine Hand lag warm auf meinem Oberschenkel, als er sich jetzt hochstemmte, und bevor er mich losließ, strich er sanft an meinem Schenkel aufwärts bis zu meiner Taille.

Dann ging er zu Tom und schloss ihn in die Arme. Tom sagte etwas. Sams Erwiderung darauf war knapp, wurde aber von einem herzlichen Wuscheln durch Toms Haare begleitet. Es war schön, die beiden so zu sehen. Insbesondere wenn man wusste, dass es jahrelang nicht so innig zwischen ihnen gewesen war. Ich war ebenfalls aufgestanden und umarmte Tom, nachdem Sam ihn freigegeben hatte, und gab ihm mein Versprechen, dass wir bald wiederkommen würden. Ich lud ihn meinerseits auf das Gestüt ein, wo seine Mädchen reiten dürften, und er sagte, er würde es sich überlegen, hätte aber große Angst, dass das Ganze am Ende mit einem eigenen Pony auf dem Balkon enden würde.

Sam und ich winkten zum Abschied und gingen dann schweigend zu Fuß vom Grillgut zum Hotel.

Sam zog sein Jackett aus und warf es sich lässig über die Schulter. Die Krawatte hatte er schon im Grillgut ausgezogen und achtlos in seine Gesäßtasche gestopft. Jetzt trug er nur noch Hemd und Hose und schmale schwarze Hosenträger, die ihn verdammt gut aussehen ließen.

Wir hielten Händchen, und von Zeit zu Zeit stoppte Sam und küsste mich, bevor wir weiter durch die Nacht liefen. Im Hotel angekommen, ließen wir uns vom Nachtportier die Zimmerschlüssel geben und fuhren mit dem Aufzug nach oben. Sam lehnte mir gegenüber an der Aufzugswand und sah mich so eindringlich an, dass Verlangen durch meinen Körper brandete. Ich presste meine Handflächen gegen das kühle Metall des Aufzugs. Kontrollierte meinen Atem, der gefährlich stolperte, nur weil er mich ansah. Ich lächelte. Keine Ahnung, ob über mich selbst, weil ich mich wie ein verliebter Teenager benahm, oder weil ich ihn dazu bringen wollte, endlich diese bescheuerte Distanz zu überwinden, die uns trennte. Der Fahrstuhl hielt, und die Türen glitten auf, aber Sam machte keine Anstalten auszusteigen, und ich rührte mich ebenfalls nicht. Ich konnte es nicht. Sein Blick hielt mich gefangen, und ganz entgegen meiner Art mochte ich es.

Seine Miene war entschlossen, als er sich endlich von der Wand abdrückte und auf mich zukam. Sein Atem streifte mein Gesicht, und ich spürte die Hitze, die er zwischen uns legte. Aber er küsste mich nicht. Obwohl er es wollte. Das war unverkennbar. Und ich dachte, ich müsste jeden Moment platzen, wenn er es nicht endlich tun würde.

Erst das erneute Schließen der Aufzugtüren durchbrach unsere Bewegungslosigkeit. Sam hinderte sie mit ausgestrecktem Arm daran, sich vollständig zu schließen, ohne den Blick dabei von mir zu lösen. Dann zog er mich auf den Flur hinaus und in seine Arme.

»Kommst du mit zu mir?«, fragte er und kramte in seiner Hosentasche nach der Schlüsselkarte, die er am Empfang bekommen hatte.

»Oder du mit zu mir?« Triumphierend hielt ich meine Karte nach oben.

Sein Blick war dunkel und hungrig, als er den Kopf schüttelte. »Ich habe das größere Bett.«

Mein Atem ging stoßweise bei der Vorstellung, was er mit mir auf diesem Bett tun würde. Und auch Sams Selbstdisziplin bekam

Risse. Er versuchte nicht einmal es zu verbergen. Er küsste meinen Hals sanft bis an meine Schulter und sog an meiner Haut.

Meine Knie wurden weich, aber ich war noch nicht bereit, klein beizugeben. »Ich habe eine riesige Badewanne mit Massagedüsen«, keuchte ich, als Sam sich zwischen meine Schenkel drängte und mich so küsste, dass mir sowohl Bett als auch Wanne egal wurden.

Er zog mich küssend, taumelnd, bebend zur Zimmertür, öffnete sie und stolperte dann mit mir ins Innere. Die Karte ließ er einfach auf den Boden fallen, hob mich hoch und gab der Tür einen Tritt, sodass sie krachend ins Schloss fiel. Ich umschlang seine Hüften, spürte seine Erregung an meiner Mitte und ließ zu, dass er mir das Kleid hochschob und mich direkt hinter der Tür, gegen die Wand gelehnt, nahm. Ich vergrub meine Hände in seinen Haaren, das Gesicht an seinem Hals, und innerhalb weniger Stöße entlud sich die Erregung, die sich den ganzen Abend elektrisierend zwischen uns aufgebaut hatte.

Sein Körper schüttelte sich in einem erschöpften Lachen, das wie Glückskiesel durch meinen Körper rieselte. Er trug mich durch die Verbindungstür in mein Badezimmer und stellte mich vorsichtig auf den Boden. Seine Finger strichen meinen Arm hinauf, glitten über mein Dekolleté, bevor er sich widerstrebend von mir löste und das Wasser anstellte. Ich schloss die Augen und versuchte mich an das Rauschen von Wasser zu erinnern. Aber auch diese Erinnerung war blass und so leise wie ein Echo, das bereits zu oft von den Wänden einer Schlucht widergehallt war.

Sams Berührungen hingegen waren laut. So laut, dass sie mich zurück ins Hier und Jetzt zogen und das Vergessen unbedeutend machten. Er trat hinter mich und öffnete den Reißverschluss meines Kleides. Behutsam streifte er mir das Kleidungsstück ab, bis es als seidiger Haufen zu meinen Knöcheln lag. Ich schlüpfte aus meinen Pumps, während Sam sich vor mich kniete.

Er presste Küsse auf meine Schenkel, meine Hüfte, den Bauch. Und dann zog er aufreizend langsam meinen Slip nach unten und küsste sich dann zu meinem BH, den er ebenfalls löste und auf den Boden warf. Dann reichte er mir die Hand und half mir in die Badewanne. Das Wasser war angenehm warm, und ein blumiger Duft stieg von der Oberfläche auf. Rosenduft.

Sam stand noch immer neben der Wanne und sah mir fasziniert zu, wie ich den Schaum auf meiner Haut verteilte.

»Guckst du nur, oder kommst du mit rein?«

»Ich bin nicht sicher, ob ich hinbekomme mich auszuziehen, ohne mir den Hals zu brechen, wenn du damit weitermachst«, sagte er und grinste schief. Er schob die Hosenträger über die Schultern, strampelte sich die Hose von den Beinen und ließ die Boxershorts folgen. Dann knöpfte er das Hemd auf und schälte sich umständlich hinaus. Als es ihm nicht schnell genug ging, ließ er sich einfach mit dem teuren Kleidungsstück ins Wasser gleiten und zuckte die Schultern. Er küsste mich und überließ es mir, ihm den nassen Stoff vom Körper zu streifen. Nachdem wir uns eine Ewigkeit geküsst und ein weiteres Mal geliebt hatten, schob sich Sam hinter mich und legte den Kopf auf dem Wannenrand ab, während ich mich träge gegen seine Brust schmiegte. Ich spürte seinen Herzschlag. Ein Rhythmus, der längst mein Leben bestimmte. Und seit heute wusste ich, dass es ihm genauso erging.

SAM

Wir waren nach einem weiteren Tag in Hamburg, den wir in einem Beachclub an der Elbe verbracht hatten, Montagmittag nach Bissee zurückgekehrt. Henriette war überaus zufrieden mit den Sponsoren, die nach dem Event Interesse für die Hilfsorganisation zeigten und bereits am Morgen ihr E-Mail-Postfach mit Nachrichten geflutet hatten. Sie war so euphorisch, dass sie uns spontan den Tag freigegeben hatte.

Deswegen lag ich jetzt auf dem Steg von Lillans Haus. Sie war mit Ida drinnen und versuchte sich an einem Rezept für selbst gemachte Limonade.

Ich hatte mir die Kopfhörer meines Handys übergezogen und presste die Hände als zusätzlichen Schallschutz dagegen. Die Musik-App auf meinem Handy war zwar geöffnet, aber ich hatte keine der zig Playlists ausgewählt. Ich lag einfach da. In vollkommener Stille. So kam es mir zumindest vor, auch wenn meine künstliche Ruhe in Wahrheit vermutlich nur einen Bruchteil so lautlos war wie Lillans Leben.

Es war mein Versuch, die Welt so wahrzunehmen wie sie. Ich konzentrierte mich auf die Sonnenstrahlen, die meinen Körper wärmten. Auf die Schilfhalme, die meinen Unterarm kitzelten. Den Wind, der meine Haut streifte. Ich blinzelte zu den Bäumen am anderen Ufer hinüber, deren Blätter sich im Rhythmus des Windes wellenartig bewegten. Ich wusste, was für ein Geräusch das erzeugte, aber ich konnte es nicht hören. Es war, als hätte die

Welt mich ausgeschlossen. Ich war außen vor, und ich musste mich zwingen, um nicht zu schummeln und mich zurück in meine gewohnte Welt zu retten. Ich drehte meinen Kopf in Richtung Haus. Lillan und Ida mussten noch in der Küche sein, aber mir fehlten die Geräusche, um es mit Sicherheit zu sagen. Mir war nie bewusst gewesen, wie sehr ich mich auf mein Gehör verließ, und das nicht nur, um Gesprächen zu folgen, sondern vor allem, um mich in der Welt zu orientieren.

Ich sah wieder in den Himmel, über den träge einige Schäfchenwolken hinwegzogen, und winkelte ein Bein an. Meine Fußsohle streifte Astlöcher, Feuchtigkeit, aber ich vermisste das schleifende Geräusch. Ich roch den See unter mir, aber mir fehlte der Klang des Wassers, wenn es glucksend die Pfeiler umspülte.

Lillans vom Schwimmen noch nasses Haar auf meiner Brust riss mich aus meinen Gedanken. Sie hatte sich neben mich gekniet und gab mir verstohlen einen Kuss, nachdem sie sicher war, dass Ida noch im Haus war und uns nicht sehen konnte. Sie bewegte ihre Lippen. Ich versuchte zu verstehen, was sie sagte, aber ich war vollkommen überfordert. Sie runzelte die Stirn und löste erst meine Hand und dann den Kopfhörer von meinem Ohr.

»Was machst du?«, wiederholte sie ihre Frage und strich mir die Haare aus der Stirn.

Ich zuckte mit den Schultern. »Wenn ich es dir verrate, vierteilst du mich am Ende doch noch.«

Sie zog die Beine an, schlang ihre Arme um die Knie und betrachtete mich nachdenklich. »Du versuchst zu verstehen, wie es ist?«

Ich nickte nicht. Es wäre vermessen zu denken, ich könnte auch nur im Ansatz nachempfinden, wie es für Lillan war. »Ein bisschen vielleicht.« Ich setzte mich auf und verhakte meinen kleinen Finger mit ihrem. Ein Kompromiss Ida zuliebe, denn am liebsten hätte ich sie in meine Arme gezogen. »Aber ich komme nicht halb so gut damit klar wie du. Ich vermisse schon jetzt deine Stimme.« Ich räusperte mich. »Ich könnte mir nicht vorstellen, sie nie gehört zu haben. Sie vielleicht nie wieder zu hören.«

»Was macht ihr da?« Ida war hinter uns aufgetaucht, und ihr Körper bildete eine perfekte Silhouette vor der tief stehenden Sonne.

»Nichts«, erwiderte ich grinsend und zog unauffällig meinen Finger zurück.

»Du guckst nicht nur ins Nichts. Du machst auch nichts.« Sie verzog das Gesicht. »Ist irgendwie langweilig.«

»Da hast du vermutlich recht.« Ich lachte. »Was hältst du davon, wenn wir baden gehen? Wäre das weniger langweilig als nichts?«

Ida nickte eifrig, und Lillan ließ sich mit einem ergebenen Seufzen rücklings auf den Steg fallen.

»Wirst du denn nie müde, Monster?«, fragte sie ihre Tochter und streckte Arme und Beine aus, um zu zeigen, dass sie viel zu müde war, um sich noch eine Wasserschlacht mit Ida zu liefern.

»Sonn dich ruhig. Ich kümmere mich um das kleine Mützenmonster«, sagte ich betont ruhig, schnellte aber im selben Moment hoch und packte Ida, die eine grellbunte Monster-Häkelmütze trug. Wohlgemerkt zu einem Bikini, der entgegen ihrer sonstigen Gewohnheiten rosafarben war. Ich klemmte sie mir unter den Arm und lief mit ihr zum Ende des Stegs. »Bleibt die an, oder sollen wir sie in Sicherheit bringen, bevor wir Waterworld nachspielen?«

»Water … was?« Sie kicherte.

»Nur ein Film, den ich kenne, weil ich schon so alt bin wie ein Dinosaurier.« Ich stellte Ida auf ihre Füße und hockte mich vor sie. Dann tippte ich gegen ihre Mütze. »Du trägst sie, um ein wenig mehr so zu sein wie deine Ma, oder?« Etwas, was ich nachempfinden konnte, weil ich es auch gerade versucht hatte.

Sie sagte nichts, nickte aber.

»Ich sage das jetzt nicht, weil ich die Monstermütze am liebsten selbst hätte, sondern weil ich das wirklich glaube, aber du brauchst keine Mütze, um deiner Ma nahezusein. Euch verbindet nicht die Gehörlosigkeit, sondern Liebe. Deine Mutter liebt dich bedingungslos.« So sehr, dass ich dagegen keine Chance hätte.

Ida nickte wieder, und dieses Mal stahl sich ein winziges Lächeln auf ihre Lippen, das ich nur für den Bruchteil einer Sekunde sah, weil sie sich dann mit ihrer ganzen zähen Mädchen-Power gegen mich schmiss und mich vom Steg ins Wasser schubste. Ich tauchte prustend wieder auf und sah gerade noch, wie Ida die Mütze vom Kopf zog und auf den Steg legte, bevor sie Anlauf nahm und direkt neben mir ins Wasser sprang.

Lillan

Ich sah Sam und Ida zu, die im See tobten. Das Wasser spritzte bis auf den Steg, und ich rückte ein Stück zurück, um nicht nass zu werden.

Plötzlich hielten die beiden inne. Ida lauschte und pirschte sich vorsichtig näher ans Schilf heran. Sam tat es ihr gleich. Dann blähte er seine Wangen auf und stieß die Luft in kontrollierten Stößen aus. Ida stimmte mit ein. Ich beugte mich vor, um zu erkennen, was zum Teufel sie da taten. Wenn mich nicht alles täuschte, ahmten sie Frösche nach. Zumindest versuchten sie es, erstickten dabei jedoch fast an einem Lachanfall, und aus dem Nichts überrollte mich plötzlich die Sehnsucht, ihr Lachen hören zu können. Mit einer Intensität, die mir Tränen in die Augen trieb. Ich zog die Beine an den Körper und umschlang sie mit den Armen, machte mich klein. Um dem Schmerz, den ich Jahre nicht mehr gespürt hatte, so wenig Angriffsfläche zu bieten wie möglich.

Sam warf einen Blick über die Schulter, und sein Lachen erstarb, als er meine Traurigkeit sah. Ida hüpfte um ihn herum und versuchte ihn zum Spielen zu animieren, aber er reagierte kaum auf sie, während er mich ansah.

»Alles okay?«, formten seine Lippen.

Ich nickte. Ich wollte, dass alles in Ordnung war. Aber es gelang mir nicht, die Tränen zurückzuhalten, die plötzlich aus irgendwelchen Untiefen aufstiegen. Das war doch bescheuert.

Ich schlang die Strickjacke, die ich mir übergezogen hatte, enger um meine Mitte. Sam sagte etwas zu Ida, die die Schultern zuckte und sich aufs Tauchen verlagerte. Dann schwamm er zum Steg. Dort angekommen, stemmte er sich, einen Schwall Wasser mitführend, aus dem See und kam wieder auf dem Holzsteg an.

Er trocknete sich notdürftig ab und setzte sich dann so dicht vor mich, dass sich unsere Beine berührten. Seines kalt. Meines von der Sonne gewärmt. Ein perfektes Ying und Yang. Er sah mich prüfend an, besorgt, und schüttelte dann den Kopf.

»Das ist doch bescheuert. Darf ich dich bitte in den Arm nehmen?« Er sah zu Ida, die immer noch im Wasser spielte, und wartete eine Sekunde. Zwei. Drei. Und als ich nicht widersprach, tat er es einfach. Er schloss mich in seine Arme.

Normalerweise hasste ich es, Schwäche zu zeigen. Nur bei Ida und Henriette ließ ich es überhaupt zu. Und jetzt anscheinend bei Sam. Denn anstatt ihn zurückzustoßen, die Tränen zu trocknen und meine Gefühle wegzulächeln, ließ ich mich in seine Umarmung fallen, atmete seinen ganz eigenen Sam-Geruch ein, und dieses Mal trocknete er meine Tränen. Sein Atem streichelte meine Haut, und nachdem wir bereits den Großteil unserer selbst gesteckten Grenze eingerissen hatten, überwand er noch eine weitere, indem er sanft seine Lippen auf meine legte.

Und bei Gott, das war der beste Seelentröster überhaupt. Mein Herz schnellte augenblicklich aus der Dunkelheit, in die es kurz zuvor geplumpst war. Ich lächelte. Sam lächelte. Und Ida spritzte Seewasser in diesen Kuss, bevor sie in die Hände klatschte und erneut untertauchte. Sie war also begeistert. Nicht schockiert, weil ich plötzlich mit einem Mann herumknutschte, obwohl es jahrelang nur uns beide als feste Einheit gegeben hatte.

Sam lachte, ohne seinen Mund von meinem zu lösen und zog die Schultern hoch, als ihn die nächste Fontäne von Ida traf.

»Tut mir leid, aber ich werde sie leider ertränken müssen.«

»Nur, weil du ein bisschen nass wirst?« Ich lachte und umfasste sein Kinn, um ihn davon abzuhalten.

»Das wäre definitiv ein Grund, aber in erster Linie, weil sie jetzt unser Geheimnis kennt.« Sam sah mich zerknirscht an. »Es tut mir leid.«

Nichts in seinem Blick unterstrich diese Aussage. Es tat ihm nicht leid. Hätte er unsere Beziehung nicht auf die nächste Ebene heben wollen, hätte er sich zurückgehalten. Ich hätte ihn abgehalten. Aber wir hatten es beide geschehen lassen.

»Wenn du ihr das Herz brichst, weil du mir das Herz brichst, muss ich dich umbringen«, flüsterte ich und sah ihm tief in die Augen.

»Deal«, sagte er ernst und zog mich an sich. Ich spürte seine Lippen, die Zunge, die sie vorsichtig teilte, bevor er sich Sekunden später widerstrebend von mir löste. Er fuhr mit seiner Nase an meiner entlang und presste schließlich seine Lippen gegen meine Stirn. Eine ganze Weile saßen wir so da, bis er so weit auf Abstand ging, dass ich ihm zuhören konnte. Meine Form von zuhören. Sein Bein lehnte noch immer an meinem, als würde es dorthin gehören. Als hätte es das schon immer getan.

»Erzählst du mir, warum du geweint hast?«

Ich zuckte mit den Schultern. Dabei wusste ich genau, was mich so unsagbar traurig gemacht hatte. »Ihr hattet so viel Spaß, als ihr –« Ich blähte die Wangen auf und imitierte den Versuch der beiden, den Froschgesang nachzuahmen. »Es gibt einfach Momente, die mir zeigen, dass da eine Barriere ist. Egal wie sehr ich mich bemühe, ein ansonsten normales Leben zu führen.« Das war die hässliche Wahrheit. Es gab Dinge, die konnte ich nicht kompensieren. »Ich werde nie mit ihr Frösche imitieren.« Ich stockte. »Oder ihr Lachen hören.« Sam fing mit seinem Daumen eine Träne auf, die über meine Wange lief. Ich gab das selten zu. Nicht einmal vor mir selbst. Geschweige denn vor jemand anderem. Aber Sam hatte meine Barrieren eingerissen, und die Sehnsucht quoll daraus hervor. »Ich wünschte so sehr, ich könnte nur einmal ihre Stimme oder ihr Lachen hören.« Die Worte schmerzten in meiner Brust. Ich senkte den Blick und atmete tief durch. »Aber das wird nie passieren.« Ich wollte aufstehen, etwas tun, egal was, um die Schwere zu vertreiben, die meine Worte über uns gelegt hatten, aber Sam hielt mich zurück. Er rutschte noch näher und schob meine Haare beiseite, nur um Sekunden später seinen Mund an meinen Hals zu pressen.

Wie ein Stromschlag durchfuhr mich seine Berührung. Heißes Verlangen zog durch meinen Körper und sammelte sich als flüssiger Kern in meinem Unterleib. Halb wünschte ich, er würde nie wieder damit aufhören. Halb betete ich, er würde es sofort tun. Ida war bei uns. Aber Sam hatte gar nicht vor, mich zu reizen. Er ließ seinen Atem in kontrollierten Schüben gegen meine Haut prallen. Es war derselbe Rhythmus, mit dem Ida und er zuvor ihre Laute über den See geschickt hatten. Ich konnte den Froschgesang nicht hören. Würde es nie können, aber Sam verschaffte mir einen Zugang. Ich spürte die verschiedenen Vibrationstiefen, die meinen Hals kitzelten, und vergrub meine Finger in seinen Haaren am Hinterkopf. Lachend. Schluchzend. Berührt.

Ida tauchte tropfend von kühlem Seewasser neben uns auf und legte den Kopf schief. »Was macht ihr da?«

Sam ließ von mir ab und überließ mir die Antwort

»Sam hat mir gezeigt, wie sich Froschquaken anfühlt.« Ich packte Ida und zog sie auf meinen Schoß. Früher hatte sie sich oft wie eine Katze darauf zusammengerollt. Mittlerweile war sie zu groß dazu, aber es fühlte sich immer noch perfekt an, sie so zu halten. »Komm, ich zeig es dir.« Und dann presste ich meine Lippen auf ihren Badeanzug und sie ihre auf meinen Arm. Gemeinsam stimmten wir ein wahres Froschkonzert an.

SAM

Maggie holte Ida ab, um mit ihr zum Gestüt zu gehen und eine Nacht auf Henriettes Heuboden zu verbringen. Ihr Rucksack stand fertig gepackt im Flur. Taschenlampe inklusive, um die Gespenster zu vertreiben. Aber bevor die beiden lostigerten, verdrückten sie noch rund zwei Zentner Lasagne.

»Sie werden nicht mal bis zehn durchhalten, bevor sie entweder in Henriettes Gästezimmern oder wieder hier auftauchen.«

Wir standen gemeinsam in der Tür des Kutscherhäuschens und sahen den Mädchen nach. Ich hatte Lillan die Hand in den Nacken gelegt und strich sanft an ihrer Wirbelsäule entlang. Ich wartete, bis sie sich von dem Anblick der immer kleiner werdenden Punkte auf der Straße losreißen konnte. Ida und Maggie hatten zu diesem Zeitpunkt schon fast die Hofeinfahrt erreicht.

Schweigend folgte ich Lillan in die Küche und half ihr, dort Ordnung zu schaffen, bevor wir auch noch das Wohnzimmer in seinen Originalzustand zurückversetzten. Die Mädchen hatten es in ein wahres Lego-Inferno verwandelt.

»Waren die nicht nur fünf Minuten hier drin?«, fragte ich und pulte fluchend einen Legostein unter meinem Fuß hervor.

Lillan lacht. »Sehr beruhigend.«

»Was ist beruhigend?« Ich leerte meine Zwei-Kilo-Ausbeute, die ich in meinem Shirt gesammelt hatte, in die Legokiste.

»Du hast keinen eingebauten Lego-Sensor mehr. Der hätte dich blind um die Steine herumgeführt oder alternativ darüber hinwegschweben lassen. Kinder haben das, was wohl bedeutet, du bist kein Kindskopf mehr, sondern furchtbar erwachsen.«

Ich wiegte meinen Kopf hin und her und lächelte. »Ist das eine Beleidigung? Oder ein Kompliment?« Ich machte einen Schritt auf Lillan zu und fixierte sie.

»Erwachsen ist gut, sonst würdest du das hier vermutlich nicht tun.« Sie schob ihre Hand unter mein Shirt und küsste mich. Ungezügelt, und ich antwortete ihr hart und fordernd.

Ich zog sie zum Teppich, der direkt vor den aufgeschobenen Terrassentüren lag, und gegenseitig zogen wir uns aus. Unser Atem prallte gegeneinander. Unsere Körper kollidierten. Mit einer Heftigkeit, die mich noch vor wenigen Wochen überrascht hätte. Jetzt konnte ich nicht genug davon bekommen, mit Lillan Sex zu haben. Sie zu lieben. Ich tat beides. Und als wir damit fertig waren und erschöpft auf dem Boden lagen, Lillan auf meiner Brust, die Beine mit meinen verknotet, verlor ich mich in der Stille und der Perfektion des Moments. In ihr. Zum ersten Mal in meinem Leben befand ich mich an einem Punkt, an dem ich nicht das Gefühl hatte, weiterrennen zu müssen. Mit Lillan strebte ich nicht nach dem immer nächsten Schritt. Ich verbog mich nicht, um irgendwelche Anforderungen zu erfüllen. Ich war einfach ich. Ich war glücklich. Und ich machte sie glücklich.

Lillan

Pia und ich saßen im Kieler Beachclub am Sandhafen – ein schwimmender Ponton, voller Sand und chilliger Lounge-Möbel. Ich nippte an einer Rhabarber-Schorle, die mit einem Blatt Minze und in einem stylischen Weckglas serviert worden war. Pia drehte ein 5½-Knoten-Pale-Ale in ihren Händen. Wir sahen Ida zu, die gemeinsam mit Maggie auf einem Stand-up-Paddleboard in der Kieler Förde ihre Kreise zog. Dabei entfernten sie sich nie allzu weit vom Sandhafen. Das war die Absprache.

Pia tippte mich an. »Die beiden haben ihren Spaß. Jetzt erzähl endlich, was gibt es Neues?« Sie verdrehte die Augen. »Du kannst mich nicht so lange auf die Folter spannen. Das ist unmenschlich.«

Ich lachte und nahm betont langsam einen Schluck aus meiner Flasche. Erst dann wackelte ich mit den Augenbrauen. »Sam«, war das Einzige, was ich sagte.

»Nein.« Pia rutschte ganz an die Kante ihres Liegestuhls. »Der Praktikant? Du hast ernst gemacht und mit dem Praktikanten gevögelt?«

»Mensch, Pia«, wies ich sie zurecht und sah sie strafend an, weil jetzt mit Sicherheit das halbe Café über mein Sexleben Bescheid wusste. Trotzdem lächelte ich. An Sam zu denken machte das mit mir. Immer.

»Ihr habt mehr getan, als nur zu vögeln.« Pia schlug ungläubig die Hand vor den Mund. »Du bist verknallt.«

Wieder nickte ich. »Vielleicht.« Ich kaute auf meiner Lippe herum. »Ich denke schon.« Ich war verknallt in Sam. So was von, würde Ida sagen.

»Wie konnte das passieren?« Pia ließ sich wieder in ihren Liegestuhl sinken und pustete sich die Haare aus der Stirn. »Man kann dich nicht mal ein paar Wochen allein lassen.« Sie nahm meine Hand und drückte einen Kuss auf meinen Handrücken. »Ist er es wert?«

Ich wusste genau, was sie meinte. War er anders als Hannes? Hannes, den ich wirklich geliebt hatte und der ein Arschloch gewesen war, das meine Welt in Fetzen gerissen hatte. Mein Blick wanderte wieder zu Ida. Aber er hatte mir auch das größte Geschenk gemacht. Der einzige Grund, aus dem ich ihn nicht vor Wut umgebracht hatte, als er mich wie einen Menschen zweiter Klasse behandelt hatte. Im Grunde war es deutlich schlimmer gewesen, aber ich weigerte mich, mich an jedes Detail zu erinnern. Er spielte sowieso keine Rolle mehr. »Ich war jahrelang nicht mal offen für einen Flirt.«

Pia nickte. Sie hatte all die Jahre versucht, mich aus meinem Schneckenhaus zu holen, und war immer wieder gescheitert.

»Aber mit ihm ist es anders. Er sieht nicht meine Fehler oder die Gehörlosigkeit, sondern mich. So wie ich bin. Und er gibt mir das Gefühl, als wäre ich genau so perfekt.«

Pia seufzte so theatralisch, dass ich es nicht zu hören brauchte, sondern sehen konnte. »Das ist so verdammt süß kitschig. Denn wir wissen beide, dass du alles andere als perfekt bist.«

»Vielen Dank«, sagte ich und lachte.

»Du weißt, dass ich recht habe.« Pia fuchtelte wild mit ihrem Arm herum, dass ich Angst um den letzten Rest Bier hatte, der in ihrer Flasche herumschwappte. »Ich meine, du tötest jeden verfluchten Drachen selbst. Das ist nicht unbedingt das, was der Großteil der Männer als perfekt bezeichnet.«

»Das habe ich von dir«, wehrte ich ab. »Aber er nimmt mich so, wie ich bin, obwohl ich es ihm am Anfang wirklich nicht leicht gemacht habe. Und er ist toll mit Ida. Die beiden sind vernarrt ineinander. Ich weiß nicht. Es ist fast schon beängstigend perfekt.«

Mit einer Hand schirmte Pia die Sonne ab, die tief über dem Wasser stand. »Zu perfekt gibt es nicht. Er ist vielleicht einfach das, was du verdienst nach der ganzen Scheiße, die du mit Hannes durchgemacht hast.«

Es fiel mir schwer, daran zu glauben, dass das Schicksal wirklich so nett war, diesen Schlag auszugleichen. Aber Tatsache war, Sam war da. Er wollte bleiben. Er ging so unkompliziert und natürlich mit meinem fehlenden Gehör und sämtlichen anderen meiner Fehler um, dass ich es schwer hatte, ihn nicht zu lieben. Noch schwerer wurde es durch sein Aussehen, das mich so sehr ansprach und wann immer er auftauchte, die Schmetterlinge in meinem Bauch um sich schlagen ließ, und zu guter Letzt fand ich ihn als Person einfach interessant und umwerfend. Ich seufzte und stieß mein Glas gegen Pias Flasche. Es war amtlich. Ich war definitiv verknallt in Samuel Hennig.

SAM

Henriette saß im Büro und tippte konzentriert auf der Tastatur ihres Computers herum. Die knallbunte Lesebrille balancierte sie dabei auf ihrer Nasenspitze.

Ich betrat den Raum und näherte mich meiner Großmutter. Sie war so fokussiert auf ihre Arbeit, dass sie mich gar nicht bemerkte. Ich warf einen Blick auf den Monitor, um zu sehen, was sie derart fesselte. Fehler. Ich zuckte zurück. Mittlerweile sollte ich wohl darauf vorbereitet sein, was Henriette und ihre Gabe anging, mich zum Fremdschämen zu bringen. Ich stöhnte und lenkte so Henriettes Aufmerksamkeit auf mich.

»Oh! Hallo, Sam«, sagte sie fröhlich. Keine Spur von Verlegenheit, weil ich sie gerade dabei ertappt hatte, wie sie das Dating-Profil eines grauhaarigen, in Leder gekleideten Bikers in Augenschein nahm. »Wie findest du den?«

»Ähm – also …« Ich fuhr mir durch die Haare und erinnerte mich an Lillans Worte, dass es gesund und richtig war, wenn Henriette sich nach einem Partner umsah und nicht strickend und allein auf das Ende wartete. Mutig beugte ich mich zu ihr und sah mir das Profil genauer an. »Sieht gut aus«, sagte ich unsicher. Wenn man mal davon absah, dass der Typ Harley fuhr und rund fünfzehn Jahre jünger war als meine Großmutter. »Aber ist der nicht ein bisschen jung?«

Henriette sah mich entgeistert an. Dann brach sie in Gelächter aus, und auch ich musste lachen. Walter war fünfundsechzig und ging in dem Alter wohl kaum noch als Toy Boy durch. Jenseits der sechzig war das Alter vielleicht nur noch eine fiktive Zahl und fiel nicht mehr ins Gewicht.

»Weißt du, Männer in meinem Alter haben da oft gewisse Probleme. Der sieht wenigstens noch fit aus.«

Das Alter war also keine fiktive Zahl. »Zu viel Information, Henriette.« Ich hielt mir die Ohren zu.

»Okay, okay«, winkte Henriette lachend ab. »Unterhalten wir uns nicht über mein Liebesleben, sondern über deins. Wie läuft es mit Lillan?«

Wir hatten ihr nicht offiziell bestätigt, dass ihre Verkupplungsversuche von Erfolg gekrönt waren, aber Henriette war nicht blind. Sie sah unsere Blicke, bekam mit, dass ich fast nur noch im Kutscherhaus war und selbst über Nacht selten ins Gutshaus zurückkehrte.

»Deswegen bin ich gekommen«, sagte ich. »Könnte ich kurz mit dir sprechen?«

»Wir sprechen schon.« Henriettes Augen blitzten belustigt, und ein Schmunzeln versteckte sich hinter ihren Mundwinkeln.

»Okay.« Ich setzte mich auf die Tischkante. »Als ich hier ankam, sagtest du, ich sollte eine Weile für *Glücksmomente* arbeiten. Wir haben seit meinem ersten Tag hier nie wieder darüber gesprochen, wie lange ich bleiben werde.« Weil ich es damals als Strafe gesehen hatte, hier sein zu müssen. Als notwendiges Übel, um an den Kredit zu kommen. Ich hatte nur darauf gewartet, dass ich wieder gehen konnte. Ich verlagerte das Gewicht. Wieso fiel es mir so verdammt schwer, sie um einen Job und damit um eine Zukunft auf Gut Auweide zu bitten?

»Und jetzt sprechen wir darüber, dass du bleiben willst«, bemerkte Henriette schlicht.

»Woher …?«

Sie nahm die Lesebrille ab und drehte sie in ihren Fingern.

»Ich wusste schon, dass du bleiben würdest, als du hier ankamst. Das mit Lillan ist eine freudige Entwicklung. Nichts hätte mich glücklicher machen können, als dass ihr einander findet. Und es hat deine Entscheidung bestimmt befeuert, aber du wärst so oder so geblieben.«

Ich dachte einen Augenblick über ihre Worte nach. »Vielleicht«, gab ich zu. Es erstaunte mich, aber sie hatte recht. Die Arbeit in der Hilfsorganisation war von Bedeutung. Etwas, was ich in meinem bisherigen Berufsleben stets vermisst hatte, ohne es überhaupt zu wissen. Zukünftig für die PR von *Glücksmomente* verantwortlich zu sein gab mir genau das, und trotzdem konnte ich mich kreativ ausleben. Ich nickte. »Aber wie konntest du dir so sicher sein, dass ich meinen ursprünglichen Plan aufgeben würde?«

Henriette lehnte sich in ihrem Stuhl zurück und sah aus dem Fenster. Auf den See hinaus und zu den imposanten Kastanien. »Du bist deinem Vater sehr ähnlich.«

»Wenn ich dich nicht so gernhätte, wäre ich jetzt beleidigt.«

Als Henriette sich zu mir umdrehte, schwammen Tränen in ihren Augen. »Früher war dein Vater ein anderer Mensch. Er hat viel für andere getan, hat seinen Söhnen die Welt zu Füßen gelegt.«

Der Geschmack von Eis lag mir im Rachen, und fast fühlte ich seine schwere Hand auf meiner Schulter, während ich mir den Platz auf dem kühlen Ponton der Landungsbrücken mit Tom teilte. Wir passten gerade so darauf, aber ständig rutschte einer von uns wieder hinab. Bis Pa sich seitlich danebenstellte und mich stützte. Er hatte mich gestützt. Lange Zeit, und dann irgendwann nicht mehr. »Was ist damals passiert?« Ich hatte Pa nie danach gefragt. Wieso hatte ich das nie getan? Wieso hatte ich die Veränderung einfach so hingenommen?

Henriette verschränkte die Hände ineinander und atmete tief

durch. »Ich weiß es nicht«, sagte sie leise, und ihre Stimme zitterte wie die eines jungen Mädchens, das tief verletzt wurde. Sie war tief verletzt. Und Pa war schuld daran. »Ich kann nur mutmaßen, er hat es nie wirklich verwunden, dass ich noch einmal geheiratet habe. Dass ich mit Paul noch mal so richtig glücklich war, während er den Tod deines Großvaters nie wirklich verarbeitet hat. Unsere Beziehung war angeschlagen, und dann wollte er plötzlich Geld. Eine beträchtliche Summe. Er wollte mir nicht sagen wofür. Aber damals hatte er bereits gut verdient, seine eigene Kanzlei aufgemacht. Er brauchte das Geld nicht wirklich. Ich denke, es war ein Test, ob ich mich im Zweifelsfall für seine oder für Pauls Wünsche entscheide. Ihm das Geld nicht zu geben war ihm Antwort genug. Er wollte keine Erklärungen hören. Seitdem haben wir keinen Kontakt mehr.«

Ich legte ihr meine Hand auf den Unterarm und strich sanft darüber. »Was hättest du ihm gesagt, wenn er dir zugehört hätte?«

Sie zuckte die Schultern. »Dass Paul zu lieben nicht bedeutet, ich hätte seinen Vater weniger geliebt, und dass ich ihm das Geld nicht hätte geben können, selbst wenn ich es gewollt hätte.« Sie entzog sich mir und stand auf. »Das Vermögen gehörte Paul und war für den Aufbau der Hilfsorganisation eingeplant. Wie hätte ich es da zweckentfremden können, nur um deinem Vater zu beweisen, dass ich ihn über alles liebe?« Sie reckte das Kinn in die Luft. »Außerdem wollte ich mir seine Wertschätzung auch nicht erkaufen. Ich habe immer gehofft, er würde eines Tages das Gespräch suchen. Ich habe mehrfach versucht, auf ihn zuzugehen, aber …«

»Pa ist ein sturer Hund.« Ich blickte Henriette hinterher, die quer durch den Raum tigerte.

»Du bist aber nicht gekommen, um über deinen Vater zu sprechen, sondern wegen deines Jobs.«

Henriette wollte nicht weiter darüber reden, und das akzeptierte ich, auch wenn ich mir fest vornahm, Pa bei nächstbester Gelegenheit davon zu überzeugen, sich mit Henriette auszusprechen und diese alten Missverständnisse aus dem Weg zu räumen. Er musste diese Sache mit ihr klären, bevor es irgendwann zu spät dafür war. »Wenn ich bleibe, gibt es hier also einen Job für mich?«

Henriette sah mich an, und ein breites Grinsen schob die Pa-Gewitterwolken beiseite. »Was soll das heißen, wenn? Du bleibst. Basta. Und ja, dann hast du einen Job.« Sie war nach einer Runde durchs Büro wieder an ihrem Schreibtisch angekommen und zog einen Stapel Papiere aus der Ablage neben dem Computer.

»Was ist das?« Sie übergab mir die Papiere. Arbeitsvertrag. Stellvertretender Geschäftsführer der Hilfsorganisation *Glücksmomente*. Für einen Moment war ich sprachlos. Henriette hatte nicht geblufft. Sie war wirklich davon überzeugt gewesen, dass ich bleiben würde, sonst hätte sie diesen Vertrag nicht bereits fertig aufgesetzt. »Bist du sicher, dass du mich in der Position haben möchtest?«

»Ich könnte mir niemand Besseren dafür vorstellen. Du hast das Herz am rechten Fleck, und du arbeitest engagiert und effektiv. Deine Vorbereitungen für Hamburg und der Auftritt auf der Gala hatten einen Mehrwert für die Organisation, der für sich spricht.«

»Das war ich nicht allein.« Ich lächelte, als ich daran dachte, mit welch brennender Begeisterung und mit wie viel Herzblut Lillan die Sponsoren davon überzeugt hatte, *Glücksmomente* zu unterstützen.

Henriette nickte. »Das weiß ich. Ich habe Lillan die Stelle schon vor Jahren angeboten, aber ihr Herz schlägt für das Gestüt, und das respektiere ich. Und sonst müsste ich nach einer neuen Gestütsleitung Ausschau halten, und nimm es nicht persönlich, aber der Job wäre nichts für dich.«

»Dann akzeptiere ich dankend.« Ich unterzeichnete und

schob den Vertrag zurück zu Henriette. Früher hätten mich so tief greifende Entscheidungen Nächte voller Grübeleien gekostet. Ich wäre schier wahnsinnig geworden, weil ich unbedingt das Richtige tun wollte. Jetzt gerade durchströmte mich ausschließlich ein tiefes Glücksgefühl. Es gab nur eine Sache, die der Perfektion dieser Vision eine winzige, aber entscheidende Kerbe verpasste.

»Gibt es noch etwas?« Henriette sah mich aufmerksam an, vermutlich weil ich mich als frischgebackener Geschäftsführer schleunigst an die Arbeit machen sollte.

Ich zögerte, bevor ich mir einen Ruck gab. »Ehrlich gesagt, ja.« Ich vergewisserte mich, dass wir allein waren, bevor ich weitersprach. »Ich habe in letzter Zeit viel über das Thema Gehörlosigkeit gelesen. Ich wollte einfach so gut wie möglich verstehen, wie es für Lillan ist.«

Henriette nickte. »Es ist gut, dass du dich damit befasst.«

»Es gibt da aber eine Sache, die ich nicht verstehe. Diese Operation, die Lillan ihr Gehör wiedergeben könnte. Warum will sie die nicht machen? Ich habe mich schlaugemacht. Die Krankenkasse würde die Kosten für die Implantation eines Cochlea-Implantats tragen. Es ist keine leichte Operation, aber bei Weitem nicht mehr so risikobehaftet wie früher. Die Operationsmethoden haben sich weiterentwickelt. Mittlerweile gehören solche Eingriffe zur Routine. Lillan hat mir verraten, dass sie sich so sehr wünscht, nur einmal Idas Stimme zu hören, also warum lässt sie ihren Fall nicht wenigstens noch mal neu einschätzen?«

Henriette sah mich schweigend an. Prüfend. »Hast du sie darauf angesprochen?«

Ich schüttelte den Kopf. »Sie redet nicht gern darüber.«

»Vielleicht ist das Antwort genug. Vielleicht will sie sich nicht verändern, sondern so akzeptiert werden, wie sie ist.«

Das tat ich. Mehr als das. Ich liebte sie genau so, wie sie war.

»Aber es geht hier doch nicht um uns oder irgendwelche anderen Menschen. Nicht um Akzeptanz. Es geht um sie und darum, dass sie die Stimme ihrer Tochter hören möchte. Nur einmal. Und dass es dafür eine gute Chance gibt. Eine Möglichkeit, ihr diesen Traum zu erfüllen.« Ich hatte mich in Rage geredet.

»Langsam.« Henriette hob die Hände, als müsste sie ein durchgehendes Pferd stoppen. »Übertritt keine Grenze, Sam. Lass die Finger von diesem Thema. Schon dass du recherchierst, könnte für Lillan zu viel sein. Sprich mit ihr, anstatt deinen Computer zu befragen. Und um Himmels willen tu nichts unüberlegt Dummes über ihren Kopf hinweg.«

Mit anderen Worten, versau es nicht. Aber der Frau, die ich liebe, ihren größten Wunsch zu erfüllen, wie könnte das etwas versauen? Trotzdem nickte ich widerstrebend. »Ich rede mit ihr.«

Lillan

Ida und Maggie lagen während der Fahrt nach Hause ineinander verknotet auf der Rückbank und schliefen. Ich hatte Sam Bescheid gegeben, dass ich erst spät zurück sein würde, und hatte angenommen, er würde deswegen heute Abend im Gutshaus übernachten. Obwohl ich insgeheim gehofft hatte, dass er später noch rüberkommen würde, war ich überrascht, ihn bereits an seinen Wagen gelehnt auf dem Parkplatz stehen zu sehen, als ich auf den Kiesplatz einbog.

Ich stellte den Motor ab und stieg aus. Darauf bedacht, die beiden Mädchen nicht zu wecken. Wahrscheinlich hätte es dafür aber sowieso einer Bombe bedurft.

»Hi«, sagte Sam und stieß sich vom Wagen ab.

»Hi«, erwiderte ich und schlüpfte in die Umarmung, in die er mich zog. In den Strahl der Scheinwerfer gehüllt, standen wir einen Augenblick da, bevor Sam mich sanft von sich schob und küsste. Ein leises Prickeln fuhr von seinen Lippen durch meinen Körper, aber Sam intensivierte den Kuss nicht, sondern nahm Rücksicht auf die Mädchen, die uns, sollten sie aufwachen, sehen könnten.

»Was hast du mit ihnen angestellt?«, fragte er grinsend und deutete auf Ida und Maggie. »Hast du sie kaputt gespielt?«

»Sie waren den ganzen Tag im Wasser und sind völlig erledigt.«

Sam nickte. »Dann werden sie das hier nicht mitbekommen, oder?« Er schob mich aus dem Lichtkegel und stahl sich einen verboten wilden Kuss, der genauso schnell wieder vorbei war, wie er begonnen hatte, und mich leicht taumelig zurückließ.

Sam ging auf Abstand, als wäre es das Einfachste der Welt, während ich ihn am liebsten direkt in den nächsten Kuss gezogen hätte. »Willst du sie wecken, oder soll ich sie in Idas Zimmer tragen?«, fragte er.

Normalerweise trug ich Ida und manchmal auch Maggie allein vom Auto ins Haus, wenn es notwendig war. Je älter sie wurden, umso schwerer wurden die Mädchen, und auch ich war nach dem Tag am Wasser vollkommen fertig. »Wenn du mir hilfst, sie reinzutragen, wäre ich dir sehr dankbar«, nahm ich Sams Angebot deswegen an. Ich zeigte über die Schulter zu den Mädchen. »Sie sind mittlerweile so schrecklich unhandlich geworden, dass es schwierig ist, sie unfallfrei ins Haus zu bugsieren.«

Sam nickte und ging wortlos zum Wagen, während ich zum Haus lief und die Tür aufschloss. Ich machte in der Küche Licht, sodass der Rest des Hauses nicht in völliger Dunkelheit lag, die Kinder aber nicht durch die Flurlampe geblendet wurden, öffnete die Kinderzimmertür und schlug die Decke von Idas Bett zurück. Gerade, als ich fertig war, tauchte Sam mit Maggie auf dem Arm auf, legte sie vorsichtig ab und ging dann wieder zur Tür.

»Sam?«

Er drehte sich zu mir um und lächelte. »Ich hole Ida, und dann muss ich dir etwas erzählen«, unterbrach er mich.

Bevor ich etwas erwidern konnte, war er schon wieder verschwunden und kam wenige Augenblicke später mit Ida auf dem Arm zurück. Sie kuschelte sich im Halbschlaf an ihn, und mein Herz wurde schwer vor lauter Liebe, als ich sah, wie fürsorglich er Idas Arme von sich löste, sie ins Bett legte und sie zudeckte.

Sam wartete, bis ich Ida einen Kuss gegeben und meinen Kopf sekundenlang auf ihre Brust gelegt hatte, um ihren Herzschlag zu spüren. Das war meine Art, meine Tochter zu hören, die einzige.

Als ich mich aufrichtete, legte mir Sam seine Hand in die Taille und schob mich vor sich her aus dem Zimmer. Ich ging in die Küche, nahm zwei Bier aus dem Kühlschrank und zeigte sie Sam fragend. Er nickte, ich öffnete beide und reichte ihm eines.

Wir setzten uns an den Küchentisch. So nah, dass sich unsere Knie berührten. Ich mochte es, ihm so nah zu sein, selbst wenn wir uns nur unterhielten.

»Du wolltest mir etwas erzählen«, erinnerte ich ihn.

Er nickte, aber anstatt endlich mit der Neuigkeit rauszurücken, umfasste er meinen Schenkel, zog mich näher an sich heran und küsste mich.

Mein Bein legte er über seins, und die Stelle, an der seine Hand lag, fing selbst durch den Jeansstoff Feuer. Erst als meine Atmung bereits stolperte, löste Sam seine Lippen von mir und lehnte sich auf seinem Stuhl zurück. Lächelnd nahm er einen Schluck aus seiner Flasche und strich dabei zärtlich am Saum meiner Jeansshorts entlang. Ihm war vermutlich nicht klar, was diese winzige, wellenförmige Berührung in mir auslöste. Oder es war ihm absolut bewusst. So genau konnte man das bei Sam nicht wissen.

»Vor dir sitzt dein neuer Nachbar«, sagte er schließlich und sah mich dabei siegessicher an. Die Intensität seines Blicks hinderte mich daran, die Bedeutung seiner Worte zu erfassen.

»Du wirst bleiben?« Ich war mir nicht sicher, ob ich die Frage nur mit den Lippen geformt oder tatsächlich ausgesprochen hatte. Alles, was ich wahrnahm, war das Nicken von Sam, das eine leise Welle aus Glück durch meinen Körper schickte.

»Ich habe Henriette um einen festen Job gebeten, und da sie anscheinend schon vor mir wusste, dass ich sie das fragen würde, hatte sie bereits alles vorbereitet. Ich habe die Papiere heute Nachmittag unterzeichnet und bin jetzt offiziell der stellvertretende Geschäftsführer der Hilfsorganisation *Glücksmomente*. Ich werde bleiben.« Plötzlich wurde Sam ganz ernst. »Ich will nicht, dass du dich dadurch irgendwie unter Druck gesetzt fühlst, was uns angeht. Ich wollte diesen Job, weil ich das erste Mal das Gefühl habe, dass mich die Arbeit ausfüllt. Ich kann hier meine Leidenschaft mit etwas wirklich Wichtigem verbinden. Und ich möchte mehr Zeit mit Henriette verbringen, auch wenn ich mir beizeiten eine eigene Wohnung suchen sollte, sonst begegnet mir irgendwann ein alternder Biker im Bad, und darauf kann ich echt verzichten.« Als ich ihn fragend ansah, winkte er nur ab. »Nicht so wichtig. Was ich eigentlich sagen will, das sind alles gute Gründe, warum ich Henriettes Angebot angenommen habe, und die immer noch Bestand haben, solltest du mir gleich erklären, dass der eigentliche Grund, weswegen ich von Hamburg in diese wunderschöne Pampa ziehen will, einseitig ist.« Er sah kurz zu Boden und dann wieder mich an. »Ich will bleiben, weil ich herausfinden möchte, was das mit uns ist. Was es sein könnte. Ich will das hier. Das mit uns.«

Seine Finger ruhten auf meinem Bein und hatten ihre stete Bahn auf meiner Haut unterbrochen. Ich schob meine Hand in seine und rutschte auf seinen Schoß. »Ich würde auch sehr gern sehen, was das hier ist.« Ich senkte meine Lippen auf seine und küsste Sam mit einer Intensität, die meinem Herz den Atem raubte.

SAM

Es war früh. Genau genommen noch mitten in der Nacht, als ich aufwachte. Lillan lag in meinen Armen, unsere Körper waren noch ineinander verschlungen. Wir hatten uns still geliebt. Und als wir kamen, hatte mir Lillan ihre Hand auf den Mund gepresst, damit wir die Mädchen nicht weckten. Nie hätte ich mir vorstellen können, dass so zu lieben, heimlich und stumm, dermaßen intensiv sein könnte.

Ich ließ eine ihrer Haarsträhnen durch meine Hand gleiten, die danach zurück in das flammendrote Meer aus Lillans Locken auf meiner Brust fielen. Ihr Kopf lag noch immer über meinem Herzen. Und mit einem Mal machte es mich unendlich traurig, dass sie nie hören würde, wenn ich ihr sagte, dass ich sie liebte. Sie konnte zwar den Herzschlag spüren, dem sie seit meiner Ankunft hier den Rhythmus gab. Sie konnte meine Lippen lesen, aber sie würde die Worte nie hören. Bevor sie eingeschlafen war, hatte ich es gesagt, aber Lillan hatte lediglich auf das Vibrieren in meiner Brust reagiert und mir schläfrig über die Schulter gestrichen. Ich hatte ihr gesagt, dass ich sie liebte. Im Grunde schon zweimal. Und sie wusste es nicht einmal. Ich hätte sie dazu bringen können, dass sie mich ansieht, um die Worte auf meinen Lippen zu finden, aber ich tat es nicht.

Stattdessen lag ich wach und redete mir ein, dass ich mich nicht nur aus reinem Egoismus fragte, wie ich ihren größten Wunsch erfüllen könnte. Sie wollte einmal im Leben Idas Stimme hören, das zeigte der Nachdruck, mit dem sie Ida beim Zubettbringen ihren Kopf auf die Brust presste. Sie hatte mir sogar gesagt, wie wichtig es ihr war. Das waren triftige Argumente, um vorsichtig aus dem Bett zu schlüpfen, in die Küche zu gehen und den Laptop hochzufahren. Wahrscheinlich hatte Henriette recht, und das, was ich hier tat, war übergriffig, aber Lillan hatte mein Herz eingenommen, ohne mich um Erlaubnis zu fragen. Informationen zu sammeln, um ihr zu helfen, war da vergleichsweise harmlos.

Ich hatte bereits den vierten Kaffee ausgetrunken und zig Seiten über Risiken, Möglichkeiten, Grenzen und Verfahrensweisen der Cochlea-Implantat-Operation als E-Mail an mich selbst geschickt. Draußen war es mittlerweile hell, und die Vögel stritten sich um die besten Plätze in den Büschen rund ums Haus. Ich sah mir gerade ein Video an, in dem die Emotionen einer jungen Frau dokumentiert wurden, bei der das erste Mal das erfolgreich gesetzte Implantat angeschaltet wurde, als mich plötzlich eine Bewegung hinter mir vom Bildschirm hochschrecken ließ. Mit einer hastigen Handbewegung stoppte ich die Aufnahme und versuchte den Bildschirm mit meinem Körper zu verdecken.

»Morgen«, begrüßte ich Ida so leicht, als hätte sie mich nicht auf frischer Tat ertappt.

»Was ist das?«, stellte Ida die Gegenfrage, vor der ich mich gefürchtet hatte, ohne mir einen guten Morgen zu wünschen.

Ich verbiss mir das »Nichts«, das mir um ein Haar entschlüpft wäre. Nicht, dass das am Ende noch zu unserem Ding wurde. Ich lächelte und setzte stattdessen auf Ablenkung. »Ich weiß gar nicht, wo ich zuerst hingucken soll.« Ich deutete auf die zwei Wackelaugen, die ihre Mütze zierten, und schielte übertrieben. »Bei vier Augen bin ich überfordert. Möchtest du etwas frühstücken?« Ich wollte gerade den Laptop zuklappen, als Ida mich davon abhielt.

»Was ist das?«, wiederholte sie ihre Frage, und ihr Tonfall ließ keine Ausflucht zu. Sie wollte wissen, was ich hier trieb, und sie würde es herauskriegen. Ich ließ zu, dass sie den Laptop wieder vollständig aufklappte und das Video startete.

»Ich habe deine Mama sehr gern«, begann ich, während Ida fasziniert das Video betrachtete.

Sie winkte ab. »Das weiß ich doch längst. Ihr seid zusammen mit Küssen und all dem ekligen Kram.« Sie verdrehte die Augen und lehnte sich gegen mein Bein. »Ich werde so was niemals nie machen, wenn ich groß bin. Aber na ja, dich mag ich trotzdem.«

Ich musste unwillkürlich lachen und liebte Ida dafür, dass sie auf meiner Seite war. Wäre sie es nicht, wären Lillan und ich augenblicklich Geschichte. Ich könnte niemals mit ihr konkurrieren und würde es auch nie versuchen.

Ich hätte sie vielleicht daran hindern sollen, das Video zu sehen, denn ihre Augen füllten sich mit Tränen, als es schließlich endete. Ida spielte es noch mal ab, und ich stand einfach nur da und sah zu, wie die Erkenntnis in ihr Bewusstsein sickerte, Lillan könnte geholfen werden.

Ich legte ihr den Arm auf die Schulter als Zeichen, dass ich da war, sollte es ihr zu viel werden, und wartete ab, bis sie schließlich den Blick vom Bildschirm löste und sich die Tränen von den Wangen wischte. So gar nicht prinzessinnenhaft mit dem Ärmel ihres Sweatshirts. »Können die Mama auch wieder hörend machen?«

»Ich weiß es nicht«, gab ich ehrlich zu. »Aber ich würde Lillan gern vorschlagen, zu dem besten Arzt für diese Operation zu gehen und sich anzuhören, was er dazu zu sagen hat. Meinst du, sie wäre damit einverstanden?«

Ein Schatten huschte über Idas Gesicht. Sie zuckte die Schultern. »Ich weiß nicht. Aber ich möchte das für Mama. Unbedingt«, sagte sie dann trotzig und mit einer Vehemenz, die zu meiner passte.

»Na, zum Glück bin ich seit gestern hochoffiziell ein Wunscherfüller«, sagte ich leise. »Und ich denke, deswegen werde ich es hinkriegen, diesen Arzt zu finden und ihn dazu zu bringen, sich mit deiner Mama zu unterhalten.« Ich zwinkerte ihr zu, und es gab nichts Besseres als die Hoffnung, die in diesem Moment Idas Gesicht erhellte, ich könnte die Lösung sein. Nicht für ein Problem, denn nichts an Lillan war ein Problem. Es war die Lösung für einen Wunsch, den sowohl Lillan als auch Ida schon so lange in sich trugen und der genau wie die beiden längst auch ein Teil von mir war.

Lillan

Ich wachte auf, und mein Blick fiel als Allererstes auf Ida, die zusammengerollt wie eine Katze neben mir lag. Ihr Haar kitzelte mein Gesicht. Sie musste irgendwann am Morgen in mein Bett gekrabbelt sein und war noch einmal eingeschlafen. Ihre Hand umschlang sonst immer irgendeinen meiner Körperteile. Jetzt lag sie an Sam gekuschelt da. Er hatte ihr das Gesicht zugewandt, als hätten sie flüsternd Geheimnisse ausgetauscht, bevor sie eingeschlafen waren. Ich liebte diese beiden Menschen. An das Gefühl Ida zu lieben, hatte ich acht Jahre Zeit, mich zu gewöhnen, auch wenn es nie selbstverständlich sein würde. Sam zu lieben war hingegen neu und wirbelte mein ganzes Leben durcheinander. Etwas, was ich eigentlich nicht mochte. Aber gerade war ich einfach nur glücklich. Ich strich ihm durchs Haar, und er reagierte auf die Berührung, indem er schnaufte und sich auf den Rücken drehte. Im Halbschlaf umfasste er dabei Idas Hand und hielt sie fest. Ich drehte mich langsam um und tastete auf dem Nachtschrank nach meinem Handy. Als ich es in der Hand hielt, öffnete ich die Kamerafunktion, kuschelte mich eng an Sam und Ida und machte ein Selfie von uns. Eine Weile betrachtete ich das Ergebnis, bis Sam plötzlich das Gehäuse umschloss und meine Aufmerksamkeit dadurch auf sich zog.

»Was guckst du dir da an?«

Ich überließ ihm das Telefon, und er sah sich das Foto an. Ein Lächeln huschte über sein Gesicht. »Darf ich?« Er wählte die

Senden-Funktion und wartete auf mein Nicken, bevor er das Foto an sein Handy schickte.

Ida wachte auf und streckte sich, ich bekam einen Fuß von ihr ab, und Sam hatte ihre Hand direkt vor dem Gesicht. Er nahm sie und hielt sie fest. »Morgen, du Monster. Du nimmst ganz schön viel Platz ein.« Dann kitzelte er sie, und ich sah, wie ein unkontrolliertes Lachen Idas Körper schüttelte. Ein Lachen, das ich so gerne gehört hätte, um es tief in meinem Innersten zu speichern. Dorthin, wo all die anderen Hörerinnerungen lagen. Ich hätte sie alle gegen das Lachen meiner Tochter eingetauscht.

Sam hielt plötzlich mitten in seinem Kampf mit Ida inne und strich mir über den Arm. »Alles in Ordnung?«

Es rührte mich, dass er sofort spürte, wenn etwas mein Herz schwermachte, aber das war nichts, was Sam ändern konnte.

»Warte«, formten seine Lippen. Er nahm mein Handy, das er auf die Kommode gelegt hatte, und scrollte durch das Menü, während Ida ihn noch immer mit Kissen bewarf. Er wehrte sie mit einer Hand ab und schaffte es trotz der Ablenkung, sie mit empfindlichen Kitzel-Attacken zu treffen.

Er rang sich durch Kissen, Decken und an Ida vorbei zu mir durch. Sein Körper schmiegte sich warm an meinen, als er mir das Handy hinhielt. Er nahm ein Sprachmemo auf, das Idas Gegackere als wilde Spitzen und Wellen darstellte.

Ida drängte sich zwischen uns und sah interessiert auf das Display des Handys, während Sam und ich einander die Gesichter zugewandt hatten.

»Auch, wenn du sie nicht hörst, du kannst sie fühlen.« Er nahm meine Hand und legte sie gemeinsam mit seiner auf Idas Brustkorb. Das tat ich oft, und Sam wusste das. Es war meine Art, Ida reden zu hören, ihr Lachen wahrzunehmen.

»Aber du kannst sie auch sehen. Das ist nicht dasselbe, aber vielleicht kommt es nah ran.« Er nickte zum Handy hinüber, das noch immer aufnahm. Ida hatte die Regie übernommen, alberte herum und forderte den Tonaufzeichner heraus, ihre Stimme einzufangen. Und da war noch eine weitere Linie. Sams Stimme. Sie war wesentlich flacher und passte perfekt zu der tiefen Vibration seines Brustkorbs. Seine Stimme musste dunkel und rau sein. Idas hingegen hell und fein. Zumindest, wenn ich den sich überlagernden Kurven glaubte. Ich sah ihn wieder an. Erst trafen sich unsere Blicke, dann unsere Lippen. Ich hatte mich getäuscht, als ich dachte, Sam könnte mein Leben nicht verändern. Er hatte es längst getan.

SAM

Es fühlte sich nicht richtig an. Und doch war es der einzige Weg. Ich starrte auf die Akte, die vor mir auf dem Schreibtisch lag. Sie sah aus wie jede andere Akte. Das Problem war, Lillan war nicht wie alle anderen. Ich liebte sie. Und trotzdem lagen die Unterlagen über sie zwischen zwei grauen Aktendeckeln, als wäre sie nur irgendein Fall, über den ich zusammen mit Henriette entscheiden musste. Ich hatte diesen unbändigen Wunsch, ihr zu helfen, und gleichzeitig wusste ich, dass sie sich nicht helfen lassen wollte. Sie wollte nicht über ihre Taubheit definiert werden, sich keine Schwäche eingestehen, und auf keinen Fall wäre sie einverstanden damit, den Namen der Hilfsorganisation zu nutzen, um Druck auf die zuständigen Stellen auszuüben und ihr die Operation dadurch zu ermöglichen.

Andererseits war es aussichtslos, auf anderem Weg zeitnah die Kostenübernahme vom medizinischen Dienst bestätigt zu bekommen und überhaupt einen Termin bei der Koryphäe Professor Legler für die Operation des Cochlea-Implantats zu ergattern, der nicht erst im nächsten Jahrzehnt lag. Es war die einzige Möglichkeit, um Lillan zumindest eine Option zu eröffnen.

Ich hätte längst mit ihr sprechen, mir ihr Einverständnis holen müssen, aber ich schob dieses Gespräch bereits seit Tagen vor mir her. Vielleicht hoffte ich, dass sie eher zustimmen würde, wenn ich bereits Ergebnisse und einen fixen Termin hätte. Vielleicht war ich aber auch nur zu feige, denn mir war klar, dass es ein Stück weit arrogant war, nach gerade einmal zwei Monaten Lillans gesamtes Leben umkrempeln zu wollen und mir einzubilden, ich wüsste, was das Beste für sie ist.

Meine Gedanken trudelten zu Ida. Zu dem Moment in der Küche des Kutscherhauses, als sie mir erklärt hatte, es wäre ihr größter Wunsch, wenn ich ihre Mutter wieder hörend machen könnte. Zu der Hoffnung in ihrem Blick, als ich ihr erklärt hatte, dass ich alles dafür tun würde, und als Wunscherfüller die Chancen gar nicht schlecht stünden, dass es mir gelingen könnte.

Ich tat das hier nicht nur für Lillan, die trotz ihrer Stärke und positiven Einstellung zum Leben zeitweise traurig darüber war, ihre Tochter nicht hören zu können. Ich tat es auch für dieses kleine mützentragende Mädchen, das sich fest in mein Herz geschlichen hatte.

Ich blätterte durch die Unterlagen und überflog die Aussagen, die ich dem Schreiben beigefügt hatte, um Druck zu machen und möglichst schnell positive Bestätigungen zu erhalten.

Behinderung. Emotional instabil. Sozial isoliert. Hörgeschädigt. Das waren Worte, die nicht zu Lillan passten. Sie war nicht beschädigt, behindert oder instabil, sondern die stärkste Person, die mir in meinem Leben untergekommen war. Und sie war perfekt. Ob nun hörend oder nicht. Aber wenn ich das dem medizinischen Dienst oder der schrulligen Empfangsdame von Professor Legler sagen würde, die dessen Termine koordinierte, würde Lillan auf einer Warteliste landen, die so lang war, dass Ida erwachsen wäre, bevor die Operation tatsächlich zustande kam.

Ich klappte die Akte wieder zu und stieß die Luft aus. Bisher wussten nur Ida und ich von meiner Mission. Ich sah zu Henriette hinüber, die mich prüfend musterte, und korrigierte mich. Henriette wusste auf jeden Fall, dass etwas im Busch war. Sie hatte mitbekommen, dass ich mir Gedanken um Lillan und ihre

Gehörlosigkeit machte, und sie hatte mich gewarnt, keine Grenze zu übertreten. Ich schob Lillans Akte unter einen Stapel Papiere und ignorierte das ungute Gefühl, Henriette könnte recht behalten.

Lillan

Sam telefonierte im Garten mit seinem Vater. Dabei lief er, die Hand im Nacken liegend, zwischen den großen Kastanien auf und ab. Ich versuchte mich auf meine Arbeit zu konzentrieren und ihn nicht zu belauschen. Im Gegensatz zu anderen Leuten musste ich dafür nicht in Sams unmittelbarer Nähe sein, was verlockend war, aber ich hielt mich trotzdem zurück. Er hatte mir erzählt, dass er dahinterkommen wollte, was Henriette und seinen Vater und in dessen Folge auch ihn, seinen Bruder und seine Eltern entzweit hatte.

So wie es aussah, lief diese Mission eher schleppend. Das sagte zumindest die Anspannung, die ihn umgab.

Ich konzentrierte mich wieder auf die Arbeit, bestätigte per Mail das Angebot unseres Kraftfutter-Lieferanten und sah mir die Verkaufsanzeigen für zwei unserer Junghengste durch, die bald online gehen sollten. Als ich alles erledigt hatte, druckte ich den Kaufvertrag für ein Stutfohlen aus, das heute Nachmittag abgeholt werden würde. Obwohl ich als Gestütsleitung Prokura hatte, unterzeichnete Henriette nach Möglichkeit alle Kaufverträge selbst.

Deswegen legte ich ihr die Unterlagen auf den Schreibtisch und wollte gerade wieder gehen, als ich plötzlich stutzte. Eine Reihe von Akten mit zu erfüllenden Wünschen wartete auf ihrem Schreibtisch. Sam hatte eine Vorauswahl getroffen. Er hatte die Anträge bearbeitet, eine Einschätzung geschrieben und sie Henriette zur abschließenden Prüfung hingelegt. Aber eine Akte lag noch immer verloren auf seinem Schreibtisch. Vermutlich hatte er sie übersehen, als er, schon mit dem Telefon am Ohr, den Stapel auf Henriettes Schreibtisch abgelegt hatte.

Ich umrundete den Tisch und nahm den Hefter in die Hand. Normalerweise waren unsere Akten mit einem Vor- und Zunamen versehen. Diese hier trug nur ein Kürzel: L.

L. konnte alles bedeuten. Wieso also begann die Haut in meinem Nacken unangenehm zu kribbeln? Ich schluckte trocken und wollte die Papiere zurücklegen, aber meine Hände reagierten nicht. Sie umkrampften noch immer die graue Pappe. Ich wich rückwärts, bis ich gegen meinen eigenen Schreibtisch stieß und mich langsam darauf sinken ließ. Dann öffnete ich die Unterlagen.

L. konnte alles bedeuten. Aber das tat es nicht. Fahrig durchwühlte ich die Papiere. Anträge an den medizinischen Dienst, Korrespondenz zwischen Sam und dem phoniatrischen Zentrum. Mein Herz hämmerte gegen meine Rippen. Er hatte bereits einen Termin gemacht. Für mich. Für eine Operation, gegen die ich mich schon vor Jahren entschieden hatte. Aus guten Gründen. Ich hatte es ihm gesagt. Ihm erklärt, warum ich mich damals dagegen entschieden hatte. Dass es Risiken gab, die ich nicht bereit war einzugehen. Ihm schien das egal zu sein, wenn eine Operation meinen Mangel dafür beheben konnte.

Und am schlimmsten war, dass er all das getan hatte, ohne mit mir zu sprechen. Diese Papiere waren der Beweis dafür, dass er mir die Fähigkeit absprach, selbst zu entscheiden. Dass er nicht mit meiner Einschränkung umgehen konnte, egal wie oft er gesagt hatte, dass ich perfekt wäre.

Nach Hannes hätte ich es besser wissen sollen. Mich nicht wieder auf das trügerische Gefühl von Liebe verlassen dürfen, das mir vorgegaukelt hatte, ich könnte diesem Mann mein Herz anvertrauen.

Hannes hatte mir auch gesagt, dass er mich liebte, dass die Taubheit keine Rolle spielte. Aber das tat sie. In dem Moment, als ich ihm eröffnete, dass ich mit Ida schwanger war.

»Wie willst du mit deiner Einschränkung Mutter werden?« Hannes' Worte ploppten in meinem Kopf auf. »Ich will auf jeden Fall so nicht Vater werden. Nicht unter diesen Umständen. Nicht mit dir. Ich meine, du bist verdammt noch mal taub. Wie willst du dich jemals um ein Kind kümmern, und ich kann und will nicht für zwei Menschen sorgen müssen.« Er hatte jedes Wort genau so gemeint, wie er es mir vor die Füße warf, das hatte ich in seinem Blick gesehen, und trotzdem weigerte sich damals alles in mir, die Vorstellung von uns aufzugeben.

»Aber du hast immer gesagt, es macht dir nichts aus«, hörte ich mich selbst sagen und sah, wie Hannes sich die Haare raufte.

»Ich schätze, da lag ich wohl falsch. Es macht mir etwas aus. Ich will einfach keine Familie mit dir, Lillan.«

Ich erinnerte mich daran, wie er damals einfach gegangen war. Aus meiner Wohnung. Aus meinem Leben. Meiner Zukunft.

Die Erinnerungen rissen alte Wunden auf. Zu diesem Zeitpunkt war unsere gemeinsame Zukunft bereits zwölf Wochen alt gewesen und wuchs unter meinem Herzen zu dem Besten heran, was mir je passiert war. Ich atmete schluchzend ein, biss mir auf die Lippen, während jedes Wort, das Sam im Namen der Hilfsorganisation an die Klinik und den medizinischen Dienst zwecks Kostenübernahme gesandt hatte, Löcher in meine Seele trieb. *Starke Einschränkungen. Psycho-emotionale Instabilität. Behinderung*. Er sah mich wie Hannes. *Einschätzung der Nutzen-Risiko-Faktoren.* Ich war ein Ergebnis unter dem Strich. Und ich hatte nicht vor abzuwarten, ob Sam fand, dass es sich lohnen würde, mich zu reparieren, oder ob er wie Hannes für immer verschwand, wenn ich die Operation verweigerte. Wie betäubt wankte ich aus dem Büro, glitt an der Wand entlang zur Küche.

Sam musste noch draußen sein. Obwohl ich mir noch immer mit einer schmerzlichen Intensität wünschte, das alles wäre nur ein Irrtum, wusste ich es tief in meinem Inneren besser. Die Lage war klar. Alles, was mir blieb, war, mein Gesicht zu wahren, indem ich ihn zur Rede stellte und unsere Beziehung beendete, bevor er es tun konnte. Vielleicht musste ich es auch aus seinem Mund hören, damit mein Herz endlich begriff, was mein Kopf bereits als düstere Realität erfasst hatte.

Sam hatte sein Telefonat beendet und befand sich in der Küche, wo er mit Henriette stritt. Ich hatte nicht einmal gewusst, dass sie dazu in der Lage war. Was das Geschäftliche anging, war Henriette eine beinharte Verhandlungspartnerin, aber in ihr lebte so viel Woodstock-Spirit, dass ich sie nie wirklich wütend erlebt hatte. Jetzt war sie es. Und zwar so sehr, dass ich an der aufgeladenen Stimmung im Raum zurückprallte.

Sam stand mit dem Rücken zu mir und redete mit einer solchen Vehemenz auf Henriette ein, dass sein Körper jedes Wort unterstrich, das mir verborgen blieb.

Die Augen zu schmalen Schlitzen verengt, musterte ihn Henriette und holte dann tief Luft. »Ich versuche nett zu bleiben, weil mir bewusst ist, dass du nur helfen willst, aber manches lässt sich einfach nicht mehr reparieren, Sam. Es ist beschädigt und bleibt es auch. Da kann kein Arzt der Welt etwas dran ändern. Nicht einmal du in deinem grenzenlosen Perfektionismus.«

Ich lehnte mich kraftlos gegen die Wand. Er wollte mich also tatsächlich reparieren. Mich verändern, damit ich vorzeigbar war und so etwas wie in Hamburg, wo er für mich Partei ergriffen hatte, nie wieder passierte. Ich war ein Problem für ihn. Seine ganze Körpersprache drückte das aus, während er noch immer auf Henriette einredete. Er würde nicht aufgeben, mich, die beschädigte Ware, wieder in Ordnung zu bekommen. Und genau das brach mein Herz in tausend Stücke. Ich hätte auf mich aufmerksam machen müssen. Sam zur Rede stellen, wie ich es vorgehabt hatte, aber stattdessen umklammerte ich die Tür und versuchte die Übelkeit hinunterzuschlucken, meinen Puls und den Herzschlag zu beruhigen.

»Das kann ich nicht tun«, sagte Henriette gerade und konzentrierte meine Aufmerksamkeit damit wieder auf sich. »Ich habe dich sehr gern, Sam, aber die Entscheidung liegt nicht bei mir. Und auch nicht bei dir. Solange die Hauptperson nicht zustimmt, ist diese Diskussion beendet.«

Immerhin wollte Henriette, dass er mit mir sprach und mich nicht einfach überging. Es wunderte mich, dass sie ihm nicht auch noch den Kopf zurechtrückte, weil er *Glücksmomente* für seinen persönlichen Rachefeldzug gegen meine zerstörten Haarsinneszellen im Innenohr benutzt hatte.

Aber anstatt genau das zu tun, wurden ihre Gesichtszüge plötzlich weich. Sie ähnelte jetzt viel mehr meiner Henriette. »Das ist kein Gefallen. Das ist eine aussichtslose Mission, in die du dich verrannt hast, weil du auf einem ganz komischen Trip bist, und jetzt erwartest du, dass ich dabei mitmache, aber das werde ich nicht.«

Ich hatte genug mitbekommen. Sicher war eine Beziehung unter diesen Umständen unmöglich, und am liebsten hätte ich ihn nie wiedergesehen. Aber wir mussten eine Lösung finden, wie wir auf beruflicher Ebene damit umgehen wollten. Das alles war notwendig, aber gerade war ich einfach nicht in der Lage dazu. Ich musste mich erst beruhigen, meine Gedanken sortieren, mein Herz kitten. Die Vergangenheit mit Hannes wieder fest in meinem Inneren verschließen. Und die Einzige, die mir dabei helfen konnte, war Ida. Ich konnte nicht fassen, dass ich völlig unkritisch zugelassen hatte, dass sich Sam nicht nur in mein Leben, sondern auch in ihres gedrängt hatte.

Ich wich zurück, schlich zum Ausgang und schlüpfte durch die Tür ins Freie. Sekundenlang schloss ich die Augen, atmete die nach Pferdeduft riechende Luft ein und ließ die warmen Sonnenstrahlen meine Nasenspitze kitzeln. Es brachte mir nicht wie sonst Frieden. Tränen quollen unter meinen Lidern hervor. Ich straffte die Schultern, sprang die Treppenstufen der Veranda hinab und zerrte das Fahrrad von der Wand, mit dem ich am Morgen hierhergekommen war. Da hatte ich es gegen meine Hüfte gelehnt geschoben, während Sam meine Hand hielt und rückwärtslief, damit ich seine Lippen lesen konnte, während er mir von Henriettes Date mit dem Biker Walter erzählte. Ich erinnerte mich an die Wärme seiner Hand, daran, wie glücklich ich gewesen war. Wie Sam über einen Ast gestolpert und nur deswegen nicht rückwärts in den Matsch gefallen war, weil er noch immer meine Hand gehalten hatte. Er hatte sich aufgerappelt und mich lachend in seine Arme gezogen. Ich presste meine Hand gegen meine Brust, in der ich noch immer das Vibrieren seines tosenden Lachens spüren konnte. Vor zwei Stunden hatte sich alles noch so verdammt perfekt angefühlt. Scheiß Erinnerungen. Scheiß Herz. Trotzig wischte ich die Tränen fort und fuhr so schnell ich konnte nach Hause. Dort angekommen, feuerte ich das Rad auf den Kies und lief zu Ida, die lesend auf dem Steg lag. Ich setzte mich neben sie. Der Atem immer noch pumpend. Das Herz rasend von der Vehemenz, mit der ich in die Pedale getreten war, um schnellstmöglich bei meiner Tochter zu sein.

Vielleicht war es aber auch Sam, der für das Gewitter in meinem Körper verantwortlich war. Und wenn er der Sturm war, war Ida das Auge des Hurrikans. So wie sie es schon immer gewesen war, seitdem sie auf der Welt war. Sie war der Grund gewesen, nicht an Hannes zu zerbrechen. Und sie würde der Grund sein, auch Sam zu überleben.

Ich schloss sie in meine Arme und zwang mich, nicht direkt wieder loszuheulen. Trotzdem musste Ida klar sein, dass irgendetwas nicht stimmte. Sie hatte es mir sicher angesehen, und meine Überfall-Umarmung war auch nicht alltäglich. Sie drückte mich gegen ihren schmalen Körper und schob mich dann ein Stück von sich. Stirnrunzelnd sah sie mich an, was dazu führte, dass die Froschaugen ihrer Mütze wild hin- und herkullerten.

»Was ist passiert?«, fragte sie und streichelte mir über die Wange.

»Nichts.« Ich nickte, aber die Tränen, die in diesem Moment denkbar illoyal aus meinen Augen flossen, straften mich Lügen.

»Hast du dich mit jemandem gestritten?«

»Vielleicht ein bisschen«, gab ich zu und rutschte seitlich an die Kante des Stegs, bis eins meiner Beine herunterbaumelte. Vielleicht konnte ich aufhören zu heulen, wenn ich meinen Körper zwang, sich zu entspannen. Ich atmete tief in den Bauch und schüttelte das Bein aus. Wasserläufer versetzten die Oberfläche des Sees in Schwingungen. Eine absolut friedvolle Szenerie, aber ich weinte noch immer.

»Mit wem?« Sie presste ihre Handflächen zusammen und sah mich an. Ihr Gesicht wurde blass, und in ihren Augen bildeten sich Tränen. »Mit Sam?«

Ihr musste instinktiv klar sein, dass nur er es schaffte, mich dermaßen aus der Bahn zu werfen. Es brach mir jetzt schon das Herz, ihr Sam wegzunehmen. Sie liebte ihn wie irre. Im Grunde seitdem er Gut Auweide betreten hatte, aber noch mehr, seitdem ich ihm erlaubt hatte, ein Teil ihres Lebens zu sein. Ich schloss die Augen, um nicht daran zu denken, wie er in meinem Bett mit ihr herumgealbert, wie er in diesem See mit ihr getobt hatte. Ich wollte mich nicht daran erinnern, wie er ihr vorgelesen hatte, noch unermüdlicher, als ich es tat. Oder wie er morgens mit ihr in die Küche gekommen war, als wäre es das Normalste der Welt, dass an seinem Arm kopfüber ein kicherndes Mädchen hing und darum kämpfte, wieder in die Senkrechte gedreht zu werden. Ich nickte, weil ich sie nicht davor beschützen konnte, dass es vorbei war. Alles, was ich tun konnte, war, ihr die Wahrheit zu sagen und mich nicht in Ausflüchten zu verlieren. »Er war nicht ehrlich zu mir, weißt du.«

Ida schüttelte den Kopf. »Aber das war doch bestimmt nur wegen der Überraschung.« Ich sah die Empörung, die jedes ihrer Worte ummantelte, und hielt die Luft an. Hatte er Ida etwa davon erzählt, dass er diese Operation für mich wollte? Ich hatte die Sache zwischen uns falsch eingeschätzt, aber konnte ich mich so sehr in ihm getäuscht haben? Würde er Ida wirklich benutzen, um seine Position in dieser Frage zu stärken? Er wusste, wie wichtig mir Ida war und dass sie im Zweifelsfall die Macht besaß, mich umzustimmen, sollte ich gegen die Operation sein. Aber sie war verdammt noch mal ein Kind. Ein Kind, das er nie da hätte mit reinziehen dürfen.

»Was für eine Überraschung?«, fragte ich vorsichtig. Ich musste Gewissheit haben, und gleichzeitig hatte ich Angst vor ihrer Antwort.

»Er wollte doch nur machen, dass du wieder hörst. Dass du mit uns und den Fröschen um die Wette quaken und die Musik hören kannst, zu der er mit dir tanzen will.« Jetzt liefen auch ihr Tränen die Wangen hinab.

Ich hasste Sam in diesem Moment, und ich schaffte es einfach nicht, meine Gefühle zu verbergen. »Das wird nicht passieren, Ida«, sagte ich tonlos. »Es gab Gründe. Gute Gründe, weswegen ich mich gegen die Operation entschieden hatte.«

»Was ist denn so falsch daran?«, fragte Ida und weinte stärker.

Alles. Einfach alles war falsch. »In meinem Fall ist es zu gefährlich. Sam hätte mit mir reden müssen, bevor er dir falsche Hoffnungen macht.« Ich wiegte Ida sachte hin und her und strich dabei über ihren Rücken, aber sie drückte sich energisch von mir weg.

»Es tut mir leid, Mama.« Sie sah mich flehend an. »Aber das ist alles gar nicht seine Schuld, sondern meine. Bitte, sei nicht sauer auf Sam.«

In diesem Szenario gab es nur einen Menschen, der verantwortlich war, und das war mit Sicherheit nicht Ida. Sie würde das nicht auf ihre Kappe nehmen, nur um Sam zu schützen. So viel Zuneigung und Loyalität hatte er nicht verdient. Wegen ihm weinte Ida, und das hätte nie passieren dürfen.

Obwohl ich zunächst vorgehabt hatte, mit ihm zu reden, sobald ich dazu in der Lage war, entschloss ich mich in diesem Augenblick anders. Jedes Auftauchen von Sam würde es für Ida nur noch schlimmer machen. Und für mich. Ich biss mir auf die Lippen und sah Ida an.

»Was hältst du davon, wenn wir ein paar Sachen packen und Pia besuchen? Sie bettelt schon seit Wochen, dass wir in den Ferien mal zu ihr kommen sollen.«

Ida liebte Pia. In geringen Dosen mochte sie diese andere Welt, die Kiel als Großstadt zum Leben auf Gut Auweide bot. Ausgiebige Shoppingtouren mit Pia, gutes Essen, Wassersport und am Abend, wenn Ida schlief, eine Flasche Wein auf ihrem Balkon mit langen Gesprächen würden mir sicher guttun. Ich war gefestigter als damals bei der Trennung von Hannes, als ich in ein verdammt tiefes und äußerst dunkles Loch gefallen war. Dieses Mal würde ich hoffentlich wesentlich wütender als traurig sein. Und ich war lieber mit Pia wütend auf einen Typen, anstatt allein in Depressionen zu versinken. »Was sagst du?«

»Verträgst du dich vorher mit Sam?«

Wir hatten mein Schlafzimmer erreicht, und ich schichtete bereits wahllos Kleidungsstücke in meine Reisetasche, die üblicherweise ein arbeitsloses Leben unter dem Bett fristete. »Ich denke nicht, Süße.« Ich musste ehrlich sein. »Weißt du, manchmal mag man sich, aber die Vorstellungen vom Leben sind einfach zu unterschiedlich und die Liebe nicht groß genug, um diese Schwierigkeiten zu überwinden.«

»Er liebt dich richtig doll«, insistierte Ida und stieß die Luft aus. Anstatt einer Antwort strich ich ihr über den Kopf und ging mit der halb vollen Tasche ins Kinderzimmer. Ich würde bestimmt nicht wiederholen, was Sam über mich gesagt hatte, ihr damit das Gegenteil beweisen und gleichzeitig das Herz brechen. Ich füllte jede Menge Sommersachen von Ida hinein und legte dann unsere Kulturtasche obenauf. Alles, was ich eventuell noch vergessen hatte, konnte ich mir sicher von Pia leihen oder neu kaufen. Ich wollte dringend los. Mit einem Mal kam mir der Trip nach Kiel wie die einzige Rettungsleine vor, um das hier zu überstehen.

Auffordernd hielt ich meiner Tochter die Hand hin und wollte sie mitsamt der Tasche ins Auto verfrachten, aber sie hatte wohl beschlossen Smokey, dem störrischsten unserer Ponys, Konkurrenz zu machen.

»Ich komme nicht mit«, sagte sie und stemmte die Füße gegen den Boden.

»Ida, bitte, nicht jetzt.«

Sie schüttelte den Kopf. »Nicht, bevor du mit Sam geredet hast und er dir gesagt hat, dass das alles meine Idee war.«

Ich umschloss ihre Hand und zog sie kurzerhand hinter mir her. »Du bist ein Kind. Er der Erwachsene, der dich da mit reingezogen hat.«

Ida weinte, kämpfte gegen mich an und kümmerte sich nicht einmal darum, dass ihr Rotz aus der Nase lief und sich mit den Tränen vermischte. »Er hat mich überhaupt gar nicht irgendwo reingezogen. Du bist so unfair. Er hat dich lieb und mich. Er will unsere Familie sein, und du bist gemein zu ihm. Bestimmt geht er jetzt wieder nach Hamburg, und daran bist dann nur du schuld.«

Ich spürte, wie meine Kraft schwand und sich der Liebeskummer zäh seinen Weg durch mein Innerstes grub, denn Ida hatte recht. Das war vermutlich das Ende dieses Szenarios – Sam würde vielleicht nicht zurück nach Hamburg gehen, aber Ida und ich würden ohne ihn klarkommen müssen. Diese Gedanken waren nicht hilfreich. Wir hatten Henriette. Und wir hatten Pia. Alles würde wieder gut werden. Irgendwann.

Aber dafür musste ich erst einmal Ida in dieses Auto bekommen. »Ida, ich habe schon mit ihm gesprochen. Darum ging es bei unserem Streit. Er liebt mich nicht. Das hat er sehr deutlich gemacht. Es tut mir leid. Aber er wird hierbleiben, und ihr könnt euch weiterhin sehen.« Ich schluckte die Tränen hinunter, die meine Worte umspülten. »Ich habe mir auch gewünscht, dass es klappt, aber das hat es nicht. Tu mir den Gefallen, und steig jetzt ein«, fügte ich sanft hinzu.

Ich sah, wie meine Worte langsam wie Schneeflocken in ihr Bewusstsein sanken, und die Erkenntnis, dass es vorbei war, nach und nach Idas Innerstes erreichte. Es tat ihr so weh wie mir. Ich wünschte mir in diesem Moment nichts sehnlicher, als ihr diesen Schmerz ersparen zu können. Und ich hasste Sam mit derselben Intensität dafür, dass er ihn ihr zugefügt hatte. Und mich selbst, denn ich hatte ihn überhaupt erst in unser Leben gelassen.

SAM

Ich stand im Garten. Eine Hand in den Nacken gelegt, in der anderen das Handy. Ich war unentschlossen, ob ich lieber ausflippen oder zusammenbrechen sollte. Henriette blieb stur. Insbesondere, wenn es um ihren Sohn, meinen Vater, ging, aber gegen Pa war sie vermutlich der leichtere Part. Er war Granit. Stahlverstärkter Granit.

»Keine zehn Pferde kriegen mich auf diesen Hippie-Hof«, nuschelte er gerade ins Telefon.

»Es ist ein Gestüt, Pa.« Das hatte ich ihm in den letzten zehn Minuten bereits dreimal erläutert. »Ich erwarte ja nicht, dass du mit Henriette Flamingohito trinkend ums Lagerfeuer tanzt. Komm einfach her, und sprich mit ihr. Das ist alles, worum ich dich bitte.«

Er stieß verächtlich die Luft aus. »Wusste ich es doch, dass da im Nirgendwo Sodom und Gomorra herrscht. Lagerfeuer«, stieß er spitz hervor. »Wer macht denn bitte mit achtzig noch Lagerfeuer und tut so, als wäre er ein Teenager, der auf Flamingos steht.«

Ich drehte mich um und sah zum Bürofenster, hinter dem ich Lillans Umrisse erahnen konnte. Ein Lächeln glitt über meine Lippen. »Auch wenn man achtzig ist, ist das Leben nicht vorbei. Man muss deswegen ja nicht strickend im stillen Kämmerlein auf das Ende warten.« Das waren in etwa Lillans Worte gewesen.

»Pff.« Es raschelte, bevor Pa weitersprach. Vermutlich hatte er das Telefon von einem Ohr ans andere gewechselt. Das tat er oft, wenn er sich aufregte. »Hast du die Lebensweisheit auch von meiner Mutter?«

»Nein.« Ich sparte es mir, ihm von Lillan zu erzählen, davon, dass ich mich verliebt hatte und in Bissee bleiben würde. Das sparte ich mir besser für einen passenderen Zeitpunkt auf. »Das hat mir eine Freundin gesagt, und ich finde, sie hat irgendwie recht. Wenn ich alt bin, hoffe ich, kann ich das Leben noch so genießen, wie Henriette es tut.«

»Ja, am besten genau wie sie ohne Rücksicht auf deine Mitmenschen.«

Ich massierte mir den Nacken und spürte die Verspannungen, die von meinem Dad durch den Hörer auf mich übergingen. »Pa, was ist eigentlich genau zwischen euch vorgefallen?«

»Nichts«, kam die prompte Antwort. Das war stets seine Parade, um tiefschürfende Gespräche abzublocken, aber dieses Mal ließ ich mich nicht so einfach abwimmeln.

»Warum wolltest du dir Geld von Henriette borgen? Du hattest doch immer einen Job, hast dich sogar selbstständig gemacht und das erfolgreich. Weißt du, sie denkt, du hättest Mama von dem Geld einen Wintergarten bauen wollen.« Was im Umkehrschluss bedeuten würde, er hätte für einen Wintergarten, den sie ihm verwehrt hatte, mit ihr gebrochen.

»Der Wintergarten.« Pa seufzte, und plötzlich zerbröselte seine Granitstimme zu weichem Kalkstein. »Natürlich hat sie das wörtlich genommen.«

Also ging es nie um einen Wintergarten. Das hatte ich zwar bereits vermutet, aber es war etwas anderes, von ihm die Bestätigung zu bekommen. »Was war es dann?«

»Das ist vollkommen egal. Ich habe sie um Geld gebeten, und deine Großmutter hat sich dafür entschieden, es an Fremde zu verschenken, anstatt es mir zukommen zu lassen. Zwischen uns ist alles gesagt, Samuel.« Pa hatte mich noch nie Sam genannt, obwohl er wusste, dass ich meinen vollen Namen nicht leiden konnte. Er war der Einzige, dem ich das verzieh.

»Sie hatte ihre Gründe. Hör dir an, was sie zu sagen hat. Dann kannst du immer noch bis ans Ende deiner Tage sauer auf sie sein.« Keine Antwort. »Pa?«

»Will sie dieses Gespräch oder du?«

Ich zögerte einen Moment zu lange.

»Dachte ich mir. Ich lege jetzt auf«, warf er in die Stille. »Wir hören uns.« Dann beendete er das Gespräch, ohne mir die Möglichkeit zu geben, noch etwas zu erwidern.

Ich schob das Handy in meine Hosentasche und fuhr mir mit den Händen über die Augen. Das war nicht gerade gut gelaufen. Ich musste dafür sorgen, dass Henriette auf Pa zuging, sonst würde dieses Gespräch nie stattfinden. Ich atmete den frischen Geruch nach Gras und Sonne ein, schöpfte Kraft, indem ich einfach auf den See hinaussah, bevor ich ins Haus zurückkehrte. Die Terrassentüren waren geöffnet, und Henriette stand an der Arbeitsfläche. Vor ihr lag eine zweigeteilte Grapefruit, auf der sie gerade eine ungehörige Menge Zucker verteilte.

»Du siehst nicht glücklich aus«, bemerkte sie, obwohl sie nicht von ihrem Frucht-Zucker-Gemenge aufgeblickt hatte.

Ich ließ die offene Handfläche auf meine Faust klatschen und nickte. »Das war Pa.«

»Oh.« Henriette zog eine Augenbraue nach oben, zupfte ihr indisches Gewand zurecht. »Das tut mir leid.« Für sie war klar, dass ein Morgen, der mit einem Telefongespräch mit Pa begann, kein guter sein konnte.

»Ich wollte von ihm wissen, warum er damals Geld von dir gewollt hat«, sagte ich vorsichtig und machte einen Schritt auf Henriette zu.

Sie senkte den Kopf. »Ich glaube, das ist egal. Er wollte es, und als ich es ihm nicht gegeben habe, war das Grund genug für ihn, den Kontakt abzubrechen«, murmelte sie. Für einen Moment blitzte der Schmerz auf, den diese Tatsache auslöste. Dann sah sie mich wieder an, und ihr Blick war genauso stolz und stark wie immer.

Ich wanderte durch die Küche und suchte nach den richtigen Worten. An der Tür drehte ich mich um, weil ich glaubte, sie gefunden zu haben. Vielleicht bildete ich mir auch nur ein, Henriette könnte das Gespräch schlechter abbrechen, wenn ich ihr den Fluchtweg versperrte. »Henriette, ich bin mir sicher, dass Pa die Funkstille bereut. Wenn du bereit wärst, mit ihm zu sprechen, könntet ihr vielleicht wieder zueinanderfinden. Wir könnten jemand Außenstehenden, einen Mediator, bitten zu vermitteln. Oder ich bin bei dem Gespräch dabei. Ganz wie du es willst, aber rede mit ihm!«

Henriette schob ihr Frühstück beiseite und drehte sich zu mir um. Ihre Augen waren zu schmalen Schlitzen verengt, und ihr Mund buchstabierte förmlich das Wort Wut. Dabei war sie nie wütend. Ein klares Indiz dafür, dass ihr die Sache mit Pa naheging. »Ich versuche nett zu bleiben, weil mir bewusst ist, dass du mir nur helfen willst, aber manches lässt sich einfach nicht mehr reparieren, Sam. Es ist beschädigt und bleibt es auch. Da kann kein Arzt der Welt etwas dran ändern. Nicht einmal du in deinem grenzenlosen Perfektionismus.«

So leicht würde ich nicht aufgeben. »Ein Mediator ist kein Arzt, sondern eine Hilfe. Wie eine Krücke, um wieder laufen zu lernen. Um wieder aufeinander zuzugehen. Dieser Ort, Lillan und du, ihr habt mich wieder hinbekommen. Da ist ein Gespräch mit deinem Sohn doch ein Klacks gegen.« Ich grinste schief. »Ich weigere mich, dein Nein zu akzeptieren, es sei denn, du nennst mir einen guten Grund, warum du nicht zumindest versuchen willst, dieses Gespräch zu führen. Wenn du es nicht für dich tust, dann tu es für mich. Es bedeutet mir sehr viel.«

Henriette betrachtete mich und schüttelte dann vehement den Kopf. »Das kann ich nicht tun. Ich habe dich sehr gern, Sam, aber die Entscheidung liegt nicht bei mir. Und auch nicht bei dir. Solange die Hauptperson nicht zustimmt, ist diese Diskussion beendet.«

Granit die zweite, und Henriette sah nicht so aus, als würde sie in nächster Zeit zu bröckeligem Kalkstein werden. Immerhin wusste ich jetzt, dass der Hennig-Sturkopf erblich war. »Pa ist eingeweiht. Er ist nur stur. Fast so starrköpfig wie du.« Ich atmete tief durch. »Gib dir einen Ruck, und tu mir den Gefallen!«

Henriette raffte die bunten Stoffbahnen zusammen, die sie um den Körper gewickelt trug, und trat näher an mich heran. »Das ist kein Gefallen. Das ist eine aussichtslose Mission, in die du dich verrannt hast, weil du auf einem ganz komischen Trip bist, und jetzt erwartest du, dass ich dabei mitmache, aber das werde ich nicht.« Sie reckte das Kinn nach oben, drehte sich auf dem Absatz um und rauschte in den Garten. Zu ihrem Liegestuhl am See, auf den sie sich fallen ließ. Ihr Oberkörper hob und senkte sich, als würde sie dieselben Atemübungen machen, die sie jeden Morgen beim Yoga praktizierte.

Seufzend warf ich die Arme in die Luft und ließ sie dann gegen meine Oberschenkel fallen. Die Mission Familienzusammenführung war vorerst gescheitert. Vielleicht hatte Lillan eine Idee, wie ich Henriette und Pa dazu kriegen könnte, über ihren Schatten zu springen. Außerdem musste ich dringend mit ihr über die andere Sache sprechen. Irgendwie musste es mir gelingen, herauszufinden, wie sie zu der möglichen Operation stand, sie schonend darauf vorbereiten, dass ich mich eingehend mit dem Thema beschäftigt hatte. Ich konnte ihr den Termin beim Spezialisten besorgen, mich um die Kostenübernahme kümmern, recherchieren und die bestmögliche Behandlung für sie organisieren, aber letzten Endes lag die Entscheidung bei Lillan. Und sie würde sie bald treffen müssen. Ich konnte das nicht länger vor mir herschieben. Ich ging ins Büro, aber sie saß nicht wie erwartet an ihrem Schreibtisch. Vielleicht hatte sie unseren Streit mitbekommen und war zu Henriette gegangen, um sie zu trösten. Ich sah durchs Fenster, Henriette bildete einen bunten, aber nach wie vor einsamen Punkt vor dem Schilf in Ufernähe.

Ich zog mein Telefon hervor und schrieb Lillan eine Nachricht, dass ich sie sprechen müsste. Die Häkchen blieben grau, was bedeutete, sie hatte die Nachricht zwar erhalten, aber nicht gelesen. Ich fuhr mir durch die Haare und beschloss, dass ich sie suchen gehen würde. In meiner jetzigen Verfassung hatte es sowieso keinen Sinn zu arbeiten. Vielleicht sah ich wieder klarer, wenn ich mit ihr gesprochen hatte. Ein leises Lächeln legte sich auf mein Gesicht, als ich daran dachte, dass neben den zwei ernsten Gesprächen, die wir zu führen hatten, sicher auch der eine oder andere Kuss für mich abfallen würde.

Lillan

Ida war immer noch wütend, als wir in Kiel ankamen und ich den Wagen in eine freie Parkbucht vor Pias Wohnhaus rollen ließ.

Meine beste Freundin wartete bereits auf uns. Sie stand, mit Sporthosen, Turnschuhen und einem Sport-BH bekleidet, auf dem Gehweg und winkte mir überschwänglich zu. Als ich aus dem Wagen stieg, umarmte sie mich und hielt mich einen Moment lang einfach fest. Ich hatte ihr geschrieben, bevor wir in Bissee losgefahren waren. Eine knappe Nachricht, in der ich nur erwähnt hatte, dass es Probleme zwischen mir und Sam gab und ich ein paar Tage Zuflucht bräuchte. Ihre Antwort war ein schlichtes »Wann seid ihr hier?« gewesen. Genauso schlicht und gleichzeitig tröstend wie ihre Umarmung. Nach einer kleinen Ewigkeit schob sie mich von sich, gab mir einen Kuss auf die Wange und beugte sich dann in den Wagen.

»Hey, Monsterchen, alles klar?« Sie hielt Ida die Hand zum High five hin, aber die sah nur bockig vor sich hin und schob die Unterlippe vor.

Pia tauchte wieder aus dem Innenraum des Autos auf. Ihr Haar war ein vollkommenes Chaos, das ihren Charakter perfekt spiegelte. »Was ist denn mit dem Mützenmonster los?«

Ich schüttelte die Tränen ab, die schon wieder in mir aufstiegen, und zuckte die Schultern. Ida stopfte sich demonstrativ Ohrstöpsel in die Ohren und drehte die Musik ihres MP3-Players auf.

»Sie denkt, ich bin schuld daran, dass es zwischen Sam und mir nicht funktioniert hat.«

Kurzerhand schloss Pia die Tür des Wagens und kletterte über die Motorhaube auf das Dach meines alten Autos. Da Pia nichts von Stühlen hielt – nie – und der Wagen bereits so alt und zerdellt war, dass es seit Jahren schon keinen Unterschied mehr machte, ob noch Kerben hinzukamen, hatte sie heute das Dach des alten VWs als Sitzplatz auserkoren. Die Motorhaube war noch heiß von der Fahrt, zumindest deutete ich Pias Schimpfen und das übertriebene Ausschütteln der Hand, mit der sie sich beim Erklimmen des Autos darauf abgestützt hatte, so. Ich wartete, bis sie mir ihre Hand reichte und mir nach oben half. Auf zusätzliche Schmerzen durch glühende Kühlerhauben konnte ich gut verzichten. Pia machte es sich im Schneidersitz bequem und wartete, bis ich mich zu ihr gesetzt hatte. Dann konnte sie die Frage, die ihr sicher schon seit meiner Ankunft auf der Zunge brannte, nicht mehr zurückhalten.

»Was ist passiert?« Immer direkt zum Punkt. Keine Umwege. So war Pia.

Ich atmete tief durch, zögerte. Wie fasste man das, was passiert war, in Worte? »Ich habe mich in Sam geirrt.« Das hörte sich so banal an. Überhaupt nicht schlimm. Nicht herzzerfetzend. »Er hat schlimme Sachen über mich gesagt. Hannes-schlimm«, fügte ich leise hinzu und brach dann ab.

»Dann ist er ein Arschloch und definitiv nicht der Richtige«, entfuhr es Pia sofort. Sie legte den Arm um mich. »Du bist perfekt. Genau so, wie du bist. Mal abgesehen von deinem Faible für kitschige alte Filme.«

Ich zog die Beine an den Körper und schlang meine Arme um die Knie. Pia strich mir über das Haar, und eine Weile saßen wir so da. Die Sonne wärmte mein Gesicht, trocknete meine Tränen, und Pias Nähe gab mir ein bisschen Zuversicht zurück.

»Meinst du, wir kriegen deine Tochter aus dem Auto, wenn ich sie mit der Aussicht auf Kino und Burger locke?« Sie zwinkerte mir verschwörerisch zu, aber ich konnte nicht mit ihrer guten Laune gleichziehen.

»Sie hasst mich wegen der Sache mit Sam.«

Pia stieß mich an. »Das ist Quatsch, und das weißt du auch. Es gibt niemanden, den Ida mehr liebt als dich. Und schon gar nicht einen oberflächlichen Vollidioten aus Hamburg.«

Es versetzte mir einen Stich, dass Pia Sam so sah, aber ihr Bild war vermutlich weitaus realistischer als meines. Mein Kopf stimmte ihr sogar zu, aber mein Herz weigerte sich strikt zu begreifen, was passiert war.

SAM

Zu meiner ersten Nachricht hatten sich fünf weitere gesellt, die ich Lillan geschickt hatte. Sie hatte keine davon gelesen. Ich hatte die Ställe abgesucht, die Koppeln, bis ich auf die Idee gekommen war, nach ihrem Rad zu sehen. Es stand nicht mehr an der Hauswand. Wieso war sie mitten am Tag nach Hause gefahren? Sofort schoss die Sorge, es könnte etwas mit Ida sein, durch meinen Kopf. Ich machte mir nicht die Mühe, mich bei Henriette abzumelden, sondern lief zum Defender und fuhr so hart an, dass die Reifen den Kies aufspritzen ließen. Die Strecke bis zum Kutscherhaus war kurz und kam mir dennoch wie eine Ewigkeit vor. Als ich den Wagen auf dem Platz vorm Haus anhielt, sah ich sofort, dass Lillans Auto nicht dort stand. Mein Herz krampfte sich zusammen, weil es meine Befürchtung untermauerte, Ida könnte etwas zugestoßen sein. Lillan würde nie so überstürzt und ohne Bescheid zu sagen, aufbrechen, es sei denn, etwas Schlimmes wäre passiert. Ich stieg aus und lief zum Haus, um sicherzugehen, dass Ida und sie nicht doch dort waren. Die Tür war fest verschlossen, nichts rührte sich.

Ich zog das Handy heraus und kontrollierte erneut meine Nachrichten. Nichts. Obwohl es wenig Sinn machte, Lillan anzurufen, weil sie nicht rangehen konnte, wählte ich ihre Nummer und ließ klingeln. Wenn sie den Vibrationsalarm spürte, würde sie vielleicht ihre Nachrichten checken und mir endlich antworten. Nach dem fünften Klingeln wurde ich auf die Mailbox weitergeleitet. Wozu hatte Lillan überhaupt eine Mailbox? Sie konnte das Ding nicht abhören. Und obwohl ich das wusste, hinterließ ich dennoch eine Nachricht, weil ich nicht wusste, was ich sonst tun sollte. Dann setzte ich mich wieder in den Wagen und fuhr zurück zum Gutshaus. Im Eingangsbereich stieß ich fast mit Henriette zusammen.

»Hast du Lillan gesehen?«, platzte es aus mir heraus, und dabei war es mir egal, ob Henriette noch wütend auf mich war und eventuell keine große Lust verspürte, sich mit mir zu unterhalten.

Sie sah mich erschrocken an, was mir bestätigte, dass ich so aussehen musste, wie ich mich fühlte. »Ich habe sie vorhin mit dem Fahrrad wegfahren sehen und habe mich gewundert. Ist sie noch nicht zurück?«

Ich schüttelte den Kopf.

»Warst du bei ihr zu Hause? Vielleicht hat Ida sie gebraucht. Sie kommt sicher gleich wieder.«

»Dort ist niemand. Das Auto ist weg.« Ich fuhr mir über die Augen und zwang meine Stimme zur Ruhe. »Lillan hatte eigentlich jede Menge im Büro zu tun, und jetzt ist sie verschwunden. Ich mache mir Sorgen, dass etwas mit Ida ist. Oder ihr selbst geht es nicht gut. Keine Ahnung.«

Henriette nickte. »Versuch weiter sie zu erreichen. Ich rufe bei unserem Hausarzt an und in der nächstgelegenen Klinik.«

Irgendwie hatte ich gehofft, dass Henriette meine Sorgen zerstreuen würde, aber ihre Reaktion beruhigte mich kein Stück. So ernst hatte ich sie selten erlebt.

Henriette ging ins Büro, während ich mit dem Telefon am Ohr auf die Terrasse trat. Es klingelte. Ich legte auf, bevor sich die Mailbox erneut dazwischenschalten konnte. Dann versuchte ich es wieder. Beim sechsten Versuch meldete sich plötzlich eine fremde Frauenstimme.

»Pia hier. Lass mich raten – Sam?« Lillans Freundin aus Kiel.

Wieso ging sie an Lillans Telefon? Sekundenlang war ich zu perplex, um zu antworten, und gab Pia damit die Möglichkeit nachzusetzen. »Hättest nach hundert erfolglosen Anrufen auch von allein draufkommen können, aber da du anscheinend nicht von der sensiblen Sorte bist, hier noch mal für dich zum Mitschreiben: SIE WILL DICH NICHT SPRECHEN.«

Wieso? Was zum Henker war passiert? In meinem Kopf drehten sich die Fragen und blieben an der einzig wichtigen Information hängen. Lillan war in Kiel. Und sie war, so wie es aussah, nicht verletzt, genauso wenig wie Ida. Sonst hätte Pia es mir bestimmt gesagt. Hätte sie. Oder? Ich kannte den Giftzwerg vom anderen Ende der Leitung nicht gut genug, um es mit Gewissheit zu sagen. »Geht es Lillan und Ida gut?«, fragte ich deswegen. Ich brauchte Klarheit.

Eine Weile blieb es still, dann folgte ein widerstrebendes »Ja«.

»Sind sie bei dir in Kiel?« Innerlich saß ich bereits im Defender, um zu ihnen zu fahren. Egal, was passiert war und warum Lillan mich nicht sprechen wollte, ich würde nicht zulassen, dass sie einfach verschwand.

»Ja, aber Lillan will dich nicht sehen. Lass die beiden in Ruhe, okay?«

Ich spürte, dass Pia kurz davor war aufzulegen. »Könntest du mir vielleicht mal erklären, was eigentlich los ist?« Was hatte ich bitte getan, was rechtfertigte, dass Lillan mich kategorisch ignorierte? Und warum ging Pia mich an, als wäre ich der Antichrist? »Ich dachte, Ida hätte sich verletzt, weil Lillan so plötzlich verschwunden ist. Ich habe mir echt Sorgen gemacht. Henriette auch.«

»Aha.« Pia schnaubte und machte damit klar, dass sie mir kein Wort glaubte. »Sie sind in Ordnung. Also, so in Ordnung wie man sein kann, wenn man mit einem Hamburger Arschloch zusammengestoßen ist. Ruf nicht wieder an.« Es klickte, und dann signalisierte die tote Leitung, dass Pia aufgelegt hatte.

Wie betäubt starrte ich das Telefon an und erwachte erst aus meiner Erstarrung, als Henriette mich am Arm berührte.

»Ich glaube, ich weiß, was passiert ist.«

Ich nickte, obwohl mein Verstand Probleme hatte hinterherzukommen. Heute Morgen hatte ich Lillan noch geküsst, mit ihr gelacht. Und jetzt sprach sie nicht einmal mehr mit mir, und ihre beste Freundin hielt mich für ein Arschloch. »Es geht ihnen gut. Sie sind bei Pia in Kiel«, erwiderte ich dumpf. »Aber sie will nicht mit mir reden. Ich verstehe nicht, was los ist.«

Henriette nickte und zog mich zu der Sitzgruppe aus Teakholz. Resolut drückte sie mich auf einen der Stühle und setzte sich mir gegenüber. Auf den Tisch zwischen uns legte sie die Akte, die ich über Lillan angelegt hatte, und sah mich bedeutungsvoll an. Sie legte ihre Hand auf die Pappe und schob sie zu mir. »Ich hatte dir geraten, mit ihr zu sprechen, bevor du etwas Dummes tust.« Sie machte eine bedeutungsvolle Pause. »Sie hat die Unterlagen gefunden. Die Akte lag auf ihrem Schreibtisch. Aufgeschlagen. Sie hat den ganzen Mist gelesen.«

Ich schloss die Augen und atmete tief ein. Aus. Ein. Es half nichts. Ich hatte es verbockt. Episch verbockt. Weil ich zu lange gewartet hatte. Irgendwie hatte ich gedacht, es wäre romantisch, ihr Ergebnisse anstatt einer fixen Idee als Überraschung zu präsentieren. Jetzt war klar, der Schuss war nach hinten losgegangen. Ich hätte früher mit ihr reden, ihr die Entscheidung überlassen müssen, ob ich weiterhelfen sollte. Ich hätte die Akte nie offen auf meinem Schreibtisch herumliegen lassen dürfen. Ich stöhnte unterdrückt, als ich daran dachte, was die Papiere ihr für einen Eindruck vermittelt haben mussten. Sie dachte sicher, dass ich sie die ganze Zeit belogen hätte, als ich behauptete, ihre Gehörlosigkeit wäre kein Problem für mich. Sie hatte die wenig schmeichelhaften Worte gelesen, die ich benutzt hatte, um ihren Fall für den medizinischen Dienst und die zuständigen Ärzte dringlicher zu machen. Sie musste denken, ich würde sie wirklich so sehen. Ich massierte meine Schläfen. »Warum hat sie nicht mit mir gesprochen, bevor sie abgehauen ist? Ich hätte es ihr erklärt.« Ich spähte zu Henriette hinüber.

»Vielleicht wollte sie das sogar. Sie ist unmittelbar nach unserem Streit losgefahren. Vielleicht hat sie Teile unseres Gesprächs mitbekommen. Das dürfte ihr den Rest gegeben haben.«

Ich ließ den Kopf auf die Tischkante sinken. »Dabei ging es um Pa. Nicht um sie«, sagte ich kraftlos.

»Wenn sie lediglich Bruchteile aufgeschnappt hat, wird ihr das nicht bewusst sein. Ich habe nur davon geredet, dass du manisch daran interessiert bist, kaputte Dinge zu reparieren, aber dass einiges zu defekt ist, als dass es sich wieder heilen ließe. Nicht einmal mithilfe eines Arztes und dass du die Hauptperson einweihen sollst, bevor ich weiter mit dir darüber diskutiere.«

»Verdammte Scheiße.« Das konnte alles nicht wahr sein! Ich hatte keine Ahnung, was ich jetzt tun sollte. Wie ich Lillan davon überzeugen konnte, dass alles ein Missverständnis war, wenn sie nicht einmal mit mir sprach.

»Das kannst du laut sagen.« Henriette pustete sich die Haare aus der Stirn. Ihre Federohrringe wirbelten wild. »Was wirst du jetzt tun?«

Was sollte ich schon tun? »Pia hat unmissverständlich klargemacht, dass Lillan mich vorerst nicht sehen will. Ich soll nicht anrufen und erst recht nicht vorbeikommen. Ich könnte eine Brieftaube schicken.« Ich zuckte hilflos mit den Schultern. »Aber wahrscheinlich würde Pia das arme Vieh abknallen, bevor es Lillan meine Entschuldigung überbringen kann.« Ich hielt das Telefon hoch. »Sie hat mich blockiert. Will nicht mit mir reden, und Pia hat mich ausdrücklich davor gewarnt, in Kiel aufzutauchen.«

»Sie ist eine gute Freundin.«

Wahrscheinlich hatte Henriette recht. Pia passte auf Lillan auf, und im Normalfall würde ich sie dafür lieben. Nur bedeutete das derzeit, dass sie zwischen mir und der Frau stand, die ich liebte.

Lillan

Ich saß auf der breiten, mit Kissen und Decken gemütlich ausstaffierten Fensterbank, die zum grünen Innenhof des Wohnhauses hinauszeigte, und trank einen Tee. Ich trank in letzter Zeit so viel Tee, dass ich innerlich längst den Zen-Status erreicht haben müsste, aber Fakt war, ich war noch immer genauso aufgewühlt und verletzt wie vor über einer Woche. Mittlerweile hatte ich mit Henriette gesprochen und ihr gesagt, dass ich vorläufig in Kiel bleiben und dafür meinen Resturlaub nehmen würde. Ich musste mich sortieren, bevor ich zurückkehrte. Sie war verständnisvoll, aber als sie versuchte eine Lanze für Sam zu brechen, hatte ich das Gespräch beendet.

Pia trank Weinschorle. Tee konnte sie nichts abgewinnen. Sie hockte mir gegenüber auf der Ecke des Wohnzimmertischs. In der Hand hielt sie einen dicken Umschlag.

»Guck es dir doch wenigstens mal an.« Sie wedelte mit den Unterlagen, die die Hamburger Uniklinik an Sam geschickt und die er eingetütet und an Pias Adresse gesandt hatte. Den persönlichen Brief von ihm hatte ich genauso in den Papierkorb gefeuert wie den Umschlag. Ohne beides anzusehen. Nichts, was Sam sagen beziehungsweise schreiben könnte, würde ungeschehen machen, was er getan und gesagt hatte. Wie er mich sah. Es machte nicht ungeschehen, dass er die Organisation und vor allem Ida für seine Zwecke genutzt hatte. Einen Zweck, der mir noch immer wehtat. »Schmeiß das Zeug endlich weg.«

Pia rutschte vom Tisch und kam zu mir herüber. Mit den Papieren. Wir hatten in den letzten Tagen viel gesprochen, und seitdem ihre erste Wut über Sams Worte verflogen war, bildete sie das Gegengewicht zu meinem verletzten Ego, stellte liebevoll meine Eindrücke infrage und meine Entscheidung, ihn nicht einmal anzuhören. »Hast du dir die Unterlagen mal angesehen? Nicht seinen Brief, sondern die Papiere aus der Klinik?«

»Du kennst meine Meinung zum Thema Operation. Ich mache das nicht. Ich setze mich dem Risiko nicht aus, dabei draufzugehen oder danach auszusehen wie Frankensteins Monster, nur um für die Welt da draußen normal zu sein.«

Pia nickte. »Dein Gesichtsnerv ist tricky. Schwerer zu operieren als andere, das habe ich kapiert, aber die Einschätzungen zu deinem Fall sind über zehn Jahre alt. Seitdem hat sich viel getan. Was ist, wenn sie dir wirklich ermöglichen könnten, wieder zu hören? Ida zu hören?«

Ich schüttelte den Kopf. »Die Sache ist entschieden. Seit Jahren.«

»Ich liebe dich. Taub. Als Frankies Hängegesicht, sollten die Ärzte echt pfuschen. Hörend, wenn sie Erfolg haben. Es ist mir egal. Und du sollst das ganz sicher nicht für einen Typen tun oder dafür, dass dich die Gesellschaft als normal empfindet.« Sie grinste schief. »Normal bist du eh nicht, und das hat nichts mit deinem Gehör zu tun.« Sie warf den Umschlag neben mich auf die Kissen und nahm meine Hand. »Ich will nur nicht, dass du dich gegen diese Operation entscheidest, um dir selbst zu beweisen, dass dich die anderen nicht kleingekriegt haben.«

Ich strich vorsichtig über die Längsseite des Umschlags.

»Das wäre genauso bescheuert, wie sich operieren zu lassen, um den Ansprüchen der Leute zu genügen. Tu es. Lass es. Aber entscheide nur für dich und für Ida. Für niemanden sonst.«

Ganz tief in mir drinnen wusste ich, dass Pia recht hatte. Ich war so darauf versessen, mich niemals für egal wen zu verändern, dass ich darüber vollkommen vergessen hatte, auf das zu hören, was ich wollte. Für mich und Ida.

»Die Techniken haben sich verändert. Die Risiken sind mit Sicherheit geringer als noch vor zehn Jahren. Ein Gespräch mit diesem Wunderdoktor, den Sam ausgegraben hat, wird nicht wehtun. Danach kannst du immer noch sehen, ob du es machen lässt oder nicht.« Sie tippte auf den Umschlag. »Ich habe mir auch Sams Brief durchgelesen, und komm mir jetzt nicht mit dem Briefgeheimnis! Du wolltest ihn schließlich entsorgen.« Von Privatsphäre hielt Pia offenbar genauso viel wie von Stühlen. »Was wäre, wenn er dich nie verändern wollte?«

»Das wollte er aber. Er wollte mich reparieren, damit seine Freundin vorzeigbar ist. Und er hat Ida Hoffnungen gemacht, ohne vorher mit mir zu sprechen. Sie ist enttäuscht und gibt mir die Schuld. Das werde ich ihm nie verzeihen.«

Wie aufs Stichwort kam Ida aus dem Gästezimmer, holte sich etwas zu trinken und zog dann mit einem Glas Apfelschorle wieder ab. Dabei ignorierte sie mich. Wie an jedem einzelnen Tag, seitdem wir in Kiel waren. In der Zeit hatte sie Pias Bücherschrank geplündert und arbeitete sich seitdem durch ihre Ausbeute. »Du hast ihm von deinem größten Wunsch erzählt, einmal Idas Stimme zu hören. Mehr als einmal. Und ihr seid Wunscherfüller. Vielleicht hat er einfach nur seinen Job gemacht. Als Angestellter von *Glücksmomente*. Und als Mann, der in dich verknallt ist.« Sie gab dem Umschlag einen Schubs, nickte mir zu und stand auf. »Ich gehe jetzt zu Ida und werde mir mit ihr einen Film reinziehen. Du kannst in der Zeit deine Gedanken wälzen oder in der Klinik anrufen und den Termin bestätigen. Ganz wonach dir ist. Und vielleicht liest du seinen Brief. Ist schon süß, der Kerl, irgendwie. Obwohl er totale Scheiße gebaut hat.«

Ich sah sie streng an, als würde es sie davon abhalten können, sich liebevoll in mein Leben einzumischen.

Sie gab mir einen Kuss auf die Stirn und grinste. »Gib dir einen Ruck.«

Sie ließ offen, ob sie damit die Operation oder die Bereitschaft meinte, Sam noch eine Chance zu geben, indem ich seinen Brief las.

SAM

Ich hatte kaum geschlafen. Wie immer, seitdem Lillan nach Kiel geflüchtet war. Die halbe Nacht hatte ich in meinem Zimmer gesessen und wieder und wieder ihre Akte durchgelesen, mir vorgestellt, was sie bei jedem einzelnen Satz gedacht haben, was sie besonders getroffen haben musste. Und je öfter ich die Worte las, desto tiefer grub sich die Gewissheit in mein Hirn, dass ich es so apokalyptisch versaut hatte, dass sie mir das nie verzeihen würde.

Als der Morgen dämmerte, machte ich mir weder die Mühe zu duschen noch mich zu rasieren. Ich schlurfte einfach in denselben Sachen von gestern in die Küche und schenkte mir einen Kaffee ein. Henriette saß bereits in Reitsachen am Frühstückstisch und las Zeitung. Als wäre nichts gewesen. Nur die Augenringe, die auch sie nicht verbergen konnte, zeigten, dass sich alles verändert hatte. Am liebsten wäre ich postwendend zurück in mein Zimmer gegangen und hätte in Selbstmitleid gebadet, aber es ging jetzt nicht um mich. Ich musste etwas tun, damit es Lillan besser ging. Und um meiner Großmutter zu helfen, die ebenfalls darunter litt, dass Lillan fort war.

»Henriette?« Ich wartete, bis sie von dem Artikel aufsah, den sie gerade las, und mich fragend ansah. Ich mochte die Nachsicht und Liebe in ihrem Blick nicht, denn ich verdiente sie nicht. »Ich wollte dir nur Bescheid sagen, dass ich nach Hamburg fahre.«

Sie setzte ihren Kaffeebecher mit einem Knall auf die Tischplatte. Es wunderte mich, dass das Porzellan durch die grobe Behandlung nicht den Tod fand. »Du gehst zurück?«

Ich schüttelte den Kopf und senkte den Blick. »Nicht direkt. Nur für eine Weile, bis Lillan und ich besser damit umgehen können, was ich getan habe. Vielleicht verzeiht sie mir irgendwann so weit, dass wir zumindest wieder zusammen arbeiten können.« Mir war klar, dass auf mehr zu hoffen Selbstmord war. Immerhin hatte sie ihre Position in dieser Sache mehr als deutlich gemacht. Seit acht Tagen keine einzige Nachricht, keine Reaktion auf meine Briefe. Und das Schlimmste war, dass ihre Art damit umzugehen, absolut gerechtfertigt war. »Sie ist gegangen, weil ich hier bin. Dabei ist das hier ihr Zuhause.«

»Und deins.« Henriette lächelte sanft und strich mir über den Arm.

»So fühlt es sich an, ja«, stimmte ich ihr zu. »Aber sie gehörte schon hierher, bevor ich gekommen bin. Wenn ich Tom für eine Weile besuche, kann sie zurückkommen. Sie braucht ihr Zuhause und dich, um mit allem klarzukommen. Ida muss den Rest ihrer Ferien hier verbringen. Mit Maggie. Sie muss im Baum lesen, im See baden und die Ponys reiten. Ich kann den beiden nicht ihr Zuhause wegnehmen. Und ich muss sowieso noch einige Behördengänge erledigen, mich von Hamburg verabschieden. Ich will langfristig gesehen hierherziehen. Das hat sich nicht geändert, aber es wird sicher etwas Zeit brauchen, eine passende Wohnung in der Nähe zu finden. Ich will Lillan den Abstand geben, den sie braucht. Jetzt und auch später. Das bedeutet, ich kann nicht länger auf dem Gut wohnen.«

Henriette blickte mich schweigend an, und ich sah, dass sie mir widersprechen wollte, es aber nicht konnte. Ich hatte recht.

»Versprich mir, dass du wirklich wiederkommst und dass das nicht nur leere Worte sind.« Sie sagte es nicht, aber zwischen ihren Sätzen schwang mit: Ich kann dich nicht verlieren, wie ich schon deinen Vater verloren habe.

Ich schloss sie in meine Arme und lehnte mich dann wieder auf meinem Stuhl zurück. »Versprochen«, sagte ich mit Nachdruck. »Und da ist noch etwas, weswegen ich nach Hamburg fahren will. Ich würde gern mit Pa sprechen und herausfinden, was ihn damals so aus der Bahn geworfen hat, dass er für all deine Argumente taub war, ihm das Geld nicht zu leihen. Denn du hattest gute Argumente. Und obwohl er stur ist, toppt diese Sache selbst für seine Verhältnisse alles.«

Ich erwartete Widerstand, ein Abwinken, dass es keinen Sinn machte, mit Pa zu sprechen, aber zu meiner Verwunderung nickte Henriette. »Du hast recht. Dieser Zwist zwischen uns geht schon viel zu lange.« Sie rang die Hände. »Ich habe mir so viele Jahre eingeredet, dass es mir egal ist, ich hätte genug andere liebe Menschen um mich versammelt, es habe kein Gewicht mehr, ob mein Sohn mit mir spricht, aber das stimmt nicht. Es hat Gewicht. Und das wird sich auch nie ändern.« Tränen schimmerten in ihren Augen. »Ich sehe sehr viel von ihm in dir, weißt du?« Sie lachte, schniefte und putzte sich dann geräuschvoll die Nase. »Natürlich nur die guten Seiten. Nicht seine furchtbar spießige Art oder seine Macken.«

»Und von denen hat er viele.« Ich dachte an all die Dinge, mit denen Pa mich auf die Palme brachte, sobald wir uns sahen, und dass ich ihn trotz allem liebte. Dieser Moment mit Henriette in dieser Küche war so wahrhaftig wie selten zwischen zwei Menschen. Vielleicht sprach ich deswegen aus, was in meinem Inneren tobte und das in Worte gegossen noch mehr Gewicht bekam. »Lillan wird mir nie verzeihen.« Eine Tatsache, die ich selbst verschuldet hatte. Sie hatte sich seit ihrem Verschwinden nur einmal gemeldet und zwar bei Henriette. Den Brief von mir hatte sie nicht erwähnt, nicht nach mir gefragt. Als Henriette sie bat, mit mir zu reden, hatte sie aufgelegt. »Ich vermisse sie, auch wenn ich weiß, es wird nie wieder gut zwischen uns. Aber das Schlimmste ist, Lillan wird sicher nicht zulassen, dass ich Ida weiterhin sehe. Ich vermisse auch die Kleine.« Ihre Mützen, ihre vorlaute Art, ihre knochigen Knie, die sich nachts in meinen Rücken gebohrt hatten, wenn sie zu uns ins Bett gekrochen kam, ihr Lachen. Ich vermisste Ida, als wäre sie mein eigenes Kind. Dabei kannte ich das Mützenmonster erst seit einigen Monaten. »Ich hoffe, ich darf sie trotz allem ab und an sehen.« Wenn nicht, würde es mir das zweite Mal das Herz brechen.

Lillan

Ich wachte mitten in der Nacht auf und tastete neben mir das Bett ab, bis meine Hand gegen Idas warmen Körper stieß. Erst dann wurde mein hämmernder Herzschlag ein wenig langsamer. Ganz beruhigte er sich jedoch nicht. Ich wusste, wer dafür verantwortlich war. Sam.

Darauf bedacht, keine Geräusche zu machen, die Ida wecken würden, schlüpfte ich aus dem Bett und ging in Pias geräumige Küche. Ich füllte ein Glas mit Leitungswasser und trank ein paar Schlucke, bevor ich mich auf den Küchentisch setzte, wie Pia es sonst immer tat.

Ich sah aus dem Fenster auf die nächtlich leere Straße und zwang mich, Sams Brief nicht zu beachten, der noch immer auf dem Umschlag der Klinik lag. Natürlich war das ein unmögliches Unterfangen. Ich war allein mit dem Papier in einem Raum, allein mit meinen Gefühlen, die sich einen Teufel darum scherten, was Sam getan hatte. Erst starrte ich das Schriftstück nur an. Als könnte ich den Inhalt so in mich aufnehmen, ohne meine Prinzipien aufzugeben. Aber das reichte nicht. Ich sehnte mich nach Sams Worten. Ob das nun bescheuert war oder nicht. Und in der Stille der Nacht würde niemand mitbekommen, dass ich schwach wurde. Also nahm ich den Brief und begann zögerlich zu lesen.

Lillan,
ich hoffe, Du wirst diesen Brief lesen und ihn nicht direkt vernichten, weil es Dinge gibt, die ich Dir sagen muss. Ich werde nicht behaupten, dass mir leidtut, was ich getan habe. Das wäre gelogen. Und wenn ich Dir schon schreibe, sollte ich wenigstens jetzt ehrlich sein. Ich wollte Dir Deinen Wunsch erfüllen – Du solltest endlich die Stimme Deiner Tochter hören. Ich wollte das für Dich, und das tut mir verdammt noch mal nicht leid.
Das Einzige, was ich bereue, ist die Art und Weise, wie ich mit diesem sensiblen Thema umgegangen bin. Ich hätte es anders anpacken, mit Dir reden und Dir die Entscheidung überlassen müssen. Ich wollte nie, dass Du denkst, ich hätte Dich verändern wollen, wie so viele andere Idioten.
Denn es spielt überhaupt keine Rolle für mich, ob Du hören kannst oder nicht. Du bist einfach perfekt. Genau so, wie Du bist. Ganz im Gegensatz zu mir, denn mein dämliches Verhalten hat dafür gesorgt, dass Du Dich vielleicht gegen etwas entscheidest, was Du Dir immer gewünscht hast. Bitte lass nicht zu, dass das passiert.
Und bitte sei nicht sauer auf Ida. Sie hat mich zufällig dabei überrascht, als ich recherchiert habe. Sie hat nichts mit der ganzen Geheimniskrämerei zu tun, und es tut mir unendlich leid, dass ich sie da mit reingezogen habe. Sie liebt Dich, und auch wenn sie sich wünscht, dass Du diese Worte irgendwann aus ihrem Mund hören kannst, wirst Du immer die tollste Mutter der Welt für sie sein. Egal wie Du Dich entscheidest.
Sam

Den Brief noch immer in der Hand, ließ ich Sams Worte auf mich wirken. Sie lösten nur ein einziges schmerzliches Gefühl aus: Ich vermisste ihn. Die Selbstverständlichkeit, mit der er meiner Behinderung begegnete und das Gefühl von Sehnsucht, das er gestillt hatte. Ich vermisste das Kribbeln, das er in mir auslöste, einfach weil er da war, und ich vermisste es, mit ihm zu lachen, zu reden oder einfach nur dazuliegen und seine Nähe zu spüren.

Keine Sekunde, die wir miteinander verbracht hatten, passte zu dem, was in der Akte stand, die ich gefunden hatte, oder zu den Worten, auf die Henriette während ihres Streits geantwortet hatte. Dieser Brief hingegen schon, und er brachte meine Überzeugung ins Wanken, das Richtige getan zu haben, indem ich Hals über Kopf zu Pia geflohen war.

Ich wollte plötzlich glauben, dass Sam nicht in dieselbe Schublade gehörte wie Hannes. Ich erinnerte mich daran, wie er sich auf der Gala in Hamburg gegen seine Ex-Freundin, seinen ehemaligen Chef und sein altes Leben in Hamburg und für mich entschieden hatte. Er war für mich eingestanden und das, obwohl er nicht einmal gewusst hatte, dass ich seine Worte mitbekam.

Ich berührte den Umschlag der Hamburger Klinik. Was, wenn er mir mit der Operation wirklich nur hatte helfen wollen? Er hatte dabei definitiv eine Grenze überschritten. Plötzlich wünschte ich mir mit einer schmerzlichen Intensität, mit Sam reden zu können. Ich wollte ihn treffen. Die Worte auf seinen Lippen sehen und an den Punkt zurückgelangen, an dem wir glücklich gewesen waren. Obwohl es erst vier Uhr morgens war, zog ich das Handy aus der Tasche meiner Shorts und rief unseren Nachrichtenverlauf auf. Sekundenlang schwebte mein Finger über dem Chatfenster. Dann verriegelte ich das Telefon wieder.

Welche Gründe Sam auch gehabt hatte, sein Verhalten hatte mich von Wolke sieben geworfen, und wir konnten nicht zurück. Vielleicht hatten wir noch eine Chance, aber es würde Gespräche und Zeit brauchen, wenn wir es noch einmal miteinander versuchen wollten. Und dafür war jetzt nicht der richtige Zeitpunkt. Sowohl Pia als auch Sam hatten mir geraten, vollkommen unabhängig von unserer Liebe zu entscheiden, ob ich die Operation wollte. Dafür brauchte ich Ruhe. Sam und die Frage, ob wir noch eine Chance hatten, mussten warten.

Jemand berührte meinen Arm, und ich zuckte zusammen. Hastig faltete ich den Brief zusammen und drehte mich in derselben Bewegung um. Ida stand vollkommen verschlafen vor mir und versuchte, sich die Müdigkeit aus den Augen zu reiben. Dem herzhaften Gähnen nach zu urteilen, war sie nicht sonderlich erfolgreich damit.

»Was machst du?«, fragte sie. Seit zwei Tagen sprach sie wieder mit mir, und ich war so dankbar und froh darüber, dass ich sie jedes Mal in meine Arme zog, wenn sie das tat.

»Nichts.« Liebevoll strich ich ihr über das seidige Haar.

Sie legte die Stirn in Falten. »Das sagt Sam auch immer. Wie kann man ständig nichts machen. Ist doch voll langweilig.«

Ich nickte. Sie verdiente die Wahrheit. »Sam hat mir einen Brief geschrieben.« Ich atmete tief durch. »Erst wollte ich ihn nicht lesen, aber dann habe ich ihn ziemlich vermisst und konnte nicht anders.«

Ida hockte sich auf den Küchenstuhl mir gegenüber und sah mich erwartungsvoll an. »Und? Hast du ihn jetzt wieder lieb?«

»Ich hätte mit ihm sprechen müssen, anstatt einfach zu Pia zu fahren«, sagte ich vorsichtig. Ich wollte Ida keine Hoffnungen machen, alles würde wieder gut werden. Immerhin wusste ich selbst nicht, wie es weitergehen würde.

»Dann sprich jetzt mit ihm!«

Ich schüttelte den Kopf. »Du weißt, warum ich sauer auf Sam war?«

»Weil er ein Wunscherfüller ist und du den Wunsch, wieder zu hören, gar nicht erfüllt bekommen willst. Jedenfalls nicht von ihm.« Ich sah in ihrem Blick, dass sie nicht begreifen konnte, wieso ich mich so dagegen wehrte, mir von Sam helfen zu lassen.

»So in etwa, ja«, räumte ich ein. »Aber Sams Brief hat mir

gezeigt, dass es eigentlich egal ist, wer diese Operation möglich macht und aus welchen Gründen. Es geht nur darum, ob ich das möchte. Und das muss ich rausfinden. Ganz allein für mich.« Ich nahm ihre Hand. »Das bedeutet, ich möchte mich jetzt nur um dich und mich und diese Sache kümmern, bevor ich das zwischen mir und Sam kläre.«

»So lange wartet er bestimmt«, bemerkte Ida, und die Entschlossenheit in ihrem Gesicht ließ keinen Zweifel, dass sie davon ausging, unsere Liebe verdiene ein Happy End, und ganz tief in mir fand auch ich Bruchstücke dieser Zuversicht.

SAM

Der Flachdachbungalow meiner Eltern in einem Vorort von Hamburg war wie der Rest der Häuser in dieser Straße: bieder, farblos und uninspiriert. Der Rasen war in jedem Garten gleich lang und schien mit der Nagelschere auf die gewünschte Einheitslänge getrimmt. Eine Katze sonnte sich träge auf einem der gemauerten Torpfosten, als ich den Defender auf der Straße davor parkte. Ich hatte keine Lust auf das Gespräch, wegen dem ich hier war. Generell war meine Lust irgendetwas zu tun, außer Lillan nachzutrauern, verschwindend gering, aber ich musste akzeptieren, dass sie Abstand wollte. Sie hatte keine meiner Nachrichten beantwortet, nicht auf meinen Brief reagiert, war nicht nach Bissee zurückgekehrt. Hier zu sein und Lillan damit ihr Zuhause zurückzugeben war das einzig Richtige. Außerdem wollte ich Henriette helfen und endlich zwischen ihr und meinem Vater vermitteln.

Ich stieg aus dem Wagen und ging den Weg hinauf bis zur Haustür. Jede Gehwegfuge war akkurat sauber. Nur am Treppenabsatz hatte sich ein winziger Löwenzahn aus dem Glied getraut und zwängte sich zwischen Gehweg und Stufe hindurch.

»Sam?« Ma hatte die Tür geöffnet und schloss mich ehrlich überrascht, aber herzlich in die Arme. »Hast du Hunger?« Sie hob die linke Hand, in der sie einen Kochlöffel hielt. »Siehst aus, als könntest du etwas zu essen vertragen.«

Das war ihr Standardspruch, wenn sie mich sah. Ich war ihr

immer zu dünn gewesen, und sie sprach mir auch heute mit Mitte dreißig noch ab, mich adäquat zu ernähren. Zumindest was die letzten Tage anging, hatte sie recht. Ich konnte mich einfach nicht aufraffen zu essen und hatte eine vermutlich nicht gesundheitsförderliche Menge Flamingohitos vernichtet.

Immerhin fragte Ma nicht, warum ich plötzlich zu Besuch kam, obwohl ich es sonst sogar an Feiertagen vermied, nach Hause zu kommen. Sie bat mich einfach herein und ging voraus in die Küche, wo uns ein verführerischer Duft nach gedünstetem Gemüse empfing.

Und Pa, der nicht aufstand, sondern mein plötzliches Erscheinen mit einem Nicken, Brummen und einem Stirnrunzeln kommentierte.

»Hi, Pa.« Ich setzte mich ihm gegenüber an den Tisch, und keine drei Sekunden später stand ein Teller mit dampfendem Essen vor mir. Pa bekam sein Mittagessen nach mir, was seine Laune nicht deutlich verbesserte. Ich wünschte, ich säße in der hellen Küche des Guts Auweide anstatt hier und würde gemeinsam mit Lillan, Ida und Henriette zusammen sein. Dort hatte Essen auch immer etwas mit Geselligkeit und Austausch zu tun. Niemand schwieg beharrlich, so wie Ma und Pa es seit jeher taten. Dort wurde fröhlich durcheinandergeredet, gelacht und Pläne geschmiedet.

Da ich wusste, dass Pa nichts mehr hasste als Geplapper am Esstisch, aß auch ich schweigend. Dann half ich Ma, den Tisch abzuräumen, und erst als wir fertig waren, ging ich zu ihm ins Wohnzimmer. Seitdem ich denken konnte, kam Pa zum Essen und einem anschließenden Nickerchen mittags nach Hause. Wie schon vor zwanzig Jahren hatte er es sich in seinem Fernsehsessel bequem gemacht. Wenn er dort lag, wollte er nicht gestört werden, aber darauf nahm ich heute keine Rücksicht. Ich setzte mich auf die Ecke des Couchtisches ihm gegenüber und wartete, bis er mir seine Aufmerksamkeit schenkte.

»Das ist ein Tisch und kein Stuhl, Herrgott«, knurrte er und guckte so missbilligend, wie er es über die Jahre perfektioniert hatte.

»Ich bin hier, weil ich mit dir sprechen wollte.«

»Und das kannst du nicht von einem Stuhl aus?«

»Ist es nicht völlig egal, wo ich sitze?« Obwohl ich verbal dagegenhielt, setzte ich mich auf das Sofa. Es war vermutlich sinnvoll, all meine Kraft auf das Hauptanliegen zu konzentrieren und mein Pulver nicht auf Nebenschauplätzen zu verschießen. »Besser?« Pa stieß einen undefinierbaren Laut aus.

»Ich muss mit dir reden.«

»Lass mich raten: über deine Großmutter?« Er verzog das Gesicht und schnaubte. »Ich bleibe bei meiner Meinung, zwischen uns ist alles gesagt.«

»Sie hätte dir das Geld nicht geben können, selbst wenn sie es gewollt hätte. Paul hatte es für die Hilfsorganisation vorgesehen. Es stand ihr nicht zu, es für familiäre Zwecke zu nutzen.«

Jetzt setzte Pa sich auf und betrachtete mich eingehend. »Ihre Hilfsorganisation, ihr Geld, ihre Entscheidung. Spätestens als Paul tot war …«, hielt er dagegen.

»Du hast ihr nie gesagt, wofür du das Geld brauchtest. Vielleicht hätte es ihr geholfen, wenn du ihr gesagt hättest, was los war. Warum hast du es uns nie gesagt? Mir?«

»Weil es dich nichts angeht.« Früher hätte Pa mir die Worte entgegengebellt. Jetzt hörte er sich müde an.

»Henriette denkt, du hättest nie verwunden, dass sie noch einmal geheiratet, dass sie Paul gewählt hat, und den Kontakt wegen einer Nichtigkeit abzubrechen wäre deine Art, damit umzugehen.«

Eine Weile herrschte Stille, die Pa schließlich durchbrach. »Paul war nicht das Problem«, knurrte er. »Wir waren vielleicht keine Freunde, aber er hat sie zu nehmen gewusst, sie in ihren irren Phasen auf den Boden zurückgeholt. Immerhin.«

Ich hielt mich zurück, sagte nichts, denn ich wollte ihn nicht unterbrechen.

»Die Probleme anderer als Nichtigkeit abzutun ist typisch deine Großmutter. Die unfehlbare Henriette. Alle anderen sind schuld, nur sie nicht.« Er schüttelte den Kopf.

»Also war Paul nicht das Problem, aber was war es dann? Du hast immer gut verdient. Du brauchtest ihr Geld nicht. Jedenfalls nicht für einen blöden Wintergarten.«

»Der Wintergarten«, schnaubte Pa verächtlich und starrte an mir vorbei auf den ausgeschalteten Fernseher. Seine Lippen waren fest aufeinandergepresst und machten deutlich, dass für ihn das Gespräch an diesem Punkt beendet war.

Für mich war es das noch lange nicht. »Sie wäre bereit, mit dir zu reden, wenn du ebenfalls dazu bereit bist. Sie möchte sich versöhnen.«

Er reagierte nicht.

»Ich kann nicht verstehen, warum du nicht wenigstens mit ihr sprichst.«

Sein Unterkiefer zitterte kaum merklich. Das einzige Anzeichen, dass meine Worte nicht ungehört blieben. Ich wollte ihn aus der Reserve locken.

»Ich meine, warum kämpfst du nicht? Sie ist deine Mutter. Unsere Großmutter.« Die er uns ein Stück weit genommen hatte, weil er Gut Auweide jahrelang gemieden hatte wie der Teufel das Weihwasser. »Du kämpfst um nichts und niemanden. Nicht um Henriette. Nicht um Tom. Nicht um deine Familie. Als wäre dir einfach alles egal.«

Keine Antwort. Keine Regung in seinem Gesicht. Er würde nie einlenken. Stur und uneinsichtig wie eine altdeutsche Eiche saß er auf seinem Sessel und ignorierte mich.

»Pa, bitte«, wagte ich einen letzten Vorstoß, der an seiner kalten Schulter zerschellte. Mein Besuch war ein vollkommener

Reinfall gewesen, und doch hatte es sich gelohnt herzukommen. Denn eins war mir klar geworden, als ich ihn so sah. Ich würde nie wieder aufhören, um die Menschen zu kämpfen, die ich liebte. Allen voran Lillan und Ida, aber auch mein Vater, Ma, Tom und seine Familie. Ich stand auf, gab ihm in der Bewegung einen Kuss auf die Stirn und verschwand, bevor er die Chance hatte zu protestieren.

Lillan

Ich lenkte den Wagen auf das Rondell vor dem Gutshaus. Sams Wagen war nicht da, und ein diffuses Unbehagen verdrängte die Vorfreude, ihn wiederzusehen, die bis jetzt in meinem Inneren aufgestiegen war wie Brausepulverbläschen.

Sam hatte sich in seinem Brief entschuldigt, sich erklärt und mich gebeten, meine Entscheidung für oder gegen die Operation nicht von ihm abhängig zu machen. Uns hatte er mit keinem Wort erwähnt. Vielleicht war er gar nicht mehr hier. Ich hätte ihm doch schreiben und ihn bitten sollen, zu bleiben. Ich verwarf den Gedanken wieder. Es war gut gewesen, mir erst über alles klar zu werden, ohne dass Sam meine Emotionen in Aufruhr hatte versetzen können.

Henriette trat aus der Tür und fing Ida auf, die sich quietschend aus dem Auto und in ihre Arme stürzte. Dann raste sie zurück zu mir.

»Darf ich zu den Ponys? Und zu Maggie? Sie wartet bestimmt schon auf mich.«

Ich nickte und sah Ida hinterher, die die Auffahrt hinunterraste und in Richtung Sommerweide verschwand.

Henriette war die Veranda hinuntergestiegen und berührte mich an der Schulter, bis ich sie ansah. »Schön, dass ihr wieder da seid«, sagte sie schlicht und schloss mich in die Arme.

Noch immer brachte ich kein Wort heraus, sondern genoss die Gerüche, den sanften Wind auf meiner Haut, Henriettes

Umarmung. Das alles fühlte sich nach Zuhause an. Und doch fehlte etwas. Ich schob Henriette ein Stück von mir. »Wo ist Sam?« Ich wollte nicht alarmiert klingen, fürchtete aber, dass sie mir anhörte, wie besorgt ich war.

»Er ist in Hamburg.«

Also hatte er tatsächlich seine Zelte in Bissee abgebrochen. Ich schloss die Augen und atmete tief durch. »Okay.« Ich nickte, obwohl alles in mir schrie, dass das nicht sein durfte. »Er wollte immer dorthin zurück. Es ist wahrscheinlich besser so.« Er wäre nie glücklich in Bissee geworden, wenn er nur mir zuliebe hiergeblieben wäre. Und dass er fünf Minuten nach dem vermeintlichen Ende unserer Beziehung abgereist war, ließ wohl keinen anderen Schluss zu. Henriette lachte. Ich fühlte mich schrecklich, und sie war belustigt. So unempathisch zu sein war sonst gar nicht ihre Art.

»Du solltest dein Gesicht sehen. Wenn Sam jemals Zweifel hatte, ob du ihn liebst, sind die wohl jetzt ausgeräumt.«

»Er ist weg. Und ich bin nicht verliebt«, wehrte ich ab. »Ich bin einfach nur überrascht. Das ist alles.« Ich verstummte, weil es aussichtslos war, Henriette etwas vorzumachen, wenn ich es nicht einmal schaffte, mich selbst zu überzeugen.

»Er ist in Hamburg, aber er ist nicht zurückgegangen. Er ist dort, um seinen Umzug nach Bissee vorzubereiten. Er wird sich eine eigene Wohnung nehmen. Er hat irgendwas davon gesagt, dass dies hier dein Zuhause ist und er dir so viel Abstand geben will, wie du brauchst.« Sie winkte ab. »Ich habe ihm gesagt, dass das vollkommener Quatsch ist, aber auf mich hört ja keiner. Auf jeden Fall klärt er ein paar Dinge.« Ein Schatten huschte über ihr Gesicht und wich dann einem breiten Henriette-Lächeln. »Aber dann kommt er zurück und bleibt ganz bei uns.«

Mein Herz machte einen Hüpfer.

»Vielleicht solltest du ihm schreiben und ihm sagen, dass er mehr als willkommen ist.«

»Er hat mich ziemlich verletzt. Wir müssen miteinander reden und diese Dinge klären. Das ist nichts, was ich in ein paar Nachrichten auf dem Telefon tun möchte. Ich warte, bis er zurück ist.« Ich zog Henriette hinter mir her in Richtung Haus, wo ich mich mit ihr auf die Stufen der Veranda sinken ließ. »Das ist wahrscheinlich gar nicht so schlecht. Ich habe gerade sowieso einige andere Baustellen, die ich zuerst beseitigen sollte.«

Henriette sah mich aufmerksam an und wartete auf eine Erklärung.

»Sam hat mir die Unterlagen der Klinik geschickt.«

Henriette nickte. Sie wusste also Bescheid. Wieso wunderte es mich nicht?

Lächelnd fuhr ich fort: »Was auch immer zwischen uns falsch gelaufen ist, er hatte recht damit, dass ich diese Chance ergreifen sollte. Du weißt, dass ich mich damals wegen der Risiken gegen den Eingriff entschieden habe. Ich wollte nicht, dass Ida am Ende allein dasteht. Aber ich habe viel nachgedacht, und auch Pia hat mir ordentlich ins Gewissen geredet, dass sich in zehn Jahren medizinischem Fortschritt sicher einiges verändert hat. Ich meine, es kostet mich nichts, außer ein paar Gramm Hoffnung, zu dem Vorgespräch zu gehen, das Sam für mich arrangiert hat. Ich werde mir anhören, was der Professor zu sagen hat, und wer weiß, vielleicht gibt es wirklich eine Chance, dass ich irgendwann wieder hören kann.« Es laut auszusprechen machte meinen Entschluss zu etwas Greifbarem, das mein Herz schneller schlagen ließ.

Tränen glitzerten in Henriettes Augen. Sie war nie sprachlos, aber meine Offenbarung hatte das Unmögliche geschafft. Sie zog mich wortlos in ihre Arme und presste mich an ihre üppige, nach Blumen duftende Brust. Sie schluchzte, löste sich von mir und strich mir über das Haar. »Du wirst das tun, was richtig ist, und ich werde für dich da sein. Und für Ida.« Sie legte den Kopf schief und grinste. »Dann müssen ich und Walter ja demnächst leise sein, wenn er auf seiner Harley vorbeikommt.«

Ich erinnerte mich, dass Sam mir von Henriettes neuestem Bewunderer erzählt hatte. Bisher war jedoch nie ein Bewerber dabei gewesen, dem Henriette mehr als ein Date geschenkt hatte. Walter schien da die rühmliche Ausnahme zu sein. »Ich will alles über diesen Walter erfahren.«

Henriette nickte geschäftig und stand auf. »Ich dachte schon, ich müsste platzen, weil du so lange in Kiel warst und ich all die wundervollen Details für mich behalten musste. Sam ist wirklich kein guter Zuhörer, wenn es um meine Dates geht. Flamingohitos auf der Terrasse?« Ich nickte. Das hier war Zuhause. Und bald würde auch Sam wieder dazugehören.

SAM

Tom erwartete mich bereits. Er nahm mich wortlos in den Arm und ging dann voraus in den ersten Stock des Hauses, das er zusammen mit seiner Familie am Rand von Hamburg bewohnte. Er wusste, dass ich bei Pa gewesen war und wie solche Gespräche in der Regel verliefen. Wir brauchten das nicht zu thematisieren.

Oben angekommen, öffnete Tom eine der Zimmertüren. »Hier das Bad, aber das weißt du ja. Nessa hat dir frische Handtücher rausgelegt.« Er öffnete eine zweite Tür. »Und hier kannst du schlafen. Josefine hat ihr Reich für dich geräumt, damit dich die Couch nicht umbringt.«

»Ein Traum in Pink«, stellte ich fest und lachte. »Danke.«

Tom zuckte die Schultern. »Was soll ich sagen? Bei drei Mädels im Haus habe ich kein Mitspracherecht, was die Farbgestaltung angeht. Die Prinzessinnenwelt gehört dir, so lange du bleiben willst.« Er setzte sich auf das Bett, das mit rosa Filly-Pferde-Bettwäsche bezogen war. »Was ist passiert? Also, ich meine, zwischen dir und Lillan?« Er sah mich fragend an. »Ich bin nicht blöd. Du bist nicht wirklich hier, um Pa zu bekehren oder Behördengänge zu erledigen.«

Ich stellte meine Reisetasche auf den Boden und lehnte mich gegen den Schrank. »Das sind auch Dinge, wegen denen ich hier bin.« Ich kaute auf meiner Unterlippe herum und nickte dann. »Aber du hast recht. Im Grunde geht es darum, dass ich die Sache mit Lillan an die Wand gefahren habe. Ich dachte, ich tue das

Richtige und habe es total versaut.« Ich sah aus dem Fenster und erblickte Josefine und ihre Schwester Hanna in ihrem perfekten Bullerbü-Baumhaus. Sie kochten irgendetwas aus Zweigen und Sand. »Die Sache ist vorbei. So vorbei, wie etwas nur vorbei sein kann.«

Tom stand auf und drückte unbeholfen meine Schulter. »Wenn du mich fragst, gibt es immer einen Weg, wenn man will. Und ihr wollt einander. Das war mehr als deutlich, als ihr neulich bei mir wart. Sie tut dir gut, gib das nicht auf.«

Ich drehte Tom den Rücken zu und warf mich aufs Bett. »Es ist nicht so, dass ich sie aufgeben möchte, aber ich sollte ihren Wunsch nach Abstand respektieren. Der nächste Schritt liegt bei Lillan.«

»Red dir das ruhig ein, und wenn du damit fertig bist und bereit, es anzupacken, ich bin da, um Pläne zu schmieden, wie du sie zurückbekommst. Ich wollte dir immer schon mal Beziehungstipps geben.« Er grinste schief, klopfte gegen den Türrahmen und verschwand, bevor ich noch etwas sagen konnte.

Lillan

Pia saß auf meinem Bett und pustete sich die Haare aus der Stirn.

»Also, was meinst du?«

Wir waren gerade aus Hamburg von meinem Termin mit Professor Legler in der Klinik zurückgekommen. Mir schwirrte der Kopf von all den Informationen, die er uns gegeben hatte. Wenn ich mich für die Operation entschied, könnte ich bereits nächste Woche das Implantat bekommen. »Ich weiß nichts mehr, außer dass ich ein Glas Wein brauche.«

»Perfekte Idee.« Pia schwang sich in die Senkrechte und verschwand durch die Schlafzimmertür. Ich hörte sie in der Küche rumoren. Ich hatte Pia direkt nach meinem Umzug ins alte Kutscherhäuschen gesagt, sie solle sich wie zu Hause fühlen, wann immer sie hier war, und Pia nahm diese Aufforderung seit jeher wörtlich. Eine der Eigenschaften, die ich am meisten an ihr schätzte.

Ich zog die Glasschiebtür zum Garten auf und sog tief den Geruch des Sees und der umliegenden Weiden ein. Selbst den Duft des nahen Waldes konnte man erahnen.

Pia tippte mich mit dem Stiel des Glases an. Dankbar lächelte ich sie an und nahm einen tiefen Schluck. Ein lieblicher Weißwein, kühl und frisch.

Pia schob die Tür wieder zu. »Diese Landidylle ist echt laut.« Sie deutete mit einer Kopfbewegung hinter sich. »Frösche«, klärte sie mich auf. »Und jetzt will ich wissen, was du denkst.«

Ich ließ mich auf meinen Lesesessel fallen, der in der Ecke des Zimmers stand. Mit Blick auf den See. Pia nahm natürlich nicht den Hocker, das einzige andere Sitzmöbel in diesem Raum, sondern setzte sich im Schneidersitz auf den Boden. »Es ist eine Chance, dass ich wieder hören könnte.« Hoffnung schnürte mir die Kehle zu.

Pia nickte. »Aber?«

»Aber ich habe Angst. Was ist, wenn es schiefgeht und all meine Hoffnungen und vor allem Idas umsonst waren? Oder noch schlimmer, es passiert etwas. Ein Restrisiko gibt es immer.«

»Du arbeitest mit gemeingefährlichen Dinosauriern, die dich jederzeit mit nur einem Tritt ins Jenseits befördern könnten, und hast ernsthaft Angst, dass dich dieser unglaublich gut aussehende und fähige Mediziner tötet?« Sie schüttelte den Kopf und schenkte uns nach. »Unwahrscheinlich, wenn du mich fragst.«

»Erstens sind das Pferde und keine Dinosaurier. Zweitens sehe ich den Typen nicht, wenn der an meinem Kopf rumschnippelt. Und drittens …«

Pia sah mich eindringlich an. »Es gibt kein ›drittens‹. Und ich weiß, dass du dir das schon so lange wünschst. Ich glaube, ich weiß, was dich zurückhält.«

»Du wirst es mir sicher gleich verraten.« Ich schüttelte den Kopf.

»Deine Sturheit.«

Ich zog die Augenbrauen hoch. »Ich bin nicht stur.«

»Du bist stur wie ein Esel. Und ich glaube, in deinem Kopf ist immer noch diese verquere Vorstellung, dich für diese Operation zu entscheiden würde bedeuten aufzugeben, an dem Druck der Gesellschaft zu scheitern. Aber das ist Quatsch. Weil die Gesellschaft piepegal ist. Du machst es für dich. Oder du lässt es.« Sie leerte ihr Glas und beäugte dann meins. »Du trinkst zu langsam.«

»Ich wusste nicht, dass wir vorhaben, uns zu betrinken.«

Pia verdrehte die Augen. »Das Mützenmonster ist bei Henriette. Wir zwei sind allein mit jeder Menge Wein und tief greifenden Entscheidungen. Was bitte sollten wir sonst tun?«

Ich lachte, nickte und leerte dann mein Glas. Während ich es Pia hinhielt, damit sie mir nachschenken konnte, flüsterte ich. »Ich glaube, ich will das.«

»Der beste Trinkspruch überhaupt.« Sie stieß mit mir an, stand dann auf und kuschelte sich neben mich auf das Bett. »Das wird episch.« Ihre Worte wirkten breit und träge, weil ihr Gesicht meinem so nah war. Vielleicht war auch der Wein daran schuld. An meiner Wahrnehmung und daran, dass ich endlich die Entscheidung gefällt hatte, die mir so lange unmöglich erschien. Ich würde wieder hören. Ich würde Ida hören. Auch wenn der Weg noch lang war, die Aussicht schwemmte Glück durch meine Zellen, und ich verbot mir den Gedanken an das eine Geräusch, das ich neben Idas Stimme fast genauso gern hören wollte – Sams Lachen. Weil es bedeutet hätte, die pure Hochstimmung dunkel einzufärben. Immerhin hatte ich keine Ahnung, ob es nach allem noch eine Chance für uns gab.

Lillan

Ich konnte nicht fassen, dass alles so schnell gegangen war. Die Voruntersuchungen für die Operation waren umfangreich, und ich hatte angenommen, dass es Zeit brauchen würde, aber das Vorgespräch mit dem Professor war gerade erst eine Woche her, und schon lag ich, in ein hübsches OP-Hemdchen gehüllt, in meinem Bett und machte mir vor der bevorstehenden Operation fast in die Hosen vor Angst. Selbst Pia war ungewöhnlich still. Sie hockte auf dem metallenen Fußende des Bettes und hielt meine Hand.

»Bist du aufgeregt?«

Ich wiegte den Kopf hin und her. »Am meisten hatte ich vor dem MRT im Vorfeld Angst, und das hat doch ganz gut geklappt. Zumindest versuche ich mir einzureden, dass ich das Schlimmste bereits hinter mir habe und Professor Legler weiß, was er tut.« Meine Stimme versagte, und ich lächelte verkrampft.

»Du musst nicht stark sein.« Pia rutschte in den Schneidersitz neben mir auf der Matratze. »Mir ist klar, dass du sonst immer versuchst, stark für Ida zu sein. Sie ist jetzt nicht hier. Aber ich bin es, und ich übernehme diesen Part für dich, okay?«

Ich nickte, und Tränen sammelten sich in meinen Augen. Pia war bei allen Voruntersuchungen dabei gewesen. Sie war jetzt an meiner Seite. Vermutlich nahm sie dafür all ihre mühsam angesammelten Überstunden, aber sie duldete auch keinen Widerspruch. Sie wollte bei mir sein. Und ich liebte sie dafür, wenn das überhaupt möglich war, noch mehr, als ich es sowieso schon getan hatte.

Professor Legler betrat den Raum. »Ein wundervoller Tag, um Sie hörend zu machen, nicht wahr, Frau Sommer?« Er gab mir die Hand. »Schön, dass Sie sich am Ende doch für die Operation entschieden haben. Ich habe mir Ihre Voruntersuchungsergebnisse angesehen, und mein Team und ich sind bereit. Es sieht wirklich alles sehr gut aus. Machen Sie sich bitte keine Sorgen. Wir werden gut auf Sie aufpassen.« Er legte die Akte an das Fußende. »Wir wären dann so weit. Die Schwester bringt Sie jetzt in den OP-Bereich, und wir sehen uns dort gleich wieder.«

Pia zog mich in ihre Arme, drückte mich fest an sich und rutschte dann vom Bett. »Ich warte hier auf dich und passe auf, dass sie dir keine alte Schachtel mit aufs Zimmer legen, die laut schnarcht. Wenn du wiederkommst, könnte das zu einem Problem werden.« Sie lachte.

Natürlich stimmte das so nicht, denn das Implantat würde erst in rund drei Wochen das erste Mal eingeschaltet werden, sobald der Heilungsprozess weitestgehend abgeschlossen war. »Traumatisier keine alten Damen«, ermahnte ich sie und sah Pia an, bis mein Bett um die Ecke geschoben wurde und Pia aus meinem Blickfeld verschwand. Dann legte ich mich hin und zählte die Lampen an der Decke des Flurs, den mich die Schwester entlangschob. Dinge zu zählen sollte angeblich eine beruhigende Wirkung haben, aber mein Hirn stellte gerade den Gegenbeweis an. Und es hörte auch erst damit auf, als das Narkosemittel wenig später meinen Verstand lahm und meine Zukunft in die Hände von Professor Legler und seinen Kollegen gelegt hatte.

SAM

Das Grillgut war bis auf einen Tisch direkt an der Fensterfront leer. Zwischen dem Mittags- und dem Abendgeschäft war es oft so ruhig. Die beste Zeit, um gemeinsam mit dem ganzen Team etwas zu essen. Wir saßen alle zusammen um den Tisch im Innenhof und teilten Grillgemüse, Steaks und frisches Brot.

Seitdem ich bei Tom und Nessa untergekrochen war und die Behördengänge erledigt hatte, ging ich jeden Tag mit meinem Bruder ins Restaurant, um die Zeit totzuschlagen, bis ich meine winzige Wohnung in einem der Nachbarorte von Bissee beziehen konnte. Da ich mich zum Kellnern nicht eignete, hatte Tom mich gebeten, den Internetauftritt des Grillguts zu überarbeiten und mir Gedanken über einen Relaunch des Restaurantlogos zu machen. Ich glaubte zwar nicht, dass dies nötig war, aber hinter einem Laptop in Toms Büro stellte ich die geringste Gefahr für seinen Betrieb dar. Ich biss von dem herrlich duftenden Brot ab und sah zu meinem Bruder hinüber, der gerade über einen Witz seines Souschefs Roman lachte. Aber plötzlich fror irgendetwas hinter uns dieses Lachen ein. Ich drehte mich um und verschluckte mich fast an meinem Essen. Pa stand auf den rustikalen Pflastersteinen des Innenhofs und fuhr unablässig mit seinen Fingern die Krempe seines Huts nach. Er nickte uns zu, sagte aber nichts.

Tom machte keine Anstalten, sich zu rühren. Entweder hatte er nicht vor, auf Pa zuzugehen, oder er stand unter Schock, weil er ohne Vorwarnung mitten in dem Restaurant stand, das zu ihrem Zerwürfnis geführt hatte.

Mit einigen Sekunden Verzögerung rappelte ich mich auf und machte den ersten Schritt, indem ich zu unserem Vater hinüberging. »Hi«, sagte ich und wischte mir mit der Handfläche über den Mund.

»Hallo.« Mehr sagte Pa nicht.

»Willst du dich setzen? Du kannst gern etwas mit uns essen.« Ich deutete auf den Tisch, auf dem genügend Essen stand, um eine ganze Kompanie satt zu bekommen, und richtete meinen Blick vorsichtig auf Tom. Ich war mir nicht sicher, ob ich mit dieser Einladung eine Grenze übertrat. Das Gesicht meines Bruders war neutral. Er hatte sich angewöhnt, zur Schweiz zu werden, sobald er in Pas Nähe war. Wenig hilfreich, wenn ich die Stimmung ausloten wollte.

Pa schüttelte den Kopf. »Ich bin nicht wegen des Essens hier.« Er räusperte sich. »Obwohl ich sicher bin, dass es sehr gut schmeckt, und die Einladung ist wirklich nett.« Er sah Tom an. »Von euch beiden.«

Die Worte waren in Pas Welt wie ein Ritterschlag und brachten Tom dazu, ebenfalls aufzustehen und zu uns herüberzukommen. »Wir können in mein Büro gehen.« Ihm war wohl klar, was immer Pa uns zu sagen hatte, nicht für die Ohren der anderen bestimmt war. Er wartete keine Antwort ab, sondern ging voraus, durch den Lagerraum, in dem Wein, Bier und die anderen Getränke sowie die nicht zu kühlenden Lebensmittel lagerten und schob dann die Tür zu seinem Büro auf. Ein schlichter Raum mit einem Schreibtisch und zwei Stühlen, einer Wand voller Regale, die die Papiere des Restaurants beinhalteten, und einem Schränkchen, in dem Tom die seltenen Whiskey-Sorten aufbewahrte, die er angefangen hatte zu sammeln. Er machte eine einladende Geste, wartete, bis wir uns gesetzt hatten, und stellte dann zwei

Cola-Kisten über Kopf neben den Schreibtisch, um selbst auch einen Sitzplatz zu haben.

»Was führt dich her?«, fragte er, sobald er saß.

Pa sah erst mich, dann Tom an, und schließlich beäugte er Toms provisorischen Stuhl. Aber er sagte nichts, was meine Annahme unterstrich, dass er tatsächlich in Frieden kam.

»Du gehst zurück nach Bissee.« Das war keine Frage. Trotzdem nickte ich. Pa tat dasselbe, bevor er einen Umschlag aus seiner Jacke zog. Er zögerte und reichte ihn mir. »Für Henriette«, sagte er knapp. »Könntest du ihn ihr geben?«

Ich versuchte mir nicht anmerken zu lassen, wie sehr ich mich darüber freute, dass meine Vermittlungsversuche scheinbar auf fruchtbaren Boden gefallen waren. Dabei dachte ich, Pas Vergebungsressourcen wären gänzlich verdorrt. »Natürlich.« Ich steckte den Brief in meine Gesäßtasche, bevor er es sich am Ende noch anders überlegen konnte. »Du könntest mich auch begleiten und direkt mit ihr sprechen.«

Stumm schüttelte er den Kopf. »So ist es mir lieber.«

Nicht zu viel auf einmal. Obwohl es mich wahnsinnig machte, dass Henriette und Pa nicht einfach über ihren Schatten sprangen, musste ich ihr Tempo wohl oder übel respektieren. Immerhin waren wir einen entscheidenden Schritt weitergekommen. Und das war, was zählte.

»In Ordnung.« Pa stand auf. »Ich will auch nicht länger stören.« Er sah sich um und machte eine Handbewegung, die das Restaurant umfasste. »Du hast sicher viel zu tun, Tom. Ist eine gute Sache, denke ich, dieses Grillgut.« Den Namen des Restaurants verschluckte er fast. Als wäre ihm auf halbem Weg auf seinen Sohn zu, die Kraft ausgegangen. Er nickte Tom und mir noch einmal zu und verließ dann das Büro. Tom sprang auf und wollte ihm den Weg durch das Lager weisen, aber Pa war bereits verschwunden.

Langsam ging Tom zurück zu seinem Kistenstapel und ließ sich darauf sinken. »Hat Pa mir gerade seinen Segen für das Restaurant gegeben, oder war das eine Fata Morgana?«

»Sieht so aus.« Ich tastete nach dem Briefumschlag, den ich in meiner Tasche fühlen konnte. »Und er will sich mit Henriette versöhnen.«

»Außerdem hat er dir nicht ausgeredet, zu ihr nach Bissee zurückzugehen.« Tom dachte sekundenlang nach. »Wahrscheinlich ist er krank«, schlussfolgerte er. »Oder durchgedreht, weil eine Geranie aus der Reihe getanzt ist.«

Ich nickte. »Oder meine beeindruckende Rede, er solle endlich um seine Familie kämpfen, hat doch Eindruck gemacht.«

»Du hast ihm geraten zu kämpfen?« Tom lachte leise. »Das ist nicht dein Ernst.«

»Wieso?«

Mit ineinander verschränkten Armen lehnte sich Tom gegen die Wand und sah mich prüfend an. »Seit über einem Monat versteckst du dich bei uns, anstatt endlich zu Lillan zu fahren und die Dinge zwischen euch zu klären. Aber Pa rätst du, um seine Familie zu kämpfen?«

»Ich verstecke mich nicht.« Das war gelogen. »Ich gebe ihr nur den Abstand, den sie braucht. Sie sollte nicht bei einer Freundin unterkommen müssen, nur weil ich ihr Zuhause belagere.«

»Du weißt, dass das Quatsch ist.« Er stupste mein Bein mit seinem Schuh an. »Josefine findet dich aus irgendwelchen Gründen so toll, dass sie dir ihr Zimmer auf unbestimmte Zeit überlassen würde, aber ich denke, du solltest nach Bissee zurückfahren und endlich das tun, was du anderen rätst. Kämpf! Belagere ihr Zuhause. Nerv sie so lange, bis sie dir vergibt, dass du ein Idiot warst!«

Tom war nicht länger die Schweiz, und verdammt, ich wollte auch nicht länger neutral sein. Nicht, wenn es um Lillan ging.

»Ich muss den Brief nach Bissee bringen, oder? Bei der Gelegenheit könnte ich versuchen mit ihr zu sprechen.« Ich stand auf und verließ das Büro, während Tom die Melodie des Siegesmarsches anstimmte. Pa hatte viel in seinem Leben verbockt, aber gerade hatte er mir die perfekte Ausrede geliefert, um zurückzukehren. Nach Hause. Und zu Lillan.

Lillan

Ich hatte seit drei Wochen nichts mehr von Sam gehört. Pias Ansage, ich wollte ihn nicht mehr sehen, war mehr als deutlich gewesen, seine Reaktion darauf durfte mich also nicht verwundern. Aber ein winziger Teil von mir hoffte noch immer, er würde sich melden, um uns kämpfen. Stattdessen hatte er sich bei seinem Bruder verkrochen, seine Zelte auf dem Gut abgebrochen. Mit Henriette hatte er telefonisch vereinbart, dass er zukünftig nicht mehr im selben Büro wie ich arbeiten würde, sondern in unserer Zweigstelle in Kiel. Er würde auch nicht mehr auf Gut Auweide wohnen, sondern in einer kleinen Mietwohnung in einem der Nachbarorte. Sam hatte die Berührungspunkte zwischen uns minimiert, und mir machte Angst, was das bedeuten könnte. Ich konnte an nichts anderes mehr denken, als endlich mit ihm zu sprechen.

Dabei hatte ich derzeit weiß Gott andere Sorgen, denen meine Gedanken gelten sollten. Meine Operation war jetzt knapp drei Wochen her. Drei Wochen, die Pia mich in Hamburg aufgeheitert hatte. Drei Wochen, in denen die Wunden verheilt waren und ich bereit war, den nächsten Schritt zu gehen.

Ich hatte geglaubt, ich wäre so gut es ging auf den Moment vorbereitet, wenn die Implantate das erste Mal angeschaltet würden. Aber jetzt, wo es schon morgen so weit sein sollte, allein in einem Hotelzimmer in Hamburg, hatte ich fast mehr Angst davor als vor der Operation an sich.

Wie würde es sich wohl anfühlen? Was würde ich hören? Was, wenn etwas schiefgegangen war und ich trotz der Strapazen gar nichts hörte? Wenn alles umsonst gewesen war? Ich wünschte, ich könnte Idas Stimme als Erstes hören, aber ich hatte mich dagegen entschieden, sie mitzunehmen. Meine Emotionen würden sie bestimmt überfordern, und das wollte ich ihr nicht zumuten. Außerdem musste sie zur Schule gehen. Also war sie bei Henriette auf Gut Auweide geblieben. Selbst Pia würde morgen nicht dabei sein. Irgendwie war es gut, dass dieser Moment ganz allein mir gehören sollte.

SAM

Wie bei meinem ersten Besuch parkte ich den Defender am Rande des Rondells vor dem Gutshaus. Es war mittäglich still. Nur das Surren der Insekten in der Hitze durchbrach die Stille. Ich sah zum Stallgebäude hinüber, und fast erwartete ich, Lillan würde hinausgestürmt kommen, ein Pferd an der Hand, und mir frostig gegenübertreten, so wie an unserem ersten Tag. Nur würde ich dieses Mal nicht aufgeben, sondern darum kämpfen, das Eis zwischen uns zum Schmelzen zu bringen.

Ich atmete tief durch und stieg die Verandastufen hinauf. Nachdem ich zweimal geklopft hatte, öffnete ich die Tür und trat ins Innere. »Henriette?«, rief ich durch das Erdgeschoss, aber niemand antwortete. Stattdessen schoss etwas auf mich zu, das aussah wie eine Mischung aus einer Fee und Pippi Langstrumpf, und knotete sich um meine Beine. Die schlanken Arme schlang Ida um meine Mitte. »Sam«, japste sie, lachte und weinte gleichzeitig.

»Ida.« Ich hob sie hoch, drückte sie für einen langen Moment an mich und betrachtete sie dann ausgiebig. Dann stellte ich sie wieder auf den Boden. »Ich glaube, die Mütze kenne ich schon«, stellte ich kritisch fest und nahm ihr die Krümelmonster-Mütze vom Kopf. Dann zog ich eine rot geringelte Beanie aus der Gesäßtasche, die ich in Hamburg gekauft hatte. Ein Schriftzug zeichnete Ida nun als Hamburger Deern aus. »Ich hoffe, sie gefällt dir.« Ich setzte sie Ida behutsam auf und betrachtete dann mein Werk, bevor ich sie erneut in meine Arme schloss. Sie roch nach Sonne und Abenteuern und nach Weihnachten. Verdutzt hielt ich inne und schnüffelte. Eindeutig. Das war der Geruch nach Weihnachtsplätzchen. »Was machst du gerade?«, fragte ich vorsichtig.

»Henriette und ich backen Plätzchen.« Ida sah sehr zufrieden aus.

»Wir haben Hochsommer.« Vielleicht hatten die beiden nicht bemerkt, dass sie sich in der falschen Jahreszeit befanden.

»Ich weiß.« Ida zuckte mit den Schultern. »Aber Henriette meint, es wäre Sünde, nicht das ganze Jahr über Weihnachtskekse zu essen, und bevor man sie essen kann, muss man sie backen.«

»Klingt sehr einleuchtend«, bemerkte ich und folgte Ida in die Küche, wo ein wahlloses Durcheinander aus Schüsseln, Mehl, Ausstechförmchen und Zucker-Dekorationen lag. Mitten in diesem Chaos stand meine Großmutter in einem aberwitzig bunten Jogginganzug. Eine goldene Statement-Kette wäre das perfekte Accessoire zu diesem Outfit gewesen. Dann wäre Henriettes Gangster-Rapper-Styling perfekt gewesen.

»Sam«, stieß sie freudig hervor, als sie mich sah. »Du hast gar nicht angerufen, dass du endlich nach Hause kommst. Trotzdem schön, dass du wieder da bist!« Sie sah erleichtert aus. »Und du hast ein perfektes Timing. Könntest du mir helfen, Mehl-Nachschub aus der Abstellkammer zu holen? Das steht so furchtbar hoch oben auf dem Regal.« Sie beugte sich zu Ida. »Und du passt auf unsere Kekse auf, okay?«

Ida nickte gewissenhaft und setzte sich im Schneidersitz vor den Backofen, als müsste sie die Kekse tatsächlich bewachen, damit sie nicht die Flucht ergriffen.

Henriettes resoluter Griff an meinem Arm hinderte mich daran, mich weiter an Ida festzusehen. Ich hatte das kleine Mützenmonster unendlich vermisst, aber mit Henriette zu gehen, verschaffte mir die Möglichkeit, sie nach Lillan zu fragen. Die einzige Person, die ich noch lieber sehen wollte als dieses kleine Mädchen und meine Großmutter. Vielleicht konnte ich sogar gleich zu ihr ins Kutscherhäuschen fahren. So wie es aussah, würden Henriette und Ida noch den ganzen Tag mit den Keksen beschäftigt sein, was Lillan und mir genügend Zeit geben würde zu reden. Immer vorausgesetzt, sie ließ mich überhaupt herein.

»Ich brauche dich nicht wirklich, um Mehl zu holen«, eröffnete mir Henriette, sobald wir im Nebenraum waren und zog die Abstellkammertür hinter uns zu. »Ich wollte nur in Ruhe mit dir reden.«

Ich nickte. »Das hat Ida vermutlich noch vor mir gecheckt.« Das erklärte ihre scheinbare Faszination für die Kekse im Backofen. »Aber das trifft sich gut, denn ich wollte auch mit dir sprechen.«

»Über Lillan.« Henriette nickte. »Ich weiß, aber lass mich anfangen. Sie ist nämlich nicht hier.«

Ich deutete auf die Tür. »Deswegen ist Ida also bei dir. Ist Lillan wieder bei dieser Pitbull-Pia?«

»Pitbull-Pia.« Henriette lachte leise. »Das würde ihr gefallen. Nein, sie ist nicht in Kiel, sondern in Hamburg.«

»Was zum Teufel macht sie in Hamburg?« Von dort kam ich gerade. Ich raufte mir die Haare und stieß frustriert die Luft aus.

»Auf dich hören.« Henriette legte mir ihre Hand auf den Arm. »Sie hat sich für die Operation entschieden und es durchgezogen.«

Und ich war nicht für sie da gewesen. Ich wünschte, ich hätte ihr in dieser Zeit zur Seite stehen können. Stattdessen hatte ich bei meinem Bruder im Restaurant abgehangen und meine Liebeskummer-Wunden geleckt.

»Hey, das ist kein Grund, so ein Gesicht zu ziehen.« Henriette zwinkerte mir zu. »Sie hat alles gut überstanden. Besser hätte es nicht laufen können. Morgen werden die Implantate das erste

Mal angeschaltet. Ein großer Tag für sie. Für uns alle. Deswegen ist sie in Hamburg.«

»Warum hast du mir nicht Bescheid gesagt?«

»Du wolltest Abstand. Und ich wollte, dass du wirklich bereit bist. Damit du einhundert Prozent gibst, um sie zurückzugewinnen, wenn du zurückkommst.«

Ich nickte. »Das werde ich. Aber erst mal muss ich zu ihr nach Hamburg. Ich habe da etwas Wichtiges zu erledigen.«

Henriette schüttelte den Kopf und hielt mich zurück. »Ich bin nicht sicher, ob der morgige Tag der richtige ist, um die Dinge zwischen euch zu klären. Sie wollte den Termin ganz bewusst allein wahrnehmen. Es war ihr wichtig, nicht abgelenkt zu werden. Selbst Ida hat sie hiergelassen, obwohl die Kleine gebettelt hat, mitzukommen.«

»Ich lasse sie in Ruhe. Ich meine, ich fahre zu ihr, aber ich werde nicht noch mal eine ihrer Grenzen übertreten. Versprochen.«

Henriette nickte zögerlich und ließ mich los. Sie nahm eine Familienpackung Mehl aus dem Regal und drückte sie mir in die Hand. »Hier, damit unsere Tarnung zumindest vollständig ist, auch wenn uns die Kleine längst durchschaut haben dürfte.«

Ich nahm das Mehl, zögerte aber, anstatt zurück in die Küche zu gehen. »Ich habe etwas für dich.« Umständlich beförderte ich Pas Brief aus meiner Hosentasche. »Ich wollte einen guten Moment abwarten, aber im Grunde ist es egal, ob du dabei einen Flamingohito in der Hand hältst oder in einer Abstellkammer stehst. Wichtig ist nur, dass du Pas Brief liest.« Ich reichte ihr den Umschlag. »Pa hat ihn im Grillgut vorbeigebracht und mich gebeten, ihn dir zu geben.«

Henriette schlug ihre Hand vor den Mund und griff dann mit zitternden Fingern nach dem Umschlag. »Er ist extra ins Grillgut gefahren, um ihn dir zu geben?«

»Höchstpersönlich.« Ich schmunzelte und öffnete die Tür zur

Küche, um Henriette so viel Zeit zu lassen, wie sie brauchte, um ihre Gefühle zu sortieren.

Das Mehl stellte ich auf die Arbeitsfläche, wo Ida in die Keksgroßproduktion gegangen war. Auf diversen Backblechen warteten Kekse in verschiedenen Formen und Teigsorten darauf, gebacken zu werden. Sie war gerade vertieft, einen bereits fertigen Weihnachtsbaumkeks mit bunten Zuckerperlen zu verzieren.

»Fährst du jetzt nach Hamburg? Zu Mama?« Sie blickte nicht von ihrer Arbeit auf.

Es hatte keinen Sinn, Ida anzulügen. Die Kleine hatte einen siebten Sinn für das, was in mir vorging. »Ja«, gab ich deswegen unsicher zu. »Ich hoffe, das geht in Ordnung für dich?«

Sie sah mich an, legte den Kopf schief und nickte dann. »Solange du sie nicht wieder wütend auf dich machst. Irgendwie hast du das drauf.«

»Ich habe nicht vor, sie wütend zu machen. Ich hatte eigentlich das Gegenteil geplant.« Ich strich ihr sanft über die Beanie.

»Hast du denn einen Plan, wie du sie um Verzeihung bitten willst?« Ida war mit dem Tannenbaum fertig und betrachtete ihr Werk aus allen Blickwinkeln. »Weißt du, Frauen mögen große Gesten. Sagt zumindest mein Schulfreund Jonas, und der muss es wissen. Er hatte nämlich schon eine Freundin.«

Na dann. Ich lachte leise. »Richte Jonas meinen Dank für den Tipp aus.« Dass Ida Lillan und mich wieder zusammen sehen wollte, war verdammt gut zu wissen. Es war immer gut, eine Verbündete zu haben. Insbesondere, wenn die Aussichten mehr als vage waren. Ich zupfte an Idas geflochtenem Zopfende, das unter der Mütze hervorlugte, und nickte. Dann klopfte ich leise an die Tür der Abstellkammer.

»Henriette, ist alles in Ordnung?«

Sie öffnete die Tür. Tränen standen in ihren Augen. Den Brief von Pa hielt sie wie einen Schatz vor der Brust.

»Kann ich dich allein lassen?« Behutsam strich ich über ihren Oberarm. Ich wusste nicht, was in dem Brief stand, aber das zaghafte Lächeln, das die Traurigkeit auf ihrem Gesicht durchbrach, gab Anlass zur Hoffnung, Pa hätte ausnahmsweise mal die richtigen Worte gefunden und keinen verbalen Kahlschlag verursacht.

Anstatt einer Antwort schloss mich Henriette fest in ihre Arme. »Danke«, hauchte sie mitten in die blumige Wolke des Parfums, das sie wie immer umgab. »Und jetzt fahr endlich, und schnapp sie dir, Tiger.«

Anstatt sie darauf hinzuweisen, dass sie gerade aus *Spiderman* zitiert hatte, nickte ich und machte mich auf den Weg. Zurück nach Hamburg, von wo ich gerade erst gekommen war. Aber nicht, um Lillan mit einer großen Geste zu beeindrucken. Darum ging es hier nicht. Es war mir vollkommen egal, ob sie jemals erfahren würde, was ich im Begriff war zu tun. Es zählte allein, sie glücklich zu machen.

Lillan

Ich war nervös. So aufgeregt war ich zuletzt vor Idas Geburt gewesen. Mein Herz schlug wild in meiner Brust, und mein Mund war trocken. Ich rieb die feuchten Handinnenflächen an den Seiten meiner Jeans ab. Damals war Pia bei mir gewesen. Jetzt saß ich allein auf dem Stuhl im Behandlungszimmer der HNO-Abteilung der Klinik. Ich hatte es genau so gewollt. Gleich war es so weit. Die Implantate würden das erste Mal angestellt werden, und plötzlich wünschte ich mir mit einer schmerzlichen Intensität, ich hätte nicht darauf bestanden, diesen Termin ohne Pia oder Henriette wahrzunehmen. Ohne Sam. Vielleicht war er der Letzte, an den ich jetzt denken sollte. Immerhin machte mich die Situation zwischen uns nicht gerade emotional stabiler. Aber er hatte all das hier überhaupt erst angestoßen, es möglich gemacht. Ich wünschte, er wäre hier. Weil ich ihn vermisste. Wie ich noch nie vor ihm einen Menschen vermisst hatte. Auf eine schmerzliche Weise, weil ich mit jedem Tag, den er in Hamburg verbrachte, weniger glaubte, dass er uns noch eine Chance einräumte. Wie sollte er auch verstehen, was mich so sehr verletzt hatte? Immerhin hatte er nur helfen wollen. Ich hatte der Vergangenheit mit Hannes erlaubt, mein Urteilsvermögen einzufärben. Ich hatte Sams Motivation, mir zu helfen, mit der von Hannes gleichgesetzt. Ein schrecklicher Fehler. Die beiden hatten nichts gemeinsam, was das rechtfertigte. Und dann hatte ich ihm nicht einmal die Chance gegeben, sich zu erklären, obwohl er mehr als einmal versucht hatte, Kontakt aufzunehmen.

Es war also kein Wunder, dass Sam seine Zelte auf Gut Auweide abgebrochen hatte und nicht mehr mit mir zusammenarbeiten würde. Er würde seine Großmutter vielleicht ab und an besuchen, aber nicht länger in dem Gutshaus wohnen. Das alles sprach eine eindeutige Sprache, und anstatt diese zu verstehen und zu akzeptieren, dass ich unsere Beziehung gegen die Wand gefahren hatte, verhedderte sich mein Herz noch immer in Sam.

Eine Berührung an der Schulter lenkte meine Aufmerksamkeit auf eine kleine, stämmige Frau in Krankenhauskleidung, die mit einem einnehmenden Lächeln das Zimmer erhellte. »Ich bin Assistenzärztin Helen Becker. Sind Sie bereit für einen denkwürdigen Moment?«

»Ich glaube schon.« Ein Lächeln auf den Lippen. Vermutlich eher kläglich als tapfer.

Sie setzte sich an ihren Computer und tätschelte dabei mein Knie. »Sie müssen keine Angst haben. Alles wird gut. Sie werden sehen.« Erst als sie genug Zuversicht versprüht und mich zum Nicken gebracht hatte, drehte sie sich zu ihrem Rechner und begann irgendwelche Befehle einzugeben. Dann gab sie mir den Empfänger, der magnetisch mit dem Implantat in meinem Schädel verbunden sein würde. Er war so klein und flach, dass er in meinen Locken kaum auszumachen war. Die Ärztin zeigte es mir in einem kleinen Handspiegel und legte ihn dann wieder beiseite. »Ich werde jetzt Ihr Implantat anstellen. Sobald Sie etwas hören. Sagen Sie mir Bescheid, in Ordnung?«

Wieder nickte ich, während meine Gefühle eine Death-Metal-Party veranstalteten. Ich war kurz davor, aufzuspringen und einfach davonzulaufen. Einzig der Umstand, dass ich meinen weichen Knien nicht traute, hielt mich davon ab.

Und plötzlich schnellte ein Piepsen durch meinen Schädel. Wie das Leuchtfeuer einer Seenotrettungsrakete. Hell, schrill, und verglomm, bevor ich es richtig fassen konnte. »Es hat gepiept«, flüsterte ich.

»Das ist gut. Es bedeutet, Ihr Implantat ist jetzt angestellt«, sagte Dr. Becker und achtete darauf, dass ich ihre Lippen lesen konnte. Dabei wäre das gar nicht nötig gewesen. Ich hörte ihre Worte, jedes einzelne. »Können Sie mich hören, Lillan?«

Ich schlug die Hand vor den Mund und nickte. Tränen kullerten über meine Wangen, und ich war unfähig, irgendetwas zu sagen. Alles, was ich hervorbrachte, war ein lautloses Schluchzen, das meinen ganzen Körper ergriff.

»Das ist sehr gut«, lobte sie mich. »Ich stelle jetzt eine Audioaufnahme an, und Sie konzentrieren sich einfach nur auf das, was Sie hören, okay. Es ist normal, wenn am Anfang noch kein klares Klangbild da ist. Das werden wir nach und nach anpassen.« Dr. Becker startete eine Audiodatei auf ihrem Computer, und Geräusche fluteten mein Hirn. Ein Wust, der meinen Kopf füllte, dröhnte. Lieblich. Hart. Laut. Leise. Alles auf einmal.

Ich rang nach Atem. Presste meine Hand enger in die von Helen Becker.

»Wir können eine Pause machen«, sagte sie betont ruhig, als wollte sie meinen Emotionen einen seichten Strand bieten, an dem sie auslaufen konnten wie Wellen einer aufgerauten See.

Alles, nur das nicht. »Nein.« Obwohl ich dachte, es leise gesagt zu haben, dröhnte meine Stimme laut durch all die Empfindungen. Ich schüttelte den Kopf und war froh, dass Dr. Becker meinen Wunsch respektierte und die Tonaufnahme weiterlaufen ließ.

Es dauerte eine Weile, bis ich einzelne Geräusche herausfiltern konnte. Vogelgesang. Das Reiben von Stoff an Stoff. Leise Musik im Hintergrund und eine Stimme. Eine feine, zarte Stimme, leise, kindlich. Mein Herz wusste, dass es Ida war, bevor ich es tatsächlich begriff. Und plötzlich mischte sich ein dunkles Lachen dazu.

Sam. Mein Herz erzitterte unter der Wucht der Liebe, die ich in diesem Moment für diesen Mann verspürte. Ich wusste, wo diese Aufnahme herstammte. Sam hatte sie gemacht, als wir morgens alle zusammen in meinem Bett lagen. Er hatte versucht, Idas Stimme für mich sichtbar zu machen, um dem Wunsch sie hören zu können, dadurch ein Stück näherzukommen. Damals war ich ergriffen gewesen, weil er das für mich getan hatte. Niemals hätte ich erwartet, dass er die Aufnahme hierherbringen würde, damit es Idas Stimme wäre, die ich als erste nach über einem Jahrzehnt in Stille hören würde. Es zerlegte mich emotional in meine Bestandteile. »Wann?«, brachte ich schluchzend hervor und deutete auf die Audiodatei. »Woher?«

Dr. Becker zwinkerte mir zu und deutete auf die Tür. »Er sagte, er wäre von der Hilfsorganisation *Glücksmomente*, die Sie an uns vermittelt und die schnelle Umsetzung der Operation vorangetrieben hat. Aber er ist ein ziemlich mieser Schauspieler. Es mag ja sein, dass er wirklich für diese Organisation arbeitet, aber das ist nicht der Grund, dass er hier ist, habe ich recht?« Sie lächelte wissend. »Er wollte nicht, dass ich Ihnen sage, dass er hier ist oder dass er die Aufnahme vorbeigebracht hat, aber er hat mich gebeten, warten zu dürfen, damit ich ihm sage, ob es Ihnen gut geht. Er wollte sichergehen, dass Sie die Stimme Ihrer Tochter zu hören bekommen, Ihnen aber den Moment allein überlassen.«

Zittrig stand ich auf und sah die Ärztin fragend an. »Kann ich kurz zu ihm gehen?« Ich deutete auf das Implantat zwischen meinen Locken. Unsicher, ob ich mich einfach so von den Computern entfernen konnte, die es zum Leben erweckt hatten.

»Es ist jetzt ein Teil von Ihnen. Gehen Sie ruhig. Wir können später fortfahren.« Sie zwinkerte mir zu. »Er wartet vor der Tür.« Sie zeigte auf eine Verbindungstür zum Nachbarraum.

Sam wollte, dass dieser Moment nur mir gehörte. Dabei gehörte er uns. Hatte er immer. Und genau das musste ich ihm dringend sagen.

SAM

Am liebsten wäre ich schon direkt nach meiner Ankunft in das Zimmer geplatzt, in dem sich Lillan befand, und hätte sie auf Knien angefleht, uns noch eine Chance zu geben. Seitdem war dieser Wunsch im Drei-Sekunden-Takt unmenschlich stark geworden, aber ich hatte ihn bis jetzt ignoriert. Obwohl ich Lillan liebend gern erklären wollte, warum ich mich so dämlich verhalten hatte. Dass ich nie vorgehabt hatte, sie damit zu verletzen. Dass ich mir wünschte, sie könnte uns noch eine Chance geben. Aber das wäre nur egoistisch gewesen. Unser Beziehungschaos sollte ihren wichtigsten Moment im Leben nicht überschatten. Jemanden zu lieben, bedeutete selbstlos zu sein, und das erste Mal verstand ich, was damit gemeint war. Es ging nicht darum, was mein Bauchgefühl mir zuschrie. Nicht darum, was mein Herz verlangte. Es ging einzig darum, was für Lillan und Ida das Beste war.

Ida hatte mir geraten, ich sollte Lillan mit einer großen Geste zurückgewinnen, aber das hätte bedeutet, ihr diesen Moment zu rauben.

Ich hatte durch die Tür gehört, dass die junge Ärztin Helen die Audioaufnahme abgespielt hatte. Genau wie ich sie gebeten hatte. Die Mission war erfüllt. Ich konnte gehen. Ich musste, wenn ich nicht doch noch mit Lillan zusammenstoßen wollte. Entschlossen nahm ich meine Jacke vom Stuhl und wollte gerade das Zimmer verlassen, als die Verbindungstür aufgerissen wurde.

Ich blieb wie angewurzelt stehen. Lillan stand im Rahmen, und selbst auf diese Distanz raubte mir ihr Anblick den Atem. Einfach weil sie Lillan war. Sekundenlang starrte ich sie an, bevor ich realisierte, wie meine Anwesenheit rüberkommen musste. Ich deutete in Richtung Tür. »Es tut mir leid«, murmelte ich. Dann straffte ich meine Schultern und drehte mich ihr so weit zu, dass sie meine Lippen gut lesen konnte. »Ich sollte nicht hier sein. Ich wollte nur, dass du die Aufnahme bekommst. Das ist dein Moment. Ich werde gehen, okay?«

Sie sagte nichts, und das war Antwort genug. Natürlich fand sie es nicht prickelnd, dass ich sie nach unserem Ende bis nach Hamburg verfolgte und sie während eines Arztbesuchs belauschte. Ich drehte mich um und wollte den Raum verlassen, aber Lillans Stimme hielt mich zurück.

»Sam.«

Ich liebte es, wenn sie meinen Namen aussprach. Ich liebte es, wenn ihre Stimme am Ende leicht kratzig wurde und mich daran erinnerte, wie es war, wenn wir uns ganz nah waren. Ich liebte sie. So einfach war das. Trotzdem sagte ich nichts. Ich blieb einfach nur stehen, drehte mich um und sah Lillan an, die langsam auf mich zukam.

»Sam«, sagte sie wieder. Diesmal sanft. Wie ein Versprechen, dass alles gut werden würde. »Wohin willst du?«

»Ich sollte gar nicht hier sein.« Ich brach ab. »Aber ich musste sichergehen, dass es dir gut geht und sie dir die Audioaufnahme wirklich vorspielen.«

»Warum?« Sie war mir so nahe gekommen, dass ich nicht anders konnte, als sie zu berühren.

Zärtlich strich ich die Kontur ihres Gesichts nach, trocknete die Freudentränen, die sie vergossen hatte. Und es war mir egal, ob sie mich dafür umbringen würde. Sie hatte mein Leben sowieso in der Hand. So oder so. »Weil ich dich nun mal liebe«, platzte es aus mir hervor. »Ich liebe dich«, formte ich die Worte noch mal deutlicher und ging auf den richtigen Abstand, um sicherzugehen, dass sie mich verstand. »Ich liebe dich. Vermutlich war ich schon von dem Moment an verloren, als ich dich das erste Mal gesehen habe. Ich weiß, ich habe jede Menge Mist gebaut, die Lage dadurch nicht gerade erleichtert, aber …« Ich brach ab und atmete tief durch. »Aber eins solltest du wissen: Wenn du Zeit brauchst, warte ich. Wenn du Abstand brauchst, lasse ich dich in Ruhe. Und wenn du mich erst mal hassen willst, ist das auch in Ordnung. Aber ich kann dich nicht aufgeben. Ich brauche dich, Lillan. Um ich zu sein. Ich brauche dich, weil ich dich verdammt noch mal liebe. Und ich brauche nicht nur dich, sondern auch das kleine Mützenmonster.«

Sie legte mir ihren Finger auf die Lippen und brachte mich dadurch zum Verstummen. »Das Mützenmonster würde mich vermutlich im Schlaf mit ihren Büchern erschlagen, wenn ich dich noch länger zappeln lasse.« Sie lächelte, weinte, schluchzte, und mitten in diesem Gefühlswirrwarr küsste sie mich. Flüchtig, bevor sie leise flüsterte. »Ich war so verdammt verletzt, dass ich keinen klaren Gedanken fassen konnte. Ich musste einfach weg, und als mir klar wurde, dass deine Absichten gut waren und ich aufhören muss, Idas Erzeuger in jedem Mann zu sehen, wollte ich erst die Operation hinter mich bringen. Ich musste das hier für mich tun, ohne mich von anderen Dingen ablenken zu lassen. Und du bist nun mal eine verdammt große Ablenkung, Sam.« Wieder streiften ihre Lippen meine. »Ich dachte, du hättest nach meiner totalen Überreaktion die Nase voll von mir, und ich konnte das nicht klären, dich nicht überreden, uns noch eine Chance zu geben, und gleichzeitig meine Kraft hierauf konzentrieren.« Sie tippte gegen den Empfänger des Cochlea-Implantats, das fast vollständig von ihren roten Locken verdeckt war.

Ich zog sie in meine Arme und flüsterte dicht an ihrem Ohr. »Kannst du das hören?« Sie nickte in meinen Armen, und ich spürte, wie ein zittriges Schluchzen ihren Körper durchlief. »Du musst mich zu gar nichts überreden, hörst du? Ich liebe dich.« Ich hatte mir immer gewünscht, Lillan würde die Worte eines Tages hören und nicht nur sehen können, aber in diesem Moment wurde mir klar, dass es vollkommen egal war, wie sie sie wahrnahm. Das Einzige, was zählte, war, dass sie sich meiner Liebe sicher war und dass sie mich zurückliebte. Und genau das sagte sie mir, bevor ich sie in einen tiefen Kuss zog.

Epilog

Wir lagen eng aneinander gekuschelt auf dem Steg und ließen die letzten warmen Sonnenstrahlen des Jahres unsere Gesichter wärmen. Zugegeben, Sams Körper erledigte an meinem da einen weitaus besseren Job als der Himmelskörper.

Plötzlich richtete Sam seinen Oberkörper auf, sah mich an und lachte leise.

»Warum lachst du?« Er konnte ja wohl unmöglich meine Gedanken gelesen haben, obwohl es schon beängstigend war, wie genau er oft zu wissen schien, was in mir vorging.

Er küsste mich, sah sich nach Ida um, die in der Weide im Vorgarten saß und las, und ließ den Kuss kurz ausufern, als er sicher war, dass sie uns nicht beobachtete. Dann gab er mich frei und ließ meine kribbelnden Zellen verhungern, als er Abstand zwischen uns legte. Den Blick in den Himmel gerichtet, sagte er:

»Keine Ahnung, ich stelle mir nur gerade vor, wie Pa reagieren wird, wenn Henriette und Walter in Hamburg aufschlagen.« Er summte die Melodie von »Meine Oma fährt im Hühnerstall Motorrad« und entlockte mir damit ein tiefes Lachen.

Henriette war am Morgen schwer verliebt mit ihrem Walter auf dessen Harley Richtung Hamburg aufgebrochen, um Sams Eltern zu besuchen. Es war das erste Mal, dass sie und ihr Sohn von Angesicht zu Angesicht aufeinandertreffen würden, nachdem er ihr in seinem Brief erklärt hatte, was damals vorgefallen war. Was wirklich zu ihrem Zerwürfnis geführt hatte. Sams Vater hatte sich mit seiner eigenen Steuerkanzlei und einem Partner selbstständig machen wollen. Als sein Partner aber absprang und die Klienten, per Klausel an ihn gebunden, mitnahm, wäre er beinahe pleitegegangen. Da aber nicht einmal seine Frau und seine Kinder von der finanziellen Krise etwas mitbekommen sollten, hatte er den Bau eines Wintergartens vorgeschoben, um Geld von Henriette zu erbitten. All die Jahre hatte er das verschwiegen und dem verletzten Stolz, dass seine eigene Mutter ihm keinen Kredit gewährt hatte, den Vorrang gelassen. Erst Sam hatte ihm die Augen geöffnet, und er war einen Schritt auf Henriette zugegangen. »Ich denke, wenn wir das nächste Mal in Hamburg sind, wird dein Vater ein neues Hobby haben.« Ich drehte mein Handgelenk, als würde ich einen Gashebel bedienen, und Sam verdrehte die Augen.

»Bitte nicht. Ich kann ja vieles ertragen, aber wenn Pa jetzt zu einer zweiten Henriette mutiert, bin ich raus.« Er kitzelte mich leicht, sodass ich mich zu ihm drehte. Dann küsste er mich und ließ seine Lippen über mein Gesicht streifen. Als wäre er auf der Suche nach dem richtigen Ort, an dem er die Worte »Ich liebe dich« gegen meine Haut blies.

In der Ferne wieherte ein Pferd. Das Herbstlaub rauschte im Wind, und das Glucksen des Wassers unter uns malte die perfekte Baseline für meine Worte. »Ich liebe dich auch«, flüsterte ich dicht an seinem Nacken. Und meine Lippen hauchten dabei ein Beben auf Sams Haut.

Dank

Meinen drei Lieblingskindern, Lasse, Linus und Louis – einfach dafür, dass es euch gibt. Bleibt wie ihr seid, und lasst euch nicht von der Welt verändern. Ihr seid die besten Kinder, die ich mir wünschen kann. Meinen Eltern – für eure Hilfe, ohne die ich als berufstätige Mutter aufgeschmissen wäre, und für die Liebe zu Büchern, die ich ganz sicher von euch habe.

Meiner Schwester, Kendra – für alles. Ohne dich wäre ich verloren. Und das nicht nur wegen meines schlechten Orientierungssinns, sondern auch auf jede erdenklich andere Weise. Du bist meine Lieblingsschwester.

Jana, meiner besten Freundin – für den unermüdlichen Zuspruch, mit dem sie mich speziell bei diesem Projekt durch sämtliche Höhen und Tiefen begleitet hat. Vor allem, wenn es sich nicht so anfühlte, als würde je ein fertiges Buch aus der Idee entstehen. Ohne dich gäbe es diesen Roman nicht.

Meinen Schreibmädels, Ricarda, Maja, Katrin und Claudia – für die wunderbaren Auszeiten während unserer Treffen, Kuchen, Lachen und denkwürdige Sätze. So müsste Arbeiten immer sein.

Dem Team der phoniatrischen Abteilung des UKEs – für die Zeit, die sie sich trotz des stressigen Arbeitsalltags genommen haben, um mir so viele Informationen wie möglich über die Cochlea-Implantation und das Leben der Gehörlosen zu vermitteln. Ich habe versucht, all die Eindrücke bestmöglich zu verarbeiten, auch wenn hier und da einige Fakten der Fiktion weichen mussten. Ich hoffe, es bildet dennoch ein stimmiges, realitätsnahes Bild.

Allen besonderen Menschen, auf welche Art auch immer – für die Inspiration, das Leben anzunehmen und an den Aufgaben zu wachsen, die sich uns in den Weg stellen.

Meiner Agentin Leonie Schöbel – für den tollen Weg, den wir gemeinsam gehen und das immer offene Ohr. Britta Hansen, meiner Lektorin – für das Schleifen an den richtigen Stellen, das diesen Roman erst so richtig rund gemacht hat. Dem Diana Verlag – für die tolle Gestaltung, für das Zuhause, das sie meiner Geschichte gegeben haben, und für die wundervolle Zusammenarbeit.

Und zu guter Letzt meinen Leser*innen. Nur dank Euch kann ich meinen Traumjob ausüben. Ich hoffe, unsere gemeinsame Reise dauert noch viele weitere Romane an.